ALEXANDER BESHER

Cyber Blues

Buch

2038. Wing Fat, der Pate des südostasiatischen Biotech-Drogenkartells, lässt Menschen, die er auf Plantagen im Goldenen Dreieck gefangen hält, lebenswichtige Chi-Energie entziehen. Die illegalen Chi-Produkte bieten ihren Konsumenten alles, was sie sich erträumen – erhöhte Intelligenz, sexuelle Potenz, vermehrte Kreativität, sogar »Kurzzeit-Unsterblichkeit«. Doch selbst der über 300 Kilo schwere Chi-Pate, der eine heimliche Affäre mit seinem intelligenten Fahrstuhl hat, kann nicht alles haben – dafür sorgen Frank und Trevor Gobi, die VR-Detektive. Das Vater-Sohn-Gespann kommt Wing Fat in die Quere, als sie auf ein organisches Interspezies-VR-Netzwerk stoßen, durch das unterschiedliche Tierarten miteinander kommunizieren können. Auch Wing Fat, der Orang-Utans chirurgisch und genetisch verändert und zu Ersatz-Kindern heranzüchtet, erfährt von diesem »Internet der Natur« und erkennt die unglaublichen Möglichkeiten, die sich ihm hierdurch eröffnen.

Als dritter Band der RIM-Triologie ist »Cyber Blues« ein abgeschlossener Roman, der locker an die Cyberpunk-Thriller »Satori City 2.0« und »Virtual Tattoo« anknüpft.

Autor

Alexander Besher wurde als Sohn russischer Eltern in China geboren und wuchs in Japan auf. Heute lebt er in San Francisco, wo er als Journalist über Technologietrends in Asien berichtet. Sein erster Roman »Satori City 2.0« wurde für den renommierten Philip-K.-Dick-Award nominiert.

Von Alexander Besher im Taschenbuch erhältlich:

Satori City 2.0 Roman (23691)
Virtual Tattoo. Roman (25011)
Cyber Blues. Roman (25012)

Alexander Besher

Cyber Blues

Roman

Aus dem Amerikanischen
von Michael Nagula

BLANVALET

Die amerikanische Originalausgabe erschien
unter dem Titel »Chi«
bei Simon & Schuster, New York

Umwelthinweis:
Alle bedruckten Materialien dieses Taschenbuches
sind chlorfrei und umweltschonend.
Das Papier enthält Recycling-Anteile.

Blanvalet Taschenbücher erscheinen im Goldmann Verlag,
einem Unternehmen der Verlagsgruppe Random House GmbH.

Deutsche Erstveröffentlichung 8/2001

Published in arrangement with the author

Umschlaggestaltung: Design Team München
Umschlagillustration: Agt. Schlück/Krasny
Satz: deutsch-türkischer fotosatz, Berlin
Druck: Elsnerdruck, Berlin
Verlagsnummer: 25012
Redaktion: Werner Bauer
V. B. · Herstellung: Peter Papenbrok
Printed in Germany
ISBN 3-442-25012-9
www.blanvalet-verlag.de

1 3 5 7 9 10 8 6 4 2

Für Shurinka,
meinen wunderschönen roten Schmetterling
Für Koize, den Hüter der Bienen
Für Nicky, die Affenkönigin
Bolshoya Spasiba an Fima und Ada
und für die Family Everywhere

Chi (gesprochen ›tschieh‹; buchstabiert ›qi‹ in Pinyin):

der chinesische Name für die Lebenskraft oder Energie, von der man annimmt, dass sie alle Materie belebt; die präatomaren Bausteine der Energie. Auch bekannt als Äther (Aristoteles), Prana (Indien), Ka (Ägypten), Ki (Japan), Manu (Hawaii), Aché (Yoruba), Mumia (Paracelsus), Primärenergie, Weltraumenergie, Nullpunkt-Energie, Schwerkraft, G-Feld-Energie, eloptische Energie (Dr. Thomas Gale Hieronymous), Tachyonenfeld (Prof. G. Feinberg), morphische Felder (Dr. Rupert Sheldrake), Higgs-Feld (Peter W. Higgs), X-Kraft (Dr. Eerman), Neutrinomeer (Prof. Dirac), Strahlungsenergie (Dr. T. H. Moray), schwache Elektrostatik (Nikola Tesla), Orgonenergie (Wilhelm Reich), biokosmische Energie (Dr. Brunler), lebendes Wasser (Viktor Schaunberger), Odkraft (Baron von Reichenbach), animalischer Magnetismus (Franz Mesmer), Vril (das universelle plastische Medium der Okkultisten), Anima Mundi (Alchimie), Fermi-Meer (Dr. Enrico Fermi), Die Macht (Obi-Wan Kenobi in George Lucas' Film Star Wars*), Die Scheiße, die zum Himmel der Evolution stinkt (anonym)*

Quelle: The Aeonian Press

PHASE 1

Larve

•••••••••••••••••••••••••••

Katoey Butterfly

Kho Sami, Golf von Thailand,
12. April 2038, 22 Uhr 30

Butterfly, der transsexuelle *Katoey,* kannte die Routine und atmete vor der Tür seines Bungalows tief ein; es roch stark nach Orchideen und Jasmin und verschwitzten *Farangs,* diesen Ausländern, die von ihrem Tag am Strand nach Kokosnussöl stanken.

Die meisten *Farangs,* die in der Reihe billiger Bungalows wohnten (100 *Baht* die Nacht, 4 $), schliefen schon seit der Nachmittagssiesta, obwohl der *Katoey* sich nicht vorstellen konnte, wie sie in ihren stickigen Einmatten-Zellen mit der Hitze und den Mücken fertig wurden.

Wahrscheinlich besinnungslos vom Mekong-Whiskey, vielleicht auch von Sangthip, dem hiesigen Thai-Rum, oder dahingerafft vom *Ganja,* das sie in rauen Mengen rauchten und das Butterfly ihnen zu horrenden Preisen in kleinen Thai-Medizinbeuteln mit Reißverschluss verkaufte.

Butterfly hörte einen von ihnen in der Hütte neben ihm stöhnen, als erwache er aus einem Albtraum. Erwachen, *das* war der Albtraum – er runzelte die Stirn. Er wollte nicht Teil ihrer Albträume sein. Wenn man nicht aufpasste, färbten die Albträume anderer auf einen ab.

Butterfly fröstelte, als jähes Unbehagen ihn befiel. *Sang hoon Jai.* Eine plötzliche Ahnung, dass etwas Furchtbares geschehen würde.

Blödsinn, das verging wieder. Er spuckte auf den Boden. Er konnte es sich nicht leisten, sich vom Albtraum eines *Farang* unterkriegen zu lassen.

Nicht heute Abend, wo so viel auf dem Spiel stand. Bald würde er hier weg sein; vielleicht würde er eine eigene Bar in Patpong eröffnen. Oder Bangkok, da konnte er leicht untertauchen, das war eine Million Meilen entfernt, oben im Norden.

Katoeys – ›Strichjungen‹ – brachte man dort mehr Respekt entgegen. Hier mussten sie ihren Hintern im Coffee Boys' Club hinhalten oder an noch schlimmeren Orten. Er hatte es selbst getan, bevor er es besser getroffen hatte.

Wie mit diesem Job zum Beispiel. Er war nicht frei von Risiken, brachte aber zehnmal mehr ein, als auf der Bühne aufgetakelt und mit Silikontitten umherzustolzieren oder mit dem Hintern eine alte Broadway-Melodie zu pfeifen.

Butterfly holte noch einmal tief Luft. Bald würden wieder die Schwelger unterwegs sein, sie mussten jeden Moment auftauchen. *Da.* Da kamen sie gerade. Er sah sie über die Brücke gehen.

Es wurde Zeit, dass Butterfly seine Arbeit machte. Die Arbeit eines *Katoey* war nie getan, besonders, wenn es so viel zu ernten galt. Er musste seine Quote erfüllen.

Kroon, sein Boss, dem das Rasta Palace gehörte, war unter anderem auch der hiesige Polizeichef. Wenn er's verpatzte, konnte es passieren, dass Kroon ihn verprügeln und nach Laos deportieren ließ.

Was sonst noch passieren konnte, wollte er sich lieber nicht vorstellen. Man bedenke, was Pung widerfahren war. Was *war* Pung eigentlich widerfahren? Noch so eine tragische *Katoey*-Geschichte. Gerüchteweise hieß es, dass er die Ware selbst herstellen wollte. Er hatte ein eigenes Labor aufgezogen, den vergrabenen Schatz ausgebuddelt (wie sie Pung kannte, hatte er ihn vermutlich hinter seinem Bungalow in den Büschen gleich am Wegrand verstaut) und war dabei entweder von Kroon oder einem seiner Leute erwischt worden; vielleicht hatte er auch dabei selbst einen Kurzen fabriziert. Dämliche Gans.

Chi von einem *Chi*-Implantat zu übertragen war ein bisschen was anderes als bei sich einen Brainscan durchzuführen, was Pung angeblich immer tat, um auf dem neuesten Stand der Medotechnologie zu bleiben.

Er war zu einem Quacksalber in Chaweng gegangen, der sich auf die Behandlung von *Farangs* spezialisiert hatte (Gehirnerschütterungen durch Verkehrsunfälle, Tauchunglücke, Geschlechtskrankheiten, diese Art Dinge), und der hatte ihm einen Kurzlehrgang im Absaugen von *Chi* gegeben. Das hatten sie mehr oder weniger alle drauf.

Es war ein Nebenerwerb der hiesigen Touristikbranche, illegales *Chi* zu entfernen, für das die *Farangs* so teuer bezahlten, um es sich in exquisiten Kliniken auf dem Festland implantieren zu lassen.

Ein *Chi*-Implantat kostete in Surathani, auf der anderen Seite des Golfs von Thailand, 125.000 *Baht!* Fünftausend US-Dollar! Davon konnte man ein Jahr lang leben – und auch noch seine Familie in der Provinz ernähren. Oder selbst ein Geschäft aufziehen, indem man in Patpong oder Soi Cowboy oder im Na Na Plaza eine *Katoey*-Bar eröffnete …

Butterfly spürte, wie sein Herz schneller schlug. Das alles war jetzt so viel näher, in Reichweite, regelrecht machbar. *Wenn* er sein Blatt richtig ausspielte.

Für die *Farangs* bedeutete ein *Chi*-Implantat die Verheißung ewiger Jugend und aller Freuden, die damit einhergehen. Sex, Drogen, endlose Vitalität, ohne dass man es übertreiben konnte. *Eine Durchhaltegarantie.* Für diesen Preis konnten sie sich Unsterblichkeit auf Zeit erkaufen. Wen scherte es also, wenn irgendein armer Thai, der sich die Nase am Fenster eines exklusiven Clubs platt drückte, hin und wieder etwas von ihnen abzog?

Wenn er sich ein bisschen von diesem robusten Leben borgte und es für die einheimische Bevölkerung wieder aufbereitete? Nur ein klein wenig …

Kroon ging natürlich einen Schritt weiter, deshalb war Kroon ja auch Kroon. *Der Big Boss.* Mit dem legte sich niemand an, nicht die hiesigen Behörden, nicht die Generäle, nicht die Politiker (die alle ihren Schnitt machten – dafür sorgte Kroon schon) – und erst recht nicht irgendwer, der zufällig im Rasta Palace für Kroon arbeitete.

Wie Pung zum Beispiel. Pung, den es jetzt nicht mehr gab. Oder wie Butterfly. Butterfly, der gern seine grellbunten Spandexschwingen ausgebreitet hätte und fortgeflogen wäre, weit, weit fort – an einen Ort, an dem der Dschungel ihm Frieden bescherte.

Butterfly trat in den Schatten vor seinem Bungalow hinaus und ließ einen offenen Plastikkoffer zurück, überall auf der Matte Kleidungsstücke, eine Kerosinlampe und einen Kalender, seine gesamte Habe.

Er ging forsch durch den Palmenhain, an den verrottenden Müllbergen vorbei, die in der feuchten Nachtluft zum Erbrechen stanken, und setzte eine glückliche Smiley-Miene auf.

Auf dieser Lichtung hatte mal ein Rastatempel gestanden, der schon vor langer Zeit niedergebrannt war, und lediglich die Stumpen der Barstühle und das verkohlte Abbild von Bob Marleys Gesicht an der einzigen Wand waren noch von ihm übrig.

Er blieb für einen Moment stehen und rückte die Träger seines blauen Oberteils zurecht, damit seine Brüste zur Geltung kamen und die richtige Wölbung im Spandex-BH entstand, um die *Farangs* mit seinem Ausschnitt zu entzücken.

Dann ging er energisch den Pfad entlang, dorthin, wo die Action war.

Das *Bumm-bumm-bumm* des Rasta Palace hallte in der tropischen Nacht über die Lagune hinweg wider. Schilf raschelte im Wind, und die Heerschar quakender Frösche verstummte, schüttelte mit dickhäutiger Verachtung die Wucht der Nacht ab.

Etwas früher am Abend, bevor die Reggaemusik aus den Megalautsprechern, die in die riesigen, vor dem Club Wache stehenden polynesischen *tiki*-Skulpturen eingebaut waren, zu plärren begonnen hatte, waren die Frösche in das Gebrüll des *Kerbau* eingefallen, des Wasserbüffels, der an den Banyanbaum gebunden war.

Es war ein irrsinniges, rasendes Vorspiel für den Lärm gewesen – das heisere Quaken der Frösche und das ekstatische, empfängliche Brüllen des *Kerbau*. Das hätte jeden angemacht.

Nun steigerte sich die wahre Musik der Nacht in einen weiteren Orgasmus, an dem sie keinen Anteil hatten. Sie konnten lediglich durch den schlammigen Rücklauf des Wassers die Schwingungen aufnehmen.

Die lange, klapprige Holzbrücke, die vom Dorf bis zur Disco-Insel führte, schwankte und knarrte unter der Last der eintreffenden Mopeds. Die zu Fuß Kommenden blieben in einer Reihe stehen, um die knatternden Mopeds vorbeizulassen, dann setzten sie ihre Prozession auf nackten Sohlen, in Plastiklatschen oder *tevas*-Sandalen wieder fort, strebten auf den riesigen palmwedelgedeckten Thai-Pavillon zu, der mit märchenhaften Lichterketten geschmückt war.

Die *Farangs* kamen meistens allein: jung, mittel und alt, aus Europa, Amerika, Australien, Neuseeland und den reicheren Gebieten Asiens, mit genug *Baht* in den Taschen, um sich auf der anderenSeite der Brücke eine schöne Zeit machen zu können.

Manche hatten ihre Mädchen dabei, junge Thai-Freudenmädchen, die sie für kurze Zeit gemietet hatten, wie kurz die Zeit auch immer sein mochte, eine Nacht, eine Woche, zwei Wochen, solange ihre Lust und ihre *Baht* eben reichten.

Oder sie brachten sie von der ›anderen Seite‹ mit – aus Surathani, Phuket, Krabi, den Phi-Phi-Inseln oder sogar Bangkok.

Die Mädchen waren hübsch, anmutig und zart gebaut, manche erst vierzehn, doch die meisten Anfang zwanzig, mit langen schwarzen Haaren, muschelförmigen braunen Augen, in Tank-Tops, Sarongs und knappe weiße Shorts gekleidet, die ihre schokoladenbraunen Oberschenkel enthüllten.

Die, die hinter ihren *Farang*-Freiern saßen, hatten die Arme um deren Taillen geschlungen und kauerten wie Vögel auf der Rückseite eines dahinrasenden Käfigs.

Hemmungslos hoben sie ihr Schwanzgefieder und stellten auf den verschwitzten Sitzen der Hondas und Kawasakis ihre kokosnussförmigen Hintern zur Schau.

Butterfly erwartete sie am Ende der Brücke, an den Ständen, die *Satay*-Spieße und geröstete Shrimps verkauften, gleich neben dem VDO-Freilichtkino, in dem der neueste flackernde Film lief, den sich nur die benommensten *Farangs* mit ihren Mädchen ansahen, um vom Gerangel auf dem Boden zu verschnaufen oder einfach nur den Schweiß trocknen zu lassen.

Butterfly war schon bei der Arbeit, mischte sich unter die *Farangs* und maß ihr Chi. Er hatte seinen *Chi*-Zähler im Makrameetäschchen versteckt, das er um den schmalen Hals gebunden trug.

Die gescannten Ergebnisse wurden an Kroons Leute im Hinterzimmer des Clubs gesendet, wo sie auf ihren Schwarzmarktwert hin analysiert und nach dem täglichen Ausdruck der meistgesuchten Exportartikel ausgewertet wurden.

Es wurden so viele unterschiedliche Arten von *Chi*-Lebensenergie zum Verkauf angeboten: unterschiedliche Qualitäten, unterschiedliche Bandbreiten, unterschiedliche Färbungen und Schattierungen menschlicher Gelüste, menschlichen Potenzials, der Brainpower, des Sexappeals und intelligenter, auf den Körper tätowierter Websites. Alles hatte seinen speziellen Preis, seine eigene Qualität und vorher festgelegte Lebensdauer.

Somit hatte auch jede Art von *Chi* irgendwo auf dem schwarzen Markt ihren potenziellen Käufer, sei es in Singapur oder Kuala Lumpur, Peking oder in Brüssel, London, New York oder Moskau.

Kroons Netzwerk war weit gefächert, er stand mit jedem größeren Syndikat und *Chi*-Broker auf der ganzen Welt in Verbindung. Eine Multitrillionen-Dollar-Industrie.

Manchmal spazierte ein *Farang* ins Rasta Palace, und die *Chi*-

Anzeige spielte verrückt. Dann wies das Implantat eine Besonderheit auf, vielleicht eine Eigentümlichkeit, etwas, das zu etwas anderem führen konnte, was sich dann *wirklich* auszahlte.

Vielleicht war es die geheime Kontonummer eines Waffenhändlers bei einer Vor-Küsten-Bank auf den Gran Turks- oder Cayman-Inseln. Oder die Formel für eine neue Biosoft-Arznei, die sich an eine Konkurrenzfirma verkaufen ließ, oder gar der Teil eines Algorithmus, der in Verbindung mit einer anderen Kleinigkeit – einem Enzym, einem DNA-Faden – eine solide neue Industrie entstehen oder den Preis für Aktien in den Himmel schießen lassen konnte.

Dieser *Farang* würde den Club nie mehr verlassen, denn Kroons Mädchen oder Jungs würden sich bei ihm an die Arbeit machen. Irgendwann würde man ihn nach oben in eine der zeitweisen ›Gäste-Suiten‹ locken, die Kroon für diesen Zweck eingerichtet hatte. T. D. O. – ›Tod durch Orgasmus‹ – nannte Kroon es; so viel gönnte er ihnen noch, bevor er sich ihrer entledigte.

Er hatte das Gerät selbst entwickelt und es perverserweise die ›Todesauster‹ genannt. Das Freudenmädchen oder der Stricher, je nachdem, wer den Auftrag erhalten hatte, führte den ovalen Zylinder in sein Loch ein. Sexuelle Reibung – und Stoßen – trieb dann die Giftnadel in die Vorderseite des Penis. Es war der Ausdruck des Entsetzens – mehr noch als der Schmerz war es der Ausdruck des *Entsetzens* auf dem Gesicht des *Farang*, diese endgültige, schicksalhafte Erkenntnis –, was Kroon so sehr liebte.

Kroon war selber ein alter *Katoey,* sechzig Jahre alt, doch mit dem Körper einer Zwanzigjährigen, ein platinblondes Thai-Mädchen mit einem Körper, für den man morden könnte und der auch für ihn mordete.

Manchmal, bloß um in Übung zu bleiben, verführte er die *Farangs* selbst. Dann beobachtete er wieder alles nur durch den doppelseitigen Spiegel und zeichnete die Snuff-Szene auf. Das war ein weiterer Nebenerwerb von Kroon: Er hatte eine Liste reicher Privatsammler auf der ganzen Welt, die alle reichlich Kohle für solche Todes-Soaps abdrückten.

Die Leiche des *Farang* wurde schnell tiefgekühlt, das *Chi*-Implantat entfernt und noch in derselben Nacht per Luftbote zu einem Umschlagplatz auf dem Festland gebracht, damit es am nächsten Tag weltweit zugestellt werden konnte.

Butterfly bemerkte den *Farang* sofort, sogar noch bevor Tan, Kroons *Chi*-Anzeiger Nr. 1, die Daten analysieren und mit der richtigen Diagnose aufwarten konnte. Er hatte einfach vom ersten Moment an, als sein Blick auf ihn fiel, dieses Gefühl.

Butterfly ließ sich oft von seinem sechsten Sinn leiten – oder war es der siebte? Der gleiche Sinn, der ihn zur Hure machte – zu keiner sehr erfolgreichen, aber immerhin kam er über die Runden –, hatte einst tief und stolz seinen Familienstammbaum durchzogen.

Generationen zuvor war einer seiner Ahnherren Dorfmedizinmann gewesen, ein *maw pii,* der seine Arbeit unter den Bergstämmen von Laos verrichtete. Er war auf Knochenzauber spezialisiert und konnte die Toten von ihren Gebeinen befreien (sonst verweilten sie auf der irdischen Ebene und machten sich und ihrer Verwandtschaft nur Ärger; hungrige Geister waren zornige Geister). Manchmal rief der *maw pii* sie sogar gegen ein Entgelt durch eine Mischung aus Kräutern und einigen kunstvollen Anrufungen der Sterne ins Leben zurück.

Butterfly spürte, wie sein Ururgroßvater sich in ihm regte und jede Faser seines Seins durchdrang, wobei er gerade lange genug innehielt, um sich an die *Katoey*-Hülle seiner Haut zu gewöhnen.

Nein, Butterfly brauchte keinen tragbaren *Chi*-Anzeiger, um zu wissen, dass dieser Mann etwas Besonderes war. Irgendwie war er nicht einmal ein *Mann,* gewissermaßen. Er *gehörte* nicht dazu – nicht so, wie ein *Katoey* weder dem einen noch dem anderen Geschlecht angehörte –, sondern auf greifbarere, augenfälligere Weise.

Jenseits des *Katoey* – jenseits dieses Körpers, doch noch in der gleichen Gestalt ...

Jedenfalls lächelte er ihn an, als wüsste er Bescheid. Er *wusste* es. Er wusste, was Butterfly tat! Er war blond, dieser *Farang*, braun gebrannt, gut gebaut und jung, sah aus, als gehörte er nicht ins Rasta Palace. Es war nicht seine Suche nach Vergnügungen, die Butterfly und die anderen in diesem gottverlassenen Höllenpfuhl betörte.

Weder Lustknabe noch Freudenmädchen, nichts dergleichen, nicht für ihn. Butterfly konnte einen Schauder verspäteten Erkennens nicht unterdrücken.

Nicht für es? *Das* wahre *es?*

Seine Augen waren grün, strahlten irgendwie, fast wie Algen von einem schwachen Leuchten erfüllt, mit einem Glitzern wie von Wald und Meer. Er trug ein schlichtes weißes Thai-Baumwollhemd und eine weite Baumwollhose. Seine Füße waren sonnenverbrannt, goldenes Haar glitzerte auf den muskulösen Unterarmen; Hände und Finger waren wohlproportioniert, breit und liefen doch spitz zu.

Er blieb vor ihm stehen und sprach ihn auf Thailändisch an, was ungewöhnlich genug war für *Farangs,* die sich noch nicht so weit verloren hatten, um in diesem Land des Lächelns Wurzeln schlagen zu können.

»Bruderschwester«, wandte der Mann sich mit leiser Stimme an sie, die in Butterflys Ohren lauter zu klingen schien als das Plärren der Reggaemusik aus den Lautsprechern an den *tiki*-Totems.

»Du dachtest daran, dass heute vielleicht die Nacht ist, in der du das *Chi* stehlen könntest, das du brauchst, um von hier fortzugehen und ein neues Leben zu beginnen.«

Butterfly keuchte auf. Er hatte Kroon eine seiner Todesaustern gestohlen und trug sie nun in sich. *Wie zum Teufel konnte er das wissen?*

Butterfly starrte ihn an, und die Trauer in seinem Blick wurde von der Woge eines seltsamen neuen Gefühls davongeschwemmt. Des Gefühls, dass sein Leben, so wie er es kannte, nun endete, dass es aber einfach von etwas anderem ersetzt wurde, einem neuen Wunder, das ihn nicht zwang, sein Glück rational fassen oder sich dem unerträglichen Schmerz des Lebens aussetzen zu müssen.

Hatte seine Vorahnung eines *sang hoon jai* sich darauf bezogen? Etwas Schreckliches, etwas Wunderschönes würde in sein Leben Einzug halten.

Der blonde *Farang* klang jetzt beinahe schüchtern, als wollte er etwas vorschlagen, für das er nicht die richtigen Worte fand. »Ich kam gerade vorbei, unterwegs zu einem anderen Ort«, erklärte er. »Da *spürte* ich dich. Ich spürte deinen Ruf. Deshalb *musste* ich kommen ...« Sein Kinn mit dem Grübchen schob sich wie der Punkt eines Ausrufezeichens vor. *»Ich muss*te *hierher kommen ...«*

Er warf ihm abermals einen Blick zu, der ihn mit Beherztheit erfüllte, der häufig irreführenden Beherztheit, die wieder Hoffnung bringt. Er sprach sanft zu ihm, freundlich. »Du wolltest dafür stehlen, vielleicht sogar töten. Ich bin hier, um es dir zu *schenken.* Es gehört dir schon, ist in diesem Moment dein Eigen. Es steht dir vor *Augen.* Siehst du nicht den Unterschied? Der Rest, all dies ...« Er breitete die Hände nach den Seiten aus. »... ist falsch. Es ist absolut nicht echt. Nicht das wahre *Chi ...«*

Der *Katoey* sah es. Wichtiger noch – er *verstand.* Dann sagte er hastig zu dem Mann, platzte heraus: »Du musst von hier verschwinden. Wenn nötig, finde ich dich. Falls es der richtige Weg ist. Aber du musst gehen. *Sofort.«*

Er warf einen raschen Blick hinter sich zum Eingang des Rasta Palace. Die *Farangs* und ihre Thai-Gespielinnen schlenderten die Stufen hinab, vom Rhythmus angezogen, von den lodernden Fackeln angezogen, die im Inneren brannten, wo mit zum gewölbeartigen Gebälk des Tanzclubs erhobenen Händen Bob Marleys gewaltige Gipsfigur stand.

»It's hot-hot-hot, feeling hot-hot-hot ...« Der Schlangentanz

zuckte nach den Klängen der Band auf der Bühne. Kroons Männer waren noch nicht aufgetaucht, doch Butterfly war sicher, dass es jeden Moment so weit sein konnte.

Als er sich umdrehte, war der Fremde fort. Er glaubte noch, ihn über die lange Brücke zur Lagune gehen zu sehen, doch im Getümmel der Motorräder und Dröhnen der *songthaews,* der überdachten Minitruck-Taxis mit ihren harten Sitzbänken, die ihre betrunkenen Fahrgäste vor dem Eingang des Rasta Palace abluden, betäubte der Wirrwarr des Augenblicks Butterflys Sinne.

Dann sah er Kroon und seine beiden Helfer Doom und Krik mit den auf die Arme tätowierten verschlungenen blauen chinesischen Drachen. Sie kamen auf ihn zu, und Kroon schlug ihm derb ins Gesicht.

Bangkok-Regen

Wing Fat hob eine Braue – eine dünne emaillierte Linie, die über den mandelförmigen Halbmonden seiner opiatschwarzen Augen verlief. Er rauchte gerade seine vierte Pfeife an diesem Abend, und das zunehmende Gefühl der Entrückung, das an diesem Punkt gewöhnlich einsetzte, wurde von der möglichen Ironie all dessen wieder zunichte gemacht.

Kein Aal, sagte er sich, *sondern ein Drache … aber waren sie nicht alle verkleidete Drachen? Diese kleinen Enthüllungen, die sich entlang des Weges zu einer größeren, gewaltigeren Mehrheit anhäuften? Oder war es nur Madame O., die mit dem Versprechen auf einen großen Fang seine Glaubwürdigkeit auf die Probe stellte?*

Wing Fat lag in seinem weltläufigen, klimatisierten Wohnzimmer auf seiner Opiumcouch aus Rosenholz hingestreckt; Figuren aus der T'ang Dynastie standen von wachsamen Spots beleuchtet in den vier Ecken des Vorzimmers, eine kleine Terracotta-Armee aus Soldaten, mit Laser speienden Lanzen vernetzt, um ihn gegen Eindringlinge zu beschützen.

Kostbare Teppiche aus Samarkand lagen verteilt auf dem funkelnden Teakholzboden. Eine dünne Rauchfahne aus seltenem Sandelholz-Räucherwerk erhob sich vor der Kwan-Yin-Figur im Alkoven aus einer Bronzeurne.

Die Göttin der Barmherzigkeit könnte genauso gut eine Angestellte in Wing Fats Haus sein. Er war ihrer Barmherzigkeit schon lange überdrüssig … An diesem Punkt seines Lebens brauchte er Erlösung, *und dazu dienten ihm die Pfeifen …*

Was *war* er eigentlich? Wing Fat ging die Möglichkeiten durch. Er war ein fetter, wohlhabender, erfolgreicher Geschäftsmann, in eine durchscheinende schwarze chinesische Seidenrobe gehüllt. *Sei ehrlich.* Wie fett? Sechshundertfünfzig Pfund.

Er hatte Bedienstete, die sich um all seine Bedürfnisse kümmerten. Um seine Mahlzeiten, um Sex, um das Herumchauffieren in seinem sonderangefertigten Sedan durch die dicht gedrängten Straßen von Bangkok.

Sein von Nissan erbauter Water Buffalo hatte hydraulische Hörner, um die dreirädrigen *tuk-tuks* aus dem Weg schubsen zu können, mit einer Magnetschwebeoption zum Navigieren im Geflecht der Freeways, die kreuz und quer am Himmel über der Stadt verliefen.

Wing Fat hatte einen eigenen Privatlift, der zum dreißigsten Stock seines luxuriösen Hochhausapartments führte, das ihm den Blick über den wimmelnden Chao-Phraya-Fluss im exklusiven Chinesenviertel Balamphung gewährte.

Der Lift war intelligent und schnappte alle Gerüchte über die Mitmieter im Gebäude auf – ebenfalls chinesische Millionäre, durchtriebene Händler, die ihre Finger in tausend verschiedenen Geschäften hatten, einige sogar auf seinem Arbeitsgebiet.

Wing Fat bezahlte seinem intelligenten Lift eine stattliche Summe, für die er Anteilsscheine von Otis Asia erwarb. Eines Tages würde er das gesamte Netzwerk der Otis-Fahrstühle in der Region kontrollieren; er betrachtete es als gut angelegtes Geld.

›Long Neck‹ war einer seiner besten Informanten.

Er hatte auch Bedienstete wie Little Min, der schon von Kindesbeinen an bei ihm war. Wing Fat war zweiunddreißig Jahre alt. Little Min galt buchstäblich als seine rechte Hand. Er stopfte ihm die Pfeifen. Er kannte Wing Fats Grenzen und forderte ihn auf, über sie hinauszuwachsen. Ihre tägliche Übung bestand darin, die bestehenden Grenzen weiter auszudehnen.

Dekadenz *war* eine Kampfkunst, egal, was die Leute sagten. Dann zog Little Min ihn wieder in ruhige Gewässer zurück, in *diese* Welt.

Little Min war die einzige Person, der Wing Fat so weit vertraute, dass sie für ihn das vernetzte Geisterhaus führen durfte, er sich Kostproben von ihm mitbringen ließ und ihm erlaubte, die kunstvolle Präsentation der *Chi*-Specimen vorzubereiten, um anschließend ihren Transfer an die Vielzahl seiner ausländischen Klienten auf der ganzen Welt zu veranlassen.

Little Min sog den Missbrauch, mit dem Wing Fat ihm dankte, ohne den geringsten Anflug von Klage ein. Er strahlte den perfekten Gleichmut des Sklaven aus, der akzeptiert, dass seine wahre Stellung im Leben darin besteht, ›reglos unter dem Berg zu liegen‹.

Diese Stellung bot Little Min den besten Rundblick auf die Welt. Außerdem konnte er den Berg ja jederzeit verschieben, wenn ihm danach war. Er kannte alle Akupressurpunkte von Wing Fats Psyche.

Wie jetzt, wenn er ihm die neuesten Proben aus dem Geisterhaus brachte …

Little Min hatte das kodierte Päckchen entschlüsselt und brachte es seinem Herrn auf einem schwarzen Lacktablett. Er nahm das Seidenbrokat herunter, das die Holo-DNA-Probe in der Petrischale bedeckte, und verneigte sich.

Siehst du, wie der Berg sich regt, sogar noch nach vier Pfeifen? Es war erstaunlich, wie dieser mächtige Klotz und Klumpen geschmeidig und schlau wurde wie ein Akrobat auf der Bühne eines Kabaretts in Schanghai … Dieser Mann barg eine ganze Stadt mit Tausenden von Einwohnern in sich, so unterschiedlich wie Wing Fats viele Launen …

In dieser Nacht hatte Wing Fat nach dem Verzehr seiner zwei Dutzend Gänge, wobei die Essstäbchen in Windeseile von Schale zu Schale gehuscht waren – Spatzenzungen, sautierte Galle von Tigerjungen, eine köstlich angerichtete gebratene Bärentatze, das Auslöffeln des Gehirns lebender Affen –, wie gewöhnlich zu viel getrunken.

Zu viel Cognac, zu viele Flaschen eisgekühlten Singha-Biers, zu viele Tassen Soochow-Tee, und er hielt dem Druck nicht mehr stand. Seine Blase wollte sich augenblicklich entleeren, und Little Min gelang es gerade noch, Wing Fat in den Waschraum zu bugsieren.

»Schnell, schnell«, befahl Wing Fat in plötzlicher Gereiztheit. »Ich halt's nicht länger aus, du Trottel! Hol ihn schon raus, sonst bepinkel ich mich!«

Little Min hantierte an der Seidenrobe seines Herrn, und nicht einmal mit Höchstgeschwindigkeit schaffte er es, unter den massigen Fleischfalten Wing Fats Armatur ausfindig zu machen.

»Min! Beeil dich!«

Der feiste Berg vergoss heiße Tränen der Frustration; zu Zeiten wie diesen war er ein richtiges Kind. Er bedurfte sogar Little Mins neutraler Hand, um seinen Stall voller Konkubinen zu beglücken; Little Min war wie ein Zimmermann der Lust, der sich auf das Verschmelzen von Fleisch spezialisiert hatte, damit der ›Frühlingsregen‹ kam …

»Tut mir Leid, Gebieter«, lärmte Little Min (er wusste genau, wann und wie er diese exquisiten kleinen Momente der Rache ausspielen konnte). »Aber ich fürchte, ich kann Ihr *Blumenstöckl* nicht finden.«

»Tausend Flüche auf deine Ahnen, Min, *du* hattest ihn doch zuletzt!«

Wortlos brachte Little Min den Bauchwärmer zum Vorschein, zielte mit dem Wasserstrahl des Herrn auf die Schüssel, und Wing Fat schloss ekstatisch für drei oder vier Minuten die Augen, bis seine Blase ratzeputz leer war.

»Tu mir das nie wieder an«, warnte Wing Fat ihn und schlug Little Min mit einer Dankbarkeit, die aus der üblichen Verachtung geboren war, auf den Hinterkopf.

Nun lag Wing Fat auf seiner Couch und angelte in den Traumteichen seiner Kindheit. Er war der Nachkomme des Nachkommen eines Nachkommen, seine Familie ließ sich bis auf die Qing-Dynastie im neunzehnten Jahrhundert zurückverfolgen. Seine Vorfahren waren Compadres der *tai-pans* gewesen, der Drogenlords des britischen Imperiums, die auf seiner Inselenklave Shamian, flussaufwärts des geschäftigen südchinesischen Hafens Canton am Pearl River, mit Opiumhandel ihr Dasein gefristet hatten.

Wing Fats Vorfahren hatten natürlich kräftig mitgemischt – und selbst bei jeder sich bietenden Möglichkeit mit Opium gedealt, manchmal auf dem Festland, manchmal auch, indem sie den Stoff durch ein weit verzweigtes Netzwerk von Klansmitgliedern, die über ganz Südostasien verteilt waren, verschifften.

Was hatte sich seit jener Zeit schon geändert? Wing Fat nahm die fünfte Pfeife aus Little Mins Händen entgegen und inhalierte den süßlichen Rauch. Sein eigener Zweig der Familie hatte sich in Thailand niedergelassen, in Bangkok, wo er die Opiumtitte des Goldenen Dreiecks gemolken hatte.

Doch Wing Fat hatte das Familiengeschäft abwechslungsreicher gestaltet. In Stanford ausgebildet – mit einem Doktorimplantat auf dem Gebiet der bioenergetischen Pharmazeutik –, war er ein außergewöhnlicher *Chi*-Broker.

Er vermochte die geringsten Mengen *Chi* aufzuspüren und mit dem Geschmackssinn eines Connaisseurs zu genießen, der seine

Palette an Tees kennt und jedes Blatt – bis zur ultimativen Perfektion gebrüht – mit bebender Bewusstheit voll auskostet.

»Kam das eben erst herein?« Seine Stimme, obwohl kehlig vom Rauch, wurde anlässlich des konkreten Gedankens lauter.

Ein Gedanke nach dem anderen, mit nadelscharfem Sinn durch jede Schlaufe gezogen, bis die Stickerei der Erkenntnis vollendet war. Was für ein raffinierter Gedanke! Bisweilen war es regelrecht ermüdend, jede noch so kleine Abstraktion in dem deliziös frittierten *cloissoné* abzulegen, bis es als vollständiges Kunstwerk wiederauferstand.

»Gerade eben, vom Geisterhaus«, antwortete Little Min ihm. Jedes Thaigebäude, jedes Thaigeschäft hatte ein Geisterhaus auf seinem Grund und Boden, in dem vor einem Altar den Göttern Opfer dargebracht wurden. Ohne Wissen und Zustimmung der Götter wäre schlechtes *joss,* Unglück, die Folge.

Wing Fats Geisterhaus stand auf einer blutroten Säule auf dem Balkon vor seinem Wohnzimmer und Büro.

Es barg einen Toshiba-Cray-Biosupercomputer mit Satellitenverbindung in seinem Allerheiligsten. Durch sein DNA-Fax-Board konnte man praktisch ein menschliches Lebewesen verschicken. Jedenfalls konnte man es wiederherstellen, doch Wing Fats Meinung nach war es immer noch billiger, mit einer Dragon Fly Concorde zu fliegen.

Dreißig Stockwerke unter Wing Fats Apartment zogen die Barken, lange Boote, und Fähren ihre Bahn auf dem gewundenen Flussarm des Chao Phraya mit seinem weit verzweigten Aderngeflecht der *klongs,* der Kanäle, die das abnorm aufgeblähte Herz der Stadt Bangkok speisten.

»Herkunft?« Wing Fats Blick sagte ihm, dass er einem solchen Specimen noch nie zuvor begegnet war. *Noch nie zuvor begegnet.* Was entweder hieß, dass es ganz und gar neu war oder so echt und neu, dass es sich um einen Schwindel handeln musste, eine raffinierte Fälschung, wie sie in diesem Geschäft nur allzu weit verbreitet waren.

Leider sind einige Dinge einfach zu schön, um wahr zu sein. Wing Fat seufzte.

»Von Kho Samui. Über Kroon«, erwiderte Little Min aufmerksam.

»Doch nicht wieder eine dieser auf wundersame Weise Leben spendenden *Chi*-Sporen von einer der sagenhaften Inseln der Unsterblichen, eh? Mit anderen Worten, Pilze für Deppen.«

Little Min blinzelte ungerührt. Er war ebenso vertraut mit den uralten Legenden wie jeder andere auch, der mit chinesischen Märchen über die taoistischen Unsterblichen aus der mythischen Vergangenheit des Mittleren Königreichs aufgewachsen war.

»Sei's drum, führen wir eben den üblichen Test durch. Wenn wir schon Deppen sein müssen, dann wenigstens Deppen in der ruhmreichen Idiotie unserer Privatsphäre. Bring Xiaoling her. Sie war wieder ein kleines Luder, hat heute Morgen auf den Teppich geschissen. Ihre kostbaren Perlen auf einen Schatz der Ming-Dynastie im Wert von einer Milliarde *Baht* gesetzt.« Wing Fat lachte säuerlich. »Und *das* ist der Schwarzmarktwert, vergiss das nicht. Ich habe diesen Teppich erst letztes Jahr an der Hintertür des Palastmuseums in Taipei erworben ...«

Little Min verneigte sich und verließ den Raum. Einen Moment später kehrte er mit einem hektisch hechelnden Pekinesen zurück, der sein seidengrau haihautfarbenes Fell mit Speichelfäden besabberte.

Xiaoling war eine weitere von Wing Fats Neuerwerbungen, eine direkte Nachfahrin von einem der Würfe chinesischer Palasthunde aus der Zucht der Kaiserinwitwe Tzu-Hsi in der Verbotenen Stadt. Sie hatte das Gesicht eines aufgeschwemmten Karpfens und den Hochmut eines Eunuchen, der die Schlüssel zum Lagerhaus mit den kaiserlichen Schätzen verwahrte.

»Setz sie auf den Tisch«, befahl Wing Fat.

Little Min streichelte Xiaolings Kopf, hielt sie jedoch fest unter dem Arm. Er blickte Wing Fat an, der nickend sein Einverständnis erklärte. Little Min presste die kleine Kehle des Pekinesen zusammen; das Tierchen schauderte kurz, war aber bereits tot, bevor der nächste Speichelfaden seine Brust erreichte.

»Ist sie tot?«, fragte Wing Fat.

Little Min nickte. »Ihr Herz schlägt nicht mehr.«

»Jetzt die Spritze.«

Little Min brachte den Apparat zum Vorschein, lud das Instrument mit der Probe und sprühte Xiaoling das Aerosol-*Chi* in die Nasenlöcher. Die beiden Männer warteten. Wing Fat war zu abgestumpft, um Neugier zu zeigen, Little Min dagegen zu neugierig, um irgendwelche sichtbaren Zeichen von Interesse zu bekunden.

»Nichts«, sagte Wing Fat nach einer Weile, während der er Xiaolings leblose Gestalt gemustert hatte. »Wieder nur ein Märchen, von denen hören wir in letzter Zeit viele. Sag Kroon, dass er nachlässig wird, und zieh von seinem Anteil an der nächsten Fracht acht Prozent ab. *Das* ist ein Märchen, an das er glauben wird ...«

Noch bevor die Worte Wing Fats Lippen verlassen hatten, beendete die *Chi*-Infusion ihren Spiralzyklus durch das Lebenszentrum des Hundes, und sein Speichelfluss setzte wieder ein. Xiaoling öffnete die wassermelonenkernschwarzen Augen und erhob sich ein wenig wacklig auf alle viere, winselte, als hätte man ihn vorübergehend beim Schwingen auf der Schaukel des Lebens unterbrochen. Dann schiffte er auf Wing Fats Opiumpfeife und löschte die Glut im Pfeifenkopf.

Wing Fat lächelte ungläubig, wollte nicht so einfach akzeptieren, was er gerade erlebt hatte. Er wandte sich an Little Min und sagte kühl zu ihm: »Ich weiß, dass du mich manchmal gern zum Besten hältst. Das ist doch nicht einer deiner Tricks, oder? Wenn ja, dann wird es jetzt nämlich vergnüglicher für dich sein, den Scherz einzugestehen, als für mich, dich später zu töten.«

Little Min starrte seinen Gebieter an und schüttelte den Kopf. Das genügte Wing Fat. Er war mit den Lügen und Manipulationen seines Leibdieners vertraut, doch mehr als dieser Ausdruck auf seinem Gesicht war nicht nötig, um ihn zu überzeugen. Das hier geschah wirklich. Vielleicht *war* es ja eine Täuschung, doch es geschah wirklich.

»Setz dich mit Kroon in Verbindung«, befahl Wing Fat. »Teile ihm mit, dass wir – dass *ich* – seine Geste und seinen Anteil an diesem Geschenk zu schätzen weiß. Teile ihm außerdem mit, dass wir noch mehr brauchen. Wir müssen die Quelle erfahren, dafür wird er großzügig entlohnt. Er ist ein alter Freund, ein geschätzter und vertrauenswürdiger Freund ...«

Wing Fat hielt inne. »Wenn wir dann mehr haben, womit wir arbeiten können, werden wir mit unserem *anderen* geschätzten Freund in Verbindung treten. In Amerika.« Wing Fats Augen verengten sich zu kaum noch wahrnehmbaren Schlitzen, und sein grobes Gesicht verlor plötzlich die weibischen Konturen. »Das wird diese Deedee-Frau freuen. Es wird sie ganz ungeheuer freuen, davon bin ich überzeugt.«

Little Min verneigte sich und machte kehrt, um mit dem hechelnden Pekinesen unter dem Arm den Raum zu verlassen.

»Eines noch«, hielt Wing Fats Stimme ihn jäh zurück; sie hatte jetzt diesen rauen Unterton, einen Singsang, der stets Gefahr verhieß.

»Bevor du gehst, mach das hier erst sauber.« Er nickte hinüber zur Opiumpfeife und der Pfütze auf dem Tisch mit den Perlmutt-Einlegearbeiten in Form von Eisvogelfedern.

Little Min zog ein Tuch aus der Tasche seiner Hausjacke, das er immer benutzte, wenn sein Gebieter etwas verschwappt hatte, doch Wing Fat stoppte ihn erneut. »Bevor du den Tisch abwischst, kümmere dich um den Hund.«

Little Min zögerte nicht. »Ja, Herr«, erwiderte er. Er ging zur gläsernen Schiebetür am Balkon, öffnete sie und ließ Xiaoling dreißig Stockwerke tief in die fließende Dunkelheit des Chao Phraya fallen.

Little Min verstand, dass die Warnung ihm galt. Xiaoling war ein sehr, sehr kostbarer Hund. Im Vergleich dazu war Mins eigenes Leben nur Billigware wie die illegalen *Chi*-Implantate, die Straßenhändler in den Seitengassen der Silom Road feilboten.

Er blickte hoch, als er mit einem Mal spürte, wie Regentropfen sein Gesicht trafen. Es war einer dieser plötzlichen Regenstürme, die aus dem Nichts heraus entstanden, aus der Raserei der Leere.

Bangkokregen.

»Gibt es sonst noch etwas, Herr?«, erkundigte Little Min sich, während er reglos auf dem Balkon stand, der sich in einen rauschenden Wasserfall verwandelt hatte. Wing Fat ließ ihn einen Moment lang die volle Gewalt der Fluten spüren. Die Natur hatte für ihn gesprochen, wunderschön und beredt.

Vielleicht konnte man die Natur nicht beherrschen, *noch* nicht – aber man konnte wie ein Bauchredner mit Stürmen, Donnerschlägen und anderen Naturkräften *spielen.* Es zählte ohnehin nur die Illusion.

Genau wie dieses *Chi*-Specimen, das ihn bis ins Mark erschüttert hatte. Ob echt oder nicht, es hatte *gewirkt,* und nur darum ging's. Umso besser, wenn es seinen Zauber auf die *Farangs* im Westen ausübte. Der Chinese kontrollierte trotzdem die Quelle. Fing Wat würde mehr als nur reich werden, er würde die intellektuellen Besitzrechte an der Unsterblichkeit haben.

»Nein, das war alles.« Wing Fat wedelte mit der Hand und entließ Little Min. »Du kannst jetzt gehen, aber achte darauf, dass du auf dem Boden keine Spur hinterlässt. Ich ziehe dir für jeden nassen Fußstapfen tausend *Baht* von deinem Lohn ab.«

Chi-Time

San Francisco

»Nicht *Sie* schon wieder, Sykes«, blaffte Harry Morgan, der hoch gewachsene Texaner mit der Gürteltierlederweste und den dazu passenden Jeans Paul Sykes an. Als wäre der freie Autor aus England nur ein Kadaver am Straßenrand, der noch nichts von seinem Unglück wusste, in Morgans Sammlung von *gris-gris*-Voodoo-Talismanen einverleibt zu werden.

»Ich dachte, ich hätte Ihnen geraten, mir nicht mehr unter die Augen zu kommen«, zischte Morgan. »Sie sind auf meinen Veranstaltungen nicht willkommen. *Verpissen* Sie sich.«

Morgan war für sein Hobby bekannt – das Häkeln von Fetisch-Häuten. Er hatte sogar einen Laden, *Ruined Skins,* voll von dem Zeug in Fillmore und Haight. Wiedergeborene Deadheads trugen die bunt gefärbten Skalps zu den Full Moon Garcia Raves, die Morgan am Limantour Beach in Marin County abhielt. Für die psychedelischen Massen in Inverness bot er auch Carlos-Castaneda-Nächte an, mit DJ *brujas,* mexikanischen Schamanen, die Acid-House-Country-&-Western-Ragas spielten, bis Don Juans überschäumendes *Chi* durch die Metaflicken eindrang, die sie auf ihren Schädeln trugen.

Sein Vermögen hatte Morgan jedoch als erfolgreicher Promoter der ›Whole-*Chi*-Expo‹ gemacht, einer dreitägigen Veranstaltung, die alljährlich auf dem weitläufigen Ausstellungsgelände an einem der Stege von Fisherman's Wharf abgehalten wurde.

Sie war der Welt größter Kongress für neueste *Chi*-Technologie, komplett mit organischen und postorganischen Produktdarbietungen, noch erheblich größer als die unmittelbare Konkurrenz, die *Chi* Comdex, die jeden Herbst in Las Vegas stattfand.

Harry hätte schon vor einer Million Jahren in Rente gehen können, dachte Paul Sykes bei sich. Er hatte alles – eine 400 Morgen große Ranch in den Bergen von Santa Cruz, einen Whirlpool aus Redwoodholz von olympischen Ausmaßen und voller gefügiger Babes – drallen *Chi*-Groupies mit blonden Rastalocken und schier unersättlichen Sexualzentren im ersten *Chakra* – und mehr als genug Spielzeug, um den Mistkerl für den Rest seines Lebens zu beschäftigen.

Warum hasste er Sykes dann so sehr? Lag es an der Satire, die er über ihn in der *Aura Times* veröffentlicht hatte?

Paul Sykes trieb sich gerade am Falafel-Stand herum, als Morgan in den Gang einbog und ihn erspähte.

Sykes hatte Hunger und war ein wenig deprimierter als gewöhnlich; er befand sich mitten in dem Entscheidungsprozess, ob er seine Zähne in einen grünen Algenburger schlagen oder sein Geld für das Cablecar-Ticket aufheben sollte – *oder ob er einfach weitermachen, jetzt etwas essen und später versuchen sollte, eine Gratisfahrt den Russischen Berg hinauf zu ergattern ...*

Es waren jede Menge Touris in der Stadt und Tausende *Chi*-Kongressteilnehmer, und er könnte an der Ecke Union und Hyde locker abspringen, bevor der Schaffner bei ihm war, und *dann* zu Fuß zu seinem trostlosen Einzimmer-Apartment in der Valencia Street im Bezirk Mission gehen, gut und gern ein Spaziergang von 45 Minuten, aber zum Teufel ...

Jetzt musste er ja ausgerechnet Harry Morgan über den Weg laufen. Scheiße.

Paul Sykes *musste* eine Story über die *Chi*-Expo abliefern, an die Zeitschrift *Primal Tube. Große Sache, was?* Aber er brauchte die Kröten. In jedem x-beliebigen Medium hätte er sein Zeug verbraten, wenn die Leute nur mit der Knete rüberkamen. Er hörte noch die Herausgeberin Rita Volkov, die ihr editorisches Mantra herunterbetete, immer dieselbe alte Leier über Empfängnis-Theologie:

»Wenn die Leute ihre Erfahrung als reifes Ei im Eierstock noch

einmal durchleben, berichten sie routinemäßig von Empfindungen, die von jähem Bedauern über das Verlassen der ›Schwesternschaft‹ bis zu äußerstem Entsetzen über den ›Eintritt in die Leere oder das Angesicht des ›sicheren Todes‹ reicht. Wir wollen, dass Sie die Expo aus dem Blickwinkel des ›reifen Eies‹ behandeln, Paul. Schaffen Sie das? Mit 2500 Wörtern oder weniger, aber das darf natürlich nicht Ihren Stil verhunzen …«

»*Geht klar*«, hatte er erwidert. »*Zweihundertfünfzig Dollar – und die üblichen Spesen?*«

Rita hatte ihm ein mattes Lächeln geschenkt, das so viel besagte wie: ›Packen Sie's an.‹ Der Himmel wusste, warum sie ihn mochte. Vielleicht wollte sie einfach nur flachgelegt werden, war sich aber nicht sicher, wie herum er tickte. Er hatte sie im Ungewissen gelassen, sie war nicht sein Typ – zu viel Gaia in den Hüften und ständig stapfte sie in diesen Gesundheitslatschen herum, die Paul für die sexuell tödlichste Fußbekleidung hielt, seit der Mensch den Fetisch Fuß entdeckt hatte; trotzdem war er ihr für den Auftrag dankbar.

Überlebende müssen dankbar sein. Dankbarkeit bedeutet, dass es wenigstens etwas *gibt, wofür man dankbar sein kann …*

Paul Sykes war Engländer, 32, sah nicht schlecht aus, hatte für einen Engländer recht gute Zähne und besaß einen schier unerschöpflichen Vorrat an bösartigen Einzeilern. ›Wie Oscar Wilde auf Steroiden‹, hatte einer seiner amerikanischen Redakteure einmal über ihn gesagt.

Sie erwarteten ›britischen Humor‹ von ihm – eines der letzten großen Exportgüter seines Landes. Es verlieh seinem Schreiben einen leichten Vorteil gegenüber der hiesigen Konkurrenz. Er war ein Schaumschläger, ohne zwangsläufig auch der letzte Arsch zu sein. Auch für diese Gabe war er dankbar, so wie für all die anderen Dinge, die für ihn sprachen …

Sykes trug einen angesagten Haarschnitt mit blasslila Mähne nach Art der Semiolen. Er war eindrucksvoll tätowiert, mit ei-

nem Faksimile der Titelgravur der Erstausgabe von Die Pickwickler *auf der linken Gesäßhälfte, auch hatte er mal ein Genitalpiercing gehabt, einen Prinz Albert, doch das hatte man entfernen müssen, um Nierensteine zertrümmern zu können.*

Zu Sykes' Lebenslauf: Er war einmal Theologiestudent in einer New-Age-Abtei in Salisbury bei Stonehenge gewesen, doch hatte er seinen Glauben verloren, nachdem er entdeckte, dass der Abt und seine kundalini-*Jünger darauf abfuhren, die Auren der jüngeren Studenten zu missbrauchen. Die zufällige Begegnung mit einem polnischen Anarchisten führte ihn zu der Überzeugung, dass sie ohnehin alle den falschen Baum ankläfften.*

Die nächste große Religion war natürlich der Nazi-Okkultismus gewesen. Und als Antwort auf die beliebten gnostischen Selbstmordkulte dieser Tage zeichnete sich schon die nächste Welle eines teufelsverehrenden Crowleyismus ab …

Nachdem er seine Träume, der Priesterschaft beizutreten, aufgegeben hatte, arbeitete Sykes eine Weile als Handelsvertreter für Auraversicherungen. (»Wenn Sie sechs blaue versichern, kriegen Sie eine grüne gratis.«) Es war ein entmutigendes Geschäft, und nach zwei Monaten wurde er gefeuert, weil es ihm nicht gelungen war, die Quoten der Firma zu erfüllen.

(»Zwölf neue Policen pro Woche, Sykes, das ist das Minimum«, *ließ Ajit Kirpalani, sein Verkaufsmanager bei der Poona Brother's Prana & After-Life Insurance Co. Ltd., ihn bei ihrem letzten Gespräch wissen.)*

Im Gefolge dieses Karriererückschlags bekam Sykes zum ersten Mal einen Vorgeschmack auf Festanstellung: Er machte die einzigartige Erfahrung, einige Jahre außerhalb von London als Totengräber tätig zu sein. Die Arbeit machte ihm Spaß – er vergrub sich sozusagen darin.

Sie gab ihm die Möglichkeit zum Nachdenken, all die tiefgründigen Fragen zu stellen, die er schon immer hatte stellen wollen, und die Flüchtigkeit allen Seins zu erkennen. Wenn es keine Antworten gab, *vielleicht* gab *es ja auch keine* Fragen?

Das war, bevor er sich für den freien Journalismus entschied. Dabei hatte Sykes' jüngerer Bruder Charlie, 27, Pate gestanden, denn es war Charlie gewesen, der ihn in die Staaten gelockt hatte. Charlie hatte einen Mordstreffer gelandet und war der Geliebte eines berühmten englischen Produzenten einer Anzahl von Hit-Musicals geworden (›Kundalini Girls‹, ›Beach Blanket Shambhala‹, ›Chakra Cabaret‹ und sein einziger Box-Office-Flopp ›Mondo Mandala‹).

Charlie lebte umgeben von wunderbarem Luxus in New York, vertrieb sich die Zeit mit den Reichen und Berühmten und jettete zu den Bermudas und nach Beverly Hills, mit Abstechern zur Villa seines Liebhabers auf Martinique. Einmal hatte er Paul und ihre Mom zum Urlaub nach Martinique fliegen lassen und war für sämtliche Kosten aufgekommen.

Mom war eine alte Raverin und warf schon seit dreißig Jahren Ecstasy ein. Das hatte natürlich Spuren hinterlassen, und sie schwebte jetzt ständig auf Wolke sieben, war aber nach wie vor eine Mordsfrau.

Paul war stolz auf sie. Ständig schien sie ein fieberhaftes Interesse an allem und jedem zu haben, was die Welt ihr zu bieten hatte. Alle Mysterien waren für sie immer noch neu, so neu wie damals in ihrer Jugend. Sie hatte an Tim Learys Bettrand gesessen, als er ins bardos *eingegangen war. Sie war sogar auf den Kanarischen Inseln gewesen, als die Pegasus-Rakete mit Learys Asche im Orbit explodierte, zusammen mit den pranischen Überresten des* Star Trek-*Schöpfers Gene Roddenberry.*

Dad stammte im Gegensatz dazu aus der Arbeiterklasse und war Maurer im Alten Internet gewesen, wo er für altehrwürdige Institutionen wie Lloyd's London und die Bank of England ›Brandschutzwände‹ errichtete; er war bisher noch nicht einmal in den Omnispace übergewechselt.

»Wozu?«, brauste er immer wieder auf. »Die ersetzen doch bloß das Eine *durch etwas anderes …* Tradition, *mein Junge, das hat etwas für sich.« Und dabei blickte er nachdenklich Pauls Mom*

an. Worin bestand das Geheimnis, das sie schon so viele Jahre zusammenschweißte?

Vielleicht sehnte sein Dad sich in seinem tiefsten Inneren nach dem ureigenen Konservatismus des Universums. Seiner politischen Gesinnung nach war er radikaler Vegetarier und wählte stets die Grünen Torys. (»Lasst das ausländische Gemüse draußen«, lautete ein weiterer seiner Lieblingssprüche.) Im Grunde war sein Dad Paul Sykes ein Rätsel, noch erheblich mehr als seine Mom, die so überschwänglich, freimütig und ungebärdig lebte. Im Gegensatz dazu behielt Dad sein drittes Auge weitgehend für sich; er war unerschütterlicher Isolationist.

Jedenfalls war es Charlie während des Urlaubs auf Martinique mit seinen prächtigen Sonnenuntergängen und den langen kühlen tropischen Drinks auf der Veranda gelungen, Paul zu überreden – als hätte man ihn diesbezüglich überhaupt noch ermutigen müssen –, *sein Glück in Amerika zu versuchen.*

»Wieso versuchst du es nicht mal mit dem Schreiben? Du hast doch auch früher schon Gräber geschaufelt. Das macht keinen großen Unterschied. Es geht lediglich um eine andere Demogra*fie, mehr nicht …* Hadley« *– so lautete der Name von Charlies Liebhaber – »kennt einen Verleger, der ein brandneues Magazin herausbringen will.* Mondo 3000. *Sie suchen noch neue Talente. Sie wollen eine Titelstory über ihn bringen, und du* weißt *doch, wie* schwer *man an ihn* herankommt … *Wer weiß, vielleicht könnte ich Hadley ja überreden – und du könntest Bestandteil des Pakets werden? Sie würden es nicht wagen abzulehnen. Ich müsste dich nur bitten, den Plunder mit der richtigen Menge kriecherischer Verehrung auszutarieren. Ich meine, immerhin habe ich ein* Verhältnis *mit ihm, weißt du – mach mir das nicht kaputt. Ich versuche nur, dir einen Gefallen zu tun, das ist alles.«*

»Charlie, mein Bruder«, erwiderte Paul und klopfte ihm auf die Schulter, während ihre Mom den Augenblick strahlend auskostete. »Du kannst mir vertrauen, ich treibe mit deinem Freund kein Schindluder. Der Handel gilt.«

Der langen Rede kurzer Sinn: So gelangte Paul Sykes nach Amerika. Von einer Grabstätte zur anderen, doch mit einem besseren Wechselkurs zum Überleben.

»Was ist los mit Ihnen, Mr. Sykes, Sir? Haben Sie mich beim *ersten* Mal nicht gehört?«, spottete Harry Morgan. »Sie sollen sich *verpissen.*«

Morgan drehte sich zu den beiden Sicherheitshelfern um, die an seiner Seite aufgetaucht waren, ganz Muskeln und Walkie-Talkies. »Überprüft seinen Presseausweis«, befahl er. »Ich hege starke Zweifel, ob er noch gültig ist – *oder* echt. Jedenfalls erinnere ich mich nicht, seinen Namen in der Presseliste gesehen zu haben, so viel steht fest. Daran würde ich mich erinnern.«

Paul Sykes blinzelte, als ihm bewusst wurde, was ihm jetzt bevorstand.

Scheiße, Scheiße, Scheiße – und nochmals Scheiße!

Das waren schlechte *Neuigkeiten, denn er konnte es sich nicht leisten, den Auftrag der* Primal Tube *zu verlieren. Er war mit der Miete einen Monat im Rückstand, und Anne war ausgezogen und hatte es ohnehin satt, ihn zu unterstützen. Seinen neuen Mitbewohner konnte er auch nicht beschwatzen, die Miete des ersten* und *des letzten Monats gleichzeitig zu löhnen, weil Zev immer nur für einen Monat bezahlte, bis er selbst etwas gefunden hatte.*

Und das sollte sein Glücksjahr werden, verdammt. Nach dem chinesischen Horoskop das Jahr des Hundes oder der Ratte oder des beschissenen Maulwurfs.

Sykes hatte sich gratis die Hand lesen lassen (das Lesen der zweiten Hand wurde 50 Prozent billiger angeboten, also hatte er sich nur für eine Hand entschieden: seine linke, sein männlicher yang-*Energieerzeuger, d. h. seine Karrierehand).*

Das Medium vom Terra-Linda-Institut für Transzendental Geschädigte (»Wir helfen bedürftigen Alphabettafeln« lautete das Motto auf ihrem T-Shirt) hatte seine Hand wie ein glühendes Stück Kohle fallen lassen.

»Sie sind heiß, *Mister«, sagte sie mit verblüffter Miene. »Ihr* Chi *ist drauf und dran, durch sämtliche Poren zu schießen. Wo waren Sie, zehn Jahre lang zum Meditieren auf dem Mount Kailas? Wer ist Ihr Meister? Vom äußeren Anschein her ist es kaum zu glauben, aber Sie sind ein* Chi-*Adept zehnten Grades. Sie haben's voll drauf, Mann! Wieso wollten Sie sich von mir die Hand lesen lassen? Um meine Qualifikation herauszufinden? Jetzt kapiere ich, woher der Wind weht, machen Sie bloß die Fliege, Kumpel ...«*

Und jetzt war er hier, und man riet ihm schon wieder, sich zu verpissen. Dieses schlechte *Chi* verfolgte ihn wie sein angebliches Glück, das es irgendwie geschafft hatte, den Bach runterzugehen.

Jedenfalls hatte er diesen *Eindruck.* Vielleicht war Glück ja einfach nur Pech, dessen Inneres nach außen gewendet ist, was ihn zum glücklichsten kleinen Scheißer diesseits von Wechselfallhausen machen würde ...

»Morgan.« Sykes versuchte vernünftig mit dem Mann zu reden, was vermutlich keine große Aussicht auf Erfolg hatte. »Wenn Sie mich fragen, *überreagieren* Sie ein wenig. Falls es an dem Artikel liegt, den ich über Sie geschrieben habe, finde ich ...«

»*Was* finden Sie?« Harrys Apachenharnisch aus Kojotenknochen klapperte, als er zu seinen Wachmännern herumfuhr. Sein graumelierter Pferdeschwanz, in den kleine tierförmige Zini-Fetische eingeflochten waren, gab ein hässliches peitschendes Geräusch von sich.

»Schafft diesen traurigen Haufen Scheiße sofort hier weg«, murmelte Morgan mit erstickter Stimme, wobei sein Gesicht bedenklich rot anlief. *»Mundo Kundaba Kun,* du Hurensohn«, verfluchte er Sykes, der wusste, was der amazonische Fluch bedeutete. *»Der Hexendoktor will deinen Kopf ...«*

Nur für den Fall, dass Sykes die Botschaft nicht vernommen hatte, zog Morgan seine Schlüsselkette heraus – (die mit dem kleinen Schrumpfkopf am einen Ende) – und ließ sie hämisch kreisen.

Doch bevor die Wachmänner reagieren konnten, war Paul Sykes schon auf Händen und Füßen und krabbelte wie ein Käfer unter den Falafelstand. *Jesus, was war nur in ihn gefahren? Solche Reflexe hatte er doch früher nicht gehabt ...*

Er hatte keine Ahnung, wohin er wollte, er bewegte sich nur schnell, denn er musste von diesen Kerlen wegkommen. Ein Skarabäus mit einem Honda-Motor unterm Hintern. So huschte er dahin – schlüpfte zwischen den Beinen der Menschen hindurch und sah ihre verdutzten Blicke, als sie versuchten, nicht über ihn zu stolpern.

War er ein Scheißinsekt – oder was?!

Er schob sich unter der Plane des Cosmic Bodypainting Pavillon hindurch, wo sie die Kirlian-Auren der zahlenden Kunden schweben ließen und in die heilenden Farben eines Bottichs tauchten, der Föten-*Chi* aus Kaschmir enthielt. Dann war er wieder draußen und an einem seltsam dunklen Ort. Er glich einem langen schmalen Eingang in ein Iglu, der nie ganz bis in die Mitte führte.

Er war einfach nur lang, lang, lang und schien kein Ende zu nehmen. An den Seiten des Ganges gab es membranartige Rahmen und aufblitzende Kometenschweife – *Moment mal! Das waren Ektospermien!*

Er musste irgendwie in den Primal Pavillion gekrochen sein, der *Chi*-Suchenden eine simulierte Reise bot. ›*Von der Seele durch die Zelle zur Stadtmitte*‹, wie das Plakat vor dem Stand verkündete. Vor dieser Ausstellung hatten nicht allzu viele Leute Schlange gestanden, als Sykes vorhin vorbeigekommen war.

»Nun werden Sie erfahren, wie das pränatale Trauma in Ihren intimsten Beziehungen den Verlust von Leidenschaft hervorrufen kann ...«

Er lauschte der aufgezeichneten Stimme der Moderatorin Jean Parvati Schaeffer, die im Hintergrund ablief. Die Erfahrung in diesem Pavillon war eine synästhetische Werbung für einen ihrer Workshops über prä- und perinatale Regression – ein Kratzen und Schnüffeln für die Seele.

Pränatale Möchtegerns, dachte Sykes bei sich, als er auf Händen und Knien durch die Dunkelheit eines schier endlosen Eileiters kroch.

Dann sah er das Licht.

Er lag unter einem Stapel Kisten in einem privaten Ausstellungsraum auf dem Boden der *Chi*-Expo. Hier gab es Käfige voller Vögel, Affen und etliche merkwürdig aussehende Wesen, alle mit traurigen Mienen; eines davon war ein weiblicher Orang-Utan.

Wo zum Teufel befand er sich?

Er wollte sich gerade aus seiner Kauerstellung erheben, als die Orang-Utan-Dame ihre rosa Finger durch den Käfig stieß und sein Handgelenk packte. Dann hob sie einen Finger an ihre Lippen und sagte: *»Schscht«,* und schüttelte betrübt den Kopf.

Dieser Primat hatte mit ihm *kommuniziert,* er hatte mit ihm *gesprochen!* Oder gehörte *Schscht* zu einer Art universeller Sprache, die alle Primaten beherrschten? Paul Sykes war in Sachen Tier-Berlitz nicht auf dem neuesten Stand, sondern ziemlich verwirrt. Dann hörte er Stimmen – Menschenstimmen – und erstarrte hinter den Kisten.

Eine der Stimmen – die schroffere der beiden – gehörte einer Frau! Was sie sagte, erschreckte ihn sogar noch mehr als der beinahe menschliche Ausdruck in den Augen des Orang-Utans, als er ihn ermahnte, still zu sein.

Die Frauenstimme sagte: »Hat Wing Fat den Verstand verloren? Ist das seine Vorstellung von einem sicheren Nachrichtenweg? Der Laden hier wimmelt von achtzigtausend Kongressteilnehmern, und die Presse trägt volle Kampfmontur. Im Gebälk summt es von VNN-Nanoportern, wir sind praktisch live im Netz! Wo zum Teufel *bleiben* seine Leute? Hier ist niemand. Sollte dieser Chu – das ist doch Wing Fats Vertreter, richtig? – uns nicht hier treffen? Wie spät ist es überhaupt?«

Eine andere Frauenstimme erwiderte: »Es ist eins-null-fünf, Deedee. Wir sind pünktlich. Keine Ahnung, *wo* Mr. Chu bleibt ... ich habe heute Morgen noch eine Voice-Mail von ihm bekommen, die unser Treffen um ein Uhr nachmittags bestätigt ...«

»Es heißt *Ms.* Chu«, erwiderte eine weitere Stimme im Ausstellungsraum. Sykes hörte ein erstauntes Aufkeuchen von den beiden Amerikanerinnen, die auf der anderen Seite der Kisten außer Sicht blieben.

»Ein weit verbreiteter Irrtum. Es handelt sich um einen chinesischen Familiennamen, den man einem Primaten normalerweise nicht geben würde. Aber ich bin nur die Botin, und das ist das Privileg meines Herrn.«

Sykes lag wie festgeleimt auf dem Boden, unfähig, auch nur einen Muskel zu rühren. Er stand unter Schock. Er riss weit die Augen auf, als er sah, wie die Orang-Utan-Dame sich aus dem Käfig herausließ. Sie trottete ins Zentrum der privaten Tierausstellung, wobei sie die langen behaarten Arme schwang.

»Ich bin Ihre Botin – *und* Ihr Specimen«, hörte Sykes sie bedächtig sagen, während sie ihr natürliches Schnattern unterdrückte. »Bitte hören Sie genau zu ...«

Wieder vernahm Sykes, wie die Amerikanerinnen aufkeuchten.

»Mir bleibt nicht viel Zeit«, erklärte Ms. Chu. »Ich bin darauf programmiert, nach drei Minuten all meine lebenswichtigen *Chi*-Funktionen zu löschen. Mehr *Chi* kann mein Herr zurzeit nicht erübrigen. Wenn Sie wollen, können Sie anschließend eine Autopsie an mir durchführen. Ihre Tests dürften die Daten, die unter meinen linken Stirnlappen implantiert wurden, bestätigen. Sie werden dort einen Chip mit sämtlichen von Wing Fats Testergebnissen vorfinden – sowie einen Mitschnitt dieses Gesprächs für die Akten. Wing Fat möchte Sie wissen lassen, dass er ein gewaltiges neues *Chi*-Reservoir entdeckt hat. Von der *echten* Sorte«, sagte der Orang-Utan weiter.

»Nicht das Ersatzprodukt, das in den Labors des *Chi*-Dreiecks synthetisch hergestellt wird. Die Leute könnten von den verschiedenen Derivaten dieser Pseudo-Lebensenergie abhängig werden, auch gibt es gefährliche Nebenwirkungen. Der Konsum von reinem *Chi* Nr. 7 kann zu irreparablen Gehirnschädigungen und, wie Sie wissen, sogar zum Tod führen. Die fortgeschritteneren esoterischen Studien unserer taoistischen Neurologen lassen darauf schließen, dass durch die nächste Lieferung der ansteckenden Lebensform sogar *künftige* Lebenskraft ausgelöscht werden könnte. Das heißt, sofern Sie an Reinkarnation glauben, was natürlich in diesem Fall weder verbindlich noch irgendwie von Belang ist. Wie gesagt, Wing Fat hat eine neue *Chi*-Quelle aufgetan. Im Grunde ist natürlich auch sie nur ein Teil der ursprünglichen *Chi*-Quelle, die aus dem Universum in unsere physikalische Dimension geschickt wird.«

»Wovon zum Teufel spricht dieser Schimpanse?«, platzte die erste Amerikanerin ungeduldig heraus. »Ist das irgendein Scherz oder was?«

»Bitte«, unterbrach der Orang-Utan sie. »Mir bleibt nicht mal mehr eine Minute *Chi*-Zeit ... siebenundfünfzig Sekunden, um genau zu sein ... Lassen Sie mich Wing Fats Botschaft an Sie beenden: Es gibt Hinweise auf eine neue Spezies *Homo sapiens,* die sich auf dieser Welt einrichtet. So wie der Neandertaler in einem gewaltigen Evolutionssprung vom Cro-Magnon-Mensch abgelöst wurde, lebt jetzt eine neue Spezies unter den *Homo sapiens.* Aber sie funktioniert auf eine Weise, die Sie angesichts des derzeitigen Zustands menschlicher kognitiver Entwicklung nicht begreifen können. Ihnen ist nicht einmal bewusst, dass sie existiert. Oder genauer gesagt, dass sie *koexistiert* ... und dass sie Sie mit Sicherheit ablösen und die Erde für sich beanspruchen wird. Mit der Zeit wird Ihre Rasse ausgelöscht werden, es sei denn ...«

»Es sei denn *was?*«, verlangte die erste Amerikanerin zu wissen. »Du hast noch zehn Sekunden, also spuck's aus, Cheeta.«

»Es sei denn, Sie erklären sich mit Wing Fats Bedingungen des Vertriebs und der Marktanteile dieser neuen Quelle einverstanden ...«

Nun begann Ms. Chu nach Luft zu ringen; ihr *Prana* verließ ihren Körper. Sie riss sich noch einmal zusammen und sprach weiter.

Wieso hatte Sykes den Eindruck, dass sie ebenso zu ihm wie zu den beiden Fremden im Zelt sprach? Ihnen das *aber verschwieg – und diesem unbekannten Wing Fat wohl auch. Er hatte das Licht in ihren Augen gesehen und spürte noch den Griff ihrer Affenhand um sein Handgelenk.*

Jesus Maitreya Christus! Sie hatte ihm Sympathie und Mitgefühl entgegengebracht, als hätte sie selbst schon große Trauer erfahren und könnte das Gefühl von Verlorenheit in seinem *Leben begreifen … sehr seltsam!*

Sykes schauderte, als er spürte, wie dieses eigenartige elektrospastische Gefühl wieder dornig die Wirbelsäule hinaufschoss. Er hatte den ganzen Tag solche Empfindungen gehabt und es zu viel Kaffee und zu wenig Schlaf zugeschrieben sowie dem Gefühl des Ausgebranntseins angesichts einer beschissenen Karriere, die nicht schnell genug irgendwo hinführte – und seinem kürzlichen Bruch mit Anna.

Jetzt war er sich da nicht mehr so sicher, denn alles war so merkwürdig und wurde mit jedem Moment merkwürdiger. Was, wenn es seinen Grund gehabt hatte, dass er bei der Ausstellung diesem Arschloch Harry Morgan über den Weg gelaufen war? Und dass er wie ein Baby auf Speed herumkrabbeln musste, um nur rasch von dort wegzukommen! Hierher in diese *unfassbare* Lage!

Vielleicht war *das* für ihn ja der Durchbruch – der Knüller, der ihn in die oberste Liga brachte. Der, für den er den Neuro-Pulitzer-Preis für Bewusstseinsreportage an Vorderster Front erhielt?

Schalt endlich deine dämlichen Gedanken ab und hör zu – hör zu, *was sie sagt, es klingt schon recht undeutlich …*

Die Stimme der Amerikanerin klang jetzt, da die erste Überraschung vorbei war, ungleich versöhnlicher, und ihr dringendes Verlangen nach Daten ließ ein rotes Warnlämpchen bei ihm aufleuchten.

»Hol schön tief Luft, ja – sprich weiter. *Bitte* – was meint Wing Fat damit, wenn er sagt, er kann diese neue *Chi*-Quelle identifizieren? Wer *sind* diese neuen Menschen? Wer *ist* diese neue Rasse des *Homo sapiens?*«

»Wing Fat nennt sie ...« Der Atem des Orang-Utan rasselte im Dämmer des fortschreitenden Hirntods. »Er nennt sie ... ›die Kinder des *Chi*‹. Sie haben grüne Augen und sehen die schwarze Sonne.«

Gehirnschaden

Für einige Augenblicke herrschte lastendes Schweigen im Zelt, lediglich das Schnattern der Affen und Pfeifen der Vögel zerriss die Stille. Dann hörte Sykes, wie die beiden Frauen sich mit gedämpfter Stimme besprachen.

»Deedee, ich finde, wir sollten jetzt gehen«, drängte die zweite Frau in heiserem Ton. »Wir können von Wing Fat auch später eine Erklärung dafür verlangen – für diese *Demonstration,* keine Ahnung, wie ich's nennen soll. Das ist alles höchst ungewöhnlich, findest du nicht auch? Wohl kaum die Art, in der man Geschäfte abwickelt ...«

»Nicht so voreilig, Mir«, erwiderte die schroffere der beiden Stimmen. »Denken wir einen Moment darüber nach. Ich meine, *du* hast es gesehen, *du* hast es gehört. Wing Fat ist ein Irrer, total durchgeknallt – eindeutig gaga. Sieh dir nur seinen Lebensstil an. Er ist ein dreckiger Degenerierter. Weißt du noch, als wir ihm in Bangkok das erste Mal begegneten? Sogar da drüben halten sie ihn für schräg, und das will etwas heißen. Darum kommt er auch nie in die Staaten. In Sunnyvale würden sie ihn nie akzeptieren.

Außerdem steht er als *persona non grata* auf der schwarzen Liste der FDA, so viel wissen wir …«

Sie fuhr fort: »Aber bisher hat er uns immer mit Ware versorgt, er ist einer unserer zuverlässigsten Lieferanten. Und man kann nichts zurückverfolgen. Wir stellen keine Fragen, wir wollen nicht wissen, woher er den Stoff bezieht. Aus *Chi*-Town, stimmt's?«

»Ja, Deedee, aber …«

Paul Sykes' Neugier gewann die Oberhand. Er versuchte eine Position einzunehmen, die ihm einen besseren Blick gewährte. *Wer waren diese Leute? Wer war Wing Fat? Er hatte seinen Sitz in Bangkok? Das war der Hauptumschlagplatz für schwarzes* Prana – Ka, Ki, Chi, Manu *oder wie man's auch nennen wollte – aus dem berüchtigten* Chi-*Dreieck.*

Sykes fröstelte, als er erkannte, wovon die beiden amerikanischen Geschäftsfrauen sprachen.

*Das ›*Chi-*Dreieck‹ … auch als ›*Chi-*Town‹ bekannt … den Gerüchten nach mischten sie synthetische Mittel in die Proben des echten Stoffs, den sie durch Menschenhandel gewannen. Es gab unglaubliche Geschichten über* Chi-*Lords, die ihre Geschäfte mit dem lebenden* Prana *der Kinder verarmter Bergstämme in Burma, Laos und Kambodscha machten.*

Jackson Monroe, der Südostasien-Korrespondent der New York Times, *hatte darüber geschrieben. Er war einer der Ersten gewesen, die diese Story aufgriffen, doch sie beruhte weitgehend auf Legenden und ungenannt gebliebenen Informanten. Es war ein Sensationsbericht, voll der grässlichsten Anekdoten, von trauernden Familien erzählt, die ihre Kinder an* Chi-*Händler verloren hatten.*

Monroe hatte anklingen lassen, dass einige Familien sogar ihre eigenen Kinder verkauften *und dann hofften, aus den internationalen Menschenrechtsorganisationen noch zusätzliche Einkünfte herausschlagen zu können, ein bisschen Mitleidsgeld. Allerorten brachten spirituelle Ökologen ihren Zorn darüber zum Ausdruck, doch die thailändische Regierung bestritt Monroes Recherchen und tat seinen Artikel offiziell als westliche Propaganda und primitiven Eintopf aus der Gerüchteküche ab.*

Dann hatte Monroe die Grenze von Nordthailand nach Laos überschritten, entschlossen, die geheime Biotech-Vampir-Industrie aus erster Hand zu dokumentieren. Wenig später verschwand er irgendwo am Mekong. Ihm sei während seiner Exkursion ein bedauerlicher Unfall widerfahren, erklärte der Innenminister von Laos, Sieng Phang, feierlich, nachdem er eine angebliche Rettungsexpedition zusammengestellt hatte. Die Suche wurde eingestellt, nachdem Hubschrauber der Royal Air Laos etwa eine Woche lang den Fluss und die umliegenden Dschungelbereiche abgeflogen hatten.

Es war eher eine Publicitymaßnahme als sonst etwas, und die Pressekonferenz in Vientiane, der Hauptstadt von Laos, verlief angemessen feierlich unter dem Lächeln der Regierungsbeamten, das gerade das richtige Ausmaß Traurigkeit und Mitgefühl über den Verlust eines berühmten ausländischen Reporters zum Ausdruck brachte.

Die Times *hatte natürlich selber eine Expedition aufgestellt, doch Monroe blieb weiter vermisst und wurde für tot erklärt. Einige unerschrockene ausländische Journalisten in der Region versuchten seine Spur aufzunehmen, doch sie endete stets am gleichen Ort. Im Nirgendwo.*

›Chi-*Town‹ blieb ein verborgener Mythos. Eine Legende für jene, die töricht genug waren, am Einstein'schen Aberglauben des zwanzigsten Jahrhunderts festzuhalten. Für sie war die Wissenschaft das ultimative Märchen, das man bis auf seine kleinsten subatomaren Quarks dekonstruieren konnte. Rapunzel als kosmische Geisha, die ihr Haar ins Schwarze Loch des Universums hinabfallen ließ … man musste nur eine ihrer Strähnen zu fassen bekommen – einen dieser Fäden aus Big-Bang-DNA – und sich daran hochziehen, bis man die Spitze des Turms erreichte.*

»Du hast doch sicherlich nicht vor – nein, Deedee, das kann nicht dein Ernst sein …«, stammelte die Frau, die mit Mir angesprochen worden war. »Du wirst doch nicht Wing Fats Vorschlag folgen und an dem Orang-Utan eine Autopsie durchführen lassen? Er muss mindestens hundert Kilo wiegen … Wie willst du ihn hier raus und vom Gelände der Expo schaffen?«

»Sei nicht albern, *Mirabelle*«, gluckste ihre Kollegin. »Natürlich werde ich diesen Affen nicht vor den Augen des Publikums nach draußen schleppen, nicht einmal, wenn du mir dabei zur Hand gingest.« Ihre Stimme klang herablassend und troff vor Ironie. »Was du zweifellos niemals tätest.«

»Und was schwebt dir vor, Deedee? Was willst du tun?« Die Frau klang jetzt ängstlich, als schwante ihr schon, was als Nächstes kam.

»Wing Fat sagte doch, dass in seinem linken Stirnlappen ein Chip mit allen Daten implantiert sei, nicht wahr?«

»O Gott, Deedee – du willst doch nicht …«

»Ist dir überhaupt *klar*, womit wir es hier zu tun haben?« Deedee schüttete nun ihren gesammelten Spott über die Kollegin aus. »Willst du einfach so von hier weggehen? Könntest du dir anschließend noch ins Gesicht sehen?«

»Tut mir Leid – ich kann nicht … ich glaube, ich werde ohnmächtig.«

»Skalpell!«

»Wie bitte?«

»Wo ist dein komischer Dolch? Nun mach schon«, fuhr Deedee Mirabelle ungeduldig an. »Trägst du nicht diesen garantiert echten Kohlenstoff-Stahl-gehärteten Kommandodolch, den du beim *Glücksengel*-Magazin bestellt hast, in der Handtasche mit dir herum? Du behauptest doch immer, er sei für tausend Dinge brauchbar, einschließlich Selbstverteidigung. Du hast sogar einen Straßenkampfkurs belegt und gelernt, wie man jedem Angreifer, der einem vielleicht ein Messer an die Kehle hält, die Gurgel durchschneidet … Reiß dich zusammen, Mir! Wir haben Krieg.«

Mir stöhnte. »Bei den Sitzungen haben wir von Vergewaltigung gesprochen … Situationen auf Leben und Tod. Das ist … das ist … ein toter Affe.«

»Gott verdammich, wenn du es nicht selbst kannst, dann gib mir das Scheißding.«

Ein Rascheln war zu hören. »Wo ist er nur? Ach du meine Güte, Deedee …«

Deedee schnappte sich Mirs Handtasche, schüttete kurzerhand den Inhalt auf den Boden und stöberte in dem Haufen herum. »Kondome, Pfefferminz – gratuliere, Mir, dein Sexleben scheint sich zu verbessern … ah, hier ist es ja! Billy Bushido, das Allzweck-Schnitzmesser. Passt bequem in deine Handfläche, wie dein Freund. Also gut, klappen wir's auf und bringen wir die Sache hinter uns. Wer weiß, wann sie den Zoo für die Öffentlichkeit wieder aufmachen?«

Paul Sykes hörte das Geräusch des aufschnappenden Dolches, hörte Deedees beifälligen Pfiff, gefolgt von mehreren Grunzlauten. Er linste über eine der Kisten auf das Spektakel. Eine kleine braunhaarige Frau in beigefarbenem Hosenanzug beugte sich über den toten Orang-Utan und versuchte ihn herumzuwälzen, damit er mit dem Gesicht nach oben lag.

»Komm schon, Mir, hilf mir, dieses Ding herumzudrehen – Jesus Christus! Der ist ja scheißschwer!«

Die Rotblonde, die feige hinter Deedee stand, trug ein weißes Judo-Outfit aus Seide von Nisei Miyake, komplett mit einem ziermünzenbesetzten schwarzen Judo-Gürtel und Mutter-Teresa-Liebe-einen-Leprakranken-Sandalen. Paul Sykes nahm an, dass sie ziemlich gut aussah, doch sie hielt die Hand fest auf den Mund gepresst, als werde ihr gerade furchtbar übel, weshalb er sich nicht ganz sicher war.

»Ich kann einfach nicht …«, winselte sie.

»Und ob du kannst«, wies Deedee sie zurecht. »Stell's dir als Kundenservice vor. Beweg deinen Hintern, Honey, wir haben nicht den ganzen Tag Zeit.«

Mir schauderte, dann machte sie einen Schritt vor und half Deedee, den Orang-Utan herumzuwälzen. Wieder schlug sie die Hand vor den Mund, als sie zusah, wie Deedee Delorean Ms. Chus Kopf abtastete, bis sie die weiche Stelle an ihrem Schädel ausfindig gemacht hatte.

Paul Sykes unterdrückte ein Aufkeuchen. *Deedee Delorean.* Er konnte den Namen auf ihrem *Chi*-Expo-Namensschild deutlich erkennen, obwohl diese Bestätigung ihrer Identität eigentlich überflüssig war. Ein Blick auf sie reichte, um zu wissen, um wen es sich handelte. Die Frau in ihrer Begleitung war Mirabelle Myers. Sykes erkannte sofort ihr Gesicht aus dem *Industrie-Wochenblatt.*

Sie waren die beiden Obermacker von *Chi* Memory Systems, der Sunnyvale-Firma, die sich auf die Entwicklung von neuralen *Chi*-Chips (*Chi*RAMS) für organische Telenetzwerksysteme spezialisiert hatte.

Deedee (alias ›Digitella‹) Delorean war die Präsidentin der Firma und ihr CEO, eine der mächtigsten Frauen in der Industrie; und ›Mir‹ Myers fungierte als ihr Vice President of Product Development.

CMS Inc. war *riesig.* Eine 100-Milliarden-Dollar-Firma, die weltweit operierte. Sie versorgten *alle* mit Neuralchips, von den verschlüsselten Sets der Psy-Forces-Abteilung des Pentagon (›Star Wars für Anwender‹) über die multinationalen Konglomerate mit ihren zirbeldrüsenvernetzten Kommunikationssystemen bis hinab zu den kleinen Klubs, die in den Parks der Nachbarschaft Ball spielten.

Sie waren die führenden Verbraucher-Animismus-Lieferanten des Globalen Gehirns.

Man konnte morgens geistreiche Gespräche mit seinen Cornflakes führen – über jedes auf der Rückseite der Schachtel aufgeführte Thema – von Spinoza über das neueste Kiddie-Abenteuer von Sammy dem Schamanen in Disneys beliebter Vitaminserie (›Ein voll animiertes psychotropes Cartoon in jedem Multivitamin mit Fruchtgeschmack, Ihr Kind wird auf keinen Tag gesunden Spaßes verzichten wollen‹). Zuletzt hatte Sykes gelesen, dass sie einen Angriff auf die Unterhaltungsindustrie planten, um sich den Bereich der mittleren Medien zu sichern.

Einen schönen Tag noch, dachte Paul Sykes bei sich, als er sah, wie Deedee Delorean mit der schrundigen Schneide von Mirs Billy-Bushido-Klinge auf den Kopf des Orang-Utans einhackte. Sie krempelte den Ärmel hoch und tastete in dem Hohlraum herum. Etwas Graurosafarbenes quoll aus dem pampelmusengroßen Loch in Ms. Chus Hirnschale.

»Glitschiger kleiner Bastard ...«, fluchte Deedee laut, während sie mit dem Dolch auf die schwabbelige Gehirnmasse einstocherte. »Den linken Stirnlappen wollen wir ... *da!*«

Triumphierend hielt sie die dünne schwarze Scheibe in der blutbefleckten Faust hoch. »Mir, ich glaube, wir haben die Quelle des Nils gefunden. Das hier dürfte uns die ganze Geschichte erzählen, vorausgesetzt, dass Wing Fat die Wahrheit gesagt hat ...«

Als Deedee Delorean Mir den Biochip, der dem Orang-Utan implantiert worden war, hinhielt, damit sie ihn sehen konnte, flutschte er ihr plötzlich aus den schlüpfrigen Fingern.

Paul Sykes hielt den Atem an, als er einen Zentimeter neben seinem Versteck hinter Ms. Chus Käfig landete.

»Mist!«, hörte er Deedee fluchen. »Wo ist er hin ...« Und schon war sie da und blickte ihm in die Augen, so tief wie Anne, als er sie verletzt hatte, bevor sie all ihre Gefühle für ihn zusammengepackt hatte und ausgezogen war. Es war ein Blick, der die tiefste Art von Vorwurf zum Ausdruck brachte, Verrat, als wäre er ein verurteilter Verbrecher im ungeschnittenen Film ihres Lebens.

»*Wer* sind *Sie? Und was haben Sie hier zu* suchen?«, hörte er Deedee Delorean ihn anfauchen.

»Keine Ahnung, habe ich selbst noch nicht raus«, hörte Sykes sich antworten. Er hob gleichmütig den Chip auf und schob ihn, bevor Deedee reagieren konnte, in seine Jeans. Wenn das nicht purer Instinkt war, was dann?

Dann krabbelte er von dort weg, so schnell er konnte, wieder unter der Zeltwand des privaten Tierausstellungsraums hindurch (›Chis *mediale Haustiere, nur auf Termin, direkt von unserem Ausstellungsraum in Kuala Lumpur*‹).

Nun wuselte er wieder auf Händen und Füßen dahin, doch diesmal rückwärts, durch die Eileiter des Primal Pavilion, wo alles angefangen, alles begonnen hatte, ohne die geringste Ahnung, was jetzt vor ihm lag – der verwirrte Embryo eines ungeborenen Verstandes.

Schadensbegrenzung

»Glaubst du wirklich, dass du das hinkriegst? Alles zu sezieren, meine ich? So, dass es einen Sinn ergibt?«, fragte Paul Sykes den mageren weißhaarigen Mann, der an der langen Arbeitsplatte aus Holz saß.

Die Oberseite des Tisches war mit allen möglichen Werkzeugen aus Mort Wiseniks Gewerbe übersät. Da waren verschiedene *Chi*-Messgeräte, ein Haufen mentaler Schutzwälle für den Eintritt ins *bardos*-Netz, wo die verblichenen Avatare im Omnispace ihr Nachleben führten, und eine breite Auswahl sensitiver Instrumente, mit denen man den elektronischen Kompost der die Erde umkreisenden Satelliten sichten konnte.

Kurz und gut: lauter Krempel zum Plündern der Trümmer des Globalen Gehirns.

»Was ist, wenn Schreckladungen darunter sind?«, fragte Sykes nervös. Er war sich all der hässlichen Sicherheitsviren bewusst, die gewöhnlich dann auftauchten, wenn man es am wenigsten erwartete.

Wie zum Beispiel der ›Gulag‹-Virus, den die Russen perfektioniert hatten. Sykes hatte von dem entsetzlichen psychotrophen Nebel gehört, der einen in das Totenhaus trieb, das tief in der eigenen Psyche begraben lag. Man wurde zu einem wandelnden menschlichen Arbeitslager, zu seinem eigenen Aufseher und Folterknecht. Dann gab es noch die chinesische Spielart namens ›Verrückter-Mao-Krankheit‹. Dabei handelte es sich um eine an der Grenze zwischen Schlafen und Wachen erfolgende Wasserfolter, die jede Yactosekunde zu einer Ewigkeit werden ließ. Ein fortwährendes *tropf, tropf, tropf* von Zitaten des Vorsitzenden aus dem *Kleinen Roten Buch*, das auf dem zuckenden Ektoplasma des Gehirns zerstäubte …

Nicht einmal der Wahnsinn konnte einem vor diesen mentalen Foltern politisches Asyl gewähren.

Mort Wisenik hielt inne, um einige lose Strähnen des weißen Brillo-Pad-Ensembles, das sein vernetztes Toupet bildete, zur Seite zu streichen; ein paar verschmierte Troddeln waren ihm in die Stirn gefallen.

»Keine Sorge, mein Sohn. *Se habel techno-babbel.*« Er hielt Sykes zuversichtlich den erhobenen Daumen hin. »Hab keine Angst. Angst ist nur ein Dogma für Kinder. Die Wurzel allen Übels in der Welt. Angst vor dem Versagen, Angst vor dem Schwarzen Mann. Angst, dass alle deine Wünsche eines Tages wahr werden könnten – und Angst davor, welchen Weg man dann einschlagen wird. Was immer deine Seele vergiftet, ich nenne es Angst. Schauen wir uns die Sache mal an. *Hmm …*«

Wisenik hielt Ms. Chus Biochip mit einer chirurgischen Zange fest und musterte ihn durch das Mitsubishi-*Chi*-Skop, das in seine rechte Augenhöhle eingeschraubt war. Er trug eine Fiberoptik-Augenmaske. Trotz seines verwahrlosten Äußeren wirkte Mort Wisenik wie ein Juwelier aus der Bond Street, der nach einem Makel im Rubin ›Stern von Indien‹ sucht.

»Sieht wie ein Hitachi-Intel 9200 Bio-ROM aus«, meinte Wisenik. »Oder vielmehr, eine Kopie davon. Yep. Ist ein Klon, keine Frage. Hergestellt in Kota Baru, Malaysia. Klare Sache, hat ein billiges Gehäuse, da treten Daten aus, Fetzen vom linken Lappen. Keine Ahnung, was du empfangen wirst. Den üblichen Tagtraum, Bewusstseinsstrom-Krempel – was auch immer. Eine saubere Übermittlung des Originaldokuments kann ich dir nicht versprechen.«

Er grinste. »Hey, Kopf hoch, Sykes. Prognose ist gut, Psychose ist besser.«

Er kicherte über seinen Scherz. »Was ist los mit dir, Sykes? Du siehst aus, als hätte dir gerade ein Gespenst in den Hintern gebissen. Was frisst dich auf, Mann?«

Der Erscheinung nach asketisch und drahtig, doch mit einer Wampe, die sein verblichenes Hawaii-Hemd mit Blumenmuster unmöglich verbergen konnte, wirkte Wisenik eher wie ein Buddha, der dem Rotary Club beigetreten war, statt wie das, was er wirklich war, ein Meister in der schwarzen Kunst des *Chi*-Sezierens.

Sykes war von der *Chi*-Expo geradewegs zu ihm gekommen. Wenn einer das Ding knacken konnte, dann Wisenik. Sykes kannte ihn schon, seit er in San Francisco aufgetaucht war. Er benutzte ihn als sachkundige Quelle für einige seiner technischeren Stories. Im Gegenzug half er Mort beim Abfassen von Briefen an die Kommission für bedingte Haftentlassungen.

Wisenik war durch und durch Profi – und Exsträfling. Er hatte für den Missbrauch der Homepage von Kardinal Wozniak von Chicago acht von zehn Jahren im Chico-Staatsgefängnis abgesessen. Seine Sammlung für die digital Aussätzigen des Western Samoaspace hatte ihm fünfzig Riesen eingebracht, bevor die Om-Polizei ihn schnappte. Die Anklage lautete auf Bewusstseinserpressung, *Fêng-shui*-Geomantie-Schwindel, Unterschlagung von Kirchengeldern und das Überschreiten internationaler Ley-Linien.

Paul Sykes schüttelte den Kopf. »Ich weiß nicht recht, Mort – ich habe ein schlechtes Gefühl bei der Sache. Ich frage mich, ob ich nicht einen Fehler gemacht habe, als ich meine Nase in dieses Geschäft steckte.«

Sykes saß zurückgelehnt in einem purpurnen Nagaldahyd-Sessel, den Wisenik vor dem Schrottplatz gerettet hatte. Seine Miene war von Sorge gezeichnet, er hatte es kaum heil aus der *Chi-Expo* geschafft. Diese Teufelin Deedee Delorean war ihm auf den Fersen geblieben. Und er hatte nach Harry Morgan und seiner Schurkenschwadron Ausschau halten müssen. *Ärger mal Ärger macht noch mehr Ärger.*

Erst als er sich in das dichte Menschengewühl von Fisherman's Wharf mischte, konnte er in seiner Aufmerksamkeit ein wenig nachlassen und einen großen Seufzer der Erleichterung ausstoßen. Noch immer schoss Adrenalin durch seine Adern, als er auf ein Cablecar zur Hyde Street aufsprang und seinen nächsten Schritt zu planen begann.

Wen kannte er, der ihm bei der Entschlüsselung dieses Irrsinnschips helfen konnte, den er in einem Anfall von Wahnsinn aus dem Tierzelt hatte mitgehen lassen?

Sykes zermarterte sich das Gehirn, während er sich an der Stange festhielt, die schlüpfrig war vom Fett Tausender Hände. Ringsum lächelten Touristen. Es war ein warmer Frühlingstag, der Himmel blau. Die alte Gefängnisinsel Alcatraz war in der Bucht deutlich zu sehen.

Alcatraz. Mort Wisenik. *Natürlich.*

Wisenik hatte seine Bleibe im zweiten Stock eines Hauses in der Powell Street. Es war nett und anonym, mit dem Klang der Cablecars, die draußen vorbeischepperten, und einer chinesischen Wäscherei im Erdgeschoss, die die Fassade für eine illegale ›fan tan‹-Spielhölle bildete. An der Ecke bekam man Starbucks-Algenburger, nebenan gab's in einer schmierigen Kaschemme chinesisches Essen, und man konnte sich locker mit den käuflichen Transvestiten anlegen, die draußen den Bürgersteig auf und ab staksten, ohne dass jemand sie daran hinderte.

Hier würde ihn niemand finden. Nicht Deedee Delorean, nicht

Harry Morgan. Und auch dieser mysteriöse Wing Fat mit seiner düsteren Menagerie aus dem Ausstellungsraum für Mediale Haustiere auf der *Chi*-Expo nicht. Nicht einmal Anne, wenn sie noch ein letztes Wort, einen letzten Vorwurf an ihn zu richten hätte.

Du Versager. Du hast die einzige Chance auf Glück verloren, die du je hattest. Jemanden, der all deine infantilen Launen und all deine kindischen Treulosigkeiten ertrug und trotzdem immer für dich da war. Du Versager*!*

Paul Sykes umklammerte die Lehnen des purpurnen Nagaldahyd-Sessels und unterdrückte ein Schaudern.

»Auseinander zu fallen und zu einem totalen Wrack zu werden muss wohl einem höheren evolutionären Zweck dienen«, sagte Wisenik mit einem flüchtigen Blick auf seinen jungen Freund.

»Können wir nicht einfach weitermachen?«

»Wie du meinst, altes Haus. Wie du meinst.« Wisenik schob den Chip ins Hitachi-Laufwerk und begann mit der Vivisektion der gespeicherten Schädelalgorithmen.

Als er darauf wartete, dass die Gehirnwellenaufzeichnungen sich digital wiederherstellten, kam er nicht umhin, ein paar weitere kluge Ratschläge von sich zu geben. Sykes sah aus, als könnte er sie gebrauchen; er war ein guter Kandidat für Wiseniks immerwährende Weisheit.

»Einer der grausamsten Streiche der Natur besteht darin, einem Hoffnung zu machen. Das ist wie ein eingebautes, programmiertes allmähliches Verschwinden des menschlichen Glaubens an die eigene Zukunft. Verteufelt will ich sein, wenn ich den Grund kenne. Damit wir beschließen, der Sache ein Ende zu machen – und das nächste Ding auf der Evolutionsleiter einen Versuch wagen kann? Wer weiß? Im Grunde sind wir nur Lemminge. Halten nach Straßenschildern Ausschau, die uns den Weg ins Nichts weisen, der schnurstracks der Apokalypse entgegenführt.«

Wisenik bekam große Augen, als auf dem Bildschirm die Alpha-und-Delta-Wellen des Biodatenmülls des betreffenden Subjekts erschienen. Er klopfte nachdenklich mit dem Zeigefinger auf den Schirm.

»Alle Archetypen lösen sich auf«, fuhr Wisenik fort, und seine Stirn legte sich in Falten, als er den Bildschirm musterte. »Anfangs ging es nur darum, als Individuen Erfüllung zu finden. Individuelle Freiheiten, individuelle Rechte, individuelle Gedanken. Gute alte Zeit, was? Dann wollten wir plötzlich alle unbedingt Teil des untereinander verbundenen Ganzen werden. Nun gehören unsere sämtlichen Gedanken dieser einen weiten Gemeinschaft an – dieser Große Schritt Vorwärts ins universelle Bewusstsein ... In Singapur *züchtigen* sie einen noch mit dem Stock, wenn man sich schuldig fühlt. Wusstest du das?«

»Was hat das zu bedeuten, Mort? Was kommt da für Zeug rein? Kannst du das feststellen?«, fragte Sykes, als er sich aus dem Sessel erhob und hinter den Tisch des Philosophen stellte. Wisenik hantierte eifrig an irgendwelchen Schaltern, die Farben auf dem Bildschirm bildeten derweil wirbelnde konzentrische Ringe.

»Was *sind* das für Symbole?«

Wisenik blickte ernst zu ihm hoch. »Ich sagte dir doch, dass aus dem Teil Daten in den Schädel gesickert sind, nicht wahr? Die wesentlichen Daten – das Zeug, hinter dem du her warst, das auf dem Chip gespeichert war. Das ist alles weg. Tut mir Leid, Paul. Ich kann dir nicht helfen, Kumpel. Ist ein Produkt aus Kota Baru. Billiges *Chi.* Man kriegt, was man bezahlt.«

»Mist!«, rief Sykes mit einer Bitterkeit, deren Ausmaß ihn selbst überraschte. »Alles *umsonst!* Ich und mein verdammtes Pech, *dieses verdammte Pech!* Ich war *so* dicht dran! Jetzt ist alles im Arsch ...«

Weissager, Medien, Freundinnen mit dem zweiten Gesicht, sogar seine eigene Mutter hatten ihm gesagt, dass er unter einem Glücksstern geboren sei ... dummes Geschwätz, alles miteinander, Zuckerguss auf dem Bodensatz der brutalen Realität. Er war ein Versager, und darin war er wirklich gut ... Völlig ausgelaugt fühlte er sich. Er würde wohl wieder als Totengräber arbeiten müssen, wenn die Stelle überhaupt noch frei war.

»Yeah, ich kann's dir nachfühlen, Paul«, sagte Wisenik leise. »Aber ich glaube, das hier dürfte erheblich interessanter sein als alles, was ursprünglich auf diesem Kota-Baru-Chip gespeichert war.«

Paul Sykes brach seine Tirade ab. Das reichte einstweilen an Selbstgeißelung; er war wieder bereit, nach vorn zu sehen. Seine Negativität hatte ihn gestärkt. »Wie meinst du das? Was hast du gefunden?«

»Wenn ich nicht irre, sind das Affenerinnerungen. Das ist ein Gedächtnisspeicher. Liebesbriefe, durch den Affenäther geschickt. Mit anderen Worten, *Kommunikation*, von einem Primaten an den anderen. Manche schon vor langer Zeit aufgegeben, der emotionalen Zeitbriefmarke auf dem Farbklecks nach zu urteilen. Von einer Seite des Planeten auf die andere. Siehst du diese grüne mangoförmige Hieroglyphe?«

Sykes starrte auf den Bildschirm. Er sah einen leuchtend grünen Schemen, der sich leicht bewegte. »Ja, aber was hat das zu *bedeuten?*«

Mort Wisenik lehnte sich auf seinem Stuhl zurück und rieb sich die Augen; plötzlich fühlte er sich sehr, sehr müde. Er hatte dies schon gemacht, war dort gewesen, hatte mit der *crème de la crème* die Karre aus dem Dreck gezogen, hatte sogar ein Wort für das geprägt, worin er so gut war. Er nannte sich *Golemtologe.*

Wisenik konnte die Lebenszeichen auf einer Kokosnuss lesen und in einen Code übersetzen, auch konnte er die Toten im Omnispace wieder zum Leben erwecken. Einige seiner besten Kunden waren skrupellose Anwälte, die ihn anwarben, damit er die letzten Gedanken eines Sterbenden transkribierte – und ihn vielleicht sogar dazu brachte, im letzten Moment sein Testament zu ändern.

Natürlich war nichts davon vor Gericht zugelassen. Nicht jetzt und in diesem Zeitalter. Noch nicht. Es war nach wie vor eine nicht anerkannte Technik – wie in grauer Vorzeit die Lügendetektoren. Aber es besaß ein gewisses forensisches Gewicht. »*Man muss ihre verdammten* Chakren *erpressen*«, hatte einer dieser Anwälte ihm einmal anvertraut und sich dabei verächtlich auf einen Verwandten mit Schuldbewusstsein bezogen, der sich bereit erklärt hatte, eine Vereinbarung über ein Gemeinschaftserbe zu Gunsten des Klienten neu zu verhandeln.

Aber das hier – dieses Ding, das durch das Herzchakra eines toten Orang-Utans sickerte. Was war *das?*

Mort Wisenik stieß einen tiefen Seufzer aus. »Das ist für mich neu, Kumpel«, sagte er zu Paul Sykes. »Soweit ich weiß, ist das die erste dokumentierte Aufzeichnung einer morphischen Kommunikation – Geist zu Geist, Herz zu Herz – zwischen zwei Primaten, die man in großer Entfernung voneinander hielt. Irgendwie wurde es auf diesem dämlichen Chip gespeichert. Eine traurige Geschichte, Sykes. Wie Romeo und Julia: von gebrochenen Herzen und menschlicher Grausamkeit. Und sie ist noch nicht vorbei. Willst du mal einen Blick darauf werfen?

•••••••••••••••••••••••••••

mmm.gunung mulu.com

Paul Sykes starrte Wisenik entgeistert an. »Wie willst du das denn entschlüsseln, Mort?«

»Tja, altes Haus, ich bin mir noch nicht ganz sicher«, erwiderte Wisenik, während er in der Schublade herumstöberte. Er fand eine alte verbeulte Blechdose von Fisherman's Friend und reichte sie Sykes.

»Rizlas«, vertraute er ihm an. »Keine Hustendrops.«

»Nein danke.« Sykes schüttelte den Kopf. »Ist nichts für mich.«

»Dann bediene *ich* mich, es hilft mir, nichtlinear zu denken«, erklärte Wisenik, als er einen fest gedrehten Joint aus der Dose nahm. Er zündete ihn an, nahm einen tiefen Zug und starrte gedankenverloren eine Weile zur Decke hoch.

»Weißt du, Sykes«, sagte Wisenik schließlich. »Ich warte schon mein Leben lang darauf, so was knacken zu dürfen. So was Monumentales, so was Brandneues und doch so Ursprüngliches, dass man den Eindruck hat, der Große Knall habe gerade erst stattgefunden.«

Wisenik zog sich noch eine Lunge voll von dem Kraut rein, bevor er seine Gedanken erneut sammelte. »Ich komme wir wie dieser Wie-heißt-er-noch-gleich? … dieser Astronaut Neil Armstrong vor, der erste Mensch auf dem Mond. Und hier bin ich und entdecke bei Gott ein richtiges Morphogramm. Auch wenn es von einem Affen stammt.«

Er klopfte etwas von der Rizla-Asche in eine Topfpflanze, einen blattreichen grünen Philodendron, der auf dem Fensterbrett stand und im Sonnenlicht badete.

»Rupert Sheldrake, ein Landsmann von dir, war einer der Ersten, die darauf kamen«, fuhr Wisenik fort. »Morphische Resonanz nannte er es. Hätte nicht viel gefehlt, und er hätte ein Gespräch zwischen zwei Mistkäfern entschlüsselt, die sich in Sammlergläsern auf entgegengesetzten Seiten der Erde befanden. Von Kairo nach Glasgow. Er nahm an, dass sie übers Futter nörgelten, weil sie Hausgemachtes bevorzugen. Aber *das* hier ist der Hammer, Mann.« Wisenik tippte mit dem Finger auf den Schirm, wo die grünen Mango-Symbole wie verrückt kreiselten.

»Nein«, er schüttelte heftig den Kopf. »*Das* hier«, erklärte Wisenik ernst, »ist ein neurohistorisches Dokument.«

Wisenik seufzte. »Ich wünschte, ein alter Kumpel von mir, Frank Gobi, wäre hier, um das miterleben zu können. Wir waren Schulfreunde in Berkeley. Die Klasse von '11 … Wenn jemand daraus klug werden könnte, dann Frank.«

»Du kennst Frank Gobi?« Sykes klang ehrlich überrascht. »Das wusste ich ja gar nicht.«

»O doch, Frank und ich kennen uns schon lange. Klar, er hat sich größeren und besseren Dingen zugewandt. Machte seinen Doktor in Omnispace-Parapsychologie. Ging Tiefseetauchen in Satori City 2.0, als es '26 abstürzte. Rettete einen Haufen Leute vor dem VR-Wahnsinn, als er Virtuopolis neu bootete. Du kennst die Story. Hat sich einen Platz in der Rim-Ruhmeshalle verdient, unser Frank«, erinnerte Wisenik sich und nahm noch einen tiefen Zug.

»Sein Sohn war einer von ihnen, weißt du.« Wisenik warf Sykes einen seltsamen Blick zu. »Einer der Verlorenen. Prima Junge, dieser Trevor. Geht über glühende Kohlen. Hat Asbestsohlen, genau wie sein Dad. Er würde dir gefallen, Sykes. Na ja, wie auch immer …«

Wisenik zuckte mit den Schultern. »Ich wanderte in den Bau. Und Frank ist irgendwo da draußen, macht lebenslang bezahlten Urlaub und kümmert sich um solche Dinge. Ich könnte seine Hilfe jetzt brauchen. Was Frank wohl vorschlagen würde, frage ich mich … hmm, einen Moment.«

Wisenik richtete sich bolzengerade auf. Er starrte den Philodendron an. »Ach du Scheiße«, rief er aufgeregt. »Ich erinnere mich, dass ich mal einen Artikel von Frank gelesen habe, über den organischen Cyberspace. Das nächste große Ding nannte er es. Funktioniert genau wie diese morphische Sache, läuft allerdings über die Schiene Interspezies-Kommunikation. Wir haben überall um uns herum diese morphischen Knoten, bloß keine Ahnung, wo die sind. Die Natur ist das perfekte Medium. *Natur*«, Wiseniks Augen leuchteten auf. »Felsen, Wasserfälle, Bäume – Pflanzen!«

»Pflanzen, mein Junge!« Wisenik klatschte in die Hände. »Wie Rodney hier! Darf ich dir Rodney den Philodendron vorstellen? Man kann nicht gerade sagen, dass er eine schlimme Kindheit hatte. Er wird regelmäßig gegossen und hat seine Lieblingsstelle im Sonnenlicht. Ab und zu kriegt er prima Vitamine wie diese nährstoffreiche Asche. Ein richtiger Potkopf, dieser Rodney. Mal sehen, was er dazu zu sagen hat. Wie siehst du das, Rod?«

Wisenik schnellte mit dem Stuhl herum, hob die Pflanze vom Fensterbrett und stellte sie behutsam auf seinen Arbeitstisch neben den Monitor. Während Sykes kommentarlos zusah, machte Wisenik sich daran, Rodney durch eine Unmenge Elektroden mit seiner Workstation zu verkabeln.

»Pflanzen, sogar gewöhnliche Hauspflanzen – tut mir Leid, Rodney, ich wollte nicht respektlos sein – senden gewisse elektromagnetische Impulse aus. Wenn wir die jetzt auffangen könnten ...«

Wisenik öffnete ein Fenster auf dem Schirm und ließ die Finger übers Keyboard huschen.

»Ich rufe nur rasch Franks Artikel auf. Wenn ich mich richtig erinnere, gab es da irgendwo eine interessante Fußnote. Ein Algorithmus zur Umwandlung von Chlorophyll in eine organische Suchmaschine ... verstehst du, Sykes?«

»Voll und ganz, Mort«, erwiderte Sykes, während seine Stimmung sich hob. »Voll und ganz!«

Vielleicht gab's ja doch noch Hoffnung ... Falls ein innerer Zusammenhang am Werk war, den er nur noch nicht begriffen hatte. Wisenik kannte Gobi. Sykes besuchte die Chi-*Expo. Stolperte im Tierzelt über den Orang-Utan und geriet an den Chip. Sykes kannte Wisenik ... Wer weiß, vielleicht passte sogar Rodney irgendwie in dieses Bild ...*

»Da haben wir's.« Wisenik stieß ein irres Lachen aus, als Gobis Algorithmus auf dem Bildschirm aufleuchtete. »Der Erstdruck erfolgte im *Interspecies Insider,* 2. Jahrgang, Heft 8 ... Im 4. Jahrgang wurde er eingestellt, zu abgedreht für die meisten konventionellen Gemüter. Grenzwissenschaft! So stuften sie Kopernikus zu seiner Zeit auch ein.«

Sykes sah Rodneys Gehirnwellen – war das nicht als *prana* der Pflanzen bekannt? – in leuchtend grünen Farben über den Monitor wabern. Ms. Chus morphische Symbole wirbelten noch in ihrer grünen Mangogestalt in einem entlegenen Winkel des Bildschirms.

»Nun führen wir die drei Bestandteile zusammen, machen einen kleinen gemischten Salat daraus. Hey, Sykes.« Wisenik nickte ihm energisch zu.

»Setz die Narrenkappe auf. Sie liegt da, am Ende des Tisches. Und gib mir auch eine, irgendwo muss noch ein Extraset liegen. Prima. Jetzt gehen wir rein, mein Freund. Wenn dieses kleine Experiment funktioniert, wird Rodney uns ein paar echt grüne Weisheiten channeln. Das Auge einer Pflanze im Bewusstsein des Großen Grünen Regenwaldes im Himmel – *wooowww!!!!*«

Es krachte, als Reben und Ranken sich teilten. Ein pflanzlicher Wirbel schwoll bis zum Äußersten an, fiel wieder in sich zusammen und breitete sich übers Ufer aus. Gewaltiges Dröhnen erklang, als Riesenschoten auf den Dschungelboden fielen. Der Biorhythmus von Amazonenpapageien prasselte auf sie ein. Der Schrei eines Leoparden, der seine Gefährtin rief. Dann die unglaublich grüne Stille, von mächtigen Wogen leuchtender Zweige erfüllt, an denen grüne Daten hingen.

»Mort, bist du da?«

»Ich glaub schon, Kumpel. Bist du okay?«

»Wo sind wir?«

»Gib mir eine Sekunde, um mich in diesem Vektor zu orientieren.«

Noch mehr krachender grüner Donner und jähe Regenschauer, die vom Himmel stürzten. Ein Tropengewitter, das sich auf Pantomime verstand. Sykes fühlte sich bis auf die Haut durchnässt, aber das war nicht *möglich*.

Er saß in Wiseniks Wohnung in der Powell Street, nicht wahr? Nicht wahr? *Und hatte diesen Apparat auf dem Kopf? Reiß dich zusammen, Mann …*

Er hörte Wiseniks Gelächter irgendwo verloren in diesem dichten grünen Schalldschungel.

»Rodney hat die Gabe, Mann … er ist vielleicht ein bisschen scheu, aber er channelt jede Menge Alpha Grün.«

»Wo sind wir, Mort?«

»Okay, soweit ich sagen kann – das ist eine Art Website.«

»Eine *Web*site?«

»Nicht online. Wir sind gerade dank Rodney und seiner Chlorophyll-Suchmaschine drauf gestoßen. Das ist pure Mutter-Natur-E-Mail, Mann.«

»Scheiße.«

»Ein kleines Affenhäufchen für einen Menschen, aber ein großer Elefantenkötel für die Menschheit.«

»Bleib ernst, Mort.«

»Okay, Kumpel. Ich empfange eine Energiesignatur, muss das ganze Zeug nur noch in menschliches Gebrabbel übersetzen. ›Am Anfang war das Netscape …‹ Jetzt gibt es nur noch … *das* hier.«

»Wo *sind* wir, um Himmels willen?«

»Verlier nicht die Hosen, mein Sohn. Okay, um präzise zu sein, ich kriege gerade die Navigationskarten rein: Baum Nummer 17, Reihe 35, der Gunung Mulu-Nationalpark, irgendwo im Nordosten von Sarawak. Das liegt in Indonesien, falls du es nicht weißt, südlich von Brunei. Dort gibt es 1500 Arten blühender Pflanzen, darunter zehn Spezies der berühmten Kannenpflanze. Doch am wichtigsten ist, soweit es uns betrifft, dort gibt es Baum Nummer 17, Reihe 35.«

»Was zum Teufel ist das?«

»Das scheint ein Knoten für morphische Kommunikation zu sein. Dieser bestimmte Baum ist der Nabel für das ausgedehnteste natürliche Kommunikationsnetzwerk zwischen den Spezies, eine Art organische Satellitenschüssel. Frank wäre stolz auf mich.«

»Und was machen wir jetzt?«

»Du willst doch das Tagebuch des Orang-Utans dekodieren, nicht wahr? Das Wurzelsystem dieses Baums enthält Kopien von allem, was jemals gesendet wurde.«

»Zum Kuckuck! Jetzt, wo wir schon mal hier sind, sollten wir's auch versuchen.«

»Das ist die richtige Einstellung, Sykes. In Ordnung, ich muss hier gehörige Plappereien durchziehen, den Menschenanteil mit dem Affenverstand in Deckung bringen. Bist du so weit?«

B-U-U-U-U-U-M-M-M!!!!!

Ein grüner Lichtstoß wirbelte sie in einem lebendigen Strudel eigenartiger Formen herum, unter Gemurmel und den Fraktalen mikroskopisch kleiner Dias, die schneller als jeder Gedanke vorbeistrichen.

»S-y-k-e-s?« Wiseniks Stimme klang brüchig, als bringe sie das Echo eines smaragdgrünen Regenwaldes zum Ausdruck.

»J-a?« Sykes fühlte sich in diesem Grünen Niemandsland nicht sonderlich verwurzelt.

»G-r-a-t-u-l-i-e-r-e, K-u-m-p-e-l. I-c-h g-l-a-u-b-e, w-i-r h-a-b-e-n's g-e-s-c-h-a-f-f-t. W-i-r h-a-b-e-n d-i-e m-o-r-p-h-i-s-c-h-e B-a-r-r-i-e-r-e d-e-r A-u-f-l-ö-s-u-n-g d-u-r-c-h-b-r-o-c-h-e-n.«

Es gab eine knisternde Pause, als sie sich auf das neue Tele-Gleichgewicht einstellten.

»Das war's. Wir schießen uns auf Baum Nummer 17 ein, entschuldige den Wortwitz. *Jesus Christus,* ich kann's gar nicht glauben«, sprudelte Wisenik hervor. »Wir befinden uns im Lagerhaus des Kollektiven Primatenverstandes. Dem Alaya der Affen. Wie gefällt's dir? Es hat sogar eine morphische Adresse: *mmm.gunung mulu.com.* Die muss ich mir notieren. Um die Site später wiederzufinden ...«

Sykes hörte, wie Wisenik einem Specht gleich auf den Baumstumpf einhackte. »Der Saft möge fließen, um sich in den kleinen Eimern zu sammeln, die ich zu dem Zweck mitgebracht habe.«

Wisenik sprach jetzt mit sich selbst, während er sich mit der Überprüfung der Daten befasste.

»O Mann, da gibt's jede Menge Files. Schauen wir mal. Was haben wir denn hier? Haufenweise Mails von Maulwürfen, drei durchtriebene Vogelkreaturen, Mondratten, Mungos, Ottern, Wiesel, röhrende Hirsche – *herrje,* sind die laut, Mann! –, wo sind die Primaten? In Ordnung! *Pongo pygmaeus abelii …* « Wisenik plapperte immer weiter.

»Der Orang-Utan aus Sumatra. Auf Malaiisch heißt ›orang‹ ›Person‹ und ›utan‹ ›Wald‹. *Die Person des Waldes.* Eigentlich eine wunderschöne Beschreibung. Sanftmütig, wenn sie auftauchen, aber wild, wenn sie dazu gezwungen werden. Man weiß von ihnen, dass sie Krokodile töten, indem sie ihnen die Kiefer aufklappen und den Schlund herausreißen. Ansonsten sind es vorwiegend Pflanzenfresser. Frisches Laub, Borke, Blumen, Insekten und Vogeleier sind ihre Hauptnahrung. Das und Popcorn, wenn sie in Gefangenschaft gehalten werden. Da wären wir, Sykes!«, verkündete Wisenik.

»Grüne Mangozeit! Unsere liebe Ms. Chu. Komplett mit Aktionsdaten und allem. Ms. Chu alias ›Nita‹. Das meiste spielt sich zwischen ihr und – hmm, ein seltsamer Name für einen Orang-Utan – Tommy ab. Eine unerwiderte Liebesaffäre. Habe ich dir nicht gesagt, dass es traurig enden würde? So ist es meistens mit Liebesgeschichten auf weite Entfernungen … wollen wir einen Blick darauf werfen?«

»Ich bin dabei«, erwiderte Sykes zögerlich. Er verspürte eine Mischung aus Schuld und voyeuristischer Neugier. Bedeutete das einen Einbruch in Ms. Chus Privatsphäre? Sie waren drauf und dran, ihren Verstand und ihr Herz zu kartographieren. Doch Sykes erinnerte sich noch an den flehentlichen Blick in ihren Augen, als sie im Tierzelt der *Chi*-Expo in ihrem Käfig saß.

Und er spürte noch den Strom der Lebenskraft, als er ihr die Hand gab. Sie hatte ihm etwas sagen wollen. Was war es gewesen? Vielleicht war nicht mehr nötig gewesen, nicht mehr als diese leichte Berührung ihrer Hand …

»Packen wir's an, Mort.«

»Aye, aye, Kumpel«, erwiderte Wisenik. »Steig drauf ein … egal worauf … es ist für Tommy …«

Als sie den ersten von Ms. Chus Files öffneten, stellte Sykes fest, er las mit Augen, von denen er nie geglaubt hätte, dass er sie besaß – grün wie das Dschungellicht, das durch den dichten Baldachin der Reben über ihren Köpfen sickerte:

»›Das Gunung Mulu-Memorandum‹«

Monkey See, Monkey Do

Pinang, Malaysia

Tommy Kok Lau stürmte aus der luxuriösen Unterkunft seiner Eltern in der Lebuh Chulia Street in Georgetown, der phlegmatischen, schläfrigen Hauptstadt dieser vorwiegend chinesischen Insel vor der Westküste Malaysias. Er hatte schlechte Laune. Tommy war in diesem schrecklichen Alter, mit dem ein bestimmter Teil malaiischer und malaiisch-chinesischer Kinder große Schwierigkeiten hatte.

Es gab strenge, aber ungeschriebene Regeln, was ihr Heranwachsen anging; einige seiner Freunde nahmen das nicht sonderlich schwer. *»Inshallah«*, sagten sie und zuckten mit den Schultern. »Was geschehen soll, geschieht.«

Andere in seiner Lage rebellierten offener. »Wir müssen es nicht akzeptieren. Zum Teufel mit ihnen. Wir haben nicht darum gebeten, in diese Welt geboren zu werden. Die Zeiten ändern sich, wir müssen nicht mehr dafür einstehen. Das ist unglaublich *barbarisch.*«

»Tommy, wo willst du hin?«, rief seine Mutter Leilah ängstlich hinter ihm her. Sie hatte sich auf der Rattancouch im Wohnzimmer geräkelt und dabei ihren pfirsichfarbenen Lieblingspyjama aus Seide getragen, den sie in einer Boutique in Butterworth erworben hatte. Sie lackierte ihre Nägel grellrot und zerbiss Wassermelonenkerne mit Anisgeschmack, während sie sich auf dem Combo-TV-Airconditioner eine chinesische Seifenoper ansah.

Leilah wusste, dass mit Tommy etwas nicht in Ordnung war; sie hatte sogar eine Ahnung, worum es sich handelte, doch war es nichts, worüber Mutter und Sohn sprechen konnten. Sie konnte sich ja kaum dazu bringen, das schmerzliche Thema bei ihrem Gatten Samuel Lau zur Sprache zu bringen.

»Tommy, hast du deinem Vater gesagt, dass du ausgehen willst?«, erkundigte sich Leilah fieberhaft, doch da schlug ihr Sohn auch schon die Tür hinter sich zu, ohne eine Antwort zu geben.

Sie hörte, wie Tommy vor dem Haus seine Kawasaki 500 startete, vernahm das dumpfe Dröhnen, als die Maschine zum Leben erwachte. Dann entfernte er sich rasch, und insgeheim wusste sie, dass es so richtig war …

Was sollte sie Sammy sagen? Ihr Gatte würde ihr nie glauben, dass sie Tommy nicht gewarnt hatte. Plötzlich erwischte Leilah sich bei dem Gedanken: Und *warum* habe ich's nicht getan? Warum habe *ich* ihn nicht *gewarnt?*

Sie bedeckte die Augen und weinte, als entspränge ein Monsun ihrem Gesicht und schwemmte jede Träne der Mutterschaft weg, die sie sich für diesen Tag aufgespart hatte.

Leilah war achtunddreißig, ging aber für sechsundzwanzig durch. Sammy war achtundvierzig, ein wohlhabender Mann aus einer alten, angesehenen chinesischen Familie, die sich vor hundert Jahren in Malaysia niedergelassen hatte. Er besaß eine Ladenkette für Sanitäreinrichtungen.

Leilah versuchte schon seit Jahren, ihm Söhne zu gebären, damit sie den Familiennamen fortführten. Sie hatte alles versucht – Fruchtbarkeitspillen aus gemahlenem Rhinozeroshorn und Ti-

gerhoden, taoistische Zauberformeln, in vitro-*Befruchtung in einer Schweizer Klinik in Kuala Lumpur, einfach* alles. *Vergeblich.*

Sie musste sich den Tatsachen stellen. Ihre Chance, ein Baby zu bekommen, war ungefähr so groß wie die einer im Wok gesottenen Fledermaus, aus der Schale zu flattern, die in einem Imbiss am Straßenrand angeboten wurde.

Danach war es zwischen Sammy und ihr schlimmer geworden. Abgesehen von Leilahs Gesichtsverlust – vor ihren Verwandten, Angeheirateten, Ahnen, Freunden, Geschäftspartnern, sogar dem Personal, *bei dem Gedanken erbebte sie vor Scham – bestand auch noch die hohe Wahrscheinlichkeit, dass Sammy sich von ihr scheiden ließ.*

Oder wenn er sich nicht scheiden ließ, dass er sich eine Zweitfrau nahm, eine ›mee-uh noi‹ – womit er ihr schon scherzhaft gedroht hatte. Nur dass es kein Scherz gewesen war. Leilah hatte in dieser Hinsicht ein gut funktionierendes Spitzelsystem. Sie wusste, dass Sammy seine bevorzugten Mädchen hatte, seine jungen Schwalben, die er regelmäßig in Chinatown besuchte.

Sie beschloss, das zu ignorieren. Bei einem wichtigen Mann wie Sammy blieb das nicht aus. ›Chinesische Ehemänner‹, sie zuckte mit den Achseln. ›Was will man da machen?‹

Nein, richtig alarmiert war Leilah erst über die Neuigkeit, dass Sammy sich eine neue ›mee-uh noi‹ genommen hatte, eine gewisse Mimi Fu, die aus einer angesehenen Familie kam (sie hatte Grundbesitz in Melaka und mehrere Gummibaumplantagen). Sammy hatte sie in Batu Ferringhi an der Nordwestküste der Insel in einem über zwei Stockwerke reichenden Apartment mit Blick aufs Meer einquartiert.

Leilah musste drastische Maßnahmen ergreifen, verzweifelte Schritte waren vonnöten. Doch man würde Sammy überreden müssen, Adoption kam nicht in Frage. ›Anderer Leute Babys, anderer Leute Ahnen …‹ Die Verpflichtungen wären zu gewaltig, das Durcheinander im Familienstammbaum hätte katastrophale Folgen. Und es würde zu schlechtem joss *führen, großem Un-*

glück, und Sammys Geschäft würde darunter leiden. Es wäre das Ende der Welt.

Doch wer nicht wagt, der nicht gewinnt. Sie hatte gerüchteweise von dieser anderen ›neutralen‹ Lösung gehört. »Das tun viele. Du wärst überrascht, wenn du wüsstest, wer alles, einige davon sind deine Freunde. Wer würde es schon vermuten?«, wurde ihr zugetragen. »Wenn du *den Unterschied nicht feststellen kannst, wer* dann?«

»Natürlich, es ist ein Kompromiss, aber man kann nicht alles haben. Die Ahnen kann man täuschen – jedenfalls braucht man sie nicht um Rat zu fragen oder zu informieren. Das interessiert sie nicht sonderlich. Es GIBT eine weitere Möglichkeit, Leilah. Du hast die Wahl. Nutze die Chance oder lass es bleiben.«

Leilahs Wahl des Vermittlers – zugleich ihre geheime Informantin zu dem Thema – fiel auf Kitty Wong. Kitty besaß einen Schönheitssalon in der Lebuh Campbell Street, in dem Leilah sich einmal die Woche das Haar machen ließ. Leilah hatte wunderschönes feines Haar, das ihr wie Seide über den Rücken wogte.

Sie wusste, dass sie in Sammys Augen noch immer hübsch war, wusste auch, dass er sie noch immer liebte, dass er sie noch immer begehrte. Wenn nur nicht …

Jedenfalls, eine von Kitty Wongs vielen Nebenbeschäftigungen war die Kuppelei. Sie hatte sich auf arrangierte Ehen spezialisiert, doch versuchte sie sich auch gern an neuen Geschäften, sofern sich eine Gelegenheit ergab. Deshalb sah sie, als einige dieser arrangierten Ehen nicht den erforderlichen Nachwuchs brachten, sofort die Zeichen der Zeit. Sie hatte eine weitere Nische gefunden, eine weitere Lücke, die sie schließen konnte.

Es war Kitty, die Leilah mit dem Broker in Kuala Lumpur in Verbindung brachte. Mit Unschuldsmiene erzählte Leilah Sammy, dass sie zu einem High-School-Treffen ihrer alten Schulkameradinnen von der Mädchenakademie Konvent zum Heiligen Herzen in KL ginge.

»Ich bleibe nur einen Tag«, sagte sie zu ihm. »Mädchenge-

schwätz. Du weißt schon – schnatter, schnatter, schnatter. Sich auf den neuesten Stand bringen, was das böse Karma der Nonnen angeht. Du kannst ja mitkommen, wenn du willst. Die Ehemänner wollen im Hotel mah-jong *spielen.«*

Sammy hatte eine düstere Miene falschen Bedauerns aufgesetzt. »Ich kann nicht, Baby. Geh nur, amüsiere dich gut. Hier in Georgetown warten zu viele dringende Geschäfte auf mich.«

Dringende Geschäfte, *dachte Leilah bei sich, und ein honigsüßes Lächeln tarnte ihr finsteres Herz.* Geschäfte namens Mimi Fu …

Am nächsten Morgen nahm Leilah den klimatisierten Minibus vom Malaysia Hotel hinunter nach KL. Es war ein 10-Milligramm-Valium-Trip; der Busfahrer, voll auf Speed, die Augenlider mit Zahnstochern offen gehalten, ein Fuß auf dem Gaspedal und der andere auf der Bremse, spielte mit dem entgegenkommenden Verkehr ›Grüß mir die Ahnen‹.

Doch sie kam sicher an, Gott und Schwester Felicia, ihrer Glücksnonne aus der High-School, sei's gedankt. Leilah entspannte sich, kaum dass sie das funkelnde weiße Minarett der Masjid Negara-Moschee erspähte, das Wahrzeichen von Kuala Lumpur.

Sie hatte es geschafft.

Leilah nahm ein Taxi zu der Adresse, die Kitty Wong ihr auf einen Zettel gekritzelt hatte. Es war ein Laden namens Chi *Enterprises, Jelan Melayu 17, an der geschäftigen Ecke Jalan Tuanku Abdul Rahman und Jalan Tun Perak.*

Seltsamerweise wirkte er wie eine Art Zooladen. Doch in diesem Gewerbe war Diskretion angesagt, hatte Kitty Wong ihr versichert. Das Läuten der Glocke, als Leilah die Tür öffnete, wurde sogleich vom furchtbaren Zetern der Langschwanzpapageien, dem Pfeifen der Mynah-Vögel, dem Rattattatt *der Spechte und dem* Woskwoskwosk *des Nashornvogels übertönt.*

Leilah brauchte eine Weile, um sich in dem düsteren Zwielicht des Zooladens zurechtzufinden. Ihre Hand lag noch auf dem

Türknauf, als sie eine Wand voller Terrarien mit Schlangen sah – Pythons und Kobras und schimmernde grüne Baumschlangen. Sie wollte sich schon umdrehen und wieder gehen, als jemand sie ansprach.

»Das ist ein Schuppentier«, ertönte die sanfte Stimme eines vornehm gekleideten Inders, der aus dem Nichts aufgetaucht war, um sie zu begrüßen. Er sah gut aus, war in den Dreißigern und trug einen blauen Safarianzug mit kurzen Ärmeln. Eine goldene Kette glitzerte an seinem braunhäutigen Hals. Er deutete auf ein Terrarium, in dem sich ein schuppig wirkendes Reptil mit langem, spitz zulaufendem Kopf und Schwanz befand.

»Es ernährt sich von Termiten und Ameisen, und ich bringe ihm das Alphabet bei«, sagte er stolz. »Natürlich die Bahasa Malaysia, und ein paar Brocken Englisch. Ein wenig Sanskrit kann auch nicht schaden.«

Er verbeugte sich wie ein Klappmesser. »Treten Sie doch ein. Mein Name ist Mohandir Das. Dies ist mein Laden. Doch Ihr Verhalten sagt mir, dass Sie nicht an Haustieren interessiert sind. Wären Sie es, würde ich Ihnen einen hinreißenden Tapir zeigen, der gerade von Sumatra eingetroffen ist. Das ist eine Kreuzung zwischen Schwein und Nilpferd, Sie bräuchten also einen ziemlichen großen Hinterhof mit Swimmingpool. Haben Sie einen Swimmingpool?«

Leilah schüttelte benommen den Kopf. »Tut mir Leid – ich glaube, ich bin hier falsch.«

»Aber nein, nicht im Geringsten. Ich bin sicher, ich kann Ihnen bei Ihren Wünschen behilflich sein. Wer hat uns denn empfohlen?« Eine dichte schwarze Augenbraue kroch wie eine haarige Raupe seine Stirn hoch.

»Äh – äh.« Leilahs Zunge war wie gelähmt, während sie ihre Gedanken zu ordnen versuchte. »Meine Freundin Kitty Wong.«

»Natürlich«, der Inder strahlte herzlich. »Kitty Wong. Aus Pinang. Sie hat uns schon einige Kunden gebracht. Eine entzückende junge Dame. Ich habe Sie schon erwartet. Sie müssen Mrs.

Leilah Lau sein, wenn ich nicht irre? Sie hatten hoffentlich eine angenehme Fahrt von Georgetown hierher nach KL? Bitte entschuldigen Sie diesen – diesen Lärm. Bald ist Fütterungszeit. Weshalb ziehen wir uns nicht in mein Büro im Hinterzimmer zurück, wo es viel leiser ist und wir alles ungestört besprechen können? Aber seien Sie bitte mit diesem Käfig vorsichtig«, warnte der Inder sie. »Das ist eine Zibetkatze.«

Das Wesen hatte Ringe um Schwanz und Hals und ein geflecktes Fell. Es hatte eine seiner Pfoten zwischen den Käfigstangen vorgereckt und angelte mit den Krallen nach ihrem Saum.

Mohandir Das lächelte. »Das ist eine Art Kreuzung zwischen Opossum und Katze. Zuweilen recht amüsant, zuweilen aber auch unangenehm. Sie liebt es, Mülleimer umzustoßen. Kinder sind ganz vernarrt in sie, es ist immer ein Mordsspaß, wenn sie ihre Tricks vorführt. Die hier kann sich einfach nicht von ihrem Gameboy trennen.«

Leilah sah ein halb zerkautes Plastikgehäuse in einer Ecke des Käfigs, und im Wassernapf trieben einige weggeworfene Game-Kartuschen. Sie senkte den Blick. Wenn die Götter es so wollen, muss der Wille der Götter geschehen.

Mohandir Das öffnete die Tür zu seinem Büro. In einem Alkoven stand eine Bronzefigur von Ganesh, dem indischen Elefantengott, mit einer Girlande aus Ringelblumen um den Hals, und aus einer kleinen Räucherbüchse aus Messing stieg der süße Duft von Rosenweihrauch auf.

»Bitte machen Sie es sich doch bequem«, sagte er zu ihr und wies vage mit einer Hand in Richtung einer schwarzen Plüschledercouch mitten im Zimmer.

Leilah setzte sich und wartete schweigend, während sie ihre Fassung wiederzuerlangen versuchte.

»Tee? Coke?«, erkundigte Das sich höflich. »Nein? Dann sollten wir gleich anfangen ...« Er setzte sich neben sie auf die Couch. Davor stand ein Marmortisch mit einem Haufen Fotoalben. Er schlug beiläufig eines auf und begann die Seiten durchzublättern.

»Mal sehen, nein, der hier nicht. Der ist schon für Dänemark reserviert. Die beiden sind Bruder und Schwester, und normalerweise trennen wir sie nicht gern. Sie bilden tiefe gefühlsmäßige Bindungen aus, genau wie Menschen, wissen Sie. Das hier, armes Geschöpf, weilt nicht mehr unter uns. Hat nicht lange überlebt, fürchte ich. Der Fang war eine ziemliche Tortur …«

Leilah keuchte auf, als sie auf dem Foto das verängstigte Gesicht eines jungen Babygibbons sah.

»Wirklich entzückend … welch ein Jammer«, seufzte Mohandir Das und schüttelte den Kopf. »Mit diesen Händlern arbeiten wir nicht mehr zusammen. Es hatte nur noch einen Finger, als es bei uns eintraf, ist das zu fassen? Alle anderen hatten sie ihm abgeschnitten, um es vom Rücken der Mutter loszubekommen. Sie wurde natürlich mit einem Giftpfeil erschossen. Diese Barbaren.«

Das' finstere Züge hellten sich auf, als er das Albumblatt wendete. »Hier – ich glaube, das ist der perfekte Kandidat für Sie. Sie wollten doch einen Sohn, nicht wahr? Nicht wahr? Mrs. Lau?«

Er blickte sie mit tiefer Sorge an. Sie zeigte bereits die ersten Anzeichen eines Schocks. Er war diese Phase jedoch gewöhnt und legte sanft eine seiner Hände auf die fest geballten Fäuste in ihrem Schoß.

Es war der Schock des Wissens – des Erkennens –, dass sie die Grenze zur anderen Seite überschritten hatten. Dass sie die Grenze überschritten hatten und sich schon auf die erste Umarmung vorbereiteten …

»Mrs. Lau – Mrs. Lau *…« Das' Stimme holte sie in die Gegenwart zurück. Es war wichtig, dass er sie jetzt nicht verlor. Der Verkauf stand bevor.*

»Ich kann Ihnen versichern, Mrs. Lau, das ist die Welle der Zukunft. Mehr und mehr Menschen werden im Laufe der Zeit unfruchtbar. Sie sind mit dem Problem nicht allein. Diese Tatsache zeigt sich deutlich in allen neueren Bevölkerungsstudien, die rund um den Globus entstanden sind. Wir Menschen sind nicht so ge-

bärfreudig, wie die Experten vorhersagten. Die Bevölkerung des Planeten beläuft sich auf 7,2 Milliarden, die ›Bevölkerungsexplosion‹, wie man es im letzten Jahrhundert nannte, ist vorbei. Sehen Sie sich Indien und China an, überall sinkende Geburtenraten. Wenn es so weitergeht, wird in weiteren fünfzig Jahren die Zahl der Sterbenden die der Geburten übersteigen. Wir müssen die nötigen Schritte jetzt einleiten, *Mrs. Lau …«*

Leilahs Gesicht hatte jegliche Farbe verloren. »Aber es sieht wie ein Menschenbaby aus. Wie ein menschliches *Baby … ich begreife das nicht …« Sie schüttelte wieder und wieder den Kopf. »Ich begreife das nicht.«*

»Das ist der Service, den wir bieten«, sagte Das mit einem Anflug von Stolz in der Stimme. »Deshalb suchen Leute wie Sie uns auf. Mein Laden mag klein sein, Mrs. Lau, aber es steckt eine Organisation dahinter. Eine große Organisation, das kann ich Ihnen versichern. Wir messen uns an den höchsten internationalen Standards.«

Er begann die Hauptpunkte für sie an den Fingern abzuzählen. »Zunächst einmal gibt es ein extrem personenbezogenes Trainingsprogramm für die Kompatibilität der Spezies untereinander. Danach erfolgt die Auswahl der besten Kandidaten für die Prozedur. Wenn dann die letzte Entscheidung für die Operation getroffen wurde, werden neurolinguistische Implantate und Software für die soziale Konditionierung ins Gehirn eingefügt. Wir beschäftigen einige der führenden Neurochirurgen und Sozialtherapeuten der Welt. Zum Beispiel ist der Direktor der Neurochirurgie an der Universität von Genf …«

Leilah unterbrach Das' Checkliste: »Sie haben meine Frage nicht beantwortet. Wenn ich meinen Mann von der Idee überzeugen soll, werde ich ihm alles erklären müssen. Wieso sieht es wie ein menschliches Baby aus – obwohl seine Gesichtszüge ein wenig ausdruckslos sind? Etwas fehlt. Etwas ist mit ihm nicht ganz in Ordnung.«

»Ach, Madam«, erwiderte er mit einem Lächeln. Diesen Le-

ckerbissen hatte er sich bis zuletzt aufgehoben. Der Genuss dieses Augenblicks, wenn der Deal geschlossen wurde, war jeden einzelnen ringgit *seiner 25.000* ringgit *(10.000 $) Provision wert.*

»Es ist erstaunlich, was plastische Chirurgie heutzutage alles vermag. Das Gesicht eines Orang-Utans – sogar seinen Körper – zu verändern ist kein Problem. Er hat einen sehr formbaren Körperbau. Nun, die Beine sind ein wenig zu kurz, er hat O-Beine, dafür sind die Arme etwas zu lang. Wir arbeiten noch daran, die Methoden der Chirurgie zu verbessern. Es ist kaum zu fassen, wie weit wir in den letzten paar Jahren schon gekommen sind. Doch das Schöne daran – Mrs. Lau –, das Schöne daran … Die Ausdruckslosigkeit *seiner Miene, wie Sie ganz richtig feststellten – das ist eine bewusste Auslassung, die, äh, von den endgültigen Wünschen der Adoptiveltern abhängt.«*

»Eine bewusste Auslassung? Diese leere Miene? Wie meinen Sie das?«

»Haben Sie zufällig ein Foto Ihres Mannes bei sich?«, fragte Das sie. »Ich glaube, unsere Freundin Kitty Wong hat unsere Bitte weitergegeben, dass Sie zur Konsultation eines mitbringen möchten.«

»Ja, aber …?« Leilah runzelte die Stirn. »Was hat das damit zu tun?«

»Ganz einfach – unsere plastischen Chirurgen haben ein Teil des – äh – kindlichen Gesichts absichtlich ausdruckslos belassen. Sie wollen doch, dass Ihr Sohn eine Familienähnlichkeit aufweist, oder nicht? Die Nase des Vaters, die Augen der Mutter, Kinn, Wangenknochen – solche Dinge. Wir haben den Platz für diesen letzten Geniestreich frei gelassen. Wir tun alles, um unseren Kunden zufrieden zu stellen, Mrs. Lau. In jeder Hinsicht. Wir garantieren für die Zufriedenheit des Kunden – ähem – der Eltern. Wir werden jetzt für Ihren Gemahl ein Phantombild des Babys erstellen. Wir wissen ja, wie Väter sind. So stolz, und brauchen doch jede erdenkliche Bestätigung, dass der Junior auch nach ihnen gerät.«

Tommy

Tommy Kok Lau parkte seine Kawasaki am Trishaw-Stand neben dem hell erleuchteten *pasar malam*-Nachtbasar am Gurney Drive in der Stadtmitte von Georgetown.

Er stieg von seiner Maschine und sog die Luft ein; die sanfte Abendbrise wehte den Duft von Gewürzen und das benommen machende Aroma von Jasmin und Jasminblütenparfüm heran. Es war eine herrliche Nacht, glitzernde Sternhaufen hingen am Himmel wie Kokosnüsse von einem riesigen beleuchteten Palmblatt der Aurora Borealis.

Tommy erkannte eines der Sternbilder, das geschwungene Tuch von Gemini. Zwillinge. Das war sein Sternzeichen. *Wie passend,* dachte er bei sich. *Zwei Köpfe, zwei Gehirne, zwei Herzen ... nie war das treffender gewesen als heute.*

Er sah den vertrauten Wirrwarr einheimischer Imbissbuden, die Hammelspieße anboten, *Satay* mit Hühnchen und Rind, in Erdnusssauce getunkt, scharfe Curry-Garnelen, malaiische Bandnudeln und duftende Kokosnuss-Reisgerichte. In der Nähe servierte eine Reihe südindischer Stände den Kunden kleine *thali*-Pasteten, die mit den Fingern von einem grünen Bananenblatt gegessen wurden.

Der Radau war unbeschreiblich. Illegale Tapes mit *gamelan*-Rap-Music aus Kelantan plärrten aus scheppernden Lautsprechern, während ganze Monitorbatterien MTV-Clips mit den Borneo Boys und den Fuji Fellinis brachten, die ihre neuesten Hits präsentierten.

Beverly Bali, der Liebling aus *Plantation Place,* der berühmtesten Südostasien-TV-Serie, schmollte mit polygamen Lippen von kinetischen Werbetafeln. Die üppige Bali hatte schon vor langer Zeit ihren *Chador* gegen den Monokini-Schleier zwischen ihren

Beinen eingetauscht, schon vor mindestens 80 verpönten Episoden. Doch das Freihandelsarchipel der streng abgesicherten Spratly Islands strahlte die Soap noch immer täglich aus.

An die Stelle von Kanonenboot-Diplomatie war das Kanonenboot-Showbusiness getreten, besonders nachdem die versprochenen Erdölfeuer unter den Spratlies ausgeblieben waren. Chinesische, philippinische und vietnamesische Truppen patrouillierten nun gemeinsam in den Gewässern dieses neuen Hollywood im Südchinesischen Meer, schützten es vor den *Mullahs* der Region und ihren Selbstmordkommandos aus Zensoren. Es war ein Katz-und-Maus-Spiel.

Gerüchten zufolge sollte der Sultan von Brunei ein Interesse an der Kontrolle über die Spratly-Studios haben – und ebenso an Beverly. Sie hatte ihre Laufbahn in seinem *Harem* begonnen und war zur gefeiertsten Person im Äußeren Rand aufgestiegen.

Tommy ließ den Blick ein letztes Mal über den Nachtbasar schweifen. Wohin er sich auch wandte, rundum gab es Stände, die alles verkauften, von trainierten Grillen, die ›Stille Nacht‹ zirpten, über Puderdosen für Damen, die sich zu 80 × 80 cm großen Kinderkrippen entfalteten, bis zu Einweg-Zigarettenanzünder-Printern, die ihre Botschaften in dreizehn programmierbaren Sprachen druckten, sodass der leuchtende Text in jeder Flammenzunge aufloderte.

Schnickschnack City. Jede Saison brachte neuen Nippes, neue Novitäten, neue Games und neue Illusionen. Doch bisher hatte all das seinen Zauber für ihn immer bewahrt.

Es war ihm so vertraut wie seine eigene Kindheit. Jetzt kam es ihm nicht weniger fremdartig vor, als handelte es sich um ein schlecht synchronisiertes japanisches *animé*-Cartoon, dessen Soundtrack nicht mit den Tritten und Schlägen übereinstimmte. In diesem Cartoon seiner Erinnerung schlenderten Ma und Pa mit ihm an einem Abend wie diesem über den Nachtbasar, eine glückliche chinesische Familie, die gemeinsam einen Ausflug unternahm.

Klein-Tommy saß stolz auf den Schultern seines Vaters, leckte an einem Mangostin-Eis, während Ma mit einem feuchten Tuch seine klebrigen Lippen abtupfte …

Babys im Krabbelalter sehen in den Tropen wie Caspar das Gespenst aus. Tommys Gesicht, Arme und Beine waren gegen die stechende Hitze mit einer weißen Paste bedeckt. Doch die Paste konnte nicht verbergen, was seine Eltern geheim zu halten versuchten – sein unnatürlich blassrosa Aussehen und die Wunden, die sich daraus ergaben, dass Ma jeden Tag seinen Körper rasieren musste.

Schon als Kind hatte Tommy neugierige Blicke von Passanten auf sich gezogen, als wüssten sie Bescheid … Natürlich hatten sie die ganze Zeit über Bescheid gewusst, alle hatten Bescheid gewusst. Tommy war es, der eine Weile gebraucht hatte, um das Rätsel der geheimen Schande seiner Eltern zu lüften. Dieser unsagbaren Schande, die jetzt in ihm brannte wie ein ewiges Sodbrennen der Seele.

Also war auch seine Kindheit nichts weiter als Nippes gewesen … sein Leben eine Novität. So war es nun einmal, und so würde es immer bleiben. Bis zur nächsten Saison. Wenn es überhaupt eine nächste Saison gab … wie viel Zeit blieb ihm noch?

»Nette Maschine. Soll ich Ihre Saki für Sie bewachen, *tuan?*« Ein malaiischer Stricher hatte sich Tommy auf dem Bürgersteig genähert. »Fünf *ringgits,* und keiner rührt sie an.«

Dann kam die unvermeidliche Pause. »Schon gut …« Der dunkelhäutige Malaie griff sich in den Schritt des Sarongs, den er sich um die Hüften geschlungen hatte, und machte sich rasch davon, als er Tommys Gesicht sah. Er erkannte einen bösen Geist, wenn er einen sah.

Tommy lächelte grimmig. Schweißperlen zogen Spuren in dem Puder-Make-up, das seine Oberlippe bedeckte.

Die Maske zerbröselte. Es wurde Zeit, dass er ausging.

Tommy warf keinen Blick zurück, es lag jetzt alles hinter ihm. Er dröhnte die Lebuh Light Street hinab und raste an den mit

Scheinwerfern angestrahlten Mauern des alten Fort Cornwallis und seiner massiven Kanone aus dem siebzehnten Jahrhundert entlang, die erst von den Holländern an den Sultan von Johor, dann an die Portugiesen und anschließend an die Piraten weitergereicht worden war, bis sie ihren Platz in den Festungsanlagen dieses alten britischen Kolonialaußenpostens fand. Noch immer kamen kinderlose Frauen hierher, um Blumengirlanden auf das verrostete *lingam*-Rohr zu legen, in der Hoffnung, dass ihre Zeugungskraft sie segnete.

Das hätte auch Ma tun sollen, dachte Tommy verbittert bei sich und gab mehr Gas.

Dann wäre ich nie erschaffen worden.

Langsam in die Pedale tretende Trishaw-Fahrer und Mopeds gischteten auseinander wie *mah jong*-Steine, als er plötzlich nach rechts zum Lebuh Pantai abbog.

Einen Ort gab es noch, den er aufsuchen musste. Ein letztes Lebewohl musste sein.

Seine Saki kam stotternd vor einem gedeckten Gang mit zahlreichen Säulen zum Stehen, aus dem man ein Getto aus Kneipen und Bars gemacht hatte, in denen die Aussätzigen abhingen. Einige vertraute Gestalten standen im Schatten, und eine davon winkte ihm zu.

»*Apa khabar*, Tommy, wie kratzt es sich, Mann?« Das war Roki, die größte Missgeburt, die man sich vorstellen konnte. Seine Eltern hatten ihn billig bei einem Quacksalber in Selangor erstanden. Teils *ungka,* Gibbon, teils *monyet bulanda,* Nasenaffe, und teils Orang-Utan, ganz zu schweigen von einem Cocktail menschlicher Gene, war aus Roki nie ganz die Summe seiner Teile geworden.

Eine missratene Operation zur Geschlechtsumwandlung war ebenfalls Teil des Pakets gewesen. Seine Eltern hatten einen Jungen gewollt und es sich dann anders überlegt. Schließlich hatten sie ihn unvermeidlicherweise, nachdem der Reiz des Neuen erloschen war und die Pubertät eingesetzt hatte, dem Leben auf der

Straße überlassen. Roki fristete jetzt ein trostloses Dasein als transsexueller Stricher, der den privilegierteren Primaten zu Diensten war.

Mit seiner hängenden Nase, dem insgesamt schrecklichen Aussehen, noch dazu gekleidet in ein eng anliegendes *cheon-sam,* das durch die Schlitze an beiden Seiten ein Stück des behaarten Oberschenkels zeigte, hatte Roki nicht gerade viele Kunden.

Er war eine jämmerliche Gestalt, die hauptsächlich durch die Mildtätigkeit der Kirche der Schimpansen überlebte, einem nicht gewinnorientierten Wohlfahrtsprogramm unter Leitung von Donna Brooks, einer mürrischen alten Britin, die früher für das Interspezies-Kommunikationszentrum in Chiang Mai im Norden von Thailand als Tierhändlerin gearbeitet hatte.

Nach ihrer Pensionierung mit siebenundzwanzig Jahren zog Brooks zur Insel Pinang, wo sie die Kirche der Schimpansen gründete. Sie bot jedem unglücklichen Transprimaten, der an ihre Tür klopfte, Gratismahlzeiten, Gratispredigten über die Theologie der Tierbefreiung und Gratisentlausungen. Roki lebte in einem Wohnheim auf dem Gelände, wenn er nicht gerade die Straßen durchstreifte. Alles Geld, das er machte, ging für Tier-Tranquilizer drauf.

Das Absurde war, dass die malaiische Regierung noch immer keine Drogengesetze für Primaten beschlossen hatte. Sie ahndeten menschliche Vergehen mit einer *rotan*-Gerte, sie hängten Menschen für den Besitz geringfügiger Mengen *chack,* mit *Chi* vermischtem Heroin. Doch das Drogenproblem im Transspeziesanteil der Bevölkerung wollten sie nicht eingestehen.

Weil sie nicht vor aller Welt zugeben wollten, dass das letzte Tabu gefallen war, dass die Vermischung der Spezies ein blühender Handel war, der Malaysia unglaubliche Gewinne brachte.

Soweit es die Regierung betraf, war es eine Frage der Moral – und der Bürgerrechte.

Gewährte man einem humanisierten Orang-Utan das Wahlrecht? Was würde aus der malaiischen Konföderation der Sultanate, wenn – Allah möge es verhindern – ein Affe in den Dewan Rakyat, die Volksversammlung, oder in den Dewan Negara, den Staatsrat, gewählt wurde?

Also beschloss die Regierung, die Augen vor diesem wachsenden sozialen Problem zu verschließen: Sie ignorierte die Klasse der Unberührbaren. Einstweilen wurden die ›Transen‹ reichlich obskur nach Maßgabe der Landesgesetze für Flora und Fauna behandelt.

Roki bildete den Bodensatz der sozialen Leiter. Roki war das, was Tommy nie werden wollte. Roki war seine albtraumhafte Vision der Zukunft.

»Cool, Roki«, erwiderte Tommy und gab ihm einen Fünfer.

»Erste Sahne, Tommy.« Roki schenkte ihm ein dümmliches Grinsen. Tommy sah seine erweiterten Pupillen. Roki war wieder high.

»Später, Roki, lass brummen.«

»Klar, später.« Roki schlurfte in die Schatten zurück, den Blick auf einen deutschen Touri gerichtet, einen alten Knaben in den Sechzigern, der sich am anderen Ende der Arkade offenbar die Fensterauslagen ansah, wobei er sich langsam, aber sicher Roki näherte.

Tommy hatte ihn ebenfalls bemerkt. *Mein Gott, wie waren sie abscheulich, diese Interspezies-Perversen, die auf Babylanguren und langschwänzige Makaken abfuhren, welche in den Tierbordellen des Rotlichtviertels in schmutzigen Käfigen gehalten wurden. Die Triaden hatten sich eingeschaltet und kontrollierten diesen lukrativen neuen Sexhandel jetzt. Tierpädophile, allesamt …*

Tommy spürte, wie ihm die Galle hochstieg. Er hatte in der Zeitung von einem weltberühmten Zoologen gelesen, der im Wildlife-Rehazentrum von Semenggok beim Missbrauch von Languren ertappt worden war. Wohin war es mit der Welt gekommen?

Tommy straffte so gut es ging seine hängenden Schultern, dann betrat er das klimatisierte Habitat der No-Name-Bar.

Die *No-Name*-Bar

›No-Name‹ war eigentlich eine Fehlbezeichnung, wie die Stammkunden, die sich dort jede Nacht versammelten, bestätigen konnten. Alle Welt kannte den Laden als ›Pinky's‹.

Pinky hieß der Eigentümer, ein von Kampfnarben verunstalteter humanoider Gorilla mit einer ›Mach keinen Ärger‹-Haltung, sobald seine Kunden bei ihrem rowdyhaften Verhalten über die Stränge schlugen. Sein Vater war Australier, seine Mutter ein Gorilla-Orang-Utan-Mischling, in einem Labor in Sydney geklont. Er war via FedEx und Business Class in einem Reagenzglas in Kuala Lumpur eingetroffen.

Unnötig zu erwähnen, dass die Gene seiner Mutter die Oberhand gewonnen hatten. Für einen rekonfigurierten Primaten sah er nicht einmal schlecht aus: Er hatte eine breite Brust, sich wölbende Muskeln, und seinen Zügen wohnte Mel-Gibson-hafte Schönheit inne. Voll aufgerichtet ragte er einen Meter neunzig hoch auf. Am wichtigsten war jedoch, dass er jeden Betrunkenen mit einem wohlgezielten Schnippen des kleinen Fingers quer über den Boden der Bar schlittern lassen konnte.

Deshalb auch sein Name: ›Pinky‹, der kleine Finger.

Pinky machte an dem Abend wie gewöhnlich den Barkeeper, lässig in ein grün-khakifarbenes T-Shirt und Bermudashorts gekleidet. Er blickte vom Tresen auf, als er Tommy eintreten sah. Für Tommy hatte er eine nostalgische Vorliebe, denn er hatte ihn heranwachsen sehen, hatte gesehen, wie er mit seiner Identität rang und seine inneren Dämonen bekämpfte. Wenn jemand es *schaffen* konnte, wenn jemand *ausbrechen* konnte, dann Tommy, davon war Pinky überzeugt. Aber er hatte trotzdem dieses seltsame Gefühl in der Magengrube.

Es wird nicht leicht sein, es wird nicht reibungslos ablaufen, dachte Pinky bei sich. Wenn Tommy dabei nicht zerbrach, ging der Junge vielleicht sogar gestärkt daraus hervor. Schwingend. An der größten Liane …

»Hiya, Tom, was darf ich dir anbieten?«, knurrte Pinky den jungen Mann herzlich an. »Ein Kloster's? Singha? Carlsberg?«

»Gib mir ein Tiger-Bier, danke, Pinky«, erwiderte Tommy, während er sich in der Bar umsah, um festzustellen, wer alles da war.

Pinky hatte sich größte Mühe gegeben, dem Laden das richtige Ambiente zu verleihen, einen Sinn für Stolz und Würde der Primaten zu erwecken. Es gab Bilder von Naturreservaten auf der ganzen Welt, auch eine gerahmte Empfehlung des Direktors vom Zoo von San Diego. Außerdem hingen Plakate berühmter Primaten an den Wänden – darunter King Kong (Hollywood hatte aus KK einen riesigen afrikanischen Gorilla gemacht, doch seine Heimat war eine Insel von Java, was bedeutete, dass er eigentlich ein Orang-Utan war). Dann gab's da noch Kala, die Äffin, Tarzans Ziehmutter; und Koko, den ersten Gorilla, der die Barriere der Zeichensprache überwunden hatte. Es gab sogar ein Poster mit Einstein.

Um eine Erklärung gebeten, sagte Pinky immer: *»Schau ihm einfach in die Augen, Kumpel. Er wusste Bescheid. Er wusste, wohin das alles führt. Leakey lag völlig daneben. Wir stammen nicht von Lucy ab. Wir stammen von Desi Arnaz ab. Wir sind die verdammte* Zollbrücke, *Mann. Von einer Seite auf die andere. Dieser* Homo sapiens-*Scheiß geht doch früher oder später den Bach runter. Die sind an ihre Grenzen gestoßen und wissen es bloß noch nicht. Sie glauben, ihr Spiel mit uns treiben zu können. Bio-Tech, Bio-*Dreck … *Die haben ja keine Ahnung. Wir treiben unser Spiel mit denen … Außerdem, sieh doch nur, wie viele* Haare *Albert hat. Der würde einen prächtigen Gorilla abgeben. Aber was will man machen, eh?«*

Mit dankendem Nicken nahm Tommy einen raureifbedeckten Krug und eine Flasche eiskaltes Tiger-Bier von Pinky entgegen.

Dann ging er zum Tisch neben der Juke-Box, an dem einige seiner Kumpels saßen. Einer von ihnen hatte gerade was in die Juke-Box geworfen, und ihr Themensong lief: ›The lion sleeps tonight‹.

»Jessas, Carlo, du regredierst.« Tommy grinste einen von ihnen an, während er sich in einen Korbstuhl fallen ließ. »Hi, Mo – Peter, Sally.« Sie waren alle Klassenkameraden vom Polyteknic High in Pinang.

Carlo rauchte eine Benson & Krakatoa, die er mit dem Daumen und großen Zeh seines rechten Fußes an den Mund hielt. Seine Augen verengten sich, als er Tommy sah.

»Ich komme gerade aus dem Wandschrank, Mann. Das erwarten sie doch von uns, stimmt's? Erzähl mir nicht, dass du zu Hause nicht auch Zunder kriegst. Noch mehr von dem Scheiß, und ich hol das *parong* heraus. ›Verärgerter Student hackt Eltern bei Angstanfall in Stücke. Verlässt fluchtartig den Tatort.‹ Genau das Richtige für die *Straits-Times,* findest du nicht auch?«

»Du siehst beschissen aus, Mann«, sagte Mo zu Tommy. »Dein Make-up zerläuft wie nichts Gutes. Und was ist das?« Er beugte sich vor, um Tommys Gesicht eingehender zu mustern. »Du lässt es herauswachsen, häh? Ich wette, deine Mom ist total aus dem Häuschen. Sie haben alles versucht – Elektrolyse und all den Scheiß –, und nichts hat funktioniert, stimmt's?«

Mo lachte verbittert auf. »Sie nennen es ›das Gesicht verlieren‹. Ich nenn's, verlorene Zeit wettmachen. Die fangen zu Hause an, mich wie ein verdammtes Tier zu behandeln, Mann. ›Geh und räum dein Zimmer auf. Das ist ja der reinste Schweinestall.‹ *Den* Teil sehen sie falsch, so viel steht fest ...« Er starrte düster die Wand an.

Sally hatte den verräterischen rötlichen Farbton eines Orang-Utans im seidenbraunen Haar, das ihre schmalen Schultern hinabwallte. Sie war süß und sexy, mit Stupsnase. Mehr Gibbon als Langure im Genpool, lange anmutige Hände und schöne Beine. Ihre Augen waren blau.

»Es könnte erheblich schlimmer sein, Jungs«, sagte sie, wobei sie sich das Haar aus der Stirn strich. »Wie in alten Zeiten.«

»Wie in alten Zeiten? Soll das Geschichtsunterricht werden oder was?« Mo richtete den Blicke auf sie. »Dann ist das hier wohl unser Goldenes Zeitalter, eh?«

»Ganz genau«, erwiderte Sally trotzig. »Ich rede von damals, als alles begann. Die Adoptionen, meine ich. Vor den Implantaten. Vor der plastischen Chirurgie. Damals im vorigen Jahrhundert, als sie uns aus dem Regenwald pflückten, geradewegs von den Rücken unserer Mütter. Die Wilddiebe verkauften uns *au naturel* an diese kinderlosen Paare. So, wie wir waren. Panisch, vor Angst wie von Sinnen, halb tot durch den Schock. Aber wir waren trotzdem niedlich, nicht wahr? Sie rasierten unsere Körper und zogen uns wie Menschenbabys auf. Ließen uns Kleidung tragen, Lätzchen. Knuddelten uns. Schenkten uns Liebe. Bis eines Tages …«

»Bis eines Tages *was*?«, fragte Tommy unwillkürlich, obwohl er die Antwort schon kannte.

So sehr hatten die Dinge sich gar nicht geändert, nicht wahr? Zu oft hatte er diesen Ausdruck in Pas Augen gesehen, hatte dort eine Düsternis gesehen, die er sich nicht erklären konnte. Selbst Ma war angesichts dieses Zorns hilflos. Sie hatte aufgehört, ihn vor den Wutausbrüchen seines Vaters in Schutz zu nehmen. Sie wandte sogar den Blick ab, wenn Pa wieder einen seiner Anfälle bekam, wenn er ihn schlug und trat und schrie: »Du bist nicht von mir. Du bist ein Monster …«

»Bis eines Tages«, fuhr Sally mit ihrer leisen Stimme fort, »wir zu groß wurden, zu schwer zu beherrschen … und zu problematisch aufzuziehen. Sie konnten uns nicht mehr mitnehmen, und dann …« Plötzlich stieß sie ein schrilles nervöses Gelächter aus. »Dann töteten sie uns einfach und verspeisten uns zum Abendessen. Einfach so!« Sally schnippte mit den Fingern.

Alle am Tisch blickten entsetzt auf. Pinky starrte von der anderen Seite des Raumes zu ihnen hinüber und fragte sich, was der Aufruhr sollte. *Halbstarke …*

»Nur zu wahr«, sagte Peter. Peter Wong war der Dichter in ihrer Gruppe. Er hatte langes, welliges schwarzes Haar und schrieb klassische chinesische Gedichte im Stil von Rimbaud. Er war introvertiert, experimentell und intuitiv auf eine Art, die den meisten Trans-Kids Rätsel aufgab. Er lauschte allem auf einer anderen Wellenlänge, hatte Ansichten, die sie erschreckten, doch sie hörten ihn trotzdem an. Teils geschah es aus Furcht, teils aus zähneknirschendem Respekt für den Einzelgänger, der er war, doch hauptsächlich, weil sie einfach abergläubisch waren – die chinesische Seite ihrer Affennatur.

Peter hatte dem gesamten Omnispace abgeschworen. Er ›surfte‹ noch, wie er ihnen anvertraute, aber eher in einer Art ursprünglichem Netz, offline in den unberührbaren Regenwaldtiefen der Psyche.

»Ich hör sie kommen/wie fallenden Regen«, rezitierte Peter eines seiner Stegreifgedichte. *»Ich seh ihre grünen Augen und den Schleier der Liebe/geblendet von der schwarzen Sonne, die uns alle ernährt.«*

»Das ist wirklich wunderschön, Peter«, murmelte Tommy andächtig. »Woraus stammt das?«

Auf einmal hatte Tommy einen klaren Kopf und war frei von Angst. Angst und Unsicherheit hatten ihn so lange umfangen, dass sein Herz geradezu erstarrt war. Er war gegen Wände in seiner Psyche gesprungen, von deren Existenz er nie etwas gewusst hatte.

Diese Wände waren Teil des alten Programms, das begonnen hatte, sich selbst zu zerstören. Vielleicht hatten seine Eltern das am meisten gefürchtet. Sie fürchteten es mehr als den kosmetischen Zerfall, der einsetzte. Der ursprüngliche menschliche Zug kam durch! Der Damm war im Begriff zu bersten, und es gab nichts, was seine Eltern – oder sonst jemand – tun konnten.

Tommys Generation von Transsapiern, die dem ursprünglichen Primatenboom der Zwanziger entsprungen waren, war *dem Untergang geweiht.*

Einerseits gingen sie zugrunde, weil das biotechnische Paradox ihrer Schöpfung implodiert war. Der *Homo sapiens* konnte den Primaten mit einem menschlichen *Verstand* versehen, doch er konnte seine *Seele* nicht austauschen. Auch Primaten hatten Seelen, sogar in ungleich höherem Ausmaß. Zum Beispiel mussten sie nicht die Last des *Karma* mit sich herumtragen. Ihre Unschuld kannte kein Verfallsdatum, sie brauchten auf dem Kalender ihrer Spezies keinen Tag des Jüngsten Gerichts einzutragen.

Andererseits wurden die Transsapier *erlöst,* weil sie *mehr* als menschlich und *mehr* als Affen waren. Und weil sie die Neuen, die sie jenseits all des Leids und der Entzauberung willkommen hießen, sehen und hören konnten. Es fehlte nur noch ein kleiner Schritt – nur noch ein durchsichtiges Rätsel war zu lösen –, bevor sie den Abgrund überwinden konnten zum Schauer aus Licht.

»Woraus dieses Gedicht stammt, Tommy?« Peter lächelte ihn mit gerissen funkelnden Augen an. »Nun, es stammt von dir. Ich habe es mir von dir geliehen, gerade eben. Du hast sie doch auch gehört, nicht wahr? Aber du trägst noch immer dieses schwere Gemüt mit dir herum. Lass sie los, Tommy. Lass sie los, dann kannst du wieder mit ihr zusammen sein. Sie ist da drüben, Tommy. Sie wartet auf dich. Wie sie immer auf dich gewartet hat. Es gibt keinen Abschied. Niemals. Deshalb bist du heute Abend doch hier, nicht wahr? Um Abschied zu nehmen?« Peter grinste.

»Also setz endlich deinen Hintern in Bewegung – deinen traurigen No-Name-Hintern – und such nach ihr, wie du es schon längst hättest tun sollen. Sie alle rufen dich, Tommy. Es wird Zeit für dich, nach Hause zu gehen. Zu deinem *wahren* Zuhause …«

»›Ende der ersten Übermittlung mmm.gunung mulu.com‹«

B. S., I Love You

San Francisco

»Jemand da?«, rief Paul Sykes, als er den Kopf wachsam durch die offene Eingangstür seines Apartments streckte.

Er war sich nicht sicher, ob er einfach auf leisen Sohlen hineinschleichen konnte, als wäre nichts geschehen. Als wäre es nur ein weiterer Routinetag im Leben des freischaffenden Junggesellen-Deppen Paul Sykes. Als wäre er nie zur *Chi*-Expo gegangen und hätte nie wegen des Kota-Baru-Chips bei Wisenik vorbeigeschaut.

Ihm war schwindelig und ein wenig übel. Der lange Heimweg zur Valencia Street in der Mission hatte ihm nicht sonderlich gut getan. Sein Innenohr schrillte noch von Wiseniks morphischer Achterbahnfahrt.

Grundgütiger Tatterich …

Sykes schauderte, als er an seine surreale Erfahrung online in einer Offline-Welt dachte.

Daran, wirklich *dort* gewesen zu sein …

Die Rückkehr war nicht leichter gewesen als der Hinweg. Sie hatten unvermittelt am Philadelphia Zoo einen Stopp eingelegt, wo er und Wisenik sich stante pede ins Primatencenter einloggten und eine Gruppe aus acht stummelschwänzigen Makaken mit Junk-Mail versorgten. Erst hatte die Gruppe sie mit feindseliger Gleichgültigkeit gemustert, schließlich aber hatte ein älterer Makake seine Entlausungsarie unterbrochen und sich ihnen genähert. Ein jüngeres Weibchen hatte ihm gründlich das Fell gezaust, während er auf einem Ast hockte und sich den Hintern kratzte.

Entlausung No. 30.015. *Er zählte auf diese Weise die Tage sei-*

ner Gefangenschaft, als wäre er all die Jahre damit beschäftigt gewesen, die Wände seiner Gefängniszelle mit Kreuzen oder Strichen zu markieren.

Das Gesicht des alten Knaben war nackt und rosig braun, sein Fell ein wenig dunkler. Er wies helle Schattierungen auf und hatte lange weiße Backenbärte. »Kenne ich euch?«, fragte er und bleckte die Schneidezähne.

»Ähem, eigentlich nicht«, hatte Wisenik erwidert. Sie befanden sich noch im Gunung-Mulu-Modus. Wisenik hatte die genauen Koordinaten ermittelt, um sie zur Heimatbasis zurückzubringen, doch durch einen Fehler hatte es sie hierher verschlagen.

»Ich glaube, die sind an Sie«, sagte Wisenik, während er dem alten Makaken einen Stapel Mails reichte, die in grüne Blätter eingeschlagen waren. Der Alte blinzelte, als er das Bündel entgegennahm und durchzublättern begann. Schnatternd vor Enttäuschung warf er das Zeug ohne einen weiteren Blick über die Schulter nach hinten.

Die Datenblätter lösten sich auf, als sie in den Betongraben flatterten, der seine Affeninsel umgab.

»Herrje, *das ist nur wieder dieser Lotterieplunder, den sie uns ständig schicken! Ich habe ihnen* gesagt, *sie sollen unsere Namen von der Liste streichen! Aber nein – sie hören ja einfach nicht. Was um alles in der Welt sollten wir mit einer Million Bananen als Gewinn? Oder einem zweiwöchigen Urlaub, alle Kosten inklusive, im Tierpark Bukit Lagong? Holen Sie uns bloß hier raus … können Sie nicht wenigstens* das *für uns tun, Mister?«*

Der alte Makake wollte ihnen gerade einen frischen Haufen Affenmist ins Gesicht werfen, als Rodney der Philodendron in Aktion trat. Der gute alte Rodney, er hätte es verdient gehabt, mit Magellan zu reisen, wenn Hauspflanzen damals schon die Meere hätten bereisen dürfen …

»Puh«, *meinte Wisenik, als der Lärm der Cablecars von San Francisco sie wieder umgab, die unten auf der Straße entlangschepperten.*

»Endlich wieder terra firma, festen Boden unter den Füßen. Das war knapp, eh, Sykes? Affen-VR. Es gibt also doch Parallelen. Kein Wunder, dass wir verwandt sind.«

Erst entfernten sie die Kopfapparaturen. Einen Moment lang starrten sie einander an, dann begannen sie zu grinsen. Und dann brach Wisenik in einen Wuupwuupwuup-Freudentanz aus, kratzte sich unter den Achseln, benahm sich wie ein Schimpanse, und beide brachen in schallendes Gelächter aus.

»Wir haben's geschafft, Sykes! Wir haben's geschafft. Wir sind zur anderen Seite durchgedrungen!« Wisenik fuhr herum und musterte den Monitor. »Mehr noch, offenbar haben wir auch die Datei heil mit zurückgebracht.« Er linste auf den Schirm. »›Das Gunung-Mulu-Memorandum.‹«

»Gratuliere, Mort. Ich weiß wirklich nicht, was ich sagen soll – so etwas habe ich noch nie erlebt.«

»Wer hat behauptet, das Zeitalter der Entdeckungen sei vorbei, eh?« Wisenik klatschte Sykes begeistert auf den Rücken. »Ich mach für dich eine Sicherheitskopie. Du hast doch nichts dagegen, wenn ich – äh – das Original zu Forschungszwecken behalte? Wenn etwas dabei herauskommt, teilen wir uns den Ruhm. Selbst Rodney hier wird eine Danksagung erhalten.«

Er goss eine halbleere Tasse kalten Starbucks-Mokka in Rodneys Topf. »Auf dein Wohl, Rodney, etwas Koffein, um die Würzelchen anzutörnen. Gut gemacht!«

»Ähem, Mort«, sagte Sykes nervös. »Ich wüsste es zu schätzen, wenn du das – äh – noch eine Weile für dich behieltest. Die Information ist nicht ganz ohne. Ich weiß nicht, ob's besonders cool wäre, sie …«

Wisenik ließ sich auf seinen Stuhl sinken, den Arm noch immer um Rodney in seinem braunen Tontopf geschlungen.

»Was hast du vor, Paul?«, fragte er Sykes mit ruhiger Stimme. »Willst du reingehen? Ich meine, richtig rein? Wie in rein, rein, rein? Mit ihm Kontakt aufnehmen? Die Hintertür schließen? Du weißt doch, worauf er aus ist, oder?«

Sykes zögerte mit der Antwort. »Ich denke darüber nach.«

Wisenik kratzte sich am Kinn. »Vermutlich könntest du es. Klar, er wüsste ja nicht, dass du seine Datei gelesen hast. Und er wird dich nicht erwarten. Aber es könnte gefährlich werden. Er ist ein Hybride. Man kann nicht vorhersagen, wie er reagiert. Er ist jetzt in dem Alter – an dem Punkt«, berichtigte Wisenik sich, »an dem die ursprüngliche Programmierung sich allmählich dekonstruiert. Vielleicht schafft er es gar nicht mehr rechtzeitig.«

»Man sollte die Chance nutzen«, erwiderte Sykes vorsichtig.

»Und noch etwas ...«

»Ja?«

»Wir waren vielleicht drin. Haben den grünen Zauber durchgezogen. Sind mit dem Download zurückgekommen. Doch wer auch immer Ms. Chu diesen Kota-Baru-Job untergeschoben hat – die Testdaten, die wir *verloren haben –, kann die Reaktionen im Hirn zu ihrer ursprünglichen Quelle zurückverfolgen. Dann werden sie nach dir suchen. Und nach* ihm *höchstwahrscheinlich auch. Er wird sie dorthin führen, wo er dich auch hingeführt hat, Sykes. Und der arme Teufel weiß es noch nicht einmal.«*

»Wie gesagt, man sollte die Chance nutzen. Also, kannst du für eine Weile den Mund halten? Gib mir nur ein paar Wochen, Mort«, bat Sykes ihn. »Und du weißt doch, das Zeug ist heiß. Am Ende könntest du dich noch verletzen, wenn du in die Sache verwickelt wirst.«

Mort Wisenik schenkte Sykes ein verdutztes Stirnrunzeln, dann zwinkerte er ihm zu. »Weißt du, ich habe auch früher schon mit ›heißer‹ Ware gedealt, Kumpel. Aber ich will dir mal was sagen – zieh dein Ding durch. Halt mich auf dem Laufenden. Wer weiß, vielleicht stolperst du bei der ganzen ›Kinder des Chi*‹-Sache ja über König Salomons Minen ... wäre das nicht der Hammer? Klar, warum nicht? Ich halt die Klappe. Aber geh keine unnötigen Risiken ein, ja? Versprichst du mir das? Da draußen laufen eine Menge skrupelloser Typen herum, die nur darauf warten, Unschuldslämmer wie dich in die Pfanne zu hauen ...«*

»Ha-ll-o-o?«, rief Sykes zögerlich, dann betrat er die Diele. Der Omtron im Wohnzimmer war an. Hatte er vergessen, ihn auszuschalten? Post, unbezahlte Rechnungen, leuchtend rote Kopien von Kopien unbezahlter Rechnungen. Die Hand auf der Fernbedienung, zog Sykes den unansehnlichen Haufen instinktiv zum Papierkorb, um ihn wegzuwerfen.

Mist. Das Inkassobüro hatte sein Papierkorb-Icon eingefroren.

»Dein Agent hat angerufen.«

Sykes zuckte zusammen, als sich der filzig braune Haarschopf seines Mitbewohners Zev hinter der Couch in die Höhe schob.

Zev rieb sich die Augen. »Ich hab gerade ein Nickerchen gemacht. Hab dich gar nicht reinkommen hören. Was ist los mit dir, Mann? Du siehst aus, als hättest du ein Gespenst gesehen.«

»Was hast du eben gesagt?«

»Ich hab ein Nickerchen gemacht ...«

»Nein, ich meine, dass mein Agent angerufen hat?«

»Ja, er hat gerade angerufen.«

»Ich *habe* keinen Agenten, Zev«, sagte Sykes, als er durch das Wohnzimmer in sein Schlafzimmer ging.

Den vorderen Bereich des Apartments nahm Zev in Beschlag; er hatte seinen Krempel an den Wänden aufgetürmt. Zev war Musiker, seine Vorliebe galt alten Saiteninstrumenten – nordafrikanischen Uds, keltischen Zittern, japanischen Kotos, okinawischen Samisens. Er war 23, sah gut aus, hatte mediterrane Züge, einen Goldring im Ohr und war locker drauf. Alle Mädels mochten ihn.

Sogar Anne stand auf ihn. Das war ihm ein Dorn im Auge, obwohl sie nicht mehr zusammen waren. Sykes war immer noch eifersüchtig, wenn er sie sich mit anderen Männern vorstellte. Gestern, als sie vorbeigekommen war, um ihre restlichen Sachen zu holen, hatte er sie Zev vorgestellt, und die alte Paranoia hatte wieder eingesetzt, als sie mit seinem neuen Mitbewohner zu flirten begonnen hatte. Obwohl er wusste, dass sie das absichtlich tat, nur um ihn in Rage zu bringen.

Zev sah zu, wie er seinen Wandschrank durchstöberte. Sykes

zerrte den Rucksack heraus und begann Kleidung hineinzustopfen. *Halt dich an leichte Sachen,* sagte Sykes sich beim Packen.

T-Shirts, Shorts, Sandalen – du wirst nicht viel brauchen. Er hatte in Morts Bude entsprechende Auskünfte eingeholt. *Um diese Jahreszeit wird es dort elend heiß sein. Sogar die roten Ameisen laufen mit Sonnenschutzmittel herum …*

Sykes hatte seine letzten 800 $ abgehoben und bei Pjöngjang Air Lines gleich einen billigen Charterflug nach Bangkok mit etwa einem Dutzend Stopps unterwegs gebucht, einer davon in Lima, Peru. Das Super-Shuttle, das ihn zum Flugplatz bringen sollte, war schon unterwegs.

»Hast du vor zu verreisen, Mann?«, fragte Zev ihn von der Couch aus. Dann richtete er sich auf und machte diese Sache, die er immer tat, wenn er seine Zehen spreizte. Zev spielte viel mit den Zehen. Er sagte, er übe sich darin, ein neues altes Intrument zu spielen, das er kürzlich entdeckt hatte, eine Pygmäen-Schmetterlingsharfe auf Ougadougou.

Sykes wandte sich zu ihm. »Ähem, ja, ich werde ungefähr eine Woche weg sein. Vergiss nicht, den Müll rauszutragen, okay? Dienstagabend ist Recycling-Abend.«

»Was soll ich sagen, wenn dein Agent wieder anruft?«

»Sag ihm, was du willst. Ich habe die Stadt verlassen. Ich bin krank. Ich bin beschäftigt.«

»Es war eine Braut, Mann.«

Sykes hörte auf zu packen und legte den Rucksack auf den Boden. Er ging dorthin, wo Zev mit einem Stück Schnur zwischen den Zehen beider Füße atonale Tonleitern übte.

Ping, ping, ping, ping, ping …

»Hat sie zufällig ihren Namen hinterlassen?«

»Ja, hat sie, und auch eine Nummer, unter der du sie erreichen kannst. Sie meinte, sie sei dir heute begegnet. Meinte, deine Arbeit habe sie echt beeindruckt. Sie will dich vertreten. Meint, sie hat einen Käufer für dein Manuskript.«

Einen Käufer für sein Manuskript? Sykes' Gedanken überschlugen sich. *Was für ein Manuskript? Doch nicht etwa diesen halb ausgegorenen Roman, der seit zwei Jahren nicht in die Gänge kam?*

Sykes hatte ein schlechtes Gefühl bei der Sache. Noch ein schlechtes Gefühl an einem Tag, der offenbar voller schlechter Gefühle war.

Ping, ping, ping, ping, ping …

»Scheißtonleitern, ich krieg das einfach nicht hin«, fluchte Zev. »Oh, tut mir Leid.« Er blickte zu Sykes auf, der mit angespannter Miene über ihm schwebte.

»Sie sagte, ihr Name sei Deedee Irgendwas. Deedee Delorean, genau. Meinte, sie hätte ein Angebot für dich, das du nicht abschlagen könntest.«

Zev warf ihm einen verdutzten Blick zu. »Hey, du solltest glücklich sein, Mann. Was soll diese Leichenbittermiene? Jemand will dein Buch kaufen. Deedee meinte, ich soll dir sagen, dass gechannelte Tierstorys für Kiddys gerade der große Knüller sind. Ich wusste gar nicht, dass du für diesen Markt schreibst, Sykes. Du bist schon ein komischer Vogel, echt … hey, wohin gehst du?«

Paul Sykes schulterte seinen Rucksack und marschierte zur Tür, schlug sie hinter sich zu.

Zum Teufel mit Mort Wisenik, dachte er bei sich. Er hätte wissen müssen, dass er ihm nicht vertrauen konnte.

Einmal ein Knastbruder, immer ein Knastbruder …

Green Thumb Valley

Der Fahrer des Super-Shuttles sagte zu Sykes: »Der Stopp ist außerplanmäßig, Mister. Das kostet Sie einen Aufschlag.«

Sykes angelte in seine Hosentasche und zog einen Zwanzig-Dollar-Chip heraus. »Fünf Minuten. Um mehr bitte ich Sie nicht, geht das klar?«

Der Fahrer starrte ihn an und ließ den Blick über seine restlichen Fahrgäste schweifen.

»Von mir aus«, verkündete die magere Brünette auf dem Rücksitz des Vans. Auf einer Salvador-Dali-Lithographie hätte sie vermutlich attraktiv gewirkt, dachte Sykes. Sie war in den Vierzigern und trug einen hautengen schwarzen Einteiler, dessen Ausschnitt tief genug war, um ein ganzes Zeltlager unterernährter Flüchtlingskinder aus Ruanda säugen zu können; ihr fehlte nur noch der Leopard an der Leine.

»Mein Flug nach Detroit geht sowieso erst um 6:30.« Die Brünette klimperte mit den orgonfleckigen Wimpern. Sykes' britischer Akzent und sein knabenhaft gutes Aussehen sagten ihr zu. Sie hatten die Knie aneinander gerieben wie Stadteskimos. Sykes aus Nervosität, die Brünette, weil gerade ihr Freund Bruno mit ihrer besten Exfreundin durchgebrannt war und sie Trost suchte, Unmengen davon.

Der Chinese mit Manchu-Pferdeschwanz und pockennarbigem Gesicht, der beim letzten Stopp zugestiegen war, wirkte nicht sehr glücklich. Das russische Paar, das nach Las Vegas unterwegs war, knurrte laut: »*Eta na prasna*. Ist doch unnötig.«

Der philippinische Geschäftsmann, der mit seiner 50-Kilo-*balikbayan*-Box speziell behandelter *Chi*-Chips nach Manila reiste, schwieg. Das war stets die beste Politik in der Menge. Er übte sich in Deep-Pocket-Versenkung, einer besonderen Form der Bewusstseinskontrolle, um am Flughafen ohne Probleme durch den Zoll zu kommen. Die Chips waren in schlechte Schwingungen, Kaliber 45, umwandelbar und sollten dazu dienen, aus einer Meile Entfernung den Bürgermeister von Quezon City in seinem Büro zu ermorden.

Der Shuttle-Fahrer schnappte sich Sykes' Zwanzig-Dollar-Chip und blaffte ihn an: »Wenn Sie in fünf Minuten nicht zurück sind, fahre ich los. Ich parke in Chinatown nicht in dritter Reihe.«

Sykes wartete, bis das scheppernde Cablecar auf den Gleisen vorbeigerollt war, dann eilte er über die Powell Street zu Mort Wiseniks verfallendem senffarbenen Stuck-Apartmentgebäude.

Dieses verdammte Arschloch, dachte Sykes. *Er musste herausfinden, wie viel Schaden Mort angerichtet hatte. Wie viel sie wussten. Wenn sie wussten, wohin er unterwegs war ...*

Eine chinesische Familie verließ das Gebäude, und Sykes fing die Vordertür ab, eine Sekunde bevor sie sich wieder schloss. Sie warfen ihm einen erschreckten Blick zu, dann traten sie zur Seite. Sie wollten heute keinenÄrger mit einem Verrückten. Weder heute noch sonst irgendwann.

»Shay-shay«, murmelte Sykes kurzatmig. *»Danke.«* Es waren die einzigen Worte, die er auf Chinesisch beherrschte, und sie klangen für ihn eher irisch.

Wie O'Shea. *Lächerlich. Er lebte nun schon seit zweieinhalb Jahren in San Francisco und konnte bisher kaum chinesisches* dim-sum *von einer bebilderten Speisekarte bestellen. Sprachen waren eindeutig nicht sein Metier. Besonders Primatendialekte nicht, doch mit dem ›Gunung-Mulu-Memorandum‹ war es irgendwie anders ...«*

Sykes hatte die ganze Story mühelos herunterladen können, die Details waren ihm so plausibel erschienen, als hätte man sie eigens für seine Psyche durch einen Filter gejagt.

Und für den Fall der Fälle hatte er noch die Backup-Diskette, auf der alle Dateinamen fein ordentlich englische Untertitel trugen.

So viel musste er Mort lassen. *Der Mistkerl war ein Naturtalent, was die Entschlüsselung und Transkription der Affensprache anging …*

Sykes hechtete die Treppe in den zweiten Stock hoch und hämmerte gegen die Tür mit der Aufschrift 2-B, Wiseniks offiziellem Wohnsitz, wenn er nicht gerade Zeit im Knast absaß.

»Wisenik, mach auf, ich weiß, dass du da bist.« Sykes hörte das Radio im Hintergrund spielen. Wisenik hatte sich in die Homepage des Kenny-G.-Mausoleums eingehackt, denn Wisenik lauschte für sein Leben gern Fahrstuhlmusik aus dem Grab. Er hatte Sinn für das Makabre.

»Du musst nicht gleich die Tür einschlagen, Süßer«, vernahm Sykes hinter sich eine seidenweiche Stimme. Er drehte sich um. Es war einer der Transvestiten-Stricher, die unten auf der Straße anschaffen gingen. Cherry, ein puertoricanischer Mulatte und Nachbar von Mort. Er hatte die Hand in seine Versace-Modelhüfte gestemmt, wobei er Sykes einen Schmollblick zuwarf.

»Es gibt auch noch *andere* Mittel und Wege, sich gewaltsam Zutritt zu verschaffen, weißt du«, erklärte Cherry. »Mort war den *ganzen* Tag nicht draußen, und ehrlich gesagt mache ich mir Sorgen. Er versprach mir, Sugar Gassi zu führen, und hat's nicht getan. Nun war Sugar ein böses Mädchen …«

Sykes starrte einen flauschigen weißen Yorkshire-Terrier mit schwarzen Samtaugen an, der zwischen Cherrys Beinen kauerte. Cherry blickte angewidert auf seinen Hund.

»Allmählich glaube ich, dass er lesbisch ist. Er hegt irgendeinen Groll gegen mich. Er macht's einfach überall … was bist du doch für ein böser, böser Junge …«

Cherry nahm Sugar in die Arme und gurrte ihm etwas ins Ohr. »Sag Hallo zu dem netten Mann.«

»Ähem, hätten Sie etwas dagegen, wenn ich Ihre Nottreppe benutze?«, fragte Sykes. »Ich habe eine dringende Nachricht für Mort, und er geht nicht ans Telefon.«

»Nur zu, ich bin ganz verrückt nach Fassadenkletterern, ich

finde sie ja *s-o-o-o* sexy.« Cherry warf ihm ein einladendes Lächeln zu. »Mich können Sie auch heimsuchen, wenn Sie schon dabei sind.«

Cherry wich zur Seite aus, als Sykes das kleine Apartment betrat. Auf der Küchenanrichte stand ein Aquarium mit Goldfischen, ein den Stammkunden gewidmeter Schrein – ›Bruce‹ aus Sunnyvale, ›Hank‹ aus Alemada, ›Jerry‹ aus Pacific Heights, ›Richard‹ aus dem Sunset-Distrikt. Die Fische waren alle nach Cherrys Vorlieben benannt.

Sykes fielen die sorgfältig mit rosa Tinte beschrifteten Etiketten auf, die an der Seite des Tanks klebten.

Er ging zum Fenster, das auf die Nottreppe führte, öffnete es und stieg auf den Gitterrost hinaus; dabei sah er den Super-Shuttle-Fahrer unten auf der Straße zu ihm hochblicken und sich am Kopf kratzen.

Morts Fenster stand halb offen – und Rodney der Philodendron befand sich nicht am üblichen Platz auf dem Fenstersims! *Entweder hatte Mort ihn nicht an seinen Stammplatz zurückgestellt, oder er surfte mit seiner Hilfe gerade im Green Net …*

Sykes spähte durch die schmutzige Scheibe, konnte da drin aber nicht viel erkennen. Er versuchte das Fenster hochzuschieben, doch es gab nicht nach. Als er wieder auf die Straße hinabblickte, klopfte der Shuttle-Fahrer auf seine Armbanduhr. Der Drecksack war drauf und dran, sich aus dem Staub zu machen.

Verdammt … Sykes presste seine Schulter unter den verbogenen Fensterrahmen und ruckte kräftig nach oben. Farbplacken und Holzspäne flogen durch die Luft, als der Rahmen in die Höhe schoss. Er kletterte ins Apartment und strich sich den Dreck von der Hose.

»Mort …? Bist du da? Hat keinen Sinn, wenn du dich versteckst. Komm schon vor. Du bist mir eine Erklärung schuldig …«

Sykes blieb wie angewurzelt stehen. Ein eiskalter Schauer lief ihm den Rücken hinab. Das Radio spielte noch immer Kenny G.

aus dem Grab. Doch es gab noch ein Geräusch, dumpf im Hintergrund. Es kam aus Mort Wiseniks offenem Mund.

Korrektur: Morts Mund war gewaltsam geöffnet worden. Das Geräusch kam von Rodney, den man Mort in den Mund gestopft hatte. Jemand hatte Wisenik die komplette Pflanze in den Schlund gerammt. Mort saß aufrecht auf dem Boden, die Beine gespreizt. Wie ein menschlicher Pflanzenkübel lehnte er an der Wand.

Rodneys grün marmorierte Blätter bedeckten Morts Gesicht und Augen, doch konnte Sykes die Wurzeln der Pflanze und die Erdklumpen sehen, die aus Morts offenem Mund ragten, der wie das Zerrbild eines Gähnens wirkte. Die Vorderseite von Wiseniks Hawaiihemd war mit einer Schicht aus verbackenem Speichel und Dreck überzogen.

Sykes kniete sich neben der Leiche hin und streckte die Hand aus, um zaghaft einen der Schlammfäden auf Morts Brust zu berühren. *Er war noch feucht …*

Sykes spürte, wie ihn erneut ein eisiger Schauer durchfuhr. Er fuhr herum. *Was, wenn sie noch da waren und nur darauf gewartet hatten, dass er sich zeigte?*

Er sprang rasch auf, doch spürte er die Leere im Apartment, die Leere und das Gefühl der Gefahr. Soweit Sykes sagen konnte, hatte kein großartiger Kampf stattgefunden, es waren keine Möbel umgestoßen worden. Mort sah im Tod so friedlich aus, wie er es im Leben gewesen war. *Nature morte …* Der arme Kerl. Was immer er angestellt haben mochte, das hier hatte er nicht verdient.

Sykes näherte sich bedächtig dem Arbeitstisch. Das Hitachi-System war noch an und lief. Er ging die Dateien durch, ein Haufen Zeug. Doch das grüne Mango-Symbol, bei dem es sich um Ms. Chus letzten Willen und Testament handelte, war vom Bildschirm verschwunden. Ebenso Frank Gobis Bioalgorithmus für die Chlorophyll-Suchmaschine. Und das Gunung Mulu-Memorandum, das Mort aus dem Gaiaspace geholt hatte – es war nirgends zu sehen.

Er durfte wohl mit an Sicherheit grenzender Wahrscheinlich-

keit davon ausgehen, dass, wer immer das Mort angetan hatte, sich jetzt im Besitz dieser Daten befand.

Wichtiger noch, sie hatten die Location von Baum Nummer 17, Reihe 35, ergattert, dem organischen Knoten für die gesamte morphische Interspezies-Kommunikation.

Das heißt, wenn sie sie entschlüsseln konnten …

Dann fiel ihm noch was ein. Sie mussten wissen, dass er die Sicherheitskopie hatte, die einzige Kopie mit den Koordinaten von mmm.gunung mulu.com.

Den Schlüssel, der sie durch Tommy, der gerade zu ihnen unterwegs war, zu den Kindern des *Chi* führen würde.

Verdammt, was war das für ein Geräusch!?

Sykes fuhr erneut herum. Irgendein leises *Summen* ging von Rodney aus.

Herrje, war der Philodendron noch online? Mit Green Time? Sykes näherte sich noch einmal Morts Leiche. Jetzt konnte er das Geräusch deutlicher hören. Er bezwang sein Entsetzen und führte sein Ohr dicht an Morts klaffenden Mund. Dort lag eindeutig der Ursprung des Rauschens.

Nichts zu machen, noch immer zu dumpf.

Verdammt … was soll's …

Sykes packte eine von Rodneys Wurzeln und riss den ganzen Topf aus Morts Gesicht. Jetzt konnte er es deutlich hören. Als er sich Rodneys wirres Wurzelwerk ans Ohr hielt, vernahm er das Murmeln der Pflanze wie ein Chanten aus einer anderen Zeit und einem anderen Ort.

»To-mmy … To-mmy …«

Es war eine weitere Übermittlung, doch Mort Wisenik hörte sie nicht mehr. Und Tommy vielleicht auch nicht, wo immer dieser Tommy gerade steckte. Sykes legte den Philodendron sanft in Morts Schoß.

»Ich muss jetzt gehen«, sagte er ins Nichts hinein. Dann verließ er das Apartment.

Nebenan bei Cherry hörte er Sugars winselndes Kläffen, als

Cherry ihn ausschimpfte. »Böses Mädchen ... böser Junge ... böses Mädchen ... böser Junge ...«

»Sie haben ja ewig gebraucht, Mister«, fauchte der Super-Shuttle-Fahrer Sykes an, als er hinten neben der mageren Brünetten in den Van einstieg. Sie kicherte, während sie ihm Platz machte, Schenkel an Schenkel.

»Ich wollte gerade losfahren. Heute muss Ihr Glückstag sein«, nörgelte der Fahrer, als er den Motor startete und vom Straßenrand ablegte.

»Tut mir Leid«, entschuldigte Sykes sich. »Ich habe länger gebraucht als vermutet.«

Die Brünette kicherte erneut, als sie den Schmutz von Sykes' Ärmel strich. »Wir haben wohl noch ein bisschen im Garten geschuftet, was? Den Rasen gesprengt? Ich steh auf Männer mit grünem Daumen.«

Der Chinese mit dem Manchu-Pferdeschwanz und dem pockennarbigen Gesicht blickte weiter teilnahmslos vor sich hin. Sykes fiel auf, dass er ebenfalls Reste von Erde an den Manschetten hatte.

»›Beginn der nächsten Übermittlung mmm.gunungmulu.com‹«

Nita

»To-mmy ... To-mmy ...«

Tommy Kok Lau hörte erneut die Stimme in seinem Kopf widerhallen. Er war aus der No-Name-Bar in die schwüle Backröhre der Nacht getreten. Der Schweiß quoll ihm bereits unter den Achseln hervor, er lief die Seiten hinab und durchtränkte die Kleidung an Brust und Rücken. Sein T-Shirt klebte wie eine lebende Membran mit Logo an ihm.

Er trug das ›*I Hate Bali*‹-T-Shirt, das Ma und Pa ihm aus ihrem letzten Urlaub als Souvenir mitgebracht hatten. Natürlich hatten sie ihn wieder nicht aufgefordert, ihn zu begleiten. Es hatte geringfügige technische Probleme mit seinem malaiischen Pass gegeben.

Er hatte keinen.

Tommy lächelte grimmig. Jetzt hatte er einen. Es war nicht sonderlich schwer gewesen, sich Pas Ausweis zu klemmen. In einer Seitenstraße zur Lorong Salamat Road gab es einen Sofort-Grafix-Laden. Ein Mitleid erregender Mischling führte ihn – teils Langur-Orang-Utan, teils indischer Unberührbarer aus Madras. Wieso jemand gerade diese Verbindung erschaffen wollte, würde ihm ewig ein Rätsel bleiben. Es hatte wohl etwas mit der karmischen Kraft dieser speziellen DNA-Sequenz zu tun, vermutete Tommy. *Ein doppelt Unberührbarer. Näher kam man ans Tier-Karma nicht heran.*

Samir war erste Sahne in Desktop-Gymnastik. Er hatte den intelligenten Pass mit allem Pipapo bis hin zum Stimmerkennungsmuster fachmännisch entschlüsselt.

»Ausweis-*Karaoke*«, sagte Samir stolz, als er ihm das Reisedokument reichte. »Es ist kein *bhangra*, müsste dich aber über die Thai-Grenze bringen.«

Tommy hieß jetzt Samuel Lau – 16 Jahre alt, geboren in Georgetown, Staat Pulau Pinang, Malaysia, am 23. Mai 2023 – natürlich an menschlichen Maßstäben gemessen, denn nach Orang-Utan-Zeit war Tommy gerade erst acht geworden. In Wahrheit hatte er 2031 das Licht der Welt erblickt.

Er war alt genug, um Wangenpolster und einen Hautsack an der Kehle aufzuweisen, und trug einen rötlich braunen Schnurrbart im diamantförmigen Gesicht. Alt genug, um es eigentlich besser wissen zu müssen. Alt genug, um schon einmal verliebt gewesen zu sein …

»To-mmy … To-mmy …«

Tommy stieg auf seine Saki und blieb dort eine Weile nachdenklich sitzen; er schaute sich geistesabwesend in der Säulengalerie um. Niemand war in der Nähe. Roki hatte sich verdrückt, steckte jetzt wohl mit dem deutschen Touristen-Spanner in irgendeinem Stundenhotel.

Die Straße war still. Die Läden waren für die Nacht geschlossen. Durch das Metallgittertor des chinesischen Kräuterladens sah er rosa Schatten, die ein leuchtender Schrein aus rotem Lack hoch oben auf einem Regal warf; die Schutzgottheiten auf dem Icon-Schirm des Altars waren aktiviert worden.

Bedrohliche Phantome chinesischer Götter mit Lanzen und langen schwarzen Bärten patrouillierten über die Grundstücke.

Türgötter, dachte Tommy bei sich. *Genau das, was ich brauche, um es zu schaffen …*

»To-mmy … To-mmy …« Er hörte es wieder, wusste, wer das war. Es war Nita, die ihn rief.

»Ni-ta … Ni-ta …« Tommy stöhnte in sich hinein, streckte innerlich jedoch die Hand nach ihr aus. Keine Antwort. Manchmal dauerte es eine Weile, bis die Verbindung sich herstellte. In letzter Zeit war ihre Stimme schwächer geworden, als werde es ihr allmählich zu mühsam.

Seltsam. Das klang gar nicht nach ihr …

Tommy schloss die Augen. *Nita,* seine erste große Liebe. Er hatte ihr Bild noch vor sich, er würde es *ewig* vor sich haben. Irgendwo in seinem Gedächtnis hatte sich trotz des in Belgien gefertigten Schädelimplantats eine mäandernde Bilderflut in Bewegung gesetzt. Er kannte das Phänomen noch nicht lange. Wann hatte es eingesetzt? Es war höchstens ein paar Monate her …

Anfangs waren die Bilder noch wie ein träger Strom durch seine Träume gesickert und hatten an Tempo gewonnen, während seine REMs sich seinem stakkatohaften Schlafzyklus anglichen. Dann begannen sie als grüne Lichtblitze und Klänge in sein gewöhnliches Wachbewusstsein einzudringen. Und seine Aufmerksamkeit zu fordern …

Das Medium für den Transport der Bildempfindungen war sein *Herz,* wie Tommy bald herausfand. Das Ziehen und Zerren seines zunehmenden Herzeleids half regelrecht bei der Entstehung des Stroms. Der Schmerz der Trennung – seiner Trennung von der Geliebten – war das erforderliche Schmiermittel für diese frühen Verständigungen.

Seine Einsamkeit hatte mehr Kraft, als sein Wille und seine Entschlossenheit aufbringen konnten. Seine Einsamkeit kannte keine Pause, sie litt nicht an Lethargie – und auch nicht an Vergesslichkeit.

Tommys nächste größere Entdeckung war, dass der Strom in *beide* Richtungen floss …

Er konnte jetzt ebenso senden wie empfangen.

Tommy wurde erwachsen.

»»mmm.gunung mulu.com Übermittlung läuft««

Eine Luftansicht der Süßwassersumpfwälder unweit des Flusses Kinabatanga in Ostsabah. Tommy erkannte es jetzt ganz deutlich: sein erstes Zuhause.

Als könnte er so zwei Welten überbrücken, betrachtete Tommy auf der Omtron-Anlage in seinem Zimmer in Echtzeit das Blätterdach-Panorama des Satellitenkanals ›Conservation Watch‹ von SabahNet.

»Ich mach nur noch schnell die Hausaufgaben fertig, Ma«, antwortete er seiner menschlichen Mutter Leilah, wenn sie ihn im Erdgeschoss rief und wissen wollte, warum er nicht zum Essen auftauchte.

Es war eine Lebensdauer entfernt – und doch nur einen Senderwechsel weit.

Allein in seinem Zimmer, blickte Tommy auf die Orang-Utan-Nester in den hohen Bäumen der dunkelgrünen Wälder aus Flügelfruchtgewächsen, die diese ausgedehnte Inselwildnis bedeckten.

Er bediente sich großzügig aus seiner Erinnerung, so wie seine wahre Mutter sich einst unter den überquellenden Bäumen im Wald vom Obst bedient hatte ...

An ihre Brust und Seite geklammert, eine Hand um den Nacken geschlungen, einen Fuß an ihrem Gesäß, reisten sie zusammen, indem sie sich von einer Liane zur anderen schwang.

Sobald sie an eine größere Lücke zwischen den Bäumen gelangten, rüttelte sie einfach immer heftiger an der Liane, bis sie die Hand zum nächsten Ast ausstrecken konnte.

Dann ging's weiter.

Während Tommy an ihrer Brust nuckelte, legte seine Mutter immer wieder Pausen ein und labte sich an zarten jungen Lianenblättern. Oder sie pflückte ein paar saftige Feigen von einem überwucherten Feigenbaum in der Nähe, wobei sie überprüfte, wie weit die Bäume waren, die im nächsten Monat Ernte tragen sollten.

Der süße fruchtige Teil der haarigen rambutan-*Frucht, das käsige Knoblauchfleisch des dornigen* durian, *sogar die bitteren, giftigen Strychnin-Samen der Kletterpflanze, die sie zerbiss und dann ausspuckte, sie alle waren Lieblingsspeisen seiner natürlichen Mutter ...*

Anders als die gebratenen Schweinsfüßchen, das bok choy-*Gemüse, der* congee-*Reisbrei, die süßsauren Garnelen oder das Pinang-Curryhuhn, die Leilah ihm zu Hause in Georgetown zubereitete.*

An manchen Tagen nahm Tommys Orang-Utan-Mutter Hunderte oder sogar Tausende von Früchten zu sich und machte nur einen kurzen Halt, um in einer Astgabel etwas Regenwasser gegen den Durst zu schöpfen.

Tommy wurde immer ganz aufgeregt, wenn er sich erinnerte,

wie sie die kartonartigen Nester mancher Baumameisen fand, ein Stück herausbrach und an ihre Lippen hob, sich einen festen Strom von Ameisen in den Mund goss, ohne auf die Bisse zu achten. Sie wurde nur ärgerlich, wenn ihr einzelne Ameisen ins Fell krabbelten, dann bürstete sie sie rasch wieder heraus.

Große Bäume, kleine Bäume, Kletterpflanzen, Unterholz, Kräuter, Farne, Palmen, Orchideen, Moose, das Summen von Insekten, das Zwitschern von Vögeln, die Schreie der Gibbons, der Nebel, der am frühen Morgen vom Blätterdach des Waldes aufstieg, der rasche Einbruch der Dunkelheit am Abend, während sie hoch oben in der Sicherheit einer mächtigen Astgabel zwischen Schößlingen nisteten …

Das waren nur einige der lebhaften Bilder, die Tommy in den schwärzesten Augenblicken seiner menschlichen Existenz in Georgetown trösteten.

Es waren seine frühesten Erinnerungen. Wie die Erinnerung an den Tag, an dem er erstmals Nita begegnete …

Der Wald ist groß, unvorstellbar groß, doch so dicht er auch sein mag – Regenwaldtiere wie die Orang-Utans entfernen sich nie weiter als einige Kilometer von den heimischen Futtergründen. Sie meiden einander, besonders wenn sie sich im selben Obstbaum treffen. Gut möglich, dass sie sich erkennen – Verwandte, Onkels, Tanten, erwachsener Nachwuchs, Zwillinge, Geschwister –, doch sie ziehen es vor, die Hinzukommenden schweigend zu ignorieren.

Es sei denn, der Orang-Utan ist ein Eindringling, ein Außenseiter von einem anderen Clan, der in ihr Territorium gewandert ist. Dann flitzen die einheimischen Orangs wie wild die Äste auf und ab, richten sich zu voller Größe auf und machen einen Heidenlärm, der wie lautes Zischen und Grollen aus den Tiefen ihrer Kehle dringt.

Bisweilen findet man auch zwei weibliche Orang-Utans auf demselben Obstbaum, während ihre Jungen miteinander toben und spielen. Die Mütter nehmen dann natürlich keine Notiz voneinander.

An diesem speziellen Morgen machte Tommys Mutter an einer ihrer Lieblingsstellen Rast, einem mächtigen Feigenbaum am Fluss. Tommy, zweieinhalb Jahre alt, war ausgelassen und hatte nur Scherze und Mumpitz im Sinn. Seine Mutter stieß ihn von ihrer Fellbrust, als er sich kopfüber an einer Liane hängend auf sie warf.

Plötzlich erstarrte sie und riss ihn wieder an sich. Sie hatten unverhofft Gesellschaft bekommen. Ein weiteres Orang-Weibchen war eingetroffen, ihr pelziges Junges im Schlepp. Fremde. Tommys Clan stammte aus den Waldreservaten des mittleren Kinabatanga. Diese Neuankömmlinge kamen vom unteren Kinabatanga, einem Gebiet außerhalb ihres Territoriums.

Tommys Mutter bleckte die Fänge und stellte sich auf, um Anspruch auf ihren Ast zu erheben. Doch Tommy war zu schnell für sie, zu rücksichtslos und ungestüm. Er hechtete geradewegs auf seine neue Spielgefährtin zu.

Sie war hellbraun, hatte helle Ringe um Augen und Mund, und anfangs war sie schüchtern. Tommy schlang seinen langen dünnen Arm um ihren Hals und öffnete weit den Rachen, um ihr stolz sein erstes vollständiges Gebiss aus zwanzig Milchzähnen zu zeigen. Sie zeigte ihm ihres.

Unter aufgeregtem Geschnatter eilten sie gemeinsam den Baum hoch und ließen sich von einer Liane baumeln, jeder mit einem Mund voll Blätter, die sie in einem Kauwettbewerb so schnell wie möglich verspeisten.

Ihre Mütter saßen unter ihnen auf dem Ast, beäugten einander erst nervös, bis sie sich schließlich entspannten und nur noch wachsamen Gleichmut verbreiteten, während ihre ›maias kesa‹, die Jungen, umhertollten.

Dann geschah etwas, das die Welt des Regenwalds für immer verändern sollte. Nicht nur den weiten grünen Wald, sondern auch die Welt der ›hantus‹, der Geister, die auf zwei Beinen auf dem Erdreich wandelten; jener, die von Lichtungen im Dschungel aus Rauchsäulen nach oben schickten und zornig zu den Tieren sprachen, mit Stöcken, die in ihren Händen laut bellten …

Auch diese Außenwelt sollte sich verändern, doch keine der wachsamen Orang-Utan-Mütter hätte den genauen Zeitpunkt benennen können, an dem die Saat der bevorstehenden Verwandlung gelegt wurde.

Mikroskopisch kleine Pilze würden noch die Wurzeln der höchsten Bäume bedecken und ihnen die Energie rauben, bis eines Tages in ferner Zukunft diese mächtigen Riesen unweigerlich stürzten und im Blätterdach des Waldes Platz für neue Pflanzenarten entstand, die sich niederlassen und aufs Neue den Kampf ums Leben beginnen konnten.

Ein solcher Moment war es, eine grüne Nanosekunde in einer unendlich kleinen Einheit Raum, der die fragliche Veränderung in der Evolution brachte. Tommy entdeckte etwas in Nitas Augen; er streckte die Hand aus, um ihr Gesicht zu berühren, und ihre Lippen fanden einander.

Es war ihr erster Kuss, und auch er sollte sich noch entwickeln und durch unvorstellbare neue Inkarnationen gehen.

Tommy hätte das nächste schlechte Omen erkennen müssen.

Zigarettenrauch.

Er hatte schon mehrmals aus der Sicherheit eines Baumwipfels heraus ›hantus‹ beobachtet. Mutter hatte ihnen erzählt, dass sie einst Orang-Utans gewesen seien, vor unsagbar langer Zeit, als der Wald noch jung war. Sie hatten all ihre Fähigkeiten verloren, als sie auf dem Boden zu leben und auf zwei Beinen zu gehen begannen.

Normalerweise war der Austausch zwischen ›hantus‹ und Orangs nur kurz. Die ›hantus‹ gaben seltsame Laute von sich, verhöhnten die Baumbewohner, warfen vielleicht einen Stein oder eine Kokosnuss zu ihnen hoch, um eine Reaktion zu provozieren. Sie waren neidisch, dass sie die Bäume nicht mehr erklimmen konnten.

Schließlich waren sie jedoch ihres rüden Spotts stets überdrüssig geworden und weitergezogen.

Doch diese beiden Geister standen reglos, ganz reglos. Sie waren aus dem Nichts aufgetaucht, hatten das Ufer des ausgetrockneten Flussbetts erstiegen. Nun begannen sie langsam auf sie zuzugehen.

Tommys Mutter hatte früher am Nachmittag bei einem Feigenbaum Rast gemacht, um etwas Obst zu essen und eine Siesta zu halten. Es war Tommy, der sie zuerst erspähte. Auch er hatte vor sich hingedöst, doch der bittersüße Duft brennender Nelken schreckte ihn auf. Er stieß einen leisen winselnden Warnschrei aus.

Sofort sprang seine Mutter in ihrem Trampolin aus Lianenschlingen auf. Sie presste Tommy fest an sich und gab die üblichen ›Lasst uns in Ruhe‹-Signale von sich, knurrte und fauchte, sodass es klang, als werfe sie den Waldgeistern Furcht einflößende Küsse zu.

Einen Moment lang hatte das Spektakel Erfolg, und die ›hantus‹ blieben stehen. Dann begannen sie sich dem Baum wieder zu nähern, wobei sie sich langsam und zielgerichtet bewegten. Was als Nächstes geschah, prägte sich für alle Zeit unauslöschlich in Tommys Erinnerung ein.

Einer der Geister hielt etwas in der Hand, das wie ein Bambusstock aussah. Er führte es an den Mund, als wollte er daran kauen. Nahrung, *dachte Tommy.*

Dann hörte er ein leises Pfeifen und den Aufprall des Pfeils, als er den Hals seiner Mutter durchbohrte. Wie eine zornige Wespe hing er in ihrer Haut, während sie schmerzerfüllt und verwirrt danach schlug.

Tommy hatte noch nie zuvor erlebt, dass seine Mutter das Gleichgewicht verlor. Auf den Bäumen gab es reichlich schlüpfrige Oberflächen, und im Wald trocknet nie etwas wirklich. So waren die Orangs ständig dem Risiko ausgesetzt, aus den belaubten Wipfeln in die Tiefe zu stürzen. Und Tommy hatte schon einige gestürzte Kolosse gesehen, die Schädel zertrümmert, leblos auf dem Boden, das matte Fell von Fliegen umschwärmt, eine Einladung, der die Fleischfresser nicht widerstehen konnten. Katzen kamen dann, ›harimau dahan‹, die gefleckten Leoparden, aber auch die Zibetkatze – um die Leichen ins Unterholz zu zerren.

Tommys Mutter stöhnte unter dem Schmerz des Stichs auf und ging in die Knie. Sie wollte sich noch an einem Ast festhalten, doch vergebens. Die Kräfte verließen seine Mutter so schnell wie die Ameisen, die sie mit den Lippen immer aus den Nestern geschlürft hatte.

Alles Übrige – die Bewegungen seiner Mutter, als sie sich im Sturz überschlug, und die krachende Dunkelheit des Dschungelbodens beim Aufprall – war in seinen Gedanken wie ausgelöscht.

Tommy sah seine Mutter nie wieder, obwohl er überzeugt war, ihren Kopf in der Sammlung von Orang-Utan-Schädeln und anderer verwesender Kadaver erkannt zu haben, die die ›hantus‹ in ihrem Lager aufbewahrten.

Bei dieser Gelegenheit erfolgte die zweite Begegnung von Tommy und Nita. Die ›hantus‹ hatten die Lebenden von den Toten getrennt, die Schreienden von denen, die stumm blieben.

Die jungen Orangs – insgesamt fünf – waren in einen kleinen Tierkäfig gepfercht worden. Der Wald war Tommy noch nie so klein vorgekommen; in der Zeit, die er normalerweise brauchte, um sich vom Feigenbaum bis zu den Ironwood-Bäumen am Flussufer zu schwingen, war er auf die Größe seines Körpers geschrumpft. Der Käfig erstickte ihn fast. Der Gestank des Orang-Utan-Kots vermischte sich mit dem Gestank ihres Blutes und ihres Urins.

Er konnte nirgendwo hin. Sich an niemanden wenden.

Außer an Nita.

Tommy und Nita erkannten sich in dem engen Käfig sofort. Sie schmiegten sich in ihrem Elend aneinander, während sie auf den Wogen des Schocks dahinglitten; ihr linker Arm hing schlaff an ihrer Seite herab wie ein zerbrochener Ast. Tommy presste sie an sich und wiegte sie. Die anderen Orang-Utans waren in noch viel schlechterer Verfassung.

Einer von ihnen starb innerhalb der ersten Stunde, obwohl die ›hantus‹ erst bei Einbruch der Dunkelheit kamen, um seinen gebrochenen Leib zu entfernen.

Die beiden anderen lagen reglos da, und das Geräusch ihrer kurzen heftigen Atemstöße tief aus der Brust klang wie das Knarren brüchiger Lianen.

Als die ›hantus‹ in dieser Nacht kamen, um nach ihnen zu sehen, richteten sie das Licht von tausend Leuchtkäfern in den Verschlag und blendeten sie. Tommy und Nita pressten sich zitternd vor Angst in eine Ecke des Käfigs gegen den Körper des Toten.

»Ein ›mawa‹ ist tot«, sagte einer der ›hantus‹ in seltsamem Dialekt zu den anderen. »Pferdekacke. Die beiden packen's auch nicht, jede Wette. Öffne die Kiste, Rahman. Werfen wir einen Blick auf die anderen.«

Das Geräusch eines scharrenden Bolzens erklang, als die Käfigtür aufschwang. Die Leuchtkäfer erstarrten in den Rohren, ihr Licht auf Tommy und Nita gerichtet.

»Schau, ihr Arm ist gebrochen, Sakar.«

Die Leuchtkäfer tanzten über Nitas Gestalt. »Du hast Recht, noch ein nutzloser Fang. Die ist keinen Rattenschiss mehr wert. Schaff sie auf den Schädelhaufen, dann kriegen wir wenigstens noch ein paar Rupien für sie. Zermahl ihre Knochen und vermisch sie mit Hirschgeweih, den Unterschied merken die nie. Sie kriegen trotzdem noch einen Harten.«

Die beiden ›hantus‹ lachten gallig.

»Ein Jammer«, sagte Rahman zu Sakar. »Der ›tuan‹ meinte, er zahlt gutes Geld für alle ›mawas‹, die wir ihm unversehrt liefern. Er meint, je intelligenter sie sind, desto höher der Preis. Scheiß Glück. Also gut, räumen wir den Dreck weg. Trennt sie. Immerhin ein ›mawa‹ von fünf. Besser als nichts ...«

Tommy verstand die Worte nicht, spürte jedoch, wie sich die

Energie einer grünen Schlange in seinem Kreuz entfaltete. Er verstand, *was sie vorhatten. Irgendwie musste er sie daran hindern. Tommy schnappte sich die Röhre mit den tanzenden Leuchtkäfern, die einer der ›hantus‹ in der Hand hielt.*

»Was zur Hölle …?« Sakar wich erschrocken zurück. »Dieser Bastard ist ein kleiner Teufel. Das könnte dir so passen, ›mawa‹. Her mit der Lampe.«

Sakar beugte sich mit einem Stock in den Käfig, der an einem Ende eine Drahtschlinge aufwies. »Dir bringe ich bei, frech zu sein. Komm schon, gib her …«

»Moment mal, Sakar – was macht er?« Rahman hielt seinen Partner zurück. »Sieh doch nur.«

Schnell, *schnatterte Tommy auf Nita ein.* Nimm das in deine gesunde Hand. Ich zeig dir wie, ich hab gesehen, wie sie's machen. Beweg das hoch und runter, dann schlafen die Leuchtkäfer ein und wachen wieder auf. So. Schnell, Nita … Schnell, zeig ihnen, dass du es kannst. Zeig's ihnen … zeig's ihnen … zeig ihnen das Licht …

Nita bekam große Augen, als Tommy ihr die Leuchtröhre in die offene Hand drückte.

Nun MACH schon …, *zischte Tommy sie an.* Los, sonst töten sie dich …

»Ich glaub's nicht, Rahman.« Sakar begann zu lachen. »Wir haben hier zwei ›mawas‹ mit Grips. Sie wissen, wie man eine Stablampe bedient. Vielleicht können wir sie ans Straßenbauamt in Kota Kinabalu verscherbeln. Ich glaube, der ›tuan‹ bezahlt für die beiden extra …« Wieder lachte er. »Wir haben hier was Besonderes.«

»Was ist mit ihrem Arm?«, fragte Rahman zweifelnd. »Sie ist ein Krüppel. Er will sie doch in einwandfreiem Zustand.«

»Dann leg ihr einen Verband an, du Volltrottel. Oder soll ihr kleiner ›mawa‹-Freund das für dich tun?«, fuhr Sakar ihn an. »Lass ihr etwas Zeit. Der wird schon prima heilen.«

Rahman nahm Nita die Stablampe ab und leuchtete direkt in

Tommys Augen. »Du hältst dich wohl für schlau, was? Du hast ihr das Leben gerettet, aber du weißt nicht, wohin ihr jetzt kommt. Und du weißt nicht, was du da gerettet hast. Nun, du wirst es noch früh genug herausfinden.«

Abermals lachte Rahman, er war in ausgezeichneter Stimmung. Bald würde er genug Geld haben, um in dieser Flohkiste von Bordell mit seiner Lieblingshure die Matratze durchzuscheuern. Ein dreitägiges Gelage in Lahad Datu, diesem Dreckloch von Hafenstadt, kam ihm jetzt gerade recht. Doch erst musste er die beiden pelzigen Geldsäcke an Bord eines der Schnellboote schaffen, die diese hundegesichtigen Piraten benutzten, um ihre kostbare Fracht die Küste hoch zum Sulu-Meer zu bringen, wo sie den Besitzer wechselte.

Dann entfernten die beiden Wilderer das tote Orang-Utan-Baby und die beiden Grenzfälle aus dem Käfig und machten den Verschlag hinter Tommy und Nita zu. Bald hüllten die Nachtgeräusche des Waldes sie ein, mit dem Summen der Insekten, dem vereinzelten Ruf eines Nashornvogels und dem gelegentlichen Bersten und Krachen, wenn ein Wildschwein sich seinen Weg durchs Unterholz bahnte.

Die *Pattaya Queen*

Chatchai senkte sein Hochenergie-Fernglas; er hatte es auf das näher kommende Schnellboot eingestellt, das bisher nur ein Fleck am Horizont war.

»Die zollfreie Ware ist unterwegs«, verkündete er dem griesgrämigen europäischen Passagier, der neben ihm auf der Brücke der Pattaya Queen *stand.*

Drei Tage lang waren sie an Bord der funkelnden weißen 30-Meter-Jacht im Südchinesischen Meer gekreuzt; heute Morgen hatten sie endlich die schiefergrauen Gewässer des Sulu-Meeres erreicht.

Es war bereits Mittag, der Himmel bedeckt, das Wasser reglos. Keine Brise ging, und die Hitze hämmerte auf sie ein, als wäre das Meer ein überhitzter Motor mit einem Kühler, der jeden Moment explodieren konnte.

Chatchai studierte das Muster der Zirruswolken am Himmel. Er konnte sie praktisch mit verbundenen Augen deuten, wie ein Weissager, der mühelos aus der Hand liest. Huren haben Hände wie dieser Himmel, *dachte er bei sich. Ihr Schicksal war immer das gleiche, egal wie oft sie einem die Handflächen auch zum Lesen hinhielten …*

Nein, dieser Himmel hat die Leinenstruktur eines Leichentuchs, *korrigierte sich Chatchai. Von der Art, in die man die Körper der Toten einpackt, bevor sie über Bord gestoßen werden, um in den Feuern der Tiefe zu verbrennen.*

»Kein gutes feng-shui, *dieses Meer … es ist heute voll schlechter Omen.«*

Chatchai spuckte über Bord, um böses joss *fern zu halten.*

Der Herr Doktor Klaus Wörringschafft, oder wie sein unaussprechlicher Hundename auch lauten mochte, wischte sich mit einem triefnassen Taschentuch, das er zerknüllt in der rechten Faust hielt, den Schweiß von der Stirn.

Der Farang *spähte zum leeren Horizont und schüttelte skeptisch den Kopf.*

»Ich kann nichts erkennen«, erklärte er. »Sind Sie ganz sicher?«

Wörringschaffts weiß umkränzter Kahlkopf war krebsrot, sein schmaler Hals von der Sonne mit zornigen roten Runzeln bedeckt. Er war hoch gewachsen und spindeldürr, Mitte sechzig, und trug etwas, was die älteren europäischen Farangs *für tropische Kleidung hielten – ein langärmeliges weißes Hemd mit offenem Kragen, kniehohe weiße Strümpfe, die nur einige behaarte Zenti-*

meter zwischen den Kniescheiben und dem Saum seiner weißen Bermuda-Shorts freiließen. An den Füßen trug er braune Ledersandalen, aus denen die Zehen hervorlugten.

Chatchai schnaubte innerlich vor Verachtung, wenn er den Farang *erblickte. Mit seinen rosa Hautschuppen, die wie Rost von der sonnenverbrannten Nase blätterten, den wässrig blauen kurzsichtigen Augen und seinem spärlichen weißen Spitzbart glich der Herr Doktor eher einem Papageifisch in der tödlichen Umarmung eines Kraken als der mannhaften Gestalt eines Menschen.*

Schande über sein schwarzes Jai tahm-*Herz. Der* Farang *war schon schlecht gelaunt gewesen, als sie vor fünf Tagen in Singapur Segel gesetzt hatten …*

»Sie sind spät dran. Sie hätten vor Stunden hier sein sollen«, klagte Wörringschafft und fuhr sich wieder über die Stirn. »Was hat sie so lange aufgehalten?«

Chatchai grunzte. »Sie hier sein. Ich glauben, Sie sich jetzt vorbereiten müssen.«

Wörringschafft vernahm das laute moskitohafte Summen eines Schnellboots, das leeseits in Sicht kam. Es wirkte wie eine Nähmaschine mit Hovercraftflügeln, während es die grauen Elefantenhautlaken der Wellen zusammennähte.

Wo waren die Rüssel?, *überlegte Wörringschafft.* Waren das die beiden Maschinengewehre Kaliber 50, die sie im Bug montiert hatten?

Piraten, das waren sie, wie dieser dunkelhäutige Thai-Skipper mit dem blauen Khmer-Tattoo auf der Brust, der grimmig lächelte, als er das Fernglas wieder an die Augen hob, um die Kennzeichnung des sich nähernden Bootes auszumachen.

Nicht gerade die Art Kollegen, die ihm vorgeschwebt hatten, als er seine Praxis in Europa verließ, um für den Mann in Bangkok zu arbeiten.

»Sie es sein«, erklärte Chatchai. Er versuchte gar nicht erst, den Unterton von Verachtung in seiner Stimme zu verbergen.

»Sehr gut, Chatchai«, sagte Wörringschafft in gebrochenem Englisch mit starkem deutschen Akzent. »Sorgen Sie dafür, dass sie so sanft wie möglich an Bord gebracht werden, ja? Sie werden an Erschöpfung und Dehydration leiden und höchstwahrscheinlich schwere Traumata davongetragen haben. Wir wollen nicht noch mehr verlieren …«

Wörringschafft hielt effekthascherisch inne. »Sonst wird Ihr Boss nicht sehr erfreut sein. Und dann hätten wir einiges zu erklären, nicht wahr?«

Chatchai nahm das Fernglas nicht von den Augen. Hätte er es getan, wäre die lodernde Wut in seinem Blick erkennbar geworden. Und das hätte den Gesichtsverlust bedeutet.

Wenn dieser Farang *nicht den Schutz des* chao phor *genießen würde, wenn der Pate Chatchai diese Verantwortung nicht persönlich aufgebürdet hätte, als er in Bangkok zu einer kurzen Besprechung an Bord kam, dann wäre alles schon längst gelaufen, die Haie hätten seine stinkenden Knochen verschlungen …*

Wörringschafft stockte und nickte knapp. »Sie finden mich unten im OP.«

Dann stieg er die Treppe hinab, um sich gründlich zu säubern und sicherzustellen, dass für die einleitende Untersuchung alles bereit war.

Die Pattaya Queen *war in Bangkok registriert; sie machte mehr als 100 Knoten, wenn man sie auf hoher See gewähren ließ. Kanonen zu ihrem Schutz brauchte sie nicht, denn kein Pirat im Südchinesischen Meer, im Bereich der Insel Celebes, im Sulu-Meer, um die Andamanen herum oder in der Meerenge von Melaka hätte es gewagt, diese Farben anzugreifen.*

Sie kannten ihre Flagge, die Flagge des chao phor, *des Teufelslords vom* Chi-*Dreieck. Kein* maw pii-*Hexendoktor oder Schamane könnte sie in diesem Leben – oder im nächsten – beschützen, wenn sie seinen Zorn herausforderten.*

Außerdem hatten die Gerüchte und Legenden – im Grunde ein

und dasselbe – sich schon kreuz und quer über die Schifffahrtslinien und unzähligen Inselbuchten in der Region verbreitet, in der die Piraten sich verbargen.

Hier ruhten sie sich in kleinen Zeltlagern mitten im tiefsten Dschungel aus, ergänzten ihre Vorräte und warteten darauf, dass die Aufregung im regionalen Pirateriezentrum in Kuala Lumpur sich wieder legte. Das war ihre übliche Taktik, nachdem sie einen ihrer blitzschnellen Überfälle auf einen ungeschützten Frachter unternommen hatten, der das Pech gehabt hatte, in diesen weitgehend unüberwachten Gewässern des Südöstlichen Rands kostbare Ladung zu transportieren.

Saufen und Huren, um sich die Zeit zu vertreiben – Generationen entführter vietnamesischer Frauen ermöglichten als Boat-People die Prostitution – und die Gespräche am Lagerfeuer wandten sich zwangsläufig dem Teufelsschiff zu, das die Flagge der Pattaya Queen *trug …*

In seiner früheren Inkarnation war das Schiff als Meerjungfrau von Atlantis *bekannt gewesen und auf den Bahamas registriert gewesen, als Besitz einer wohlhabenden amerikanischen Geschäftsfrau, die damit die Welt umsegeln wollte. Jedenfalls war das ihr Traum gewesen, bis sie das Ostkap von Sabah umrundete, einst als Nordborneo bekannt. Man hatte nie wieder von ihr gehört.*

Inzwischen hatte sich herumgesprochen, dass seltsame Dinge geschahen, wann immer die Pattaya Queen *auftauchte … seltsame Dinge, die noch den hartgesottensten malaiischen, philippinischen, indonesischen, chinesischen oder thailändischen Piraten veranlassten, nach seinem Glücksbringer zu greifen und ihn an sein pochendes Herz zu drücken. Da war zum Beispiel die Geschichte von Hai, dem Stechrochen, die man sich immer wieder erzählte …*

Als tapferer junger Fischer, der das Piratenhandwerk ergriffen hatte, war Hai für sein aufbrausendes Temperament und seine gnadenlose Behandlung von Gefangenen bekannt, die er beim

Aufbringen eines Schiffs an den Tag legte. Er ließ seine Gefangenen auf Deck antreten und stellte sie vor die Wahl – entweder eine Kugel in den Kopf oder einer von ihnen – nur einer, *es musste ein Freiwilliger sein – bekam eine Flasche Wasser und etwas zu essen.*

Und eine Schwimmweste.

Der Haken an der Sache war, dass die Schwimmweste aus dem noch zuckenden Leib eines verletzten Stechrochen gefertigt war. Der Freiwillige musste bereit sein, seine Arme in die Ärmel der Weste zu stecken – sie wurde an der Vorderseite fest verschnürt, sodass eine Flucht unmöglich war. In den Rückenteil der Jacke wurde der vor Schmerzen verrückt gewordene Stechrochen eingenäht …

Wenn man sie vor die Wahl stellte, entschieden sich die meisten Männer und Frauen für die Kugel, doch es gab immer eine Person, die töricht und verzweifelt genug war, um ihr Glück mit Hais Schwimmweste zu versuchen.

Es hieß, dass ihr Anblick im Meer, wenn der Stechrochen mit seinem giftigen, dornigen Schwanz ihnen den Rücken durchbohrte, der eigentliche Grund gewesen sei, weshalb Hai sich der Piraterie zugewandt hatte …

Eines Tages stieß Hais Piratenbande auf die wunderschöne weiße Vision der Pattaya Queen, *die vor der Schildkröteninsel kreuzte, nordöstlich des Hafens Sandakan im Sulu-Meer.*

Sie hatten natürlich von dem Tabu gehört, doch Hai ließ sich nicht beirren.

Er befahl, dass man sie enterte. »Wer mir den Befehl verweigert«, warnte er seine widerstrebende Mannschaft, »wird den Stechrochen als Lendenschurz tragen.«

Sie hatten nicht mit dem Geisterhaus im Schiffsbug und seinen lähmenden Strahlen gerechnet. Der unsichtbare *Stechrochen war es, den Hai schon sein Leben lang fürchtete … der, der dem Körper das* Chi *entzog, ohne eine einzige Narbe zurückzulassen.*

Kra war erst sechzehn, hatte jedoch schon an mehr als einem Dutzend Piraterien auf hoher See unter Hais Befehl teilgenom-

men. Er sah zu, wie Hai nach unten geführt wurde, hörte die Schreie, die Stille, dann wieder die Schreie. Anfangs waren sie noch zusammenhängend. Hai winselte um Gnade, Hai brüllte, er habe einen Fehler begangen, Hai schwor dem chao phor *ewige Treue.*

Dann veränderten die Schreie sich, wurden zu unmenschlichem Lärm, obwohl Kra hätte schwören können, dass er inmitten des qualvollen affenartigen Gezeters noch immer Hais Schreie hören konnte.

Zwei Tage später ging die Pattaya Queen *vor der weitgehend unbewohnten Insel Pulau Cagayan Sulu vor Anker, einhundertfünfzig Kilometer östlich von Pulau Jambongan, der Insel, die dem Festland von Sabah am nächsten lag. Zwei Rettungsflöße wurden zu Wasser gelassen, beide mit Seilen aneinander gebunden.*

Kra konnte nicht glauben, dass man ihn freiließ, noch viel weniger, dass man ihn ziehen lassen wollte. Er wurde aufs erste Rettungsfloß gesetzt und hielt den Kopf gesenkt, um seinen Kerkermeistern keinen Vorwand zu bieten. Doch als er das Bündel sah, das sie auf dem Rettungsfloß, das mit seinem Dingi verbunden war, ablegten, konnte er einen Aufschrei nicht unterdrücken.

»Nun paddel ans Ufer«, befahl der Skipper der Pataya Queen *Kra. Er war ein dunkelhäutiger Thai mit einem Beschwörungstattoo der blauen Khmer auf der Brust, dessen Pali-Bannspruch unter seiner offenen Lahu-Bergstammweste deutlich zu sehen war. Grüne Pantalons trug er und stand mit gespreizten Beinen barfuß auf Deck.*

»Mach schon«, grollte der Thai-Skipper.

Kra begann zu paddeln, wie besessen und ganz automatisch. Er warf einen ängstlichen Blick zur Pattaya Queen *zurück und einen weiteren entsetzten Blick auf die unmenschliche Fracht, die er ans Ufer brachte.*

Wenn er überlebte, wollte er Mönch werden, schwor sich Kra. Alles, nur um sich verdient zu machen und Abstand zwischen sich und diesen Albtraum zu bringen. Bald erreichte er das Ufer, und seine bloßen Füße spürten das kühle Gischten der Brandung und den feinen Sand des Strandes. Kra wollte gerade panisch davonlaufen, als der Skipper an Bord der Jacht ihm per Lautsprecher etwas zurief.

»Zieh auch das andere Floß an Land. Sofort.«

Kra zögerte, gehorchte dann aber. Das war seine Strafe für all die bösen Taten. Vielleicht war es schlimmer als der Tod. Sterben hieß loslassen, sich am Genpool der Ahnen erfreuen und aus dem Spiegel des Karma wieder als frisches Gesicht auferstehen. Aber das *hier – das überstieg eindeutig die Grenzen des Erträglichen.*

Es ging weit über Buddhas Gnade hinaus. Über die der pee, *der Geister, die in allen Dingen hausen, von den Steinen im Boden über die Wolken am Himmel bis zu dem verdorrten Langurenschwanz, der im* gris-gris-*Eintopf auf dem Fetischmarkt angeboten wurde.*

Es war einfach abscheulich.

Kra holte das Floß ein, auf dem die Überreste von Hai dem Piraten lagen. Er lebte noch, doch seinen Kopf hatte man auf den Leib eines Orang-Utans gepropft. Hais Augen, die geschlossen gewesen waren, klappten jäh auf. Kra starrte in die erweiterten Pupillen von Hais Gesicht. In ihnen lag ein Ausdruck des Entsetzens, den Kra nie mehr vergessen würde. Dann sprach Hai in heiserem Flüsterton zu ihm. »Hilf mir, Kra – bitte – du musst mir helfen …«

Kra schüttelte den Kopf und wich langsam zurück, dann drehte er sich um und floh in den Dschungel.

Die Pattaya Queen *wartete noch zwanzig Minuten lang fünfzig Meter vor dem Ufer und ließ zwei oder drei Mal die Pfeife ertönen, dann hielt sie mit stampfenden Maschinen wieder aufs Meer hinaus.*

Kra blieb drei Tage und Nächte auf der Insel, bis einige vorbeikommende Fischer ihn in ihr Boot hievten. Hais Floß lag noch neben seinem am Strand, war aber leer. Der Sand wies Spuren auf, als habe ein Affe sich auf Händen und Knien in den Dschungel geschleppt.

Irgendwo auf dieser Insel, so wollte die Legende des Sulu-Meeres wissen, verbrachte Hai den Rest seines qualvollen Daseins in der Gestalt eines haarigen Orang-Utan-Geistes mit dem Kopf eines Thai-Piraten.

»Ist alles vorbereitet, Rosarita?«, fragte Doktor Wörringschafft mit professionell freundlicher Stimme seine philippinische Assistentin. Er hatte sich gereinigt und seinen limonengrünen Chirurgenkittel sowie den Atemschutz angelegt.

»Ja, Herr Doktor«, erwiderte Rosarita, wobei sie ihm eine Schachtel mit fiberoptikdurchwirkten Latexhandschuhen reichte. Er zupfte ein Paar heraus und schob die Hände hinein, streckte seine langen knochigen Finger aus, bis die Handschuhe perfekt saßen.

Sie war in ein ähnliches Gewand gekleidet, und Wörringschaffts Blick begegnete kurz ihrem. Ihre Augen waren sanft und braun, fast wie die eines Rehs. Er konnte das kleine sternförmige Muttermal an ihrem Kinn nicht sehen, da sie ihre Chirurgenmaske trug. Doch das Wissen, mit allem an ihr vertraut zu sein, ihrer absolut zuverlässigen Professionalität ebenso wie ihren intimen Makeln, verlieh ihm eine gewisse Selbstsicherheit.

Rosarita Fernandez war schon seit zwölf Jahren bei Wörringschafft und mit ihm durch Dick und Dünn gegangen – durch alle Höhen und Tiefen seiner Karriere als einzelgängerischer Neurochirurg. Rosarita war 32 und unverheiratet. Sie hatte ihren Lebensweg bewusst gewählt, so wie Wörringschafft ein Skalpell von dem Tablett nahm, das sie ihm bei der Operation reichte.

Sie hatte in Mindanao Familie, die sie unterstützte, einen Abschluss mit Auszeichnung als Krankenschwester an der University of the Philippines, und was in Wörringschaffts Augen am meisten zählte: Sie war hundertprozentig vertrauenswürdig, rechtschaffen und loyal.

»Loyalität«, seufzte Wörringschafft, während er nachdenklich seine Latexhandschuhe schnalzen ließ. Loyalität war eine verlorene Kunst, so tot wie die prähistorischen Zeichnungen in den Höhlen der Neandertaler von Lascaux …

Rosarita hatte ihn durch seine finstersten Zeiten begleitet und ihm selbst dann noch beigestanden, als er gezwungen war, unter entwürdigenden Umständen die Uniklinik von Genf zu verlassen. Wörringschafft bemühte sich in der Folge, seine berufliche Tätigkeit – und seine privaten Forschungen – an der Universität von Leipzig fortzusetzen, doch die hässlichen Anschuldigungen hinsichtlich seiner Vergangenheit hatten ihn auch dort eingeholt.

Abermals war er gezwungen gewesen, die wichtigste Arbeit seines Lebens aufzugeben.

Anschließend war er eine Zeit lang als Leiter der neu gegründeten ›para-neurochirurgischen‹ Abteilung am Belgrader Institut für Medizin in der Progressiven Demokratischen Republik des Serbischen Volkes tätig gewesen.

Dort hatte er endlich die Geheimniskrämerei aufgeben können. Er wurde für das geschätzt, was er war, *ein Pionier auf dem grundlegend neuen Gebiet der parapsychologischen Gehirnchirurgie. Eigentlich war er ebenso sehr Alchimist wie Neurochirurg, und wie alle großen Genies der Vergangenheit wurde er für seine Fähigkeiten und seinen Glauben verfolgt.*

Bösartige Paparazzi hatten ihn sogar in seiner Belgrader Zuflucht aufgespürt. Irgendwie war ein Foto von ihm in einem der ›Neuro-Euro‹-Revolverblätter erschienen. Es zeigte Wörringschafft, wie er bei einer Gehirnoperation einen ›Elementargeist‹ implantierte. Der ›Elementargeist‹ war ein Dschinn, den der Schweizer Arzt in einer seiner verschlüsselten Omnispace-Kindertagesstätten online ausgebrütet hatte. Auf dem Foto sah er eigentlich nur wie ein schräg einfallender Lichtstrahl aus.

Doch selbst Wörringschafft musste eingestehen, dass man deutlich ein rundes Kinn, ein Paar ebenmäßig geformte Augen – intel-

ligent und doch stechend – und den vergeistigten Schwung eines lüsternen Grinsens erkennen konnte ...

Mit anderen Worten, eine perfekte Niederkunft. Ein erfolgreicher Geburtstransfer einer Lebensenergieform in eine andere. Entwickelt, um den geschwächten Patienten, dem das nötige prana *für ein dynamisches Leben fehlte, mit neuen Kräften zu versehen. Wörringschaffts gesamte grenzüberschreitende Arbeit war von der scheinheiligen Presse heuchlerisch unter die spöttische Schlagzeile gestellt worden:* Faust-Nahrung kommt nach Belgrad.

Wörringschafft gab seinen Posten auf, um seinen Arbeitgebern in Belgrad weitere Peinlichkeiten zu ersparen. In Europa auf der schwarzen Liste, war es ihm nun nicht mehr möglich, seine ungesetzlichen Forschungen irgendwo im Westen durchzuführen, und so versank Wörringschafft in tiefe Melancholie.

Was durchkreuzte seine Pläne? Konnte es sein, dass bei seiner Handhabung der ›Elementargeister‹ während seiner Operationen etwas durchgesickert war? War sein odisches Kraftfeld von giftigem prana *infiziert worden? Hatte er sich versehentlich* selbst *verhext?*

Wörringschafft schluckte seinen Stolz hinunter und konsultierte einen früheren Kollegen, Dr. Hans König, einen Parapsychologen aus Wien, der die holotropische Atemtechnik von Stanislaw und Christina Grof mit den neuesten zelltherapeutischen Erkenntnissen verknüpfte, die man aus schamanischen Tranceritualen in Lappland gewonnen hatte.

»Du leidest an einem äußerst ungewöhnlichen Syndrom, Klaus«, erklärte König, nachdem er ihn gründlich untersucht hatte.

Wörringschafft hatte unter dem Namen eines gewissen Dieter Petersen aus Kopenhagen für drei Tage in der Kundalinipunkt-Klinik eingecheckt.

»Was habe ich, Hans? Handelt es sich bloß um einen altmodischenNervenzusammenbruch oder was?«, wollte Wörringschafft ängstlich wissen.

König unterdrückte ein Lächeln, kannte er doch den unorthodoxen Ruf seines Kollegen. »Ich wünschte, es wäre so, Klaus. Dann wärst du im Nu wieder draußen, nicht wahr? Putzmunter und ohne die Wände hochzugehen. Nein, Klaus, das ist auch für mich etwas Neues.«

König räusperte sich, als er seine offizielle Diagnose stellte. »In der westlichen Psychiatrie hat man bislang noch nie erlebt, dass ein einzelnes Individuum *die Symptome einer* Massenpsychose *zeigt.«*

Wörringschafft starrte ihn einen Moment lang ohne zu blinzeln an, dann fragte er ruhig: »Was sollte ich also deiner professionellen Meinung nach dagegen tun?« Er stockte. »Wenn man überhaupt etwas dagegen tun kann.«

König schürzte die Lippen und runzelte die Stirn. »Ohne weitere Untersuchungen lässt sich das unmöglich sagen. Es könnte *sich natürlich um ein Berufsrisiko handeln, bedenkt man dein – ähem – spezialisiertes Forschungsgebiet.«*

Dann begann König zu strahlen, als ihm ein Gedanke kam. »Vielleicht kannst du ja damit arbeiten, es zu deinem Vorteil nutzen, statt zu versuchen, es zu unterdrücken. Warum lässt du deinem Leben nicht einfach freien Lauf, Klaus? Führe viele *Leben. Führe so viele Leben, wie du nur kannst. Bei deiner Vergangenheit dürfte das doch nicht sonderlich schwierig sein, oder?«*

Er warf Wörringschafft einen neugierigen Blick zu. »Du brauchst sie nur zu leben – diese Besessenheit –, bis du wieder ausgeglichener bist … das könnte reichen. Was meinst du?«

Als Wörringschafft den Vorschlag auf sich wirken ließ, trat ihm eine Träne ins Auge. Er wischte sie mit dem Ärmel fort und schüttelte seinem Freund die Hand. »Vielen Dank, Hans. Danke. Ich wusste, dass ich auf dich zählen kann. Du warst schon immer der Hellste in unserer Klasse.«

Als aus Bangkok das Angebot eintraf, sich der Organisation anzuschließen, ergriff Wörringschafft begierig die Chance. Noch nie zuvor im Leben hatte man ihm so viel Geld angeboten. Nein, es war etwas ungemein Asiatisches und zugleich zutiefst Deutsches, was ihn ansprach. Es war eine Frage des ›Gesichts‹, der Ehre, der Standfestigkeit angesichst des Unbekannten. Und es war sein Schicksal, davon war Wörringschafft inzwischen überzeugt, dem Antlitz des Unbekannten einen gehörigen Nasenstüber zu versetzen …

»Herr Doktor …«, unterbrach Rosaritas Stimme Wörringschaffts Gedanken. »Kanal eins ist auf Empfang. Kanal zwei ist ebenfalls online.«

»Vielen Dank, meine Liebe.« Dr. Wörringschafft lächelte. »Mal sehen, was unser Freund Chatchai heute aus dem Sulu-Meer gefischt hat.«

Die durchsichtigen Plastikkabinen der Doppelliftkammern waren schlierenverhangen vom Atem der Orang-Utans. Nita kauerte in einer Kapsel, Tommy stand aufrecht in der anderen.

Dr. Wörringschafft und Rosarita näherten sich den Kapseln. »Proband A hat offenbar einen Schaden am linken Arm davongetragen«, sprach er in sein VDO-Gerät. »Meiner Meinung nach eine Oberarmfraktur«, fügte er etwas zögerlicher hinzu.

Wörringschafft war kein Tierarzt, und seine Auftraggeber in Bangkok hatten diese Qualifikation auch nicht zu einem Bestandteil seiner Jobbeschreibung gemacht. Solange er die Nervenimplantate mit den Synapsen des Organismus in der Matrix des Neocortex verbinden konnte, ohne einen sabbernden Idioten hervorzubringen, befand er sich auf sicherem Boden.

Die kleineren Details der kosmetischen Chirurgie und Konditionierung der sozialen Fähigkeiten blieben anderen Technikerteams weiter unten am Montageband überlassen.

Wörringschafft sollte nur die erste Untersuchung durchführen, um festzustellen, ob diese Orang-Utans würdige Kandidaten für die Transspezialisierung waren.

Wenn nicht, würde er Rosarita ein Zeichen geben, damit sie den roten Knopf auf der Kontrolltafel drückte. Der blaue Knopf be-

deutete Phase Zwei der Auswertungsprozedur – die L-Einheit-Phase. Der rote Knopf verwandelte die Kabinen in Verbrennungsöfen.

Das war für Rosarita stets ein empfindlicher Augenblick, erkannte Wörringschafft.

*Er musste zugeben, dass der Anblick, wenn die Flammen aufloderten und die Tiere zu Asche verbrannten, auch ihm nie angenehm gewesen war. Er fand es viel lohnenswerter, im Tachyonenfeld der Primaten Hinweise auf ein passables Niveau für den HSCQ Homo-sapiens-*Chi*-Quotient zu entdecken.*

Das bedeutete, dass er mit ihnen arbeiten konnte, dass man sie ›aufbauen‹ konnte. Wörringschafft wusste die Weisheit des alten Thai-Sprichworts ›Nicht alle Kokosnüsse ergeben guten Curry‹ zu schätzen.

»Proband B hat keine sichtbaren Wunden und scheint trotz der Härten des Transports auf der Höhe zu sein«, fuhr Dr. Wörringschafft fort. Er presste die Hand gegen die durchsichtige Plastikoberfläche von Tommys Kabine. In diesem Stadium der Ereignisse spürte er eine echte Verbindung zu den Kreaturen. Es war das Rätsel der Schöpfung, das mit dem Paradox des potenziell Möglichen kämpfte. Er konnte sich mit ihnen identifizieren. Auch sein *Leben hatte rote und blaue Knöpfe.*

Nita blickte Tommy durch die Kapsel hindurch an, beider Blicke begegneten sich über die Distanz von tausend durchsichtigen Plastikregenwäldern. Ihre Miene erschreckte Tommy – sie entfernte sich von ihm.

Nita … *Er setzte alles daran, sie kraft seines Willens zurückzuholen.* Nita … Wir schaffen es. Gib jetzt nicht auf …

»Und so …« *Dr. Wörringschafft verfiel in sein heimisches Deutsch. »Kommt jetzt der Augenblick der Wahrheit? Sind sie aus dem Stoff, aus dem ein Wagner besteht? Ein Schiller? Ein Wernher von Braun? Ein Henry Kissinger? Oder wird der Geist eines Dorftrottels sie beseelen?«*

Er wandte sich an Rosarita und sprach sie auf Englisch an:

»Welcher Knopf wird es heute sein – der rote oder der blaue? Was meinen Sie?«

Rosarita wusste, dass er sie aufzog, und verweigerte die Antwort. Sie hatte über nichts eine eigene Meinung. Sie hatte Gefühle, *ja, aber keine Meinung. Während ihrer Jahre mit Dr. Wörringschafft war sie Zeuge vieler großer Taten geworden, die sie gezwungen hatten, ihre Sichtweise der Welt zu korrigieren. Was war normal? Was paranormal? Zu oft war der Übergang fließend. Es war besser, die Grenzlinie nicht zu deutlich zu ziehen.*

»Rosarita?«, erkundigte Dr. Wörringschafft sich besorgt. »Stimmt etwas nicht?«

»Tut mir Leid, Herr Doktor. Ich glaube, es ist die Belüftung hier. Die Klimaanlage spielt schon den ganzen Morgen verrückt … ich gehe jetzt die L-Einheit holen …«

Rosarita entfernte sich von den Kapseln und begab sich zur anderen Seite von Wörringschaffts schwebendem Labor. Sie rollte einen Karren mit der L-Einheit zur Konsole, stöpselte die Anschlüsse in die Kontrolltafel und überprüfte den Pegel der Maschine.

Die L-Einheit war Wörringschaffts ureigene Erfindung, sein persönlicher Beitrag zur neuen Wissenschaft der Telemorphose und Neurochirurgie. Er war ein Alchimist, dachte er und errötete vor Stolz. Ein Alchimist, der das lebendige ›prana‹ *eines Lebewesens in die neu zusammengesetzte Gestalt eines anderen transmittierte …*

Bei der L-Einheit handelte es sich um ein fortgeschrittenes Modell des unorthodoxen biotelemorphischen Apparats, der die Hauptursache für Wörringschaffts Rausschmiss aus der Uniklinik von Genf, Leipzig und seinen schließlichen Rückzug aus Belgrad gewesen war.

Er hatte sie hier perfektioniert, an Bord der Pattaya Queen, *während sie von einem haiverseuchten Meer zum anderen gesegelt waren, immer in internationalen Gewässern, wo man ihn nicht des Bruchs unbekannter medizinischer Konventionen hinsichtlich eines ungeklärten Zweigs der Neurochirurgie auf hoher See für schuldig befinden konnte.*

»Nennen Sie es ein legales Schlupfloch ins Cranium«, hatte der chao phor *Wörringschafft während ihrer ersten Unterredung in Bangkok, kurz bevor er den Job bekam, gesagt. »Haben Sie etwas an den Bedingungen Ihres Engagements auszusetzen?«*

Wörringschafft schüttelte heftig den Kopf. »Nein, mein Herr. Für mich ist das die Chance meines Lebens, und ich danke Ihnen aus tiefstem Herzen.«

Der asiatische Pate hatte Wörringschafft vom ersten Augenblick ihrer Begegnung an beeindruckt. Er war kein Mann, mit dem man spielen konnte, wusste er doch so ziemlich alles über Wörringschaffts Expertise auf dem Gebiet. Sein Wissen schien zwar nicht technischer Natur zu sein, doch blieb ihm keine Nuance verborgen. Wörringschafft war stolz darauf, für einen solchen Mann arbeiten zu dürfen.

›L‹ stand für ›Larve‹. Das war der nächste biotelemorphische Schritt von Wörringschaffts Einsatz psychischer ›Elementargeister‹ – dieser netzerzeugten ›Dschinns‹, die er in seine kontroversen paraneurochirurgischen Verfahren eingebaut hatte.

Der Unterschied zwischen einem ›Elementargeist‹ und einer ›Larve‹ bestand im Wesentlichen darin, dass ein ›Elementargeist‹ vom Neurochirurgen bewusst *in die Psyche des Probanden implantiert wurde. Es gab sowohl online wie offline passiv-aggressive Neigungen.*

Die ›Larve‹ bildete sich unfreiwillig *in der geistigen Sphäre des Probanden. Es handelte sich um autogenetisch erzeugte Projektionen seiner schlimmsten Albträume, gefangen in einer Endlosschleife aus Verzweiflung und Demenz.*

Kurz und gut: Der resultierende mentale Kampf zwischen dem Probanden und seiner autogenetisch erzeugten ›Larve‹ stellte die Elastizität seiner Psyche in allen bekannten Dimensionen auf den

Prüfstand. Wobei die Interspeziesgrenzen natürlich überschritten wurden …

Die Erfahrung der L-Einheit stärkte den Probanden, machte ihn umso elastischer.

Damit war der Proband, wenn Wörringschafft ihm schließlich das kommerziell programmierte Bio-RAM implantierte, weniger geneigt, es abzustoßen. Die Wahrscheinlichkeit, dass er zusammenbrach und wieder in seine ursprüngliche Gestalt verfiel, war geringer.

So wurden die Probanden gegen ihre eigene ursprüngliche Natur geimpft. Und gezwungen, ihre neue Identität von ganzem Herzen anzunehmen. Mit allen Sinnen …

»Fertig, wenn Sie es sind, Doktor«, verkündete Rosarita.

Tommy und Nita warfen einander einen letzten Blick zu, sie spürten bereits die beginnenden Vibrationen in den Röhren, die man mit ihren Kapseln verbunden hatte.

Dieses Ding, was immer es war, roch nach toten Schnecken, nach Millionen davon, und diese fingen an – in dem schädlich schlurfenden Bemühen, sie zu erreichen –, durch die Fiberoptikröhren zu kriechen.

»Achtung!«, be*fahl Dr. Wörringschafft, und Rosarita schaltete die L-Einheit ein.*

»Die Spiele mögen beginnen«, sagte er und verschränkte die Arme, um mit gespannter Aufmerksamkeit zuzuschauen.

Kreuzwege

Pinang Island, Malaysia

Tommy Kok Lau parkte noch immer vor der No-Name-Bar in Georgetown und zögerte, seine Saki mit einem Kickstart anzuschmeißen. Er musste seinen nächsten Schritt vorsichtig planen und fragte sich deshalb, ob er die Maschine nicht loswerden sollte, ob er einen anderen Weg von Pinang zum Festland und dann weiter nach Hatyai auf der anderen Seite der thailändisch-maiaiischen Grenze finden sollte.

Dort in Thailand wäre er sicher, vorerst zumindest.

Sollte er die Fähre zum Festland nehmen und dann von Butterworth aus nach Norden weiterfahren? Oder sollte er die lange Pinang-Brücke riskieren, die die Insel mit dem Nord-Süd-Highway auf der anderen Kanalseite verband?

Was, wenn seine Eltern seinetwegen schon Alarm gegeben hatten? Was, wenn Pa herausgefunden hatte, dass sein Pass fehlte, und zwei und zwei zusammengezählt hatte?

Pa und Ma würden es mittlerweile wohl bemerkt haben. Vielleicht waren sie ja froh, dass er sich aus dem Staub gemacht hatte. Vielleicht waren sie ja erleichtert, dass sie ihn nicht mehr auf diese ›Happy Islands‹-Kreuzfahrt schicken mussten …

Pa hatte die Broschüre eines Abends mit nach Hause gebracht und auf dem Kaffeetisch liegen lassen; anfangs hatte Tommy nicht weiter darauf geachtet. Sie nahmen ihn nie irgendwohin mit, und in letzter Zeit waren Pas Wutausbrüche außer Kontrolle geraten. Wie hätte er also mitkriegen sollen, dass die ›4-Tage/3-Nächte-Alles-inklusive-Coconut-Fun-Kreuzfahrt‹ für ihn bestimmt war?

»Du bist in letzter Zeit sehr gestresst, Tommy«, hatte seine Mutter Leilah gesagt, als sie ihm die Hochglanzbroschüre reichte. »Pa macht sich Sorgen. Und ich auch ...«

»Pa macht sich *Sorgen*? Das ist ja mal ganz was Neues!« Tommy warf ihr ein düsteres Grinsen zu und schlug sich vorsätzlich mit dem Handgelenk an die Stirn, um etwas von der weißen Tarnschminke abzuwischen. Leilah schauderte. Tommy wusste, wie er an sie herankam. Er wusste, welche Knöpfe er drücken musste, zumindest die wichtigen ... er wusste, dass sie wusste, dass er wusste ...

Es war ohnehin alles nur ein Spiel, und es näherte sich rasch dem Ende ...

Leilah hatte sein Zimmer eines Nachts unangekündigt betreten, als er gerade im Omtron auf dem Live-Kanal ›Conservation Watch‹ von SabahNet sah. Er hatte das Entsetzen in ihrem Gesicht gesehen, als er rasch aus dem Süßwassersumpfwald des Ost-Kinabatanga gezoomt war.

»Ich wusste gar nicht, dass du dich so sehr für die Wildnis interessierst«, sagte Leilah lahm.

»Wofür hast du mich gehalten, Ma? Für *zahm*? Mich?« Er kratzte sich effekthascherisch unter den Armen.

»Du bist doch nichts weiter als ein behaarter Verbrecher«, erklärte Pa, als er hinter Ma im Türrahmen auftauchte.

»Ich mache nur meine Hausaufgaben, meine *wahren* Hausaufgaben«, grinste Tommy, als Pa vortrat und ihm eine scheuerte. Die Wange brannte von dem Schlag, und Tommy ließ den Kopf hängen, als auch schon die Tränen zu fließen begannen. Er wollte nicht, dass sie ihn weinen sahen. Er wollte auch nicht, dass sie mitbekamen, wie seine *wahren* Tränen aussahen.

»Das reicht, Samuel«, beharrte Leilah. »Ich rede selbst mit Tommy. Warum gehst du nicht nach unten?«

»Dann rede doch mit der Missgeburt«, sagte Pa, als er das Zimmer verließ und die Tür hinter sich zuschlug.

»Tommy ...« Leilah legte ihm sanft die Hand auf die Schulter.

Noch immer schluchzend, mit gesenktem Kopf, schüttelte er sie wütend ab.

»Tommy, ich muss mit dir über etwas reden ...«

»*Worüber*, Ma?« Tommy wandte ihr sein tränenüberströmtes Gesicht zu. Da, schon wieder war sie schockiert. Sie wirkte blass. »Über *mich*? Darüber, was aus mir *wird*?«

»Tommy ...« Leilah hatte einen bekümmerten Gesichtsausdruck. Sie brachte die Broschüre zum Vorschein und legte sie auf seinen Schreibtisch. »Das ist ein Spezialprogramm, Tommy«, sagte sie mit ruhiger Stimme. »Es ist ein ... ein Workshop. Es gibt noch andere Jungen und Mädchen in deinem ... deinem *Alter* ... an Bord. Du wirst nicht allein sein. Es wird Spaß machen ...«

»Und was soll dieser Workshop *erreichen*, Ma?« Tommy durchschaute ihren Plan. Er nahm die Broschüre und hielt sie vor ihr hoch, als handle es sich um ein furchtbares Beweismittel.

Was sie letztlich auch *war.*

Tommy hatte die Gerüchte im No-Name-Club an der Schule schon gehört. Von Carlo, Mo, Peter, Sally und den anderen, die wie er waren. Dies war ihr letzter Ausflug. Er sollte sie wieder ins Lot bringen. Reintegrieren, ausrichten, ihnen den Kopf zurechtrücken, damit sie wieder wie *Menschen* wirkten ...

Die Misere war allen bekannt: Ihre Programmierung löste sich nach und nach in Wohlgefallen auf.

Bei einigen hatte sich das Problem früher als bei den anderen gezeigt. Man nehme nur Elmer Wong, einen total Zurückgebliebenen. Er war völlig gestört, außer wenn es darum ging, auf Bäume zu klettern. Seine Eltern waren gezwungen gewesen, ihn von der Schule zu nehmen, als sein Körperbau bei Einsetzen der Pubertät schlagartig regredierte. Elmer gehörte zu den Kindern, die auf diese ›Happy Islands‹-Kreuzfahrt gegangen waren.

Nur, dass er nie mehr zurückkehrte. Wie es bei etlichen der Fall gewesen war ...

»Hör mal, Tommy«, sagte Leilah, als läse sie seine Gedanken. »Das ist ein Gratistrip. Dein Pa und ich haben ihn gewonnen ...

bei einem Preisausschreiben. Er ist für talentierte Kinder und soll ihnen Gelegenheit bieten, neue Dinge zu … lernen und zu sehen.«

»Ein Gratistrip?« Tommy starrte sie offen an. Auch darüber wusste er schon alles. »Du meinst, die *Bürgschaft* trägt ihn, stimmt's?«

Leilahs Gesicht lief vor Zorn rot an. »Das reicht jetzt, Tommy. Du *gehst* – und damit basta. Die Kreuzfahrt ist in zwei Wochen, gleich nach den Ferien. Du reist auf der *Pattaya Queen*. Das ist ein Traumurlaub, Tommy. Du wirst in der Meerenge von Melaka kreuzen und alles mögliche Aufregende erleben, was dich beschäftigen wird.«

»Ich gehe *nicht.*«

Leilah verschränkte trotzig die Arme vor der Brust. »Tommy«, sagte sie mit leiser, entschlossener Stimme. »Ich weiß nicht mehr, wie ich noch zu dir durchdringen soll. Glaub mir, ich habe es wieder und wieder probiert, aber es gelingt mir einfach nicht. Dieser Trip wird dir gut tun – und ich hoffe und bete, dass er uns ebenfalls gut tut. Als *Familie*, Tommy. Ich hoffe, er führt uns wieder zusammen.«

»Ich gehe *nicht*, Ma«, wiederholte Tommy bestimmt. »Schlag dir das aus dem Kopf.«

»Das ist wirklich ein Jammer …«, fuhr Leilah ihn schroff an und machte kehrt, um das Zimmer zu verlassen. »Weil, nur zu *deiner* Information, deine *Freundin* Anita Chu sehr wohl geht … ich habe heute mit ihrer Mutter gesprochen. Sie haben schon eine Passage für sie gebucht. Du wirst also nicht einmal wissen, was du verpasst … wer weiß, es gibt ja reichlich Romanzen an Bord, vielleicht findet sie einen anderen Freund, der ihr lieber ist als du, eh?«

Nachdem seine Mutter hinausstolziert war, schüttelte Tommy fassungslos den Kopf. Das war wirklich eine Neuigkeit für ihn. Es passte zu Leilah, sich diese Granate bis zuletzt aufgehoben zu haben.

Er schlug die Hände vors Gesicht. *Das konnte nicht wahr*

sein ... es konnte *einfach* nicht wahr sein ... aber er wusste, dass es der Wahrheit entsprach. Er hatte dieses Gefühl, dass Anita Chu ihm schon einmal das Herz gebrochen hatte. Wer wusste schon wann? Vielleicht in einem früheren Leben? Sie hatten an der Pinang-High-School miteinander geturtelt, sie hatten zusammen in der No-Name-Bar herumgehangen, sie hatten sich geküsst und gemeinsam das Kino besucht, sie waren sogar schon mehr als einmal nahe daran gewesen, es miteinander zu treiben. Es war bei ihnen nur noch eine Frage der Zeit.

Doch Anita gehörte zu denen, die sich veränderten. Schnell veränderten ... er wusste, dass ihre Eltern sich um sie Sorgen machten. Es ergab Sinn, sie auf den Trip zu schicken. Aber warum hatte *sie* ihm nichts davon erzählt? Warum hielt sie es vor ihm geheim? Sie wusste doch, dass er sie liebte. Und sie hatte ihm gesagt, dass sie ihn auch liebte. Dass sie etwas *Besonderes* waren.

Tommy wiegte den Kopf in seinen Armen und vergoss wahre Tränen. Er wollte sie nicht noch einmal verlieren. Nicht noch einmal.

Niemals wieder.

»»mmm.gunung mulu.com Übermittlung unterbrochen««

Paul Sykes fuhr mit dem Finger über den gefrorenen Schmutz, der das ovale Fenster seines billigen Charterflugs der Pjöngjang Airlines nach Bangkok bedeckte. Er seufzte, denn er reiste *kim chee*-Klasse, na toll. Sogar der Kaffee schmeckte wie vergorener koreanischer Kohl.

Die nordkoreanischen Stewardessen hatten alle schwarze Gürtel in *tae kwon do*, trugen Kim-Jong-Il-Hochfrisuren und schlichen durch den Gang wie Wächter auf der Suche nach Aufwieglern.

Es gab ein enges Klo für die etwa zweihundert Rucksacktouristen, die sich im hinteren Bereich des alten Ilyushin-627-Airbus drängten. Einige der wagemutigeren Freundlichen Planetarier hatten versucht, durch den DMZ-Vorhang zu schlüpfen, um den einzigen funktionierenden Waschraum im Bereich ›Fünfjahresplan‹ (Modifizierte Economy Class) zu erreichen, doch die Kader-Detektoren hatten sie verraten.

Man hatte sie gezwungen, sich in hastig organisierten ›Umerziehungszentren‹ auf den Boden des Gangs zu setzen, die Hände auf dem Kopf verschränkt, für Zeitspannen von bis zu zwei Stunden.

Trotzdem, billig ist billig, dachte Paul Sykes durch seinen Schleier geistiger Ermattung hindurch. *Man bekommt, wofür man zahlt.* Ihm schien, als wären sie schon seit mehr als dreißig Stunden unterwegs, seit ihr Flug San Francisco verlassen hatte, und noch immer hatten sie Seattle nicht erreicht.

Nicht, dass er dem Müßiggang gefrönt hätte. Sykes hatte sich von Zeit zu Zeit ins ›Gunung-Mulu-Memorandum‹ vertieft. Er hatte Mort Wiseniks Neuro-ROM-Cartridge in seine Hitachisoft-Augenmaske geladen. Auf seinem Sitz zurückgelehnt, gab Sykes vor, ein Nickerchen zu halten, während er durch die synästhetische Collage des Primaten-Tele-Memorys scrollte.

Ganz schön fesselnder Bericht, dachte Sykes, als er sich müde die Augen rieb. Er machte gerade eine kleine Pause vom Material, hatte die Augenmaske bis zur Stirn hochgeschoben und starrte aus dem Fenster.

Mort hatte Recht. Armer Mort. Armer toter Mort ... was für eine Art zu sterben! Sykes schauderte. *Seinen Philodendron Rodney halb in den Rachen gestopft ... Wer könnte ihm das angetan haben? Aber es stimmte schon, was Mort gesagt hatte ... es war eine tragische Liebesgeschichte, wie die von Romeo und Julia ... Tommy und Nita ... von gebrochenen Herzen und menschlicher Grausamkeit ... und sie war noch nicht vorbei ...*

Sykes warf einen flüchtigen Blick hinter sich. Drei Reihen weiter hinten, etwa in der Mitte der Reihe, ungefähr siebzehn Plätze vom Gang entfernt (es gab vierundzwanzig Plätze in jeder Reihe), saß mit steinerner Miene der junge Chinese mit dem Pferdeschwanz. Es war derselbe Bursche, der mit ihm im Super-Shuttle zum SFO-Flugplatz gefahren war.

Seltsam, Sykes hätte ihn nicht für einen einheimischen Rucksacktouristen gehalten, mit seiner platinbeschichteten Nokia-Rolex-Satellitenarmbanduhr und den Armani-Patentleder-k'ungfu-*Slippers …*

So viel zum Thema ›Wie man sich doch irren kann‹ …

Ihre Blicke trafen sich einen Moment lang.

Sykes hatte den Eindruck, als starrte er auf einen Riss in einer Backsteinmauer, die dick mit Efeu bewachsen war. Er hatte den Eindruck, dass er, selbst wenn er die Wand erklimmen und zur anderen Seite hinüberspähen könnte, dort nichts finden würde. Einen verlassenen Hinterhof mit traurig anzusehendem, sinnlos hingegossenem Beton statt eines Rasens, zerbrochene Flaschen und einige verdorrte Kletterpflanzen, die sich an der Regenrinne festkrallten.

Das war das Bild, das er in den Augen des Chinesen sah. Sie waren starr, undurchdringlich.

Nicht schlecht für eine ›Liesmichnicht-Datei‹, dachte Sykes. Der Kerl gab ihm negatives ASW. *Fick dich doch selbst, Blechschädel,* setzte er grimmig hinzu.

Keiner von beiden blinzelte. Dann zog Sykes wieder seine Hitachisoft-Augenmaske über die Augen und kehrte ins Dschungelbuch zurück. Er schaltete den Statikfilter ein, nur für den Fall, dass jemand versuchen sollte, ihm über die Schulter zu schauen.

»›mmm.gunung mulu.com Übermittlung läuft‹«

Pinang Hill

»Dir ist es also auch passiert, nicht wahr?«, stellte Tommy Anita Chu zur Rede, als sie endlich allein waren. Sie hatte ihn beinahe zwei Wochen lang gemieden, dann aber nachgegeben und sich bereit erklärt, ihn zu treffen.

Es war Samstagnachmittag, der Tag vor Anitas Aufbruch zu ihrer ›Happy Islands‹-Kreuzfahrt an Bord der *Pattaya Queen*. Die weiße 30-Meter-Luxusjacht war bereits im Schatten von Fort Cornwallis im Pinang Marina vor Anker gegangen.

Tommy und Anita konnten die Jacht von ihrem Aussichtspunkt hoch oben auf dem Pinang Hill aus sehen, wo einst die Villa des alten englischen Kolonialgouverneurs gestanden hatte. An diesem erhöht gelegenen Aussichtspunkt war die Luft auf eine Weise kühl, die die drückende Siedlung Georgetown nicht kannte.

Hier oben, achthundertdreißig Meter über dem Meeresspiegel, rochen die blutroten Bougainvilleen viel intensiver, und die orangefarbenen Feuerbäume loderten mit ihren züngelnden Blättern umso heller. Es gab Pinienbäume, die den Eindruck erweckten, als wären die grün gesäumten elefantenohrigen Palmen fehl am Platz.

Pfauen stolzierten auf den Rasenflächen des steinbeflaggten Crag-Hotel umher, in dem Tommy und Anita bei einer Limonade auf der Terrasse saßen. Man konnte sich leicht vorstellen, dass man sich über nichts Gedanken zu machen brauchte, außer über diese falsche Gemütsruhe.

Etwas tiefer entfalteten sich zarte Wolkenschlieren wie zerlumpte Samtvorhänge in einem billigen chinesischen Hotel in Georgetown.

Tommy und Anita hätten fast einmal eines aufgesucht. Sie hatten den mit weißem Kies bedeckten Vorplatz des Cathay-Hotels betreten, einer heruntergekommenen viktorianischen Pension aus dem neunzehnten Jahrhundert, jedoch im letzten Moment beschlossen, es nicht durchzuziehen. »Ich fürchte, dass es dort nicht mit rechten Dingen zugeht«, hatte Anita sich unbehaglich gewunden.

»Gespenster?«, hatte Tommy enttäuscht gefragt.

»Nein, *Menschen*«, sagte Anita und schnitt eine Grimasse. »Ich will nicht an einem Ort Liebe machen, an dem diese Leute nur so tun, als würden sie Liebe machen. Du etwa?«, fragte sie herausfordernd.

»Ich weiß nicht recht, was du damit meinst«, hatte Tommy etwas hilflos geantwortet. Seine diesbezügliche Sehnsucht war immer größer geworden, aber er wollte sie nicht in die Enge treiben. Er wollte, dass es sich auf natürliche Weise ergab. Zur richtigen Zeit am richtigen Ort. Er war sich nur nicht sicher, wann oder wo das sein würde. Wenn es überhaupt jemals geschah …

»Nimm's nicht persönlich, mein Äffchen.« Anita versuchte ihn mit einer Umarmung zu trösten. »Es ist nur so, dass wir beide anders sind. Nicht wie sie. Oder ist dir das noch nicht aufgefallen?« Sie versetzte ihm einen spielerischen Rippenstoß mit dem Ellbogen.

»*Autsch!* Okay, Anita, aber manchmal treibst du mich zum Wahnsinn, weißt du das?«, rief Tommy.

Sie trieb ihn *wirklich* zum Wahnsinn. *Heute* zum Beispiel …

Heute, da sie beide wussten, dass sie sich wahrscheinlich zum letzten Mal sahen. Sie wussten einfach nicht, wie sie es ausdrücken sollten – *ihr nächster Abschied …*

Ihr nächster Abschied in einer langen Reihe von Abschieden …

Tommy und Anita hatten die Seilbahn nach oben genommen; es war eine langsame Fahrt gewesen, eine Stunde quälenden Schweigens, während Tommy dahinterzukommen versuchte, was Anita im Kopf herumging.

Sie hielten Händchen, als die von einem Kabel gezogene Kabine die steile Felswand des Pinang Hill erklomm.

Als sie den Gipfel erreichten, schlenderten sie dahin, noch immer Hand in Hand. Sie verweilten vor der Moschee und entzündeten Räucherwerk im alten Hindu-Tempel, sie aßen einige Magnum-Eiskrem-Riegel und waren schließlich im Crag-Hotel gelandet, wo der indische Kellner ihnen ihre Limonade gebracht hatte.

Anita entschuldigte sich, suchte die Toilette auf, dann kehrte sie wenige Minuten später auf die Terrasse zurück.

»Ich sagte, *dir ist es also auch passiert, nicht wahr, Anita?*«, wiederholte Tommy zornig. »Du ziehst es nur vor, die Wahrheit zu leugnen.«

Anita ließ Tommys Anflug von Frustration verklingen, dann sagte sie leise, während sie mit der Hand sanft seine Wange berührte: »Es gibt einige Dinge, die ich *nie* leugnen könnte, Tommy.«

»Zum Beispiel?«, verlangte Tommy zu wissen.

»Als wir uns zum ersten Mal sahen …«, erinnerte Anita ihn. Sie hatte ihm diese Geschichte schon früher erzählt, doch wusste er nicht, was er davon halten sollte, ob er sie glauben sollte oder nicht. Anita war ein komischer Kauz, eine seltsame Person. Aber das war eines der Dinge, die ihn von Anfang an bezaubert hatten.

Klar, sie war einfach niedlich, eine *Füchsin …* Sie hatte diesen hinreißend karamelfarbenen Teint, diese Stupsnase, volle sinnliche Lippen, einen sexy pfirsichfarbenen Flaum auf den Wangen und lange, wallende braune Haarlocken. *Tolle Beine. Schenkel. Ihr Hintern. Ihre Brust. Mhmmm …*

Tommy wurde heiß, wenn er nur daran dachte. Und ihre *Augen …* Sie hatten etwas Magisches an sich – wie zarte braune Walnüsse mit einem Funken Sonnenlicht darin.

»Ich war die Neue in der Schule, richtig?«, fuhr Anita fort, wobei sie an der Limonade nippte. »Und alle Jungs waren hinter mir her. Aber sie haben mich nicht interessiert. Nur du, von Anfang an …«

»Stimmt«, pflichtete Tommy ihr bei. »Damit hast du ja nicht hinterm Busch gehalten.«

»Ach, *Mr. Cool* ... wenn du dich jetzt hören könntest«, zog sie ihn auf. »Hast du dir nie überlegt, warum das so war? Warum ich dich vorgezogen habe? Hast du dich nie nach dem *Grund* gefragt?«

»Jetzt kommt wieder dein *Märchen des Übernatürlichen*, was?« Tommy runzelte die Stirn.

Wenn jeder Bursche sich von den Mädels solche Sprüche anhören und sie ihnen auch noch *glauben* würde, was würde dann aus dem Rätsel der Romanze?, fragte sich Tommy. Der Zufälligkeit – der blinden Chance – dieses Rätsels?

Anita wirkte, als hätte seine Bemerkung sie gekränkt, doch sie fasste sich wieder und sprach weiter. »Na schön, du hast mich gefragt, ›ob es mir auch passiert ist‹? Du meinst diese Veränderungen, die wir durchmachen. Diese körperlichen Veränderungen ...«

»Auch die emotionalen Veränderungen«, sagte Tommy zu seiner Verteidigung. »Sie sind viel wichtiger als die körperlichen ...«

»*Genau.*« Anita nickte. »Wenigstens darin sind wir uns einig. Aber ...«

»*Was* aber, Anita?«

»Es gibt einige Emotionen, die erheblich tiefer reichen als die, von denen *du* redest, Tommy. Und damit meine ich *nicht* all den furchtbaren Dreck, mit dem unsere Familie und unsere Freunde – unsere sogenannten ›Freunde‹ – uns jeden Tag bewerfen. Natürlich ist es schmerzhaft, aber das ist doch nur die Spitze vom Eisberg!«

»Nur die *Spitze* vom Eisberg?«, fragte Tommy ungläubig. »Du meinst, das ist noch nicht schlimm genug?«

»Nein, Tommy.« Anita schüttelte den Kopf. »Manche von uns sind ›Auserwählte‹ ... wir müssen das Unerträgliche ertragen ... wie du und ich, zum Beispiel ... es kann eigentlich nicht mehr schlimmer kommen, es kann nur noch besser werden.«

Tommy richtete sich in seinem Korbstuhl auf und umklammerte das Geländer der Terrasse. Er blickte finster drein, während er sich vorbeugte und die steile Wand der zerklüfteten Klippe hinabsah. Es wäre ein gerader Sturz bis zur Granitschlucht dort unten.

»Reist du *deshalb* morgen mit dem Schiff ab? Weil du einfach ein verrücktes Verlangen danach hast, ›das Unerträgliche zu ertragen‹? Das klingt für mich ziemlich krank, Anita. Im Ernst, klingt es wirklich. Du *musst* doch wissen, dass du nicht zurückkommen wirst«, versuchte Tommy sie ein letztes Mal zur Vernunft zu bringen. »Es ist eine Reise ohne Rückfahrschein. Aber du willst trotzdem aufbrechen … *warum*?«

»Verstehst du denn nicht? Ich *muss* gehen«, sagte Anita, und Tränen quollen ihr aus den Augen. »Ich *muss* mich ihnen noch einmal stellen, ich *ganz allein*. Nicht wie beim letzten Mal, Tommy, als du dabei warst, um sie abzuwehren … sonst werde ich niemals von ihnen frei sein. Sie sind noch immer in mir *drin*, Tommy.«

Tommy schüttelte hilflos den Kopf. Sie hatten früher schon über all das gesprochen. Endlos. Anita hatte ihren eigenen Namen für sie … Sie bezeichnete sie als ›*glitschige Schneckenarmee*‹ … Soweit es Tommy betraf, handelte es sich nur um alte, immer wiederkehrende Albträume.

Einen, den sie schon seit der Kindheit hatte, einen den sie ihm aus irgendeinem Grund anhängen wollte. *»Wenn du dich doch endlich auch an sie erinnern würdest, Tommy, das wäre ein erster Schritt …«*

Woran *erinnern? Ein erster Schritt*, wohin?, fragte sich Tommy. *Zu Millionen glitschiger Schnecken, die durch eine Röhre auf sie zukrochen, die nach den verwesenden Innereien eines Elefantenkadavers im Dschungel stanken? Er teilte diese Erinnerung nicht.*

Und wollte es auch gar nicht …

Doch da war ein vertrautes Unwohlsein in ihm, das Tommy nicht ganz abschütteln konnte. *Heutzutage brachten die Leute all den alten Krankheiten, die man erfolgreich ausgerottet hatte, eine gewisse Nostalgie entgegen – Gelbfieber, Hepatitis, Polio, Malaria, Typhus, Tetanus, Diphterie, AIDS ...,* überlegte Tommy.

Es waren lauter bezwungene Gefahren, besiegte Preisboxer, verglichen mit den neu entstandenen Bio-Tech-Viren, die heute die Erde heimsuchten. Verdammt, es gab sogar Fan-Clubs, die der gewöhnlichen Erkältung huldigten ...

Manche dieser neuen Dinge hatten noch nicht einmal Namen, *geschweige denn Nummern ...,* sinnierte er. *Kein Wunder, dass die Weltbevölkerung schrumpfte.*

Was, wenn Anitas Albtraum gewissermaßen ein spektraler Moskito war, der das Schutznetz um seine Psyche durchdrungen und ihn mit seinem Gift infiziert hatte?

Tommy wollte es vor Anita nicht zugeben, aber in letzter Zeit hatte auch er Schüttelkrämpfe, sogar recht schlimme; dazu Fieber und Halluzinationen. Doch die Schnecken waren *Larven*, und sie hatten in seinen Augen gebrütet. Wuchsen schnell, drall und saftig heran, bis seine Augäpfel platzten und er sich mitten in der Nacht in seinem Bett wiederfand, hellwach, bebend und in Schweiß getränkt.

»Ich habe eher den Eindruck, dass *du* es bist, der hier die Wahrheit leugnet, Tommy«, tadelte Anita ihn sanft, als sie die Sorge in seinem Gesicht sah.

»Du klingst allmählich wie eine schadhafte CD, Anita«, entgegnete Tommy. Irgendwie war es ihr gelungen, den Stein des Anstoßes umzudrehen und alle Ängste offenzulegen, die darunter lauerten.

»Seien wir doch ehrlich«, nörgelte Tommy. »Was das betrifft, bist du bloß eine Märtyrerin. Hinsichtlich der tieferen, schwärzeren Gefühle in dir, was auch immer sie sein mögen. Wofür auch immer du sie *hältst.*«

»Soll ich sie dir zeigen, Tommy?«, fragte Anita ihn mit großen Augen. Dann streckte sie die Hand aus und küsste ihn auf den Mund. Er spürte ihre warmen Lippen auf seinen wie eine Salbe, die den Stachel aus der Wunde zieht; doch seine Gefühle waren nach wie vor verletzt.

»Sie mir zeigen? *Wie denn?* Entweder hast du diese Gefühle, oder du hast sie nicht. Läuft das nicht so? Entweder du glaubst an sie, oder du glaubst nicht an sie. Es donnert nicht aus heiterem Himmel ...«, sagte Tommy, als er ein leichtes Grollen in den sich rasch sammelnden Sturmwolken vernahm. Georgetown konnte jeden Moment in einem tropischen Regenguss untergehen.

Er spürte einige Regentropfen auf sein Gesicht platschen und wischte sie ab.

»Weißt du noch, Tommy, als wir an diesen schrecklichen Ort wollten, in diese chinesische Absteige, in der wir uns einmieten und Liebe machen wollten?«

Tommy warf ihr einen verdutzten Blick zu. Er nickte.

»Und ich wollte es nicht. Ich sagte, dort ginge es nicht mit rechten Dingen zu, wegen der Leute, nicht wegen der Gespenster. Aber das störte mich überhaupt nicht, das war nicht der wahre Grund.«

»Welchen hattest du dann?« Er fragte sich, wohin das noch führte.

»Der wahre Grund, weshalb ich nicht so weit war, mit dir Liebe zu machen, Tommy, bestand darin, dass wir damals noch zu sehr wie *sie* waren, wie diese Leute. Es war noch zu früh für uns. Ich wollte, dass *dein* wahres Ich *mein* wahres Ich liebt.«

Tommy saß da und ließ die Beine baumeln. Unbewusst lehnte er sich auf dem Stuhl zurück und umklammerte mit den Füßen das Geländer. »Ups«, sagte er und grinste entschuldigend, als er sah, wie sie ihn anstarrte. Er stellte die Füße wieder auf den Boden.

»Nein, mach das *nicht*, Tommy«, drängte Anita. »Ändere nicht, was dir instinktiv zufällt. Genau davon rede ich ja. Es ist *dein* wahres Ich ... es ist *mein* wahres Ich, das dürfen wir *nie* vergessen. Es wäre das Beste für uns, wenn wir uns an so viel wie möglich erinnerten – davon, was wir *wirklich* sind ...«

»Wie sollen wir das deiner Meinung nach tun – *Nita*?«, fragte Tommy sie verwirrt.

»Ich habe mir die Freiheit genommen, uns hier ein Zimmer zu reservieren, Tommy«, verkündete Anita ihm in sachlichem Tonfall, als verscheuche sie mit lässiger Hand eine Fliege von ihrer Limonade.

Tommy war schockiert. *Anita machte den ersten Schritt?* Er musterte ihr Gesicht, um festzustellen, ob sie ihn veralberte. Sie veralberte ihn nicht. Der Blick ihrer klaren braunen Augen hielt seinem unverwandt stand. Diese Entwicklung hatte er nicht erwartet. Anita steckte doch voller Überraschungen. Tommy, der Wilde, verfing sich immer wieder in den Schlingen ihrer Unschuld.

Tommy versuchte auf cool zu machen, was ihm kläglich misslang, und platzte heraus: »Echt? Im *Crag*? Aber die Zimmer hier müssen doch ein Vermögen kosten ... Wie kannst du dir das leisten?«

Er plapperte weiter sinnlos vor sich hin. »Wusstest du, dass Buckminster Fuller mal hier wohnte? Nach ihm ist sogar eine geodäsische Suite benannt ...«

Anita ließ ihre Handtasche aufschnappen und zeigte ihm den Zimmerschlüssel. »Es ging auf Daddys Karte. Ich bin vielleicht nicht so ein Rebell wie du, Thomas Kok Lau, aber wenn ich weg bin, möchte ich, dass mein lieber Vater Mr. Albert Chu weiß, dass ich mehr als nur *Daddys* Töchterchen war. Oder sein süßes kleines Äffchen. Nun komm schon ...«

Anita stand auf, ergriff Tommys Hand und führte ihn ins halbdunkle Hochgebirgsinnere des Hotels.

»Der Regen wird immer stärker. Und es gibt etwas, was wir einander zeigen müssen. Etwas, wovon ich annehme, dass wir es wohl schon längst kennen.«

»»mmm.gunung mulu.com Übermittlung unterbrochen««

Paul Sykes hörte das Summen eines Moskitos an seinem Ohr. Er trug noch die Hitachisoft-Augenmaske, lehnte sich auf seinem Platz zurück und strich sich unbewusst über die Wange.

»»mmm.gunung mulu.com Übermittlung läuft««

Paul Sykes folgte Tommy und Nita jetzt in ihre Jagdhütten-Suite im Crag-Hotel. Er hörte ihre Schritte, als sie das Zimmer betraten, als sie das ›Bitte nicht stören‹-Schild draußen an den Türknauf hängten und die Tür mit einem widerhallenden ›Klickklack‹ doppelt verriegelten.

Tommy und Nita blieben eine Weile in der Diele stehen. Sie wandten sich gerade grinsend einander zu, als ihre Blicke vom ›Nibelungenlied‹-Dekor gefangen genommen wurden, ein Entwurf des ehrwürdigen ethnoeklektischen Design-Teams Chu & Li & Wong & Krüger aus Singapur.

An den Wänden hingen gerahmte Bilder mit Hochgebirgsszenen, eine Dürer-Radierung, über dem Schreibtisch mit seinem altmodischen Tintenfass und der Feder das Foto eines alten schottischen Anwesens; vor den gewaltigen Erkerfenstern hingen mit kleinen *gelben Kornblumen* bestickte hellblaue Chintzvorhänge.

Für die Oldtimer war ein Schaukelstuhl mit CNN, BBC und Star-TV verkabelt worden. Es handelte sich eindeutig um ein Nicht-Omnispace-Zimmer. Mozarts ›Symphonie Nr. 22 in C-Dur‹ lief leise im Hintergrund.

Die Klimaanlage zischte friedlich aus den ordentlich gestapelten Panasonic-Scheiten im großen Steinkamin, wobei die hochaufgelösten Flammenoptiken der hereinflutenden Hochgebirgskälte heiteren Glanz verliehen.

In der Mitte des Zimmers stand das Prunkstück, ein Bett von königlichen Ausmaßen mit rustikalem Holzrahmen, geschaffen aus den knorrigen Ästen des Schwarzwalds; eine bunte Marzipan-Flickendecke lag darauf, das Bettzeug war mit flauschig weichen Gänsefedern gefüllt, in denen man sich verlieren konnte, wenn man nicht von der Bettmitte bis zu den kuscheligen matterhorngroßen Kissen am Kopfende eine Spur aus Brotkrumen legte.

Tommy und Nita gingen beide zum Bett, prüften die Weichheit der Federbetten bis hoch zum Ellenbogen, dann ließen sie sich hineinfallen. Ihr lärmendes Gelächter wurde dumpfer, als sie in den daunigen Tiefen miteinander zu ringen begannen.

Sykes spürte, wie ihm der Schweiß auf die Stirn trat, und gleich darauf sah er, wie Tommys T-Shirt auf dem Boden landete, gefolgt von seinen Jeans, dann von Nitas Bluse, Rock, BH und Höschen …

Sykes strich sich brüsk mit der Hand über die Wange. *Zum Teufel mit dem Moskito …* Er summte ihm schon wieder das Ohr voll.

»Tommy?« Sykes hörte Nitas Ruf. Sie richtete sich gerade im Bett auf, und Tommy hatte die Arme um sie geschlungen. Sie bedeckte ihre Brüste, als sie zur Decke hochsah.

»Was ist das?«, wollte Tommy mit zerzaustem Haar wissen, während sein Blick ihr nach oben zur Decke folgte.

»Ich weiß nicht. Ich habe nur dieses unheimliche Gefühl, dass wir beobachtet werden«, erwiderte sie.

Mist, allmählich kam Sykes sich wieder wie ein verdammter Voyeur vor … Kreuzten sich hier Anthropologie und Pornographie? War er einfach nur ein Anthro-Pornograph? War ›Forschung‹ eine Art akademische Version des Vorspiels? Er hatte die Gunung-Mulu-Datei in seine Hitachisoft-Augenmaske geladen, er las sie – ›empfing‹ sie – gerade eben; es fanden Übermittlungen statt.

Die Gunung-Mulu-Datei enthielt unschätzbare Informationen. Die Implikationen eines organischen Interspezies-Netzwerks waren atemberaubend, Mort Wisenik war deshalb getötet worden. Sykes flog nach Thailand, um Himmels willen, weil er mit Tommy in Verbindung treten wollte. Er wusste schon, welche

Richtung Tommy eingeschlagen hatte, denn er hatte die Vorschau gesehen …

Herrje, er hatte vor, Tommy die letzte aufgezeichnete Nachricht des Mädchens zu geben, dem er gerade *zusah, wie es mit Tommy schlief, in diesem Moment …*

War Echtzeit so auf den Hund gekommen? Gab es eine Art Echtzeit/Nachzeit/Zukunftszeit, die in die Gunung-Mulu-Datei durchsickerte und deren Vorhandensein Sykes nicht in Betracht gezogen hatte?

Sykes hatte den Eindruck, dass er sie *kannte – dass er in Tommys und Nitas Geschichte hineingezogen wurde –, aber war es* richtig, *dass er sich so intim in die persönlichen Details ihrer Liebe einmischte?*

Vielleicht sollte er diese Hitachisoft-Maske sofort von seinem Gesicht reißen und sie in Ruhe lassen, damit sie diese wenigen kostbaren Momente der Privatsphäre ganz für sich allein hatten …

Mist, dieser verdammte Moskito … Sykes schlug sich ins Genick. Ein Moskito? In einer Maschine der Pjönjang Airlines? Vielleicht Wanzen oder Läuse in den Kopfstützen, überlegte er. Aber ein Moskito …?

Sykes hörte, wie Tommy zu Nita sagte: »Das ist bloß ein Käfer an der Decke. Und schau – siehst du den Gecko, der die Wand lang huscht? Er kommt schnell näher. Scheint, als wäre der Gecko hinter ihm her, Liebling. So ist das nun mal mit der Nahrungskette. Die Nahrungskette ist der Zimmerservice der Natur …«

Nita schauderte und bedeckte noch immer ihre Brüste. »Das erscheint mir böse. Es gefällt mir nicht.«

Dann setzte sie hinzu: »Es kommt mir vor, als wären wir im TV …«

»»mmm.gunung mulu.com Übermittlung unterbrochen««

Sykes riss seine Hitachisoft-Augenmaske herunter. Der pakistanische Austauschstudent, der neben ihm saß, schien zu schlafen; sein Kopf war gegen Sykes' Kopfstütze gesackt. An seinem Hals war Blut, wo der Moskito irrtümlich gelandet und ihn zuerst gestochen hatte.

Moment mal, sein Nebenmann schien zu schlafen, aber er atmete nicht! Dann traf Sykes schlagartig die Erkenntnis. *Der Moskito.*

Jetzt hatte das verdammte Vieh ihn doch noch erwischt …

Aus den Augenwinkeln heraus konnte Sykes die ultrafeinen, wunderschönen Naturplexflügel erkennen, die langen Beine, mit denen es auf der Wange kauerte. Sein zarter Stachel zog sich gerade in den Hinterleib zurück.

Er war im Begriff, seinen Laderüssel neu zu füllen … Wie viel Zeit blieb ihm noch, bis er genügend Gift gesogen hatte und den Stachel in ihn rammte?

Sykes' Reflexe traten sofort alle in volle Aktion. *Er musste es schnell loswerden.* Dann fasste er sich. *Ganz ruhig, tief Luft holen …* er konnte es nicht riskieren, nach ihm zu schlagen. Wenn er ihn zerquetschte, würde das Gift rasch in die Poren seines Gesichts sickern.

Keine gute Idee. Das würde ihnen bloß die Arbeit abnehmen …

Nein, wenn er einfach … wenn er nur das Gesicht abwenden könnte, ganz sachte …

Vorsichtig … ohne den kleinen Bastard zu erschrecken.

Braver Moskito, braver kleiner Moskito … Wer immer dich aufgezogen hat, muss einen höheren Abschluss in Toxikologie und Nano-Gleiterfliegen haben, vielleicht sogar im Wäschewaschen … du hinterlässt hässliche kleine Blutflecken, weißt du … Jemand wie dieser Hurensohn drei Reihen hinter dir, der mit den Navigationskontrollen seiner Nokia-Rolex hantiert, der könnte wahrscheinlich …

Ruhig, mein Junge, du bist schon fast da …

Verdammt, sein Stachel fährt herab …

Jetzt *oder nie*. Paul Sykes brachte seine Wange in direkten Kontakt mit dem Arctic-Gulag-Luftstrom aus der Lüftung über seinem Sitz. Die Leselampe funktionierte nicht, doch der Luftsack gab genug Luft von sich, um seinem Genick ständige Peitschenschläge zu versetzen. Das infrarote Leitsystem, das diesen Ninja-Flieger lenkte, war nicht stark genug, um seine Position aufrecht zu erhalten. Der vorfabrizierte Moskito ließ sich auf ein Beinpaar sinken, als ein Luftstrom ihn von seinem Gesicht fegte. Er landete kopfüber am Boden.

Sykes trat rasch drauf und zermalmte ihn. Als er sich umdrehte, um dem Chinesen mit dem Pferdeschwanz einen herausfordernden Blick zuzuwerfen, stellte Sykes fest, dass er in eine Zeitschrift vertieft war. Eines dieser billigen Revolverblätter, die sich mit den neuen Unterhaltungsmedien befassten, die in Asien entstanden. Der Titel dieser unabdingbaren Lektüre lautete *Mischief Reed*. Es war der Name eines Atolls im Südchinesischen Meer, in dem die Spratly-Studios, das neue Mega-Hollywood des Rim, zu Hause war.

Der Chinese blickte von der Zeitung zu ihm auf. Zum ersten Mal, seit sie das Katz-und-Maus-Spiel mit den Augen gespielt hatten, bedachte er Sykes mit einem Lächeln. Einem großen, breiten Kinostar-Lächeln.

PHASE 2

Puppe

Thorax

Kho Samui, Thailand

Kroon hatte Butterfly kunstvoll auf dem Operationstisch drapiert, der thailändische *Katoey* lag mit ausgebreiteten Armen und Beinen da, Lederriemen fixierten seine Gliedmaßen. Die Augen waren geöffnet, doch Butterfly war eine Million Meilen entfernt, das Weiße in seinen Augen zum Himmel verdreht.

Die Nadel zum Absaugen des *Chi* steckte bereits in Butterflys Leib dicht unter den flachen Brüsten des *Katoey*; fahles hellblaues Licht zuckte in der durchsichtigen Röhre, die zum Sammelbehälter führte.

Kroon, der Big Boss des Rasta Palace, warf einen Blick auf die *Chi*-Emissions-Karte. Mit höhnischer Enttäuschung schürzte er die geschwungenen, vollen Lippen und sagte laut immer wieder *tz-tz.*

Tan und Krik – Kroons Handlanger – standen mit teilnahmsloser Miene am Tischrand, sie arbeiteten schon seit Stunden an Butterfly und entzogen ihm seine pranischen Farben.

Zwei Behälter voll, tiefgekühlt, glühten auf der Anrichte wie ein in einem Einmachglas gefangener tropischer Sonnenuntergang. Eine frühere Probe war bereits zu Wing Fat nach Bangkok unterwegs. *Wie viel pranische Seide konnte dieser menschliche Kokon noch produzieren?*

»Butterfly, Butterfly – hörst du mich?«, wisperte Kroon, während er das Kinn des *Katoey* packte und fest drückte. »Himmel auch, wo sind diese Farben, diese *grellen, leuchtenden* Farben, die wir wollen? So strahlend hell wie eine Million Ficks, verdammt! Nicht *dieser* Scheiß!«

Plötzlich bekam Kroon einen Wutanfall und schnellte mit zorniger Miene zu seinen Männern herum. Er wandte sich an Tan, seinen Cheftechniker. »Seine Farben verblassen, wieso verhinderst du das nicht?«

Tan trug ein rotes ›Rasta Palace‹-Bob-Marley-T-Shirt über einer verblichenen Bluejeans. Er verlagerte das Gewicht auf seinen Ex-Thai-Kick-Boxer-Füßen und warf seinem Boss einen wachsamen Blick zu.

Tan war stämmig und kompakt gebaut, verglichen mit der schlangenhaft gekrümmten Gestalt Kroons, der auf seinen Stöckeln drohend vor ihm aufragte. Kroon trug wie gewöhnlich seinen schenkelfreien roten Spandex-Mikrorock und einen halb durchsichtigen BH aus trübem Plastik.

Manchmal konnte man kaum glauben, dass der Big Boss schon sechzig Jahre alt war. Mit seinem schulterlangen platinblonden Haar, das zu einem Pferdeschwanz zurückgebunden war, seinen edlen hohen Wangenknochen, dem wilden Blick und einem Luxusleib mit schwungvollen Hüften und vollen Brüsten glich er eher einem jungen Thai-Freudenmädchen als einem schmutzigen alten *Katoey*.

Zum Teufel, er sah richtig süß aus, aber Vorsicht – Kroon war absolut in der Lage, einem die Augen auszukratzen und einen zu zwingen, sie runterzuschlucken, einen Augapfel nach dem anderen. Wenn sein Nervenkostüm platzte, sollte man ihm besser aus dem Weg gehen.

Tan schluckte schwer, ehe er taktvoll erwiderte: »Vielleicht braucht er ja nur eine Pause, Sir. Wir haben bisher ausgezeichnete Resultate von ihm bekommen. Erstklassiges *Chi*. Das Beste, das wir je ernteten ...«

Tan war Kick-Boxer gewesen, bis sie sein Hirn im Ring zu Mus getreten hatten. Aber das war gewesen, bevor er am Media Lab seinen Abschluss in Neuro-Medienwissenschaft gemacht hatte, dank eines *Farang*, den man ins Rasta Palace gelockt und dort seiner doktoralen Implantate beraubt hatte. Kroon ließ Tan nie vergessen, dass er seinen bildungsmäßigen Aufstieg ihm verdankte.

Nun lächelte Kroon zuckersüß, ein gefährliches Zeichen. »Ich *weiß*, wie gut es ist, das brauchst du mir nicht erst zu sagen.«

Sein Mund öffnete sich leicht, und die Zungenspitze spielte mit der Tintenstrahl-Palette seiner Oberlippe. Er trug dieses hoch auflösende Chamäleon-Gloss, das den Lippenstift wie einen Stimmungsring changieren ließ, wann immer er mit den Lippen spielte. Sie nahmen ein leuchtendes Bananenblattgrün an.

Er drehte sich um und blickte auf Butterflys Gestalt, die rücklings auf dem Tisch lag. »Wer hätte je geglaubt, dass unsere kleine Queen hier so viel süßen Honig in sich trägt? Woher *hat* sie den nur?«

Tan beging den Fehler zu antworten. »Der blonde *Farang* hat ihr die Ladung verpasst, Sir, ganz sicher hat er den Prozess eingeleitet. Ihre DNA hat sich schon vollständig verändert. Keine Ahnung, was er mit ihr anstellte. Aber wir haben dieses Foto von ihm, wie er die Brücke zum Rasta Palace überquert. Wenn wir ihn finden, können wir den Ursprung ausfindig machen. Er kann nicht weit sein, Sir, er muss sich hier irgendwo aufhalten. Vielleicht auf einer der Inseln, auf die die *Farangs* gehen. Wir wissen, dass er sich nicht auf Kho Samui aufhält.«

Kroon schnitt eine Grimasse. »Das *weiß* ich auch, mein Engel. Aber unser süßer kleiner Butterfly war diesbezüglich nicht gerade sehr redselig, *stimmt's*?«

Kroon strich über Butterflys Brustkorb, auf dem kreuz und quer die kleinen roten Narben seiner spitzen Fingernägel verliefen. »Unser *Farang*-Freund, der geheimnisvolle Dr. *Chi*.« Kroon runzelte nachdenklich die Stirn. »Und seine Reisende Freie *Chi*-Klinik ...«

Er trommelte mit den Fingern auf Butterflys leblosen Rumpf. »Nein, das dürfen wir nicht zulassen ... es geht nicht an, dass ein *Farang* hier Gratisproben verteilt. Und auch noch von der *echten*

Sache. Das wäre schlecht fürs Geschäft, schlecht für Kroon, schlecht für Bad Wing. Schlecht für viele, viele Menschen, die sich auf uns verlassen. Nein, wir müssen die ursprüngliche Quelle finden. Aber inzwischen …« Kroon starrte Tan wieder düster an.

»Was fangen wir mit dieser Missgeburt jetzt an? Du sagst, er mutiert, aber seine Farben verblassen. Stirbt er oder was? Wie viel können wir noch aus ihm herauspumpen? Überprüf noch einmal seinen Zustand.«

Tan trat an den OP-Tisch und lugte auf Butterfly hinunter. Er strich mit einem tragbaren *Chi*-Messgerät über den Körper und verharrte über dem Bauchnabel, wo die Nadel in Butterflys *hara* eingelassen war. Laute Statik drang aus dem Apparat.

»Nun?«, wollte Kroon wissen. »Sind wir noch im Geschäft oder wie?«

Tan musterte die Anzeige des Lebenserhaltungsimplantats auf dem Monitor; er wirkte verdutzt. »Butterfly«, sagte er zu Kroon, »befindet sich, soweit ich das sagen kann, noch in seinem Körper, aber er setzt sein *Chi* als Multitasker ein. Wir fangen starke Signale eines weiteren Flusses irgendwo anders auf. Auf einer erheblich höheren Frequenz, als wir gewöhnt sind. Es ist eigenartig … Diese Farben, Sir …« Tan fuchtelte mit der Hand in Richtung der Behälter auf der Anrichte. »Sind das Feedback seines *Chi.* Fast wie Echos, wenn man sie sich als Schallwellen vorstellt.«

»Feedback?« Kroon führte sein Ohr an Butterflys Gesicht, spürte den feinen Nebel von Butterflys Atem über seine Wimperntusche streichen. Er warf Tan einen festen Blick zu. »Willst du mich verarschen?«

Tan zuckte zusammen. »Meine Vermutung lautet, dass er uns umgeht, Sir. Ich glaube nicht, dass unsere Geräte präzise genug sind, um die Hauptquelle aufzufangen. Er produziert in rascher Folge erstklassiges Chi, ohne Frage, aber er verteilt es woanders …«, sagte Tan nachdenklich. »An einem Ort, den wir nicht so leicht anzapfen können …«

»An einem *anderen* Ort?« Kroon wirkte erstaunt. »Aber *er* ist doch *hier,* oder nicht?« Er legte die Hand wieder auf Butterflys Brustkorb. »Ich spüre seinen Herzschlag wie den lichten Tag. Wo soll er *sonst* sein …?«

»Ich weiß es nicht, Sir. Ich kann es wirklich nicht sagen … Diese Phänomene lassen sich einfach nicht lokalisieren«, erwiderte Tan entschuldigend. »Sie manifestieren sich an verschiedenen Orten in unterschiedlicher Form.« Er wappnete sich gegen den Sturm, und prompt umklammerte Kroons Klaue seine Kehle und übte leichten Druck aus.

»Versuch's«, sagte Kroon und schnürte Tans Halsschlagader ab, sodass eine Woge von Blackouts seinen Kopf durchfuhr. »Wieso versuchst du nicht, eine wohl begründete Annahme zu treffen?«, wiederholte Kroon leise.

Tan rang nach Luft, als Kroon endlich seinen Griff lockerte. Röchelnd stützte er sich am Tisch ab, auf dem ausgestreckt Butterfly lag.

»Also gut, Sir …«, krächzte Tan heiser und taumelte zur Hauptkonsole. Er gab die Daten aus dem tragbaren Lesegerät ins Omni-*Chi*-System ein. »So ein *Chi*-Spektrum ist mir noch nie untergekommen. Dies sind die Fraktale seines Tachyonen-Felds … Sehen Sie die Farben, die sich hier überall ballen?«

Tan deutete auf einen Strom von Farben, die auf dem Bildschirm in der Form eines Brustkorbs pulsierten. »Es ist, als schickte er diese große *Chi*-Wolke in die Atmosphäre hinaus. Mal schauen, ob ich die Vektoren herauskriege. Das kommt mir fast so vor, als wollte ich ein Echo an seinen Ursprung zurückverfolgen.«

Der Farbwirbel begann vor dem Gitternetz weltumspannender Ley-Linien, die Tan auf dem Bildschirm aufgerufen hatte, zu rotieren und sich zu drehen. »Das hier sind die vier Quadranten«, er tippte auf den Monitor. »Norden, Süden, Osten und Westen …«

»Wen schert's«, schnauzte Kroon ihn an. »Was zum Teufel ist *das*!?« Er deutete auf den Schirm. »Wenn das Wolken sind, müsste das hier ein Ozean sein.«

Tan blickte vom Monitor auf. »Das ist korrekt, Sir. Es handelt sich *tatsächlich* um ein Gewässer ... den Karten nach müsste es das Südchinesische Meer sein.«

Tan hielt inne, während er Butterflys reglose Gestalt auf dem OP-Tisch anstarrte. »Dort hält sich Butterflys *Chi*-Wolke gerade auf. Besser gesagt, dort verschmilzt sein Kraftfeld mit der allgemeinen Wetterlage des organischen *Chi*, das über dem Planeten schwebt ...«

Kroon war einen Moment lang sprachlos. »Im Südchinesischen Meer!?«, rief er schließlich. »Was zum Teufel hat er da zu suchen?«

Tan betrachtete die wallende Farbwolke, die jetzt deutlicher Gestalt gewann. Zu dem Brustkorb hatten sich auf dem Bildschirm ein Unterleib und ein Kopf gesellt. Insgesamt waren es sechs Beine und drei Körpersegmente mit Augen, Antennen und einem sich langsam entwickelnden Rüssel. »Ähnelt immer mehr einem Schmetterling, nicht wahr?«, überlegte er laut. Dann sah er mit seltsamer Miene zu Kroon hoch.

»Unglaublich, Sir, aber ich glaube, er bestäubt mit seinem *Chi* Xiang Gang.«

Download

Orientierung. Registrierung. Kontakt.

In diesem einen flatterigen Moment verwandelte die Raupe sich in einen Schmetterling. Sie war zur anderen Seite durchgestoßen und hieß jetzt Queen Rim. Tausende hexagonal geformter Augen musterten diese funkelnde neue Welt mit intensiver Neugier und Interesse. Ein kaleidoskopartiger Ausbruch von Farben und Licht – ein jäher Schwung himmelwärts –, und ihre Flügel klappten auf wie Zwillingssegel im Wind.

Sie war endlich frei.

Das Schwindelgefühl der Raupe gehörte der Vergangenheit an. Queen Rim schwebte, trieb, tanzte, mäanderte und huschte durch das Regenbogenspektrum des morgendlichen Sonnenscheins und las jedes Stäubchen, als wäre es Teil einer uralten Schrift, eingraviert ins Ambrosia des Lichts.

Schmetterlingsadrenalin schoss durch ihr schlauchartiges Herz vom Unterleib bis in den Kopf, als Queen Rim sich in die Höhe schraubte, in die Tiefe, vorwärts, zurück, nach rechts und nach links.

Nun schwebte Queen Rim fröhlich wie ein Drache auf schillernden, zerbrechlichen Schwingen.

Sie kräuselten sich in der Luft wie die geblähten quadratischen Segel der chinesischen Dschunken, die tief unten im Hafen wie Libellen umherhuschten.

Dann stieg sie wieder hinab …

Es wurde Zeit für den Download.

Es kostete Queen Rim beträchtliche Willenskraft, in den 5,2 Millionen Köpfen der Bewohner von Xiang Gang Gestalt anzunehmen; der Geist jedes Einzelnen verschmolz in ebendiesem Moment mit der Vision des Schmetterlings.

Sie sahen ihn, er sah sie.

Für einen Augenblick, auch wenn es ihnen nicht bewusst wurde, erkannten sie in dieser flatternden Lichtgestalt etwas von ihrem höheren Selbst.

Die Lehren des Schmetterlings ließen sich durch den Blutstrom viel leichter aufnehmen.

Die *Queen Rim*-Affäre

Spezielle Autonome Region Xiang Gang

Frank Gobi saß in seiner Suite im Panda-Hotel in Kowloon auf einem Rosenholz-Diwan aus der Ming-Dynastie. Wie gebannt starrte er das schillernde bunte Bild des Schmetterlings in seinem Omtron-Gerät an.

Es war die heißeste Nachricht in Xiang Gang; auch drei Tage nach Auftauchen des Schmetterlings wurde sein Konterfei noch immer den ganzen Tag auf allen chinesischen Fernsehkanälen ausgestrahlt.

Queen Rim – die Öffentlichkeit hatte den Namen angenommen, den eines der chinesischen Revolverblätter in der Speziellen Autonomen Region ihm gegeben hatte.

Was war es wirklich?, sinnierte Gobi. Er ließ das Eis in seinem Glas Club Soda klirren und nahm einen Schluck, lehnte sich auf dem Diwan zurück und streckte die langen Beine auf dem Kaffeetisch aus, sorgsam darauf bedacht, die Stapel mit Zeitungsausschnitten und Sonderausgaben der *South China Morning Post*, die er über dieses Thema gesammelt hatte, nicht umzustoßen.

Die Schlachtfelder der Recherche. Gobi verzog das Gesicht, als ein Papierstapel zu Boden rutschte.

Zweifellos war irgendwo in all diesem Material ein Hinweis verborgen. Vielleicht ein ›knallharter Archetyp‹ …

Gobi liebte Papier, wie manche Menschen den Omnispace liebten. Er war ein ›Futurist der alten Schule‹, wie seine Frau Tara ihn gern spöttisch nannte. *Nun, man kann den Omnispace nicht so recyclen wie Papier*, erwiderte er für gewöhnlich. *Wenn er weg ist, ist er weg, und wir wissen alle, wie schnell das geschehen kann.*

Das ganze knarrende Gerüst wird sowieso bald in sich zusammenstürzen.

Gobi warf einen flüchtigen Blick auf seine Armbanduhr. *Wo* blieb *Tara überhaupt?*

Er fragte sich, ob es ihr gelungen war, Terry Jordan ausfindig zu machen. Terry war ein Freund von ihnen, ein junger amerikanischer Ethnobiologe. Brillant, aber ungemein schrullig, ein Umstand, der ihn für Frank wie auch für Tara anziehend machte; ihre Wege hatten sich bei ihren Asienreisen gekreuzt.

Terry Jordan war vor ungefähr einer Woche – aus heiterem Himmel – plötzlich in Xiang Gang aufgetaucht. Wenn jemand eine Ahnung hatte, was sich hier abspielte, dann er.

Jedenfalls war das Taras Theorie. *Das, und noch viel mehr …*

Gobis Blick schweifte wieder zum Bild des Schmetterlings auf dem Bildschirm, während er dem Gebrabbel eines unendlichen Stroms von Kommentaren lauschte. Sie glichen Ameisensoldaten, die versuchten, den Morsecode eines Reisfelds zu entschlüsseln, das plötzlich auf ihrem Hügel gelandet war.

Im Grunde blieb es sich gleich. Das ständige Erzählen und abermalige Erzählen der Geschichte war eine Form der kollektiven Therapie, dessen war er sich bewusst; die Entomologen-Version des ›Stockholm-Syndroms‹.

Die Öffentlichkeit gewöhnte sich langsam an die Tatsache, dass dieses gemeinschaftlich imaginierte Insekt ihren Verstand als Geißel genommen hatte.

Gobi stellte sich nur eine Frage: *Wer hat dieses spezielle Drehbuch geschrieben? Kafka oder Konfuzius?*

Die Medien von Xiang Gang wimmelten von Augenzeugenberichten und Meldungen über die Sichtung.

Pendler im MRT auf dem Weg zur Arbeit sahen den Schmetterling, als sie in den Eisenbahnwaggons an ihren Haltegriffen hingen. Die Leute, die im Hafen von Deng Xiaoping auf der Star-Fähre von Kowloon zur Insel Xiang Gang übersetzten, wurden

Zeuge, wie er über der Rampe der Fährstation schwebte. Sie hatten ihn für im Wind treibendes Einwickelpapier gehalten, bis er die Schwingen aufklappte und davonflog.

Schüler erspähten ihn auf dem Weg zur Schule und Büroarbeiter, die rasch am Straßenrand noch eine Schüssel *congee*-Reisbrei verzehrten. Broker sahen ihn auf den Anzeigetafeln und Industriemagnaten in den Villen auf dem Berg des Vorsitzenden Mao, Busfahrer, Ladenbedienstete, Polizeibeamte, altmodische Vogelliebhaber, die mit ihren prächtigen eingesperrten Vögeln einen Morgenspaziergang im Park unternahmen, die Kulis in den Container-Schiffswerften, der Luftsicherungsdienst des Chep Lap Kok Airport, Lastwagenfahrer in den Neuen Territorien mit ihrer lebenden Fracht aus Enten, Hühnern und Schweinen, Süchtige beim kalten Entzug erspähten ihn, Liebende umarmten ihn in Stundenhotels, als sie vom Partner fest umschlungen erwachten …

Erneut ließ Gobi das Eis in seinem Glas klirren. *Denk nach, Mann, denk nach … wohin führt das alles noch?*

Man hatte der Geschichte auch übernatürliche Wendungen verliehen, klar. Das Sensationsblatt *Ming Po Daily* brachte einen bissigen Bericht über die letzten Worte der dreiundachtzigjährigen Matriarchin Wong Yee-shing, der verstorbenen Residentin des Westlichen Besitztums Kwan Shing in Tuen Mun.

> Wong Yee-shing war durch Dr. Hsieh Chu vom Fung-Lin-Hospital in Wanchai gerade offiziell für tot erklärt worden, gestorben an Herzversagen. Da schlug zum Erstaunen des Ärztestabs, der sie umgab, die Verblichene für einen kurzen Moment die Augen auf und deutete mit zitterndem Finger in eine Ecke des Zimmers, in der für alle Anwesenden deutlich sichtbar die Erscheinung des Schmetterlings schwebte.
>
> Ihre letzten Worte waren: »Wovon ernährst du dich und woher kommst du, lieber Schmetterling?«

Dann hauchte sie den Atem aus und wurde ein zweites und letztes Mal für tot erklärt.

Hmm, dachte Gobi, während er den Schmetterling auf dem Omtron-Schirm anstarrte. Je länger man das Bild betrachtete, desto größer wurde das Gefühl des inneren Friedens. Fast konnte man ihn ins eigene System *einsaugen.*

Was natürlich gut zu Taras Theorie passte …

Queen Rim spornte die Menschen zu Akten des *Friedens* an. Sicher gab es dagegen einen natürlichen Widerstand bei einem gewissen Menschenschlag, besonders denen, die ihre Macht aus dem Einsatz brutaler Körperkraft bezogen.

Man sehe sich nur an, was in der chinesischen Unterwelt abgeht, überlegte Gobi, als er einen Ausschnitt des *New Shenzen Courier* zur Hand nahm. Er überflog die Meldung.

Triadenmitglieder verlassen in alarmierender Anzahl ihre Gangs, was Leung Tai, den Paten des berüchtigten Syndikats ›14K‹, veranlasste, eine ernste Warnung an seine Gefolgsleute auszusprechen: »Von heute an ist es untersagt, den Giftigen Schmetterling zu erwähnen. Andernfalls werden Kugeln keine Augen und Messer und Knarren keine Gefühle mehr haben. Seid gewarnt.«

Gobi stellte mit einem Druck auf den Zoom die Sehstärke seiner Canon-Hornbrille neu ein, dann blätterte er den *Tsimshatsui Tatler* durch. Es war ein dickes Hochglanz-Gesellschaftsmagazin voll tickender Bulgari-Anzeigen und altmodischer Fotomontagen von Galas voller Menschen mit schwarzen Schlipsen, das dem Leben der Exilgemeinde in Xiang Gang gewidmet war.

Das so genannte ›Queen Rim‹-Phänomen ereignete sich in Xiang Gang am 6. April 2039 um genau 8:32:01

früh. Es dauerte exakt eine Minute und fünfzehn Sekunden lang.

Um 8:33:16 früh verschwand der Schmetterling mit einem spektralen Flattern seiner reich verzierten Schwingen wie ein alter Rolls-Royce der Insektenwelt, der aus der eleganten Zufahrt des alten Peninsula-Hotels aus der britischen Kolonialzeit in Kowloon kommt, bevor er den Geist der Nathan Road hinabstrebt ...

Und *nein*, entgegen gewissen reaktionären Gerüchten – den Auslassungen des Nury Vittachi von der *South China Morning Post* – handelt es sich bei diesem Tier eindeutig nicht um einen Stunt der durchgeknallten Clique von *avantlangeweile*-Künstlern, die den progerontokratischen Reihen der Multimaodischen Bewegung angehören ... Erinnern Sie sich noch an deren letzten Streich? Sie ließen in den Gewässern vor Aberdeen eine motorisierte Wachsnachbildung des Großen Vorsitzenden mit einem kleinen roten Buch der ›Zitate‹ zwischen den Zähnen schwimmen, was zu geringfügigen Schäden am Passagier-Schnellboot des Jumbo Floating-Restaurants im Hafen führte.

Doch nun zum letzten Thema: unserem Offiziellen Queen-Rim-Wettbewerb. Schicken Sie uns Ihren Beitrag mit einer Schilderung, was SIE im Augenblick des *lepidoptera interruptus* machten. Die peinigendsten Schilderungen werden wir in unserer nächsten Ausgabe auf diesen Seiten veröffentlichen. Der erste Preis ist ein Wochenende für zwei Personen im Peak Health Spa, einschließlich einer kompletten Serie *Chi*-Schlammpackungen, der zweite und dritte Preis sind ein gemeinsames Abendessen im Deng-Xiao-Spago's beziehungsweise eine Flasche Cognac Comrade Camus V. X. O. P. Einsendungen sind nur gültig mit adressiertem Rückumschlag und freigemachtem Kuli (nur ein Scherz, wir sind hier alle Gleichheits-Opportunisten), mit Poststempel spätestens vom …

Was für ein retrokoloniales Gebrabbel!, dachte Gobi angewidert und warf den *Tatler* auf den Kaffeetisch zu dem übrigen dokumentarischen Beweismaterial, das er über die ›Queen-Rim-Affäre‹ sammelte.

Er hätte dem *Tatler* gern einen Beitrag geschickt, weiß Gott. *Wo war ER gewesen, als der Schmetterling auftauchte? Wie hatte er das nur vergessen können?*

Und verdammt noch eins, überlegte er bei einem kurzen Blick auf die Armbanduhr. Wo *blieb* Tara? War sie ihrem Ziel näher gekommen, Terry Jordan zu finden? Vielleicht hatte sie ja Recht gehabt, vielleicht hatte er mit alledem etwas zu tun. Jordan – Terry Jordan, der biomorphische Wunderknabe – und seine Pheromone.

Pheromone

Was hatte *er gemacht, als es geschah?* Frank Gobi ließ seine Gedanken für einen Moment in die Vergangenheit schweifen.

Es *war* genau 8:32:01 früh gewesen. Und es *hatte* exakt eine Minute und fünfzehn Sekunden gedauert. Wenigstens *die* Fakten hatte der *Tatler* korrekt wiedergegeben …

›Strich # 86, diese Rasur begann 8:32:01 früh, 6/4/37, noch 512 Striche …‹

Die DiGillette in der Hand (der Rasierer zeichnete die Einheiten der verbleibenden Rasierdauer auf), hob Frank Gobi das Gesicht zum Vergrößerungsausschnitt des Rasierspiegels im Waschraum.

Er wollte gerade die verzwickte Stelle an seiner Kinnrundung angehen, da ruckte plötzlich sein Kopf in den Nacken, als hätte ihm jemand einen Schlag versetzt.

»Was zum …?«, fluchte er laut und schnitt sich. Ein blutroter Streifen bildete sich in dem weißen Schaum auf seinem Gesicht.

Gobi spähte erneut in den Spiegel, dann wich er einen Schritt zurück. *»Heiliger Kwan Yin!«* Er legte den Rasierer in die Marmorspüle und blinzelte. Kein Irrtum möglich. »Da ist ein SCHMETTERLING im Spiegel!«, rief er.

Da, er konnte ihn deutlich erkennen. *Sämtliche Teile …* die riesigen bebenden Knöpfe der Antennen, die *samurai*-Panzerung der Brust, sechs Beine und vier grellbunte Schwingen wie kunstvoll bemalte chinesische Seidenwände – all das warf der Spiegel zurück.

»Tara!«, rief Gobi seine Frau. »Sieh dir das an! Schnell!«

Um diese Zeit lag Tara O'Shaughnessy Evans-Wentz Gobi noch im Bett. Sie genoss ihre erste Tasse Kaffee am Morgen und las ein Exemplar der *South China Morning Post* frisch aus der Presse, die der Zimmerservice zusammen mit einem Körbchen Croissants gebracht hatte.

»Frank!«, vernahm Gobi Taras Antwort. Und da *wusste* er es. Er wusste es mit absoluter, unumstößlicher Gewissheit.

Ein Handtuch am Kinn, um die Blutung zu stoppen, eilte Gobi ins Schlafzimmer.

Tara saß aufrecht im Bett, das honiggelbe Haar über den Kissen, die hinter ihr angeordnet waren, der Seidenkimono offen, sodass er ihre vollen Brüste zeigte. Ihre hypnotischen grünen Augen waren mit mehr als dem üblichen Maß an Eindringlichkeit auf ihn gerichtet.

Ein triumphierender Ausdruck lag auf ihrem Gesicht, als sie ihm die geöffnete Zeitung hinhielt. »Ist es *das*, was du mir zeigen wolltest?«

Gobi setzte sich neben sie aufs Bett und sah zu, wie der Schmetterling aus dem Mittelteil der *South China Morning Post* herausflog. Es war der gleiche, den er gerade im Spiegel des Waschraums beobachtet hatte.

Er flatterte über die spröden weißen Laken ihres Betts und schlug dabei gleichmäßig mit den Schwingen wie eine Prozession kleiner chinesischer Papierlaternen, die während des Mondfests erstrahlten.

»Wie findest du unseren kleinen geflügelten Besucher, Frank?«, fragte Tara ihn. »Hübsch, nicht wahr?«

Frank Gobi hielt die Hand unter den flatternden Schmetterling, als umschlösse er die Unterseite eines samtweichen Hologramms mit Schwingen. »Er beginnt sich aufzulösen.«

Behutsam schloss er die Hand darum. Als er sie wieder öffnete, war die Handfläche leer.

»Sayanora«, sagte er. »Er ist weg. *Bye-bye, butterfly.*«

»Er wird wiederkommen«, erwiderte Tara, während ihre grünen Augen ihn anfunkelten. »Das ist erst der Anfang. Ist dir das klar, Frank? Es fängt alles jetzt erst an.«

Tara schaltete die Omtron-Anlage in der kleinen Nische an der Wand gegenüber an. »Schau, es macht schon Schlagzeilen. Wir waren nicht die Einzigen ...«

Sonderberichte aus der ganzen SAR Xiang Gang trafen ein. Schmetterlingssichtungen in Mong Kok, Lantau – dann noch eine Sonderberichterstattung, um weitere Sichtungen in Shatin, Wanchai und den Neuen Territorien bekannt zu geben.

»Ein Schmetterlingstaifun«, gestikulierte Gobi. »Ich verstehe.« Er nahm die Fernbedienung und schaltete den Omtron aus.

In dem Dutzend Jahren, die er und Tara schon zusammen waren, hatten sie viele seltsame Dinge gesehen, hatten sich durch das Fundbüro des kollektiven Unbewussten gewühlt, hatten die Tabus des Omnispace gebrochen und viele seiner Archetypen herausgefordert. Seine Reise in die abgestürzte Welt von Satori City 2.0 und die Rettung der Gespenster toter Avatare war für Frank

Gobi nur ein erster Schritt gewesen. Ihre Reise zog immer weitere Kreise.

Jetzt war er mit Tara in Asien unterwegs. *Im Conrad'schen Cyberspace*, sinnierte Gobi. *Hier war alles möglich.* Auch psychische Taifune. Wo sonst in der Welt konnte man einer Organisation wie den Anonymen Mutanten beitreten und sich nicht wie ein Ausgestoßener fühlen?

Manchmal hatte Gobi den Eindruck, als werde die menschliche Evolution von Steroiden vorangetrieben. Man musste die Bürde tragen, sonst brach irgendwann alles über einem zusammen ... die Bürde der Entwicklungsstufe und die Bürde all der Personen, die stolz ihren Senf dazugaben.

Hier draußen im Rim gab es so etwas wie Grenzen nicht mehr. Lediglich Prioritäten.

Die Frage war nur: *Wessen Prioritäten?*

»Also, was hältst du nun davon?«, fragte Gobi Tara. »Ist es Sickerware aus dem Omnispace? Die kollektive Halluzination Nr. 19? Was, wenn es sich um eine neue Form unterschwelliger Werbung handelt? Ich habe gehört, Saatchi & Saatchi haben mit *kundalini*-Werbetafeln experimentiert. ›Scratch'n'sniff Kali‹. Aber das war in Bhutan, und die Kampagne kam nie so richtig ins Rollen ...«

Tara schnüffelte. »Riechst du das, Frank? Diesen schwachen Duft? Was ist das? Es riecht wie Jasmin, hat aber auch etwas Moschusartiges an sich.«

Gobi sog ebenfalls Luft ein. »Du hast Recht. Es ist mir schon im Waschraum beim Rasieren aufgefallen.«

Er setzte sich neben Tara aufs Bett und atmete noch einmal durch. »Woran erinnert mich das nur?«

Gobi hatte eine Nase wie ein Trüffelschwein in einem Laden für Aromatherapie. »Okay, jetzt weiß ich's«, erklärte er. »Das ist ein Aftershave. Wie heißt es noch gleich? ›Old Official‹. Du kennst die Marke. Sie ist hier draußen recht beliebt. Sie haben diesen einnehmenden kurzen Jingle. ›*Es ist uns ein Anliegen, Ihnen diese mächtig feinen Tropfen zu präsentieren – zur Jagd auf Ihr Vergnügen …*‹ Du weißt schon, welches ich meine, Tara. Christian Dior bringt es im Joint-Venture mit Tiger Balm heraus.«

Tara schüttelte den Kopf. »Nein, Frank. Ich halte es überhaupt nicht für einen kommerziellen Duft.«

»Nein?« Als Paar gingen Frank und Tara in diesen Belangen manchmal mit gemeinsamer Nase vor. Es war ein kleines Fünftes-Chakra-Geruchsspiel, das sie gern spielten. Die Herkunft der tausendundein Gerüche zu ermitteln, für die Asien berühmt war. Handelte es sich um Vogelnester, mit Zikadenmist gepanscht, reine Jauche (leicht), Zibetkatzenschweiß-Marmelade, Gallensteine von Rind oder Wasserbüffel (ein feiner Unterschied), Taubengalle, Eselhautleim, schlechte Poesie oder schlicht und einfach alten Reis?

»Nein, Frank, ich glaube, es sind *Pheromone*«, sagte Tara und rümpfte die Nase.

»Pheromone? He, warum bin *ich* nicht darauf gekommen?! Ich glaube, du bist auf dem richtigen Dampfer, Tara!«

»Danke«, sagte sie. »Aber du hattest auch Recht. Es *ist* ein Aftershave. Also, wen kennen wir, der gern Pheromone als Aftershave benutzt?«

»Du meinst doch nicht … Jesses.«

»Genau.« Taras grüne Augen blitzten auf. »Unser neugieriger neuer Freund, der, dem wir anscheinend auf Schritt und Tritt über den Weg laufen. In den entlegensten Winkeln des Rim. *Und* wenn wir es zuletzt erwarten. Terry Jordan.«

Frank Gobi stieß einen Pfiff aus. »Hast Recht, das *ist* Jordans Marke. Was für ein eigenartiger Zufall.«

»Ist es einer? Ich bin mir nicht sicher.« Tara atmete noch einmal durch. »Ah-hah, dieser Duft trägt eindeutig Jordans Unterschrift auf den Molekülen. Wir wissen beide, dass er einen Vorrat von dem Zeug hat, der den Ausmaßen des tropischen Regenwalds entspricht. *Pheromone*, Frank. Bei einem Mann funktionieren sie *wirklich* wie ein Aftershave, doch sie kommen aus den tiefsten Tiefen seiner Seele. Eine Frau weiß so etwas. Vertrau mir.«

Jordan

»Weißt du noch, wann wir Terry Jordan das erste Mal begegneten, Frank?«, fragte Tara Frank Gobi.

Sie war aus dem Bett geschlüpft und hatte die schweren Vorhänge aufgezogen, das Zimmer mit Sonnenschein überflutet. Hinter ihr schlängelten sich in der Ferne die grünen Hügel Chinas zwischen den hoch aufragenden grauen Wolkenkratzern des Tsuen-Wan-Distrikts dahin.

Tara drehte sich zu ihm herum und stemmte die Hand in die Hüfte, als wäre sie die Venus von Milo, als Revolverheldin posierend. Das Sonnenlicht verfing sich in ihrem goldenen Haar, so golden wie die Türme auf einem Thai-Tempel. Sie war eine wunderschöne Frau, dachte Gobi bei sich, als er sie bewundernd ansah.

»Warte, wann war das noch gleich? Vor rund sechs Monaten, stimmt's?«, erwiderte er. »Als wir durch Kambodscha zogen und in Angkor diese Trancemedien aufzeichneten.«

»Genau. Weißt du noch, was du damals über ihn gesagt hast?«

»Hilf mir auf die Sprünge.« Gobis Blick hatte einen nachdenklichen Ausdruck. Als er ihrem begegnete, verspürte er einen Adrenalinstoß. Terry Jordan hatte etwas an sich, was ihn beunruhigte, etwas furchtbar Vertrautes, das zugleich grenzenlos fremdartig war. Er konnte es nicht genau auf den Punkt bringen.

Tara O'Shaughnessy Evans-Wentz Gobi verschränkte die

Arme unter den vollen Brüsten. Sie blickte Frank, der noch in seinem dunkelblauen japanischen Kimono auf dem Bett saß, die Füße fest auf dem Boden, versonnen an. Sie fand immer, dass ihr Mann beim Grübeln besonders sexy aussah.

Mit seinem lockigen braunen Haar, das vom Duschen noch feucht war, seinen wachsamen grauen Augen, der Hakennase und den edlen Zügen – seine französische Hugenottenabstammung wies einige zentralasiatische Einsprengsel auf – verbreitete Frank Gobi ein exotisches Flair um sich, wie ein feuriger russischer Tänzer, der sich von einem schwierigen früheren Leben lossagen wollte.

Vielleicht ergänzten sie einander deshalb so gut, denn sie waren beide im Grunde ihres Herzens Vagabunden. Tara war in Tibet geboren; ihre Eltern waren Microsoft-Missionare im Yarlung Valley gewesen. Frank Gobi sah aus, als hätte er überall geboren sein können, an jedem nur erdenklichen Ort mindestens einmal. Er war eine alte Seele.

»Ich erinnere mich *genau*, was du gesagt hast«, meinte Tara mit fester Stimme. »Du hast gesagt, er sähe wie ein Insekt aus ... Oder wie ein Schmetterling in *Homosapiens*-Kleidung. Etwas in der Art ...«

»Habe ich nicht!« Frank lachte. »Das hast du gerade erfunden ...«

»Also gut.« Tara warf ihr Haar zurück und lächelte, sodass man ihre weißen Zähne sah. »Was war's dann? Ach ja! Du sagtest, dass er dich an einen Stadt-Yeti erinnere. Wie nennen die Revolverblätter sie noch gleich? ›Kinder des *Chi*‹? Was, wenn du Recht hättest, Frank? Was, wenn er einer von ihnen *ist*? Nur mal angenommen?«

Gobi runzelte die Stirn. *Die Kinder des* Chi ... er wusste, was die Reisenden sich erzählten. Er hatte die Chats gelesen, die in der brandheißen ›Coconut Press‹ kursierten, diesen Travellermagazinen, die mitten in der Nacht wie entwurzelte Bäume das MekongNet hinabtrieben.

»Ich glaube, ich habe gesagt, er wirkt wie etwas aus einer anderen Welt«, überlegte Frank. »Fast so, als hätte er einige Zeit in Atlantis verbracht. Als wäre er einem furchtbaren Gefängnis entronnen und könnte endlich tun, wonach ihm der Sinn steht. Nicht auf Teufel komm raus, sondern mit einem höheren Ziel vor Augen.«

»Erzähl mir noch einmal von den ›Kindern des *Chi*‹ Frank«, bat Tara ihn, wobei sie sich dem Bett näherte und die Arme um ihn legte. Er umarmte sie ebenfalls.

»Mach dir aber klar, dass es sich nur um eine Legende ohne realen Hintergrund handelt, okay?«, erwiderte Frank. »Es ist ein Mythos, wie Big Foot.«

»Ich werd's mir merken.« Tara nickte. »Aber hey, du bist doch früher selber mächtig auf diesen esoterischen Krempel abgefahren, Dr. Gobi. Zum Beispiel deine Idee einer Chlorophyll-Suchmaschine, mit der du dich in den Organischen Omnispace einloggen wolltest …«

»Dabei kam nichts heraus. Die Forschungsgelder blieben aus –«

»Soweit *du* weißt, kam nichts dabei heraus. Aber ich halte es immer noch für eine geniale Idee. Ich meine, deshalb hast du dich doch mit Terry Jordan eingelassen, oder nicht? Ihr habt einander hervorragend ergänzt, als wärt ihr Brüder oder seelenverwandt. Er ist ein – wie nennt man das noch gleich?«

»Terry ist von seiner Ausbildung her Ethno-Botaniker, aber mit einer Neigung zur Morpho-Biologie. Er sagte, er interessiere sich besonders für das Studium aussterbender Arten der intelligenten Flora und Fauna in dem Gebiet. Organische Netzwerke, das ist seine Spezialität.«

»Richtig, ein Morpho-Biologe«, nickte Tara. »Das kommt deinem Fachgebiet recht nahe. Parapsychologie. Ich würde sagen, ihr wart enorm kompatibel.«

»Morpho-Biologen genießen in der akademischen Welt einen sehr guten Ruf. Parapsychologen übrigens auch … wir kommen gleich nach den Quanten-Quacksalbern.«

»Schande über sie. Was wissen die schon?«

»Hmm.« Gobi lachte. »Da ist was dran.«

»Also los, Frank.« Tara schlang wieder ihre Arme um seinen Hals. »Über deine ›Kinder des *Chi*‹.«

»Es sind nicht *meine* Kinder.«

»Nun, vielleicht können wir sie ja adoptieren.«

Gobi lachte erneut. »Nur das nicht – okay, hör zu ... Und das ist *alles*, was ich über das Thema weiß ...«

Tara gab ihm einen Kuss. »Ich liebe dich, Schatz.«

»Schoßkind des Glücks. Also gut – um einen Anfang zu machen: Es gab mehrere so genannte ›Sichtungen‹ von ihnen. Anfangs kamen die Berichte von abgelegenen Außenposten im Osten von Borneo, von Orten wie Tanjung Selor und Tanjung Redeb an den Flüssen Berau und Bulunga ... das liegt im tiefsten, finstersten Kalimantan und Sarawak. Für dich schlicht und einfach B-O-R-N-E-O, Baby.«

»Tiefer und finsterer geht's nicht mehr, was?«

»Nun ja ...« Gobi lächelte. »Mit etwas gutem Willen könntest du es schaffen. Du bist manchmal selbst ziemlich tief und finster.« Er legte die gewölbte Hand auf ihre Brust, doch Tara schob die Hand zur Seite.

»Später vielleicht, wenn du ganz, ganz brav bist. Bitte sprich weiter ...«

Gobi fuhr fort. »Angeblich handelt es sich um eine neue Art des *Homo sapiens*. Auf einer weitaus höheren Wellenlänge als unsereins. Sie stehen auf natürliche Weise – ›telemorphisch‹ sozusagen – mit der ganzen Natur in Verbindung, mit Bäumen, Felsen, Tieren, Insekten, Meereslebewesen, planetaren Wettersystemen, allem Möglichen. Und sie sind höher entwickelt als wir, stärker ins natürliche *Chi* des Planeten eingeloggt. Was ihnen die homöochromatische Fähigkeit verleiht, die Natur nachzuahmen. Sie können sich geradewegs in die Landschaft morphen, sogar in Menschen. Sie können deine DNA nachahmen. Und schon haben wir – ruck, zuck! – Tara die Zweite!«

Er strich ihr übers Haar. »Dann habe ich zwei von dir. Klingt doch nett, nicht wahr? Das wäre vielleicht ein flotter Dreier!«

»Hmm«, meinte Tara unschlüssig. »Ich glaube trotzdem, ich wäre eifersüchtig. Aber sag mal, warum halten sie sich denn in so abgelegenen Gegenden auf? Um dem, was von der Natur noch übrig ist, nahe zu sein?«

»Anscheinend«, sagte Frank. »Aber warte, Schatz, das ist noch nicht alles. Neuere Sichtungen zeigen, dass sie auch in stärker besiedelten Gegenden auftauchen. In geschäftigen Großstädten wie Singapur zum Beispiel, wo sie die Orchard Road mit ihren Wolkenkratzer-Malls hinabschlendern und in der Menge untertauchen, sich so ›natürlich‹ benehmen wie nur irgend denkbar. Als kämen sie übers Wochenende aus der Zukunft herbeigejettet, zu einem Einkaufsbummel und um sich Sehenswürdigkeiten anzuschauen …«

»Was uns wieder zu Terry Jordan bringt«, sagte Tara, nachdem sie einige Minuten lang geschwiegen hatten; sie lehnten beide am Kopfteil ihres Bettes aus der Quing-Dynastie.

Tara hatte den Omtron eingeschaltet, den Ton aber abgedreht. Sie sahen die News-Bulletins über Queen Rim, die weiter den Äther durchfluteten.

»Ach ja, Terry Jordan. Der rätselhafte Terry Jordan. Mr. ›Kind des *Chi*‹ persönlich.«

»Ich glaube, er entspricht dem allgemeinen Durchschnitt, findest du nicht auch?«, erwiderte Tara. »Schau, wie er aus dem Nichts heraus in Xiang Gang auftauchte. Und er kauft auch gern ein.«

Tara und Frank waren Jordan erst gestern in Xiang Gang über den Weg gelaufen. Zum zweiten *Mal in zwei Wochen. Die Woche davor hatten sie ihn in Macau gesehen. Beim letzten Mal hatte er in einem Winkel der Lobby des Mandarin Oriental gestanden. Sonnengebräunt und fit wie immer, in Khaki gekleidet und mit einer Ledertasche, hatte der junge Amerikaner sie glücklich angestrahlt, als sie sich ihm näherten.*

»Hallo, Leute, irre, dass ich euch Globetrottern schon wieder begegne.« Seine weißen Zähne blitzten ihnen entgegen. »Ich frage mich, wo wir uns wohl demnächst über den Weg laufen? In Zentralasien? Verfolgt ihr mich oder was?«

»Wir sind von der CIA. Chlorophyll Intelligence Agency«, antwortete Gobi und versetzte ihm einen Stoß in die Rippen. »Was haben Sie in der Tasche, eh? Die Überreste von Borneo?«

»Specimen!« Jordan lachte. »Borneo habe ich hier in meiner Brusttasche.« Er klopfte vorn auf sein Khakihemd.

»Im Ernst, was treibst du hier?«, wollte Tara wissen.

»Was ich in Xiang Gang treibe?« Jordan klang ausweichend. Sie standen neben einer großen Topfpalme in der von Menschen wimmelnden Lobby des Mandarin. »Oh, ich habe nur den alten Ming hier besucht«, sagte er, wobei er einen der jadegrünen Palmwedel streichelte.

»Der alte Knabe ist ein Überlebender und Veteran. Seine Kapillargefäße machen ihm in letzter Zeit zu schaffen. All dieser Zigarrenqualm und die Negativität. Er hat eine Menge Kriegsgeschichten auf Lager.«

»Oh, ich wette, in Wahrheit verhökerst du heimlich Tigerhoden.« Tara kniff Jordan in den Arm. »Ich habe schon immer vermutet, dass du heimlich eine Art Doppelleben führst. In Xiang Gang kann man damit viel Geld verdienen. He, man braucht nur in einen alten chinesischen Kräuterladen in der Temple Street zu gehen und …«

»Bitte, Tara.« Jordan klang ehrlich schockiert. »Das ist nicht zum Lachen! Ich war in Sarawak, als sie im BakoNaturpark den letzten Baum fällten. Naturpark, dass ich nicht lache! Als ob die Natur einen Park bräuchte. ›Setzt euch auf diese Bank, liebe Tiere, genießt den schönen Ausblick.‹ Dabei haben *sie nichts mehr zu genießen. Weißt du, ich habe sogar gehört, wie die Tiger nachts rauskamen und ihre Krallen an der Rinde der Bäume wetzten,*

die anderntags gefällt werden sollten. Das war der himmlischste Laut der Welt, glaub mir. Sie verabschiedeten sich vom Wald. Sie wussten *es.«*

»Tut mir Leid, Terry«, entschuldigte Tara sich sofort. »Ich verstehe, was du meinst. Es war ein schlechter Scherz.«

»Ach, ich weiß ja, ihr könntet keinem Philodendron etwas zuleide tun. Aber Menschen, die einem Philodendron etwas zuleide tun könnten, *wären vielleicht auch imstande, einem anderen Menschen etwas anzutun. Manchmal sogar, ihn zu töten.«*

Dann blickte Jordan Gobi aus traurigen Augen an. Gobi fragte sich unwillkürlich, was dieser Blick zu bedeuten hatte. Er kam ihm seltsam vor. Jordan dort in der Lobby neben dem alten Ming stehen zu sehen, als hätten Tara und er gerade ein Gespräch zwischen den beiden unterbrochen … Gobi kam sich wie ein Störenfried bei einer Totenwache vor.

»Schlechte Neuigkeiten, eh?«, fragte Gobi ihn und nickte zu dem alten Ming in seinem herrlichen chinesischen Porzellantopf. »Ein Todesfall in der Familie oder so?«

»Ein entfernter Verwandter des alten Ming, fürchte ich«, erwiderte Jordan mit einem ebenso freundlichen wie ironischen Lächeln. »Manchmal erfährt man es gar nicht, wenn ein alter Freund gestorben ist. Und manchmal« – er warf Gobi wieder diesen mitleidigen Blick zu – »ist es einfach besser, es nicht zu erfahren …«

Das war das letzte Mal gewesen, dass Frank und Tara Terry Jordan gesehen hatten. Er sagte, er käme zu spät zu einer Verabredung, und ging durch die Lobby auf die Straße hinaus.

»Und das *erste* Mal, als wir ihm begegneten, Frank, erinnerst du dich an *die* Nacht auch noch?« Tara knuffte Gobi sanft in die Rippen. Sie hatten den Omtron abgeschaltet und waren dabei, sich alles wieder in Erinnerung zu rufen, was sie über Jordan wussten.

Es war wie ein Ritual, um die Bekanntschaft mit einer Maske

zu erneuern. Seit diesem ersten Mal in Phnom Penh waren sie Jordan immer wieder über den Weg gelaufen – in Bangkok, Rangoon, Kuala Lumpur, Surabaya, Toli-Toli, Macau, Xiang Gang …

»Klar, wie könnte ich das je vergessen?«, erwiderte Frank.

Da waren sie also, Frank und Tara, saßen an diesem klapprigen Bambustisch in diesem Globetrotter-Treff, bei dem es sich um eine Mischung aus Café-Bungalow-Hängematten-Gemeinde handelte, am Stadtrand von Phnom Penh.

Die Sonne ging vor dem dunkelgrünen Hintergrund des Dschungels unter, die batikartigen Schatten wurden dunkler, und ein kleiner Junge mit dem lächelnden Antlitz eines heiteren Khmer-Buddha zündete die verrußten Kerosinlampen an, die am Dachvorsprung des Open-Air-Cafés hingen.

Es war heiß und feucht, und die Moskitos feierten ihre Happy Hour.

Eine Anzahl junger Rucksacktouristen hatte sich auf der Veranda versammelt, allem Anschein nach Freundliche Planetarier. Den Smorgasbord-Akzenten nach handelte es sich vorwiegend um Skandinavier und Schweden um die zwanzig, also fast im gleichen Alter wie Franks Sohn Trevor, der ebenfalls irgendwo in der Gegend mit Sack und Pack unterwegs war.

Der Duft von Gewürznelkenzigaretten erfüllte die Luft, zusammen mit dem verräterischen Geruch von Ganja.

Wegen seines sonnenverbrannten Gesichts und seines nordischen Blondhaars hätten Gobi und Tara Terry Jordan beinahe für ein Mitglied der schwedischen Gruppe gehalten, doch Jordan passte sich nur auf natürliche Weise an, das war eine seiner großen Gaben. Als sie ihn das nächste Mal sahen, in Gesellschaft eines olivfarbenen Italieners in Bangkok, wirkte er eher wie ein Latino auf sie, ungleich italienischer, mit den nachdrücklichen Gesten und Redewendungen, die damit einhergehen.

Aber bei aller Mimikry, die er betrieb, war Terry Jordan doch ein echtes Original.

»Schau, wie er sich auf die Schwedin einschießt«, flüsterte Tara Gobi aufgeregt zu. Das war ein kleines Spiel, das sie immer gern spielte. Sie warf mit der Stimmgabel ihres sechsten oder siebten Sinns einen Blick in das heimliche Wesen der Menschen.

Sie hatten gerade ihr schreckliches grünes Curry aufgegessen, die Fliegen dankten ihnen dafür, und Gobi arbeitete an seinem zweiten Carlsberg. Der Schweiß floss ihm den Rücken hinab wie eine dieser gefährlichen Stromschnellen, für die der Mekong berüchtigt ist.

Gobi liebte die Tropen, er konnte nur die Hitze nicht ertragen. An diesem Abend fühlte er sich besonders schlapp. Eigentlich sah er sich alte Ruinen lieber an, statt sich selbst wie eine zu fühlen.

»Was hast du gesagt, Schatz?«, fragte er aufmerksam.

»Sie steht unter dem Eindruck, dass er sich zu ihr hingezogen fühlt.« Tara überschüttete Gobi mit einer wahren Flut von Kommentaren.

Er nahm einen Schluck seines eiskalten Biers, spürte sogleich seine Kräfte neu erwachen und erwiderte munter: »Und, stimmt das denn nicht?«

»Sei nicht albern«, entgegnete Tara. »Also, ja und nein. Schau – sie reagiert auf ihn auf sexueller Ebene – ah-oh, *Zweites-Chakra-Alarm! Und er beugt sich weiter zu ihr vor, seine Knie berühren fast ihre, aber er hat nicht den gleichen Kanal eingeschaltet wie sie, Frank. Er ist kein Mr. Zweites Chakra. Mal sehen, was er jetzt – Jessas, Frank, er dreht sich zu uns um! Winke freundlich und lächle! Er hat uns bemerkt.* ›Hallo auch! Ja, ja, willkommen!‹

Tara schwenkte freudig die Hand, und Jordan lächelte ihnen über die Schulter hinweg zu; er machte einen leicht amüsierten Eindruck.

Ob er wohl weiß, dass er einen professionellen Chakra-Voyeur im Publikum hat?, *dachte Gobi, wobei er noch einen Schluck Carlsberg nahm.*

Das schwedische Mädchen warf ihnen einen gleichgültigen Blick zu, dann setzte es sein Gespräch mit Jordan fort.

»Wow, Frank«, flüsterte Tara ihm zu. »Ich glaube, der Bursche hat sich gerade auf uns eingetunt.«

»Du meinst auf dich«, *zog Gobi sie auf und nippte an seinem Bier. »Wenn du durch einen Feldstecher starren würdest, wäre es auch nicht offensichtlicher.«*

»Ach, komm schon«, gab Tara zurück. »Ich bin wirklich recht diskret, glaub mir.« Dann wandte sie sich ihm mit sorgenvoller Miene zu. »Es ist dir doch nicht peinlich, oder, Frank? Wenn ja, höre ich nämlich sofort auf.«

»Wem, mir? Nicht im Geringsten. Nur zu, beobachtete ihn weiter …« Er grinste. »Was passiert denn gerade?«

»Wie gesagt, Frank«, fuhr Tara fort. »Ihre sexuellen Signale interessieren ihn keinen Deut. Vielmehr hat er es auf etwas in ihrem Inneren abgesehen, was ihr vermutlich überhaupt nicht bewusst ist. Ich bezweifle, dass ihre Eltern ihr Ratschläge gegeben haben, wie sie sich verhalten soll, wenn sie auf astraler Ebene angemacht wird … Nein, schau, er nähert sich ihr durch sein sechstes Chakra – mein Gott, er ist ja so f-e-i-n-f-ü-h-l-i-g! Das ist das sprichwörtliche Vorspiel des dritten Auges, Frank. Er macht's mit den Wimpern. Schau doch nur …«

»Ah-ha.« Gobi stellte sich ebenfalls auf den Austausch ein. »Kommt mir ziemlich ungewöhnlich vor … Er scheint regelrecht an ihr zu schnüffeln.«

*Tara lehnte sich in ihrem wackeligen Rattanstuhl zurück und warf Gobi ein strahlendes Lächeln zu. »Stimmt«, sagte sie. »Ge*nau *das macht er auch. Er inhaliert ihre Essenz, als röche er an einer seltenen Orchideenart. Sie ist sein Blumenkind.* Buchstäblich, *Frank. Sein Blumenkind.«*

»Wozu macht ihn das dann?«, forderte Gobi sie heraus. »Zu einem Casanova des höheren Bewusstseins? Einem kundalini-*Vampir?«*

Tara dachte einen Moment darüber nach, bevor sie ihm vorsichtig antwortete. »Ich glaube, es macht ihn zu einem Gärtner, Frank«, sagte sie ruhig. »Aber er interessiert sich nur für Gärten, die natürlich sind. Unberührt von Menschenhänden. Selbst wenn es seine eigenen sind.«

»Hätten wir bloß damals gewusst, was wir heute wissen«, sagte Tara zu Gobi. Sie kleidete sich an, schlüpfte in ihre weite Baumwollhose und zog einen locker fallenden grauen Mantel darüber, dessen Ärmel mit rosa Vajrayana-Blitzen bestickt war.

»Wohin gehen wir?«, fragte Gobi sie. Er saß an der Omtron-Konsole und lud Bilder von Queen Rim herunter, um sie zu studieren, denn er hatte ein kleines Forschungsprojekt im Sinn.

»Ich will sehen, ob ich ihn nicht ausfindig machen kann«, erwiderte Tara. »Seine üblichen Aufenthaltsorte checken. Vor allem will ich ihm in die Augen schauen, dann kann ich aus dem Stegreif sagen, ob er mit der Sache hier etwas zu tun hat.«

»Das wird eine ganz schöne Rennerei«, meinte Gobi, und seine Stirn legte sich in Falten, während er den Bildschirm musterte.

»Ich weiß. Ich werde wohl jeden Tierpräparatorladen und Kräuterstand in Xiang Gang abklappern müssen«, sagte Tara achselzuckend.

»Was hast du, Schatz?«, fragte sie, als ihr der Ausdruck auf seinem Gesicht auffiel.

»Ich weiß nicht recht«, sagte Gobi. »Ich wollte gerade diesen Artikel aufrufen, den ich vor langer Zeit geschrieben habe, für den *Interspecies Insider*, du weißt schon. Da steht dieser hypothetische Algorithmus drin, den ich ausgetüftelt habe …«

»Für deine chlorophyllbetriebene Suchmaschine?«

»Richtig.«

»Gibt's Probleme?« Tara stand hinter ihm, die Hand auf seiner Schulter. »Findest du ihn nicht?«

»Nein. Das ist recht seltsam. Der gesamte Jahrgang – die gesamte Reihe von Monografien – anscheinend war jemand da drin und hat alles gelöscht. Dieser Datenbank zufolge stellte der *Insider* sein Erscheinen mit der Ausgabe vor derjenigen ein, in der mein Artikel erschien. Das ist einfach unmöglich. Ich glaube, es wird mich eine Menge Arbeit kosten, die Sache aufzuklären …«

»Es geht doch nichts über das Bestäuben des Omnispace, um Fingerabdrücke zu sichern, was, Frank?« Sie drückte seine Schulter. »Wer würde so etwas tun?«

»Ich bin mir nicht sicher.« Gobi saß mit verdutzter Miene da. Allmählich dämmerte ihm etwas, etwas Unredliches und Trauriges.

»Was willst du dagegen tun, Liebling?«

»Vielleicht sollte ich einmal den alten Ming fragen?«

»Den alten Ming?«

»Erinnerst du dich noch an diese Topfpalme in der Lobby des Mandarin Oriental? An Jordans Kumpel? Den mit den vielen Kriegsgeschichten?«

»Oh«, sagte Tara. »Den.«

»Was soll's. Ich werde mich später drum kümmern. Viel Glück, Tara. Finde Jordan.«

»Dir auch«, sagte sie und küsste ihn zum Abschied. »Dir auch viel Glück. Wir sehen uns dann später.«

»Genau. Wir vergleichen später unsere Notizen.«

Sie schlüpfte lautlos aus dem Zimmer, und Gobi blieb mit all den Bildern von Queen Rim und einem miesen Gefühl in der Magengrube seines *hara* zurück.

Made in Thailand

Kho Samui, Golf von Thailand

»Eine Minute und fünfzehn Sekunden«, hörte Butterfly Kroons Stimme im Hintergrund. »Ist das ein Rekord oder was? Er ist ein richtiger *Chi*-stronaut, dieser Bursche. Gute Arbeit, Tan, wie du ihn zurückgeholt hast. Ich glaube, er kommt jetzt wieder zu sich.«

Dann hörte Butterfly – *oder war es Krik?* – Tan lachen. Es war ein rauer, kehliger Laut wie das heisere Wispern von Kies, der langsam in eine Senke rinnt.

Butterfly wollte seinen Schmerz in diesem Loch vergraben. Was *machten* sie mit ihm? Sie folterten ihn schon seit Stunden, pumpten ihn leer. Und jetzt war es ihnen gelungen, ihn wie einen zerbrochenen Papierdrachen einzuziehen. Es war ein Kampf gewesen, sich vom Himmel loszureißen …

Dieser wunderschöne transparente Himmel. Und der Wind mit seiner wunderschönen natürlichen Haut, seinem schimmernden Teint. Der Wind bedurfte keiner Operation, um sein Wesen *oder* sein Geschlecht zu ändern. Welches Geschlecht *hatte* der Wind?

Noch als sie ihn einholten, konnte Butterfly, der *Katoey*-Mann aus Chaweng, diesen zauberhaften Flug auf den Lippen schmecken. Die androgynen Wolken und das heimliche Streicheln dieses einzigen prächtigen schlagenden Herzens.

Das an so vielen Orten gleichzeitig schlug.

Was hatte der Meister ihm gesagt? Eigentlich hatte er es ihm nicht gesagt, er hatte es ihn *fühlen* lassen. Es war ihm stufenweise gedämmert:

»Wenn du fliegst, musst du an sie denken, an jene, die unten bleiben. Und ihnen wiedergeben, was sie sich selber nie gegeben haben …«

»Und das wäre …?« Der Schmetterling breitete rasch seine Flügel aus, milderte ihre beschichtete Härte in der strahlenden Wärme des Sonnenscheins.

»Den freien Flug deiner Liebe, Butterfly.«

Für einen kurzen Moment war Butterfly wieder Queen Rim. *War er* wirklich *da draußen gewesen? In dieser ANDEREN Welt, um Millionen Augenbinden abzunehmen? Sie SEHEND zu machen? War das tatsächlich ER gewesen?*

Es war ein unwiderstehlicher Impuls. Einen Atemzug lang zu erstrahlen, ihnen eine Vision zu geben. Eine, die man nie mehr verschleiern konnte. All diese in Unordnung gebrachten Herzen. Sie litten ungleich mehr als er, wahrlich, weil sie den eigenen Schmerz nicht empfanden. Man musste sie ständig daran erinnern.

Sie mussten seinen hungrigen Mottenkopf füttern. Damit Queen Rim ihre Schmetterlingslehren verbreiten konnte, wie auf einer Gebetsrolle, als Erinnerung und Zeichen.

»Wenn der Wind kein Geschlecht hat, wenn die Wolken nie altern und wenn die Farben auf dem Seidenspinnrad der Zeit nie verblassen, dann braucht man seine Zunge nicht, um den Nektar zu kosten. Oder die Bitterkeit. Man kann einfach ins Wissen fliegen …«

Das Erste, was der *Katoey* sah, als er die Augen aufschlug, war Kroon, dessen Lächeln wie die Säbelklinge eines *parang* über ihm schwebte. Ein *parang* im kurzen Kleidchen, die Hand in die Hüfte gestemmt.

»Willkommen daheim! Wir sind aus lauter Sorge um dich schon ganz *krank* geworden.« Kroon strahlte ihn vergnügt an, wobei er Butterflys Wangen tätschelte. »Du musst uns alles über deine neuesten Abenteuer erzählen. *Alles* …«, kicherte er. »Du bist doch unser kleiner Schatz, weißt du das nicht? Ist er doch, nicht wahr, Jungs?«

Hinter ihm nickten Tan und Krik. Der einfältige Krik mit seinen verdrahteten Augen und seinem zerrissenen T-Shirt, auf dem ›*So viele dumme Menschen, nicht genug Kometen*‹ stand. Und Tan, der zum Paramediziner für Neurospasmus umgewandelte ehemalige thailändische Kick-Boxer, hielt etwas in der Hand, eine glitzernde Röhre, um Butterfly wieder an die *Chi*-Absaugmaschine anzuschließen.

Butterfly versuchte die Augen zu schließen, spürte jedoch, wie der Schraubstock von Kroons Hand fester auf seine Stirn drückte und das verhinderte. »Eines noch, Butterfly, falls ich dich erst erinnern muss. Du bist jetzt wieder in Thailand – wieder im Rasta Palace, Schätzchen, in Chaweng Beach auf der wunderschönen Insel Kho Samui. Und, Schätzchen, merk dir das gut: In Thailand wechselt man *nie* seine Gesinnung, man wechselt höchstens sein Herz. Und dein Herz gehört Kroon. *Bpleeun Jai!*«, schleuderte der Big Boss Butterfly seinen Fluch entgegen.

»Du arbeitest *nach wie vor* für mich«, erinnerte Kroon ihn.

»Nicht für Dr. *Chi.* Ist das angekommen? Sonst noch Fragen? Nein? Gut.« Dann wandte Kroon sich zu Tan um und sagte: »Er gehört dir. Quetsch ihn aus.«

'Shu Fong' und der Affe

Kowloon Tong und Macau

Tara Gobi rückte ihre schwarze Baskenmütze im verschmutzten Spiegelbild des Ladenfensters zurecht, bevor sie das Geschäft des chinesischen Kräuterkundlers betrat. Sie hatte es in einer der Seitenstraßen entdeckt, die von der Temple Street in Kowloon Tong abgingen. Auf den spotzenden pinkfarbenen und grünen Neonschildern an dem verfallenen Gebäude stand: ›Long Life Herb & Fungus Co.‹

Sie überprüfte den Namen noch einmal, bevor sie die Tür aufzustoßen versuchte. Sie klemmte. Sie wollte die Klingel bedienen, fand jedoch keine im abblätternden, limonengrün gestrichenen Eingang.

Mein Gott, hatte in den letzten hundert Jahren überhaupt jemand den Laden betreten? Tara bezweifelte es. *Außer vielleicht Terry Jordan.* Sie hatte nicht gerade den Eindruck, als florierten hier die Geschäfte.

Die Long Life Herb & Fungus Co. war nur eines der Etablissements auf Taras langer Liste mit Kräuterläden, die sie überprüfen wollte. Sie hoffte auf einen Hinweis, der ihr helfen könnte, den flüchtigen jungen amerikanischen Ethno-Botaniker aufzustöbern.

Bislang hatte Tara nach dem Besuch von mehr als einem Dutzend solcher Orte in Xiang Gang und in Kowloon den Eindruck gewonnen, dass Jordan plötzlich die Stadt verlassen hatte, einige Tage bevor Queen Rim erschienen war. Sie wusste nicht, wo er sich einquartiert hatte. Und sie hatte auch keine Telefonnummer von ihm, Jordan gab nie seine Telefonnummer heraus. »Synchronizität, das ist meine Nummer«, pflegte er zu scherzen.

»Du bist einfach nur zu schäbig für ein Telefon«, hatte Tara bei mehr als einer Gelegenheit gesagt.

»Zu schäbig«, hatte er immer bereitwillig eingestanden, »und viel zu ruhig.«

Trotzdem hoffte Tara, auf etwas zu stoßen – auf *irgend*etwas, egal was. Seit zwei Tagen suchte sie jetzt schon erfolglos die Stadt ab.

Tara spähte durchs schmutzige Fenster und klopfte an die Scheibe. »Hallo? Ist da jemand? *Nei hou?*«

Es kam keine Antwort, obwohl sie hörte, dass irgendwo im Laden blechern eine Peking-Oper im Radio spielte. Sie rümpfte die Nase, wobei sie den Modergestank zu identifizieren versuchte, der durch die Ritzen im Türrahmen drang. Was *war* das? Beifuß? Moxapflanze? Tigerblume?

Sie sah im Hinterzimmer, wo die chinesische Kräutermedizin aufbewahrt wurde, ein Licht brennen; erneut klopfte sie an die Scheibe, diesmal lauter. Noch immer keine Antwort.

Tara stemmte sich mit der Schulter gegen die verzogene Tür. Sie gab um keinen Deut nach, obwohl sie offenbar nicht verschlossen war. Tara wollte schon aufgeben und wandte sich dem hell erleuchteten Bereich von Yaumatei zu, wo der Nachtmarkt bereits in vollem Gange war.

»Herrje …«, murmelte sie und unternahm noch einen letzten Versuch mit der Tür.

Ich hätte früher hier auftauchen sollen, tadelte Tara sich selbst. Dies war eine von Jordans regelmäßigen Adressen, wann immer er Xiang Gang besuchte. Wenn überhaupt jemand mit ihm Verbindung aufnehmen konnte, dann Mr. Chin, der Kräuterkundler.

So viel hatte Jordan preisgegeben. Er hatte sie sogar darauf hingewiesen, nicht wahr?

Jordan hatte Frank und Tara von der Long Life Herb & Fungus Co. erzählt, als sie ihm in einem Kasino in Macau über den Weg gelaufen waren.

Das Pärchen hatte ein wenig Feldforschung über kollektive außerkörperliche Erfahrungen in ›Survival‹-Umgebungen des ersten Chakras betrieben. Spielhöllen waren da genau das Richtige.

Und Jordan – er hatte etwas Geheimnisvolles vor, wie üblich. Etwas Geheimnisvolles und – wenn Tara nicht den Eindruck gehabt hätte, ihn besser zu kennen – auch Verhängnisvolles.

Tara überlegte jetzt, ob es sich nicht wieder nur um eine ihrer eigenartig inszenierten, synchronisierten Begegnungen gehandelt hatte.

Ja, Jordan hatte zweifellos ein Faible für Synchronizität. Er würde auch nie im Leben eine Sekretärin benötigen, so viel stand fest. Wenn er sich jetzt also irgendwo versteckte, war das bestimmt kein Zufall.

»Die Long Life Herb & Fungus Co. gehört Mr. Chin«, hatte Jordan ihnen über einigen Drinks im Lisboa Casino erzählt, wo ihre Wege sich gekreuzt hatten.

»Dieser Mr. Chin ist ein komischer Kauz«, vertraute Jordan ihnen an. »Noch von der alten Schule, das heißt, er steht auf Rhinozeroshörner und Schlangengalle und all diesen Quatsch. Heutzutage wird das Zeug synthetisch erzeugt, aber er ist dafür zu traditionell eingestellt.«

Jordan ließ seinen Blick durchs Kasino schweifen. »Bei Mr. Chin gibt's sogar Tränke, die den Spielern helfen sollen, an den Tischen zu gewinnen – wie einigen dieser Scherzbolde hier.«

»Du meinst, er handelt nebenbei mit taoistischen Zaubersprüchen, stimmt's?«, fragte Tara ihn geradeheraus. Sie hatte diese seltsame Eingebung bereits, seit sie Jordan hinter einem der ›fan-tan‹-Tische hatte stehen sehen.

»Mmm«, nickte Jordan und nippte an seinem Campari Soda. »Hier etwas ›Ku‹-Zauber, dort ein wenig Hantieren mit ›Mao-Shan‹-Talismanen, da ein paar ›Chia‹-Rituale. Bist du mit einigen der alten okkultistischen Traditionen Chinas vertraut, Tara?«

»Das ist schwarze Magie, nicht wahr?«, meinte Tara.

»Die Benutzung von Aufzügen auch«, lachte Jordan. »Alles nur eine Frage der Interpretation, findest du nicht? Wie die Definition von ›gut‹ und ›böse‹. ›Richtig‹ und ›falsch‹.« Er warf Frank und Tara einen durchdringenden Blick zu. »Manche Menschen glauben an das Karma. Man erntet, was man gesät hat.«

»Eine Prise schwarze Magie ist also gerechtfertigt?«, hakte Gobi nach. Die Schwingungen im Kasino setzten ihm nach wie vor zu, nach allem, was er gesehen hatte.

Jordan seufzte. »Manche Menschen glauben, dass die alten magischen Kriege der Götter gegen die Dämonen heute noch ausgetragen werden. Habe ich Recht, Frank?«

»Könnte man so sagen«, erwiderte Gobi vorsichtig. »Einige Denkschulen vertreten die Meinung, dass Zeus noch immer gegen die Titanen kämpft. Indra fechtet noch immer gegen Vrita, die königliche Dämonenschlange. Und der hethitische Sturmgott Teschub führt noch immer gegen die Illukummi-Schlange Krieg …«

»Mit etwas Hilfe von seiner Geliebten, der Göttin Innara, glaube ich«, fügte Jordan hinzu, wobei er Tara anlächelte. »Sei's, wie es sei«, fuhr Jordan fort, »Mr. Chin ist ein Überbleibsel aus der Vergangenheit, ein komischer alter Kauz. Aber er kennt sich auf seinem Gebiet aus und hält für mich die Augen offen, was einige seltene und ungewöhnliche Pilzsporen angeht, die ich für meine Forschungen brauche.«

»Ach, auf Pilze stehst du also auch?«, fragte Tara ihn unschuldig.

»Je nachdem«, hatte Jordan geantwortet. »Auf manche schon, auf andere wieder nicht. Mr. Chin gehört zu den wenigen Händlern auf dem Gebiet, die wenigstens namentlich den ›Shu Fong‹-

Pilz kennen. Den würde ich liebend gern mal in die Finger bekommen.«

»Was ist an diesem ›Shu Fong‹ denn so besonders, Terry?«, wollte Frank wissen.

»Also zum einen«, Jordan lachte, »ist er uralt und praktisch ausgestorben. Der ›Shu Fong‹ diente ursprünglich der Behandlung von Hämorrhoiden, Gicht und diversen Verdauungsstörungen. Ich meine, er half wirklich gegen diese Krankheiten, versteht mich nicht falsch. Doch seit Mitte des vorigen Jahrhunderts wurde er fast vollständig abgeerntet, dank dieser ganzen Arschlöcher.«

»Du klingst verbittert«, stellte Tara fest.

»Ach, weißt du, die chinesische Medizin ...« Jordan zuckte mit den Achseln. »Sie hat viel mit Verbitterung zu tun. Sie wohnt ihr geradezu inne, könnte man sagen.«

»Ich dachte, du würdest dich eher für die ›morphische‹ Seite interessieren.« Gobi runzelte die Stirn. »Und weniger für Hämorrhoiden, eh?«

»Sehr komisch, Frank. Praktizieren im Omnispace denn auch Proktologen? Oder geht es dort nur um ›Parapsychologie‹, wie ihr das nennt? Das ist doch dein Gebiet, nicht wahr? Paraparaparapsychologie?« Jordan machte kleine flatternde Bewegungen mit den Händen.

»Hmm, schon gut, war nur so eine Idee.«

»Ehrlich gesagt«, fuhr Jordan fort, »gibt es wirklich eine ›morphische‹ Verbindung ...«

»Ich wusste es.« Tara klatschte in die Hände, in dem Bemühen, die Spannung zu lösen.

Jordan schaute sie kurz an. »Tut mir Leid, dass ich so gestresst klinge. Das ist ein trauriges Thema für mich. An ›Shu Fong‹ kommt man heutzutage praktisch nicht mehr heran, weil er für die völlig falschen Zwecke aufgebraucht wurde.«

»Was hältst du denn für die wahren Vorzüge des ›Shu Fong‹?«, nahm Gobi das Gespräch wieder auf. Jordan faszinierte ihn, denn

er gehörte zu einem neuen Schlag Wissenschaftler. Wäre er zwanzig Jahre jünger gewesen, hätte Gobi vermutlich auch die Jagd nach dem Pilz aufgenommen und sich in Begeisterung geredet.

»Es ist irgendwie seltsam, in diesem Kasino darüber zu sprechen, findest du nicht auch?«, fragte Jordan mit einem schelmischen Grinsen im Gesicht. »Aber vielleicht ist die Umgebung ja durchaus angemessen, wer weiß?«

»Alles, was du tust, scheint sich daran zu orientieren, ob etwas ›angemessen‹ oder ›unangemessen‹ ist«, scherzte Tara. »Auf welcher Seite stehst du denn nun eigentlich?«

»Deine Frau hat ein gutes Auge fürs Dramatische, Frank.« Jordan zwinkerte Gobi zu. »Und eine gute Nase hat sie auch, glaube ich.« Er warf Tara einen wissenden Blick zu. »Du kannst dich glücklich schätzen«, sagte er zu Gobi. »Sie ist ein echter Siegertyp.«

»Danke«, erwiderte Gobi knapp. »Und da wir uns hier in einem Kasino befinden, kann ich mit Sicherheit annehmen, zumindest an diesem Tisch, dass ein jeder von uns auf die Güte setzt, die der Welt innewohnt. Habe ich Recht?«

Jordan grinste. »Spar dir deine Komplimente für den Fußnotenabschnitt deiner nächsten Monografie, Frank. Du willst doch mehr über den ›Shu Fong‹ erfahren, oder nicht? Ich wollte dir gerade davon erzählen …«

»Wenn es nicht zu aufdringlich ist.«

»Nein, nein. Ich vertraue euch mit meinem ›Shu Fong‹. Ihr werdet ihn ohnehin nie finden – verdorrt ist bei diesem Pilz noch untertrieben.«

Terry Jordan setzte sein Glas auf dem Tisch ab. »Okay, hört gut zu, es geht um Folgendes: Dieser Pilz, den es leider Gottes nicht mehr gibt – außer vielleicht im Schließmuskel einer alten zentralasiatischen Mumie, das heißt, wenn ich einen Mordsdusel habe; hier verbrennen sie einen ja, wie ihr wisst –, enthält die potenzielle Blaupause für ein hoch entwickeltes telemorphisches Kommunikationssystem, das alle Satelliten der Welt ruck, zuck *aus dem Verkehr ziehen könnte. Was sagt ihr jetzt?«*

»Da bist du auf was gestoßen«, sagte Gobi ruhig. »Aber es geht dir dabei nicht ums Geld, stimmt's?«

»Geld?«, erwiderte Jordan, ohne zu zögern. »Sieh dich doch um, Frank, schau dir den Laden hier an. Geld tötet. So kommuniziert Geld. Ich wette, dass neunzig Prozent der Leute hier bereit wären, sich gegenseitig den Dolch in den Rücken zu rammen, nur um beim Bakkarat oder ›pai gow‹ einen Eimer Chips zu gewinnen. Nein, das hier sind die wahren Loser, Frank.«

Jordan wirkte auf einmal erschöpft und deprimiert. »Es ist wie beim Pferderennen, Freunde. Wenn ihr wüsstet. Und außerdem, der ›Shu Fong‹ ist bloß ein Pfeifentraum. Er ist nicht ›Taipans Hose‹ oder ›Goldener Lotus‹ oder wie auch immer sie ihre überempfindlichen Araber hier auf der Shatin-Rennbahn nennen.«

»Du bist ein Idealist, Terry«, sagte Gobi sanft, um die Angst seines jungen Freundes zu lindern.

»Bin ich das?« Jordan grinste. »Ich weiß, was ihr vermutlich denkt. Der Kerl ist ein echt schwerer Fall von ›Pilzitis‹, richtig? Ich meine, klingt das verrückt oder nicht? Überall auf der Welt wachsen in der Wildnis Pilz-Satelliten. Man braucht sie nicht einmal ins All zu schießen! Also, zufällig bin ich ganz eurer Meinung, Freunde. Es klingt wirklich durchgeknallt.«

»Nicht mehr als alles andere auch«, erwiderte Tara. »Alle neuen Ideen klingen anfangs ein wenig …«

»Weit hergeholt?«, fiel Jordan ihr ins Wort. »Der arme ausgerottete ›Shu Fong‹ … Ich will's mal so sagen, Leute.« Der junge Amerikaner hatte sich in Begeisterung geredet.

»Stellt euch vor, was aus der Welt geworden wäre, wenn alle frühen PCs von High-Tech-Wilderern gejagt, zur Strecke gebracht und dann zu kleinen Mattel-Matchbox-Autos recycelt worden wären … Wo stünden wir dann heute? Wir sprechen hier von der gleichen Sache.«

Tara wollte es für heute Abend dabei bewenden lassen. Es sah allen Ernstes danach aus, als sei die Long Life Herb & Fungus Co.

für immer vom Rest der Welt abgeschottet. Sie spähte ein letztes Mal durchs Fenster; bis auf das wenige Licht, das sich hinten im Lagerraum zeigte, war das Innere in trübe Dunkelheit getaucht.

Vielleicht war der alte Mann, Mr. Chin, schwerhörig. Vielleicht, dachte sie höhnisch, war er in ebendiesem Moment online und frönte dem Genuss von ›Shu Fung‹. Vielleicht war ja auch gerade mit seiner letzten – wie? – zweihundert Jahre alten Lieferung einer hereingekommen. Vielleicht lag er noch frisch in der Kiste …

Tara grinste, ihre Nerven bebten. Sie angelte in dem kleinen Beutel nach einem Bausch Marlboro Zinger und drehte sich *eine Kippe. Zeit für ein kleines Tabakopfer,* seufzte sie. *Der letzte ›Shu Fung‹ in der Welt,* überlegte sie. *Wie viel man dafür wohl kriegen würde?*

Als sie die Kippe anzündete und inhalierte, dachte Tara daran, was Jordan in jener Nacht im Kasino in Macau gesagt hatte. *Bei dem Kerl muss man auf alles gefasst sein.*

Sie stieß eine Lunge voll Rauch aus.

Und er hatte Recht: Menschen töteten *für Geld. Vielleicht sogar für einen Pilz, der mit größter Wahrscheinlichkeit das kommerzielle Weltraumprogramm der ganzen Welt außer Gefecht setzen konnte, natürlich nur, wenn auch alles den Tatsachen entsprach …*

Tara setzte sich auf eine leere Kiste vor dem Fenster des Kräuterladens, die mit großen schwarzen chinesischen Schriftzeichen gekennzeichnet war. Diese Zeichen erschienen ihr so geheimnisvoll und wunderschön, sie konnte allerdings nur mit Mühe den Ausgangshafen entziffern.

Hey, der ist auf Englisch eingeprägt, du Dämlack!, lachte sie in sich hinein. »*Shanghai …*«, las Tara. *»Bestimmungsort Oakland, California, USA.« Hmm, das musste so etwas wie ein Transithafen sein. Ach, was soll's …* Sie stieß wieder eine Rauchwolke aus. *Vielleicht verschneiden sie dort das Rhinozeroshorn mit Wasserbüffelhorn oder so …*

Es tat so gut, hier zu sitzen, dachte sie. Ein Wirrwarr chinesischer Schriftzeichen, geschlossene Läden, nur eine alte Chinesin, wie ein Klappmesser vorgebeugt – *durchbohrte der Krückstock sie nicht?* –, die auf sie zugeschlurft kam.

Die Straße war so still, bis auf diese kratzige Peking-Oper, die drinnen aus dem Radio erklang ... ganz anders als die Hektik und das wilde Treiben im übrigen Xiang Gang.

Mr. Chin hatte sich einen schönen, abgelegenen Ort ausgesucht, um seine Geschäfte zu tätigen.

Tara streckte die Beine auf dem Gehsteig aus und massierte ihre Oberschenkel. Sie war in den letzten beiden Tagen viel gelaufen, genug, um sich für einen Marsch im Vorgebirge des Himalaja zu qualifizieren.

Hmm. Sie nahm einen weiteren Zug von ihrem Tabakopfer und schnippte den Stummel weit von sich. Xiang Gang war der einzige Platz auf der Welt, wo Tara sich den Luxus erlaubte, Abfall auf die Straße zu werfen.

Eigentlich kurbelte sie damit nur die Wirtschaft an. Überall lag so viel Abfall herum. Jemand *musste ihn auflesen. Vielleicht diese alte Frau da; sie sah aus, als trüge sie einen Sack voll platt gepresster Dosen auf dem Rücken.*

Herrje, Mom, musst du das tun?

Beim Gedanken an Terry Jordan seufzte sie erneut. Sie fragte sich, wie es Frank wohl erging. Ob er bei *seinem* Versuch, das Geheimnis zu lüften, mehr Erfolg hatte?

Terry Jordan. Nein, bei ihm gab es keinen Zufall. Mr. Synchronizität persönlich.

Nicht einmal ihre Begegnung in Macau war Zufall gewesen. Und ihr hatte sie es zu *verdanken*, dass sie jetzt in einem trostlosen Viertel von Nord-Tsimshatsui vor dem Kräuterladen eines alten Chinesen saß.

Terry, du bist schon ein seltsamer Vogel ..., dachte Tara bei sich. *Aber ich glaube, ich erkenne langsam deine Handschrift hinter allem. Im Grunde bist du nur ein Pokerface aus Shambhala ...*

In jener Nacht in Macau waren Frank und Tara ins Kasino des Lisboa-Hotels marschiert, am Rand des Hafengebiets des früheren portugiesischen Territoriums; es bestand aus vier zerfallenden Etagen mit Spielhallen, die nie geschlossen wurden, auch dann nicht, wenn die schlimmste Taifunwarnung Stärke acht erfolgte.

Es hatte sie überrascht, Jordan im tresorraumähnlichen Bereich der ›fan-tan‹-Halle anzutreffen.

Im Nachhinein kam ihr die Begegnung, wenn Tara nicht irrte, wie eine typische Jordan-Inszenierung vor …

Hunderte hektischer Chinesen drängten sich in einem geschlossenen Raum an den Tischen und verwetteten unter aufgeregtem Geschrei frohgemut ihr Leben.

Sie sahen Jordan abseits an einem der ›fan-tan‹-Tische stehen. Obwohl Teil der Gruppe, verhielt er sich dennoch nicht wie die Übrigen. Er spielte ein anderes Spiel.

Sehr berechnend, typisch Terry.

Frank und Tara beobachteten ihn einige Minuten lang, bevor sie sich mit den Ellbogen einen Weg durch die Menge bahnten, um ihn zu begrüßen. »Er spielt nicht, Frank«, hatte Tara zu Gobi gesagt. »Doch schau – er hat den gleichen intensiven Ausdruck im Gesicht wie damals, als wir ihn in Phnom Penh zum ersten Mal trafen.«

»Ich seh's«, erwiderte Frank. »Aber er hat sein Auge nicht auf ein Schwedenmädel geworfen, diesmal nicht. Unser Freund hat einen sehr vielseitigen Geschmack.«

Gobi folgte Jordans Blick. Da war eine wunderschöne junge Chinesin in lachsfarbenem cheongsam, *mit einem Schlitz, der an der Seite des Kleids nach oben verlief. Sie presste mit rot lackierten Nägeln einen Haufen Chips an ihre Brust. Mit den klassisch geschnittenen schwarzen Locken im elfenbeinernen Gesicht, dem schwarzen Lippenstift, ihren sinnlichen mandelförmigen Augen und den 24-Karat-Goldreifen und Jadeohrringen hätte es sich leicht um die erste oder zweite Nebenfrau eines hohen chinesischen Tiers handeln können. Er spielte oben in den wichtigeren Räumen mit den wichtigeren Jungs.*

»Sie hat Jordans volle Aufmerksamkeit«, wisperte Frank ihr zu.

Tara schüttelte den Kopf. »Er sieht sie nicht an, Frank. Du tust es. Schau, er konzentriert sich auf jemand anderen. Den Mann da drüben. Den, der aussieht, als fiele er gleich in Ohnmacht, wenn er dieses Spiel nicht gewinnt. Schau, der hagere Knilch *neben* Lily Wong …«

Gobi runzelte die Stirn. »Du hast Recht, Schatz. Der Kerl schwitzt Blut und Wasser.« Er hatte noch nie so viel spürbare Verzweiflung in einem Menschen gesehen. Nicht einmal in den Slums von Kalkutta. Der Chinese war in den Dreißigern oder Vierzigern, schwer zu sagen. Seine ganze Miene – sein ganzes Wesen – schien kurz davor zu stehen, durch die Augenhöhlen hindurch zu explodieren. Er war auf billige Weise ›reich‹ gekleidet: ein schillernder grauer Shantung-Seidenanzug, eine falsche Rolex am Handgelenk, das ebenso rappeldürr war wie der Rest seines Körpers. Das Haar über den Schädel nach hinten gekämmt wie bei einer Plakatwarnung über den Gebrauch illegaler Substanzen.

»Er ist ein Junkie«, stellte Gobi fest.

»Ein Junkie mit dem Gesicht eines Gangsters«, ergänzte Tara. »Mal sehen. Ich tune mich auf ihn ein – er hat sicherlich nichts dagegen. Dem ist schon lange egal, was die Welt von ihm denkt, vermutlich macht man gerade Jagd auf ihn. Es steht zu viel Geld auf dem Spiel. Er hat jemanden hereingelegt. Jemanden, der jetzt unglaublich sauer auf ihn ist und nichts dagegen hätte, ihn tot zu sehen. Und das ist noch sanft ausgedrückt.«

Tara hielt inne, um die übrigen Signale auszuwerten. »Okay, siehst du den kleiner werdenden Stapel Chips – er ist total abgebrannt. Kein schlechter ASW-Flash, häh? Bist du gebührend beeindruckt, Frank?«

»Nur weiter, ich kann dir folgen. Ich bin sicher, dass du völlig Recht hast …«

»Es besteht eine geringfügige Chance. Wie hoch ist die Wahrscheinlichkeit?«

»Tausend zu eins?«

»Okay, dürfte in etwa hinkommen. Es besteht also eine Chance von tausend zu eins, dass er gewinnt, dann kann er bitten, betteln und winseln – nicht um sein Leben –, denn er weiß, dass sie ihn ohnehin töten werden. Sie müssen ein Exempel an ihm statuieren, nicht wahr? Die Botschaft nach draußen an die Truppe schicken. Nein, er wird bitten und betteln, dass sie ihn schnell erledigen und, sagen wir, relativ schmerzlos. Das *ist es, Frank – das ist der Augenblick der Wahrheit.«*

Der ›fan-tan‹-Geber, ein kleiner fetter Chinese mit weißem Hemd und offenem Kragen sowie schwarzer Kasinoweste, hielt einen umgedrehten Silberbecher in der Hand. Schroff stülpte er ihn in einen Haufen Porzellanknöpfe, der auf der grün gefliesten Tischoberseite lag. Er rückte den Becher ein wenig zur Seite, dann wiederholte er den Vorgang ein ums andere Mal, schneller und immer schneller, als hacke er bok choy-Gemüse fürs Abendessen.

Die Menge am Tisch hielt den Atem an, während der Haufen mit Knöpfen kleiner wurde.

Das Gesicht des hageren chinesischen Gangsters lief dunkelrot an, ein erstaunlicher Kontrast zu seinen blassen zuckenden Händen.

Gobi war mit den Grundregeln des ›fan tan‹ vertraut. Wenn alle Wetten platziert waren, wurden die Knöpfe in Vierergruppen abgezählt. Man wettete darauf, wie viele Knöpfe übrig blieben, nachdem die letzten vier entnommen wurden. Die Spieler konnten auf die Zahlen eins, zwei, drei oder vier wetten, sowohl gerade als auch ungerade.

»Stirbt er schnell – oder langsam?«, flüsterte Gobi Tara mit angehaltenem Atem zu. »Wird es tausend Scheibchen geben – oder eine schnelle Kugel in den Kopf?«

Taras Miene verfinsterte sich. »Es wird langsam gehen, fürchte ich, Frank.«

Gobi wandte sich ihr erschrocken zu. »Wa …?«

Sie nickte in Jordans Richtung; dieser stand kaum einen halben Meter von dem fetten chinesischen Spieler entfernt. »Er spielt durch ihn, Frank. Terry ist hier der Geber.«

Die Menge schrie auf, manche vor Verzweiflung. Manche brachen in irres Gelächter aus, das waren die Gewinner. Das schöne Chinesenmädchen hatte verloren, doch ihre Haltung und Miene blieben unverändert. Noch immer kühl, noch immer distanziert, sogar im Verlust. Sie war das Spielzeug, also erlaubte man ihr zu spielen.

Gobi suchte nach der lebenden Leiche im falschen Seidenanzug, dem Gangster mit den Flüchen sämtlicher chinesischer Rachegottheiten am Hals. Doch er war fort.

Er war in dem Moment verschwunden, als das Spiel geendet hatte. Es gab für ihn keinen Grund, noch länger zu bleiben. Nachdem er seinen Einsatz geleistet hatte, wollte er hinter sich bringen, was immer ihn draußen erwartete; tot war er ohnehin schon. An der Stelle, an der Gobi den chinesischen Spieler gesucht hatte, sah er Jordan.

Jordan musterte sie beide nüchtern, als sei gerade ein Urteilsspruch ergangen. In diesem Moment wirkte er ungemein friedlich. Das Urteil lautete auf ›schuldig‹, und die Strafe würde folgen, so sicher, wie die Sonne aufging und wieder unterging; für dieses Triaden-Mitglied war sie schon untergegangen.

»Mein Gott«, flüsterte Gobi Tara zu, als Jordan ihnen zur Begrüßung zuwinkte. »Was muss dieser Bursche getan haben, um zu verdienen, was ihn jetzt erwartet?«

»Ich weiß es nicht, Frank«, erwiderte Tara mit einem tiefen Seufzer der Anteilnahme. »Aber er hat eine Menge Leute verletzt – nein – doch, er hat eine Menge Leute verletzt. Aber er hat auch eine Menge anderer Lebewesen verletzt. Tiere, Frank. Ich glaube, das gab den Ausschlag, was auch immer es war: ein Hündchen, ein Elefant, ein Schneeleopard, irgendein Affe. Das ist es. Es war der Affe in seinem Genick, der ihm zuletzt das Verderben brachte.«

Die goldenen Raupen

Tara saß nach wie vor auf der Kiste vor der Long Life Herb & Fungus Co. Die Kung-Fu-Schuhe mit Gummisohlen fest auf dem Boden, führte sie eine rasche *Yin-yang*-Atemübung durch, um ihre *Chi*-Batterien neu aufzuladen.

Armes Großmütterchen, dachte sie, während sie beobachtete, wie die alte Chinesin mit ihrer übergroßen Last auf dem Rücken durch die Gasse schlurfte.

Die alte Frau war wie ein Klappmesser nach vorn gebeugt, und ihre gebrechlichen Hände wechselten die Gänge an ihrem Krückstock, als sie vorsichtig jeden schneckengleichen Schritt ihrer knorrigen, wurzelförmigen Füße steuerte. Taras Augen drückten Erstaunen aus, als sie diesen geriatrischen Seiltänzerakt vollführte.

Unglaublich, dachte Tara bei sich und schüttelte den Kopf. *Sie hat bandagierte Füße! Wann wurde diese barbarische chinesische Sitte endlich geächtet? Sie muss uralt sein, auf jeden Fall über hundert, und die Ärmste plagt sich noch immer für ihren Lebensunterhalt ab …*

Die Alte blieb alle paar Schritte stehen, wie um das Gewicht des Sacks mit Wiederverwertbarem auszutarieren, den sie über den Buckel geschlungen trug. Unter ihrem floppy-schwarzen Samthut musterte ein sieches Augenpaar Taras Gestalt aus einem Dutzend Meter Entfernung.

Dann schlurfte sie in ihrer schwarzen weiten Hose und dem schwarzen Steppmantel mit dem hohen Kragen weiter, bis sie an der Stelle vor dem Gehweg innehielt, an der Tara saß. Unter schweren Atemstößen verharrte sie schlotternd am Bordstein, und es hatte den Anschein, als dächte sie über ein letztes Hindernis nach.

»Nei hou, Großmutter.« Tara erhob sich von der Kiste. »Darf ich Ihnen auf den Gehsteig helfen? Sie sollten um diese Zeit wirklich nicht mehr allein unterwegs sein, geschweige denn diese schwere Last tragen …«, tadelte sie sie sanft. »Haben Sie denn niemanden, der Ihnen hilft? Hier, nehmen Sie meinen Arm …«

Tara streckte der alten Frau den Arm hin, damit sie sich festhalten konnte, und wollte schon nach dem Beutel auf ihrem Rücken greifen, als sich eine schraubstockartige Klaue auf ihren Unterarm herabsenkte, sodass Tara unter dem jähen Druck aufkeuchte.

»Die ausländische Missy ist zu freundlich, *shay-shay*, vielen Dank …«, wandte das alte chinesische Großmütterchen sich mit rauer Singsangstimme an sie.

Mein Gott! Tara wich entsetzt zurück. *Das war gar keine verkrüppelte alte Lady, noch viel weniger eine Frau! Es war ein chinesischer* Mann *mit Bartschatten, unter der billigen Schminke am Kinn deutlich sichtbar. Er schien höchstens Mitte bis Ende sechzig zu sein, doch was sollte diese absonderliche Verkleidung?*

Tara wollte sich ihm entwinden, doch sein eiserner Griff hielt sie fest. »Warten Sie schon lange vor dem Laden?«, erkundigte er sich.

»Verzeihen Sie«, setzte Tara an. »Aber wer …?«

»Die Eingangstür klemmt, muss hinten herum …«, entschuldigte er sich. »Nicht viel Laufkundschaft dieser Tage, kann Besucher sowieso nicht ab. Sie dürfen die Tasche tragen, wenn Sie wollen, Missy. Aber Sie müssen furchtbar vorsichtig damit umgehen – zu starke Vibrationen würden den Inhalt beschädigen. Dann müsste ich noch mal die Runde machen und einsammeln. Immer einsammeln. Folgen Sie mir bitte hier entlang …«

Mit plötzlich kraftvollem Schritt betrat der Alte den Gehsteig und reichte Tara den Sack. Er war nicht so schwer, wie er aussah, doch Tara spürte sofort den Sog seines Magnetfelds – als enthielte er in verdichteter Form die Schwerkraft der Chinesischen Mauer.

Der alte Chinese wartete Taras Antwort nicht ab. Sie folgte ihm gehorsam in eine schmale Gasse, die wie ein Balken aus Schatten zwischen der Long Life Herb & Fungus Co. und dem Nebengebäude voll alter Wohnungen mit verrammelten Fenstern lag. Er sperrte eine Seitentür auf, und auf einmal erhellte Licht sein Gesicht, als er im Rahmen stand und darauf wartete, dass sie eintrat.

Er deutete auf eine Stelle auf dem Boden, wo sie die Tasche absetzen sollte. »Seien Sie vorsichtig«, warnte er sie erneut, als sie sie behutsam abstellte.

Tara schürzte die Lippen und blickte ihn stirnrunzelnd an. »Ich nehme an, Sie müssen Mr. Chin sein, der Besitzer dieses Ladens.«

Er lehnte sich an die Wand, ließ sich auf einen Holzstuhl sinken und kickte seine glühbirnengroßen schwarzen Pantoffeln von den Füßen. Dann seufzte er tief und krümmte seine Zehen in den weißen Söckchen, damit seine Füße sich wieder ausdehnen konnten. Schließlich blickte er neugierig zu ihr hoch, als wollte er sie irgendwo in seinem Gedächtnis einordnen.

»Ich bin eine Freundin von Terry Jordan«, erklärte Tara, die sein Zögern spürte. »Sie wissen schon, Terry Jordan, der junge Amerikaner, der sich für das Studium der chinesischen Kräuterheilkunde interessiert.«

Noch immer dieser ausdruckslose Blick.

»Der, der sich für ›Shu Fong‹ interessiert.«

Als hätte sie die magischen Worte gesprochen, nickte er ihr mit einem strahlenden, munteren Lächeln zu. »Ja, ja, natürlich. *Jor-Dan*. Ich bin Mr. Chin. Sagen Sie *Jor-Dan,* dass ich habe, was er will, wenn er noch interessiert ist. Es kam gerade herein. Muss noch einige Tests durchführen. Mache schon den ganzen Tag nichts anderes. Diese goldenen Raupen treiben mich noch in den Wahnsinn. Sie sind so schön, halten sich aber schon für große Stars. Glauben, sie müssten in der Peking-Oper auftreten ...«

Er drehte die Lautstärke eines antiken Aiwa-Digital-CD-Players mit Surround-Sound herunter. »Sie lieben diese Oper so sehr. Sie ist sehr bewegend, finden Sie nicht auch? ›Der Mächtige Unterdrückerische Großgrundbesitzer wird unter der Ferse des Siegreichen Proletariats zermalmt.‹ Aber es macht mich einfach zu traurig, Tag und Nacht nichts anderes zu hören.«

Tara wollte ihren Ohren nicht trauen. »Mr. Chin«, rief sie. »Sie *haben* den ›Shu Fong‹?«

»Missy«, unterbrach Mr. Chin sie. »Ich bin ja so froh, dass Sie gekommen sind. Tut mir Leid, dass ich Sie warten ließ. Sie müssen *Jor-Dan* ausrichten, dass er mit diesem speziellen ›Shu Fong‹ äußerst glücklich sein wird. Er sieht für sein Alter sehr, sehr gut aus. *Shuah!* Achthundertundsiebzig Jahre alt. Es war nicht leicht, an ihn heranzukommen. Ich musste persönlich nach Schanghai reisen und ihn gegen meine professionellen Dienste eintauschen. Das Mädchen stand an der Schwelle zum Tod, als ich dort eintraf. Erst als die Familie sicher war, dass sie sich völlig erholt hatte, war sie bereit, sich von ihrem kostbaren Pilz zu trennen.«

Mr. Chin fächelte sich mit einem Papierfächer zu, der das Logo des Kampferbalsams ›Affe, der einen Pfirsich hält‹ trug.

»Ich verbrachte *Stunden* in ihrem Lagerraum – was für eine Sammlung seltener Schätze sie haben! Es ist eine ungemein alte Familie, fast so alt wie der Pilz. Und das Mädchen überlebte.« Mr. Chin bewegte leicht die Hand, als er sich an sein Vorgehen erinnerte.

»Ich gab ihr einige Donnerpillen – im Wert von drei *t'siens'* –, mit etwas Alaun vermischt, um sie zu stabilisieren. Doch zuerst musste ich natürlich mit einer goldenen Nadel das *ku* durchstechen. Dann gab ich ihr eine Suppe aus der *Jang-ho*-Wurzel, wundervoller Ingwergeschmack, und einige klein geschnittene Stiele vom Orangenbaum. Eigentlich war es nur ein alter Fluch, den eine *Tao-nai-nai-Hexe,* die einer ihrer Feinde gedungen hatte, vor mehreren Jahrhunderten der Familie auferlegte.

Ich sagte zu ihnen: ›*Wenn Wölfe die Straße versperren, warum dann Füchse untersuchen?*‹ Kommen wir zur Sache. Wenn man zwanzig *taels* Gold verliert, welche Familie *gewinnt* dann diese zwanzig *taels*? Sie waren ja so dankbar. Sie spürten die Täter oder vielmehr ihre Nachkommen auf. Natürlich musste ich den alten Fluch umkehren. Nun werden sie wieder wohlhabend werden. Und ich«, sagte Mr. Chin stolz, »habe *zwei* neue Klienten, darunter die Familie, der Unglück zu bringen meine bedauerliche Pflicht war. *Und* ich habe *Jor-Dan* gebracht, wonach er suchte.«

Mr. Chin räusperte sich. »Ich bin sicher, dass es der letzte ›Shu Fong‹ in ganz China war.«

Er musterte Tara aufmerksam. »Natürlich müssen Sie Jor-Dan auch sagen, dass es zusätzliche Kosten gab.«

Dann hielt er inne, bevor er sie fragte: »Glauben Sie, dass Sie für das Vorsprechen bereit sind?«

»Das *Vorsprechen?*«, fragte Tara verblüfft. Sie wusste nicht recht, wohin das führen sollte.

Mr. Chin erhob sich von seinem Holzstuhl. »Ich bereite uns einen Tee.« Er humpelte zu einer Elektroplatte in einer Ecke des Zimmers, dann schüttelte er einen Teekessel in der Hand, um festzustellen, ob er genug Wasser enthielt, und stellte ihn auf einen der glühenden Ringe.

»Sie haben es doch nicht eilig, oder?« Er drehte sich zu Tara um, wobei er eine Teedose öffnete und einige Prisen wohlriechender gelber Knospen in einen Keramiktopf im Mingstil mit blauem Schmetterlingsmuster gab.

»Ist Ihnen ein Chrysanthementee recht?« Er warf noch ein paar Teeknospen hinein und seufzte erneut. »Die fressen mich noch um Haus und Hof. Muss mir bald neuen Tee besorgen.«

Tara nickte mit regloser Miene. »Chrysanthementee wäre mir schon recht.«

Mr. Chin nahm den Samthut ab und zog eine fettig aussehende alte Frauenperücke von seinem kahlen Schädel. Er rieb sich die Kopfhaut. »Meine andere Perücke haben sie heute Morgen gefuttert.«

»*Wirklich?*« Sie riss die Augen auf.

»Ja, deshalb sagte ich *Jor-Dan* auch, er solle mir ein Mädchen schicken. Sehr gut.« Mr. Chin musterte Tara. »Mit gelbem Haar wie Ihres. Sie mögen Gelb. Nicht alte Männer wie mich«, gluckste er. »Ich muss mich wie eine Frau kleiden, nur um in ihre Nähe zu dürfen. So ist das bei ›Shu Fong‹ nun mal. Ich warnte ihn. ›Nur Frauen. Oder Eunuchen.‹ Das sagte ich ihm. Und die goldenen Raupen sind ungeheuer schwierige, launische und komplizierte Geschöpfe. Die Larven sind sehr anspruchsvoll. Wenn man ihren Standards nicht entspricht, werden sie ziemlich zurückhaltend. Dann sind sie praktisch nutzlos. Weigern sich aufzutreten. Aber *Sie* werden sie mögen«, sagte er und musterte Tara erneut. »Sie werden zu Ihrem *Chi* tanzen.«

Mr. Chin rieb sich wieder den kahlen Schädel, während er darauf wartete, dass das Wasser kochte, dann goss er es in eine Teekanne.

»Ja«, lachte er. »Es gibt die *yins* und die *yangs* – die weiblichen und die männlichen Energien. Und dann gibt es noch die ›gepfefferten Deppen‹. Wie mich. Verkleiden ist in meinem Beruf wichtig, müssen Sie wissen. Wie soll ich sonst meine innere Schamanin erreichen? Hexen üben den besten Zauber aus, diese Tatsache lässt sich nicht leugnen. Da darf man nicht allzu zimperlich sein. Also ...«, fragte Mr. Chin Tara erneut, wobei er einen Becher mit Tee füllte und ihr reichte. »Fangen wir an?«

Tara nahm den Becher entgegen und spürte die Wärme in ihrer Hand. *Okay, Terry Jordan,* dachte sie. *Du hast mich hierher gebracht. Wenn ich die Kurierin deines ›Shu-Fong‹-Pilzes sein soll – deine Chi-Webmistress –, dann können wir auch gleich mit der Show anfangen. Etwas mehr über deinen kleinen Plan erfahren ...*

»Ich bin so weit, wenn Sie so weit sind, Mr. Chin«, sagte sie und nippte an dem schwach duftenden Gebräu.

»Ausgezeichnet«, erwiderte die Lumpenkönigin. »Warum holen Sie ihn nicht selbst heraus? Er ist in der Tasche. Ich habe dem ›Shu Fong‹ eine Tour durch Xiang Gang geboten. Das Schmetterlings-Feuerwerk war erst der Anfang, mit der Zeit wird es noch interessanter werden. *Shuah.* Die goldenen Raupen kommen als Nächstes. Stellen Sie sich vor, ein Regen aus goldenen Raupen! Von nun an muss ich auf all meinen Wegen einen Schirm bei mir führen.«

Er legte nachdenklich die Stirn in Falten. »Das sind recht hartnäckige kleine Wesen. Viel hartnäckiger als Queen Rim. Wie *Jor-Dan* darauf kommen konnte, ist mir ein Rätsel. Er hat seinen Stil zweifellos verbessert. Aber ich glaube nicht, dass sie vor Ort hergestellt wurde. Meiner Schätzung nach handelte es sich um einen Import. Im Ausland sind die Preise niedriger.«

»Er befindet sich in der *Tasche,* Mr. Chin?«

»Oh, nennen Sie mich doch Mei-Li, das macht jeder. Nur zu, wir wollen anfangen.«

Tara stand neben dem Stoffbeutel, die Hand über dem Reißverschluss; dieses Ding strahlte jetzt noch mächtiger. »Es spürt Ihre Anwesenheit«, ermutigte Mr. Chin sie. »Merken Sie, wie sich die Energie im Raum verändert? Der ›Shu Fong‹ sondiert Sie. Ha! Ha!«, lachte er. »Wenn Sie nicht halbwegs die amerikanische *tao nai-nai* wären, von der *Jor-Dan* sagte, dass Sie es wären, hätte er Sie jetzt getötet. Ha, ha, ha!«

Tara holte tief Luft. Sie spürte, wie ein elektrischer Schlag ihr heiß und kalt von den Fußballen die Schienbeine hinaufschoss, dann weiter bis zu den Oberschenkeln, in den Unterleib …

Oh, Frank! dachte sie halb ohnmächtig. *Warte, bis du das fühlst, Liebling, weil ich es dir nach Hause mitbringen werde, dieses Gefühl, wenn du mich hältst … Es ist wie eine Million Orgasmen, die du noch nie empfunden hast, jeder reiner und ekstatischer als der vorige …*

Als sie sich wieder gefasst hatte, sah sie aus den Augenwinkeln, dass Mr. Chin das Schauspiel offensichtlich genoss.

»Ich wünschte, ich wäre Sie«, sagte er aus tausend Meilen Entfernung zu ihr. »Eine *richtige* Frau. Eine echte *tao nai-nai* … Sie fahren voll darauf ab! Ich bin ja *so* neidisch!«

Tara wäre wieder fast ohnmächtig geworden, als die Energie durch ihre Brust wirbelte und durchs Schädeldach austrat.

Im Zickzack verlaufende grüne und blaue Blitze durchbohrten ihr Kronenchakra und sausten spiralförmig in die Leere hinaus, in der Jordan sie mit der Geduld eines Super-Cray-Mencius beobachtete …

Was war *Jordan? Mann oder Frau?* Tara keuchte auf. *Weder noch … Und etwas* dazwischen *auch nicht …*

Tara schnappte nach Luft und spannte die Finger, dann zog sie die Tasche auf und holte mit beiden Händen den ›Shu Fong‹ heraus.

Es war eindeutig das hässlichste und zugleich herrlichste Etwas, das sie jemals im Leben gesehen hatte.

Mr. Chin näherte sich Tara und stellte sich neben sie, als sie den Pilz in den Händen drehte. Er hatte die Größe einer kleinen Palme oder eines großen Bonsai. Aus seinem abscheulich geformten warzenähnlichen Riesenhirn wuchsen smaragdgrüne Palmwedel. Bräunlich schwarze Furchen durchzogen den missgestalteten Kopf wie eine Anzahl zusammengeklumpter Wasserbüffelfladen. Er war porös, und es sickerte etwas zwischen ihren Fingern hindurch – es stank.

»Die Zukunft«, sagte Mr. Chin, »ist nicht schön. Doch Sie müssen zugeben, dass sie erheblich besser aussieht als die Vergangenheit.«

»Was soll ich damit tun?«, fragte Tara ihn, noch immer unter dem Eindruck ihrer Benommenheit, die irgendwo unter ihrem sechsten Chakra angesiedelt war.

Jenseits ihres Bewusstseins. Werde ich ohnmächtig?, fragte sie sich.

»*Nun*«, sagte Mr. Chin beruhigend. »Ich glaube, Sie haben ein

Händchen dafür. Jetzt hängt es nur noch von den goldenen Raupen ab.«

»Den goldenen Raupen?« Tara gewann ihr Gleichgewicht zurück. »Was in aller Welt soll das *werden?*«

»Unsere kleine Show. Heute Abend präsentieren wir nach dem Queen-Rim-Visiogramm, das Jor-Dan arrangierte, ein weiteres Spektakel zum Wohl der Öffentlichkeit.«

Noch immer den ›Shu Fong‹ in Händen, drehte Tara sich um und beobachtete, wie Mr. Chin quer durchs Zimmer zu einem hohen Schrank ging. Er glich einem dieser alten chinesischen Kabinettschränke mit Hunderten kleiner Schubfächer darin, von denen jedes eine bestimmte Kräuterart oder ein pulverisiertes Heilmittel enthielt; doch Mr. Chin zog keines dieser Fächer heraus.

Mit einem Lächeln im Gesicht, einen Finger an den Lippen, als wollte er sie zum Stillschweigen verpflichten, drückte er auf eine der geschnitzten Tafeln, und die gesamte Front des Schranks klappte an einer Angel auf. Hinter den Schubladen befand sich ein verborgener Aufbewahrungsort, er war so tief – und hatte genug Regale –, dass er tausend krabbelnden goldenen Raupen als Heimstatt diente.

Tara hätte fast den ›Shu Fong‹ fallen lassen, als ihr Blick darauf fiel. Die Raupen hatten alles gefressen, was Mr. Chin ihnen hingeworfen hatte – Packen mit Instant-*ramen,* Fiberglasknäuel, alte chinesische Schriftrollen, TDK-Disketten aus den Raritätenläden in der Hollywood Road, Vorsitzender-Mao-Buttons, Teebeutel, eine zerlumpte Perücke und natürlich, ihre Lieblingsspeise, die durch Lautsprecher eingespielte Musik einer Peking-Oper.

»O mein Gott!«, rief Tara. »Ich kann nicht glauben, was ich da sehe!«

»Und *doch* sehen Sie es, Missy«, versicherte Mr. Chin ihr. »Nun bringen Sie den ›Shu Fong‹ näher heran. Ich selbst kann es nicht, denn sie lassen sich nur bis zu einem gewissen Grad täuschen. Halten Sie ihn vor ihnen hoch – dann werden Sie ja sehen, was geschieht ...«

»Ich kann nicht, ich meine … ich *kann* einfach nicht. Sie wimmeln überall dort herum.«

Mr. Chin setzte eine finstere Miene auf. »Sie müssen. Sie haben einen so weiten Weg zurückgelegt. Sie *müssen* es tun – Sie *müssen* tapfer sein. Es hängt nun alles von Ihnen ab.«

Tara atmete tief durch, ging zu dem Schrank und hielt den ›Shu Fong‹ so hoch wie nur irgend möglich, ohne mit dem glitschigen Gewimmel der gelben Raupen in direkte Berührung zu kommen.

»*Ugh – mmm.*« Tara sank auf die Knie, wobei der ›Shu Fong‹ wie ein Tempelgong in ihren Händen vibrierte.

Mr. Chin lief zum Fenster, dann klatschte er in die Hände. »Es funktioniert, Missy! Es funktioniert! Das reicht einstweilen. Kommen Sie und sehen Sie!« Er führte sie in den vorderen Bereich seines Kräuterladens und wischte mit seinem Ärmel das schmutzige Fenster ab, um es ihr zu zeigen. Tara loderte jetzt vor Hitze, Schweiß strömte aus ihrem Leib, aus jeder Pore, wie eine endlose Gezeitenwoge. Sie konnte es nicht länger ertragen und ließ den ›Shu Fong‹ fallen, trat die Vordertür auf und lief nach Luft ringend hinaus.

Dann stand sie in der Gasse und blickte zu dem Regen aus goldenen Raupen auf, die überall in Xiang Gang vom Himmel fielen. Bei jedem fallenden Tropfen schmolzen die Raupen sekundenlang auf dem Boden, dann stoben sie wieder auf wie ein Gewittersturm tropischer Schmetterlinge, die mit goldenen Flügeln schlugen. Jedes flatternde Flügelpaar klang wie ein Windspiel aus einer anderen Welt, das von der anderen Seite des Universums durch den Äther klang.

Ting-ting-ting-ting-ting …

Tränen begannen Taras Gesicht hinabzuströmen, als das leise Klingen zu einem Dröhnen wie ein tibetisches Himmelshorn wurde, das die Membran zwischen dem *Aum* und der menschlichen Seele zerriss. »*Jordan!*«, schrie sie auf, das Gesicht dem Regen aus goldenen Fresswürmern und dem Wirbelwind einer Million fantastisch bunter Lepidopteren zugewandt.

»Was hast du getan? Und warum hast du mich gezwungen, es für dich zu tun?«

Slo-Mo

»Jesus Maitreya Christus«, sagte Frank Gobi zu Tara. »Jordan hat echt Nerven, dass er dir all das auflädt! Wenn ich den in die Hände bekomme!«

»Jordan ist fort, Frank«, sagte Tara ruhig. »Er hat Xiang Gang verlassen.«

»Ist ja großartig!«, rief Gobi aus. Er ging wütend im Wohnzimmer ihrer Suite im Panda auf und ab, seine Nerven machten Liegestütze im vierten Chakra, dem Herzzentrum; er wollte Dampf ablassen.

»Jordan hat uns von Anfang an reingelegt, nicht wahr?«, überlegte Frank. »Er hat uns als leichte Opfer ausgespäht, um am kollektiven Bewusstsein von Xiang Gang sein kleines Experiment in Telemorphose durchführen zu können.« Er blickte sie an. »Vor allem bei *dir*, Tara.«

Frank Gobi blieb auf dem pfirsichfarbenen Tianjin-Teppich stehen und betrachtete für einen Moment das Muster gewundener Drachen auf dem Plüschläufer. Er war so weich, dass er ihn mit seinen bestrumpften Füßen hätte starten können. Am liebsten hätte er es auch getan, er brauchte sich ja nur ins Shanghai-Net einzuloggen, das mit dem Gewebe der Fiberoptik-Doppelknoten verdrahtet war.

Einloggen und mit der Jagd auf Jordan beginnen, vielleicht versteckte er sich irgendwo in einem Maulbeergestrüpp. Zum Teufel mit seiner Raupenhaut!

Frank sah Tara frei heraus an. »Du warst für den Part natürlich genau die Richtige. Von allen Menschen, die Jordan auf seinen Reisen unter die Lupe genommen haben muss, warst ausgerechnet du das Medium, das er sich für den Job ausguckte. Kind des *Chi*, eh? Sohn eines Tausendfüßlers wäre passender …«

Er hörte auf, ständig durchs Zimmer zu laufen, und schaute Tara an. »Tut mir Leid, ich habe mich hineingesteigert. Wie fühlst du dich denn, Liebling?«

»Ganz okay.« Tara zuckte mit den Achseln und strich mit den Fingern durch ihren wilden blonden Haarschopf. Sie sah aus, als wäre sie durch einen Windkanal gelaufen, ihr Gesicht war blass und ausgezehrt. »Ich bin nur ein bisschen müde. Es wäre nett gewesen, wenn Jordan mich vorher gefragt hätte. Ich wusste wirklich nicht, wo ich da hineinstolpere.«

Tara saß im Schneidersitz auf dem Diwan und nippte an einem Becher Kräutertee, den Frank für sie gebraut hatte. Mr. Chin hatte ihr ein kleines Päckchen *Zingiber mioga* – roten Ingwer – nach Hause mitgegeben. Der *Jang-ho*-Trank war Mr. Chins Hausmischung, um allen negativen *Ku*-Energien entgegenzuwirken, die Tara bei ihrem Raupen-Regentanz aufgenommen haben könnte.

Sie sammelte all ihre verstreuten *Chi*-Synapsen zusammen und sortierte sie nach der Farbe, als wären sie Socken in einer Schublade.

»Wie hat es auf dich gewirkt, Frank?«, fragte Tara neugierig. »Wie sah's auf deiner Seite aus? Ich befand mich mittendrin, als es geschah, kann es also gar nicht genau sagen – aber es fühlte sich wie ein heftiger Sturm an, wie ein Unwetter aus Glühwürmchen.«

Gobi schüttelte den Kopf und stieß ein irres Lachen aus. »Unglaublich. Was für eine Lichterschau! Klar, der Feueralarm ging los. Diese Dinger kamen durch die Decke, flink und wild, schossen durch die Wände und zuckten aus der Sprinkleranlage – wie Flammen. Doch es waren keine, Gott sei Dank, es hätten aber welche sein können! In der ganzen Stadt sind die elektrischen Schaltkreise durchgebrannt.«

Er ließ sich auf dem hufeisenförmigen Ming-Sessel neben dem Diwan nieder und umklammerte die geschwungenen Rosenholzlehnen.

»Als Erstes schnappte ich mir einen Feuerlöscher. Ich wusste nicht, was zum Teufel los war … Jetzt ist es natürlich überall in den Nachrichten. ›Goldener Raupenregen‹ nennen sie es. Ist das nicht ein entzückender Name für die Massenhalluzination von Larven und Schmetterlingen? Die Chinesen haben eine lange Geschichte ungeklärter übernatürlicher Phänomene. Jetzt werden sie alles für die Nachwelt aufzeichnen. ›Die Annalen von Xiang Gang‹ oder wie immer der Ordner heißen mag, in dem sie es ablegen.«

Gobi schüttelte wieder den Kopf. »Woher hat Jordan nur solche Ideen? Aus Princeton nicht, so viel steht fest. Sie verbiegen da drüben noch immer mit Geisteskraft Löffel. Der Kerl ist ein Irrer, ein Serienschamane …«

»Das ist chinesischer *Ku*-Zauber«, seufzte Tara und nippte erneut an ihrem *Jang-ho*-Tee. »Mr. Chin hat es mir erklärt. Eine Form des Insektenzaubers.«

Sie malte einige chinesische Schriftzeichen in die Luft. »Das Wort *ku* leitet sich vom chinesischen Zeichen für ›Topf‹ ab, das unter dem Zeichen für ›krabbelnde Tiere‹ steht. Wenn dir das auf die Sprünge hilft …«

Gobi stieß einen Pfiff aus. »Ich will verdammt sein, die chinesische Entsprechung zum europäischen Hexengebräu … Aber wie man's auch dreht und wendet, es bleibt schwarze Magie, Tara. Schwarz, schwarz, schwarz …«

»Genau«, nickte Tara. »Aber weißt du noch, was Jordan in Macau sagte? Was für den einen schwarze Magie, ist für den anderen ein größerer wissenschaftlicher Durchbruch. Die alten taoistischen Alchimisten glaubten, dass Magie lediglich natürliche Weisheit sei, Frank. Dass sie die höchsten unentdeckten – oder wenigstens am meisten missverstandenen Ebenen der Naturwissenschaft repräsentiere.«

»Klar«, schnaubte Gobi verächtlich. »Das musst du mir nicht erzählen. ›*Ein Naturalist ist ein Spiritualist, der unter falschem Namen arbeitet.*‹ Ich weiß nicht mehr, wer das sagte, aber bis zu einem gewissen Grad trifft es zu. Trotzdem ist Jordan für mich ein Scharlatan. Vielleicht ein Tüftler der Spitzenklasse, aber er spielt trotzdem ohne Erlaubnis mit den Köpfen der Menschen. Karmisch gesprochen, Tara, ist das einfach nicht *koscher*. Also wirklich …«

»Er fühlt sich im Recht. Die Welt ist auf dem Holzweg, so wie er's sieht. Es wird nicht mehr viel da sein, was man noch retten kann, wenn der Omnispace sich verabschiedet, und wenn wir endgültig alles vermurkst haben, wird für uns nur noch die Asche Gaias übrig bleiben.«

Gobi starrte Tara an. »Ich kann nicht glauben, was du da sagst! Schlägst du dich jetzt auf seine Seite? Nach allem, was du durchgemacht hast? Willst du mir erzählen, dass Jordan nur ein falsch verstandener Bursche mit edlen Absichten ist?«

Tara schüttelte den Kopf. »Nein, Frank, ich versuche nur seine Beweggründe zu verstehen, mehr nicht. Er hätte mir – uns – seine Absichten unbedingt erklären müssen, bevor er diesen Stunt durchzog. So weit hätte er uns vertrauen müssen, deshalb hat er mich darin enttäuscht. Und das werde ich ihm auch sagen, wenn ich ihn das nächste Mal sehe.«

»Ach?« Gobi blinzelte Tara an. »Und wann wird das deiner Schätzung nach sein?«

»Hoffentlich bald, Frank.« Sie beugte sich vor und tätschelte sein Knie. »Möchtest du auch einen Schluck von dem Tee? Er beruhigt die Nerven. Du benimmst dich wie ein zorniger Vater.«

»Ehrlich gesagt bin ich mir nicht sicher, welche Wirkung er auf dich hat. Vielleicht ist mir ja etwas entgangen? Weißt du was, was ich nicht weiß?« Frank war wirklich *stink*sauer.

Tara verlagerte ihr Gewicht auf dem Diwan. »Ich muss gerade an etwas denken, was Mr. Chin mir über Queen Rim erzählte – Jordans ›Debüt‹-Schmetterling.«

»Was war das?«

»Er sagte, er sei nicht hier hergestellt worden, sondern ein Import, also müssen wir seinen Ursprung ausfindig machen. Bei den goldenen Raupen ist uns das nicht möglich, die habe ich schon gechannelt. Aber ich glaube, in beiden Fällen steht das gleiche dynamische Prinzip – oder was auch immer den Auslöser bildet – dahinter.«

Tara schloss die Augen. Okay, sie war zufrieden. Das *Jang ho* hatte seine Wirkung entfaltet, sie hatte die letzten Reste von Unschlüssigkeit aus Nacken und Schultern vertrieben. Sie sprang vom Diwan auf – mit einer jähen Bewegung, die Gobi überraschte.

Nun war es Tara, die auf und ab ging, doch langsamen und gemessenen Schrittes, als wäre der pfirsichfarbene Tianjin-Läufer eine Meditationsstation in einer nebelverhangenen Bergzuflucht, die man auf einer Sung-Bildschriftrolle in eine Ecke gemalt hatte.

Gobi beobachtete seine Frau, wie sie ihre energetischen Zustände durchlief; Taras Verhalten zu deuten glich manchmal dem Lesen aus Teeblättern. Er nahm ihren Becher mit *Cha*-Kraut und musterte ihn einen Moment lang. Zwar konnte er den roten Ingwer von Mr. Chins *Jang-ho*-Mischung riechen, doch die Blätter waren bis zur Unkenntlichkeit verklumpt.

»Mr. Chin zufolge«, fuhr Tara fort, »reicht der *Ku*-Zauber bis in jene Tage zurück, als noch Barbarenstämme im alten China hausten. Das war vor Beginn der dynastischen Perioden, mit anderen Worten: chinesische Vorgeschichte. Die Anführer kontrollierten damals mächtige Angehörige ihres Stammes, indem sie sie zwangen, dieses Insektengebräu zu trinken. Die ›goldene Raupe‹ war ursprünglich eine giftige kleine Schlangenart oder eine Viper, ein Wurm oder eine Larve von ungemein heller Farbe, auf natürliche Weise lumineszierend oder phosphoreszierend …«

Tara blieb stehen und legte Frank die Hand auf die Schulter. »Kannst du mir folgen, mein Schatz?«

Er küsste ihre Hand. »Absolut. Goldene Raupen, Barbarenstämme. Mehr ist nicht nötig.«

»Okay, Frank, sieh's mir nach – ich kann selbst kaum glauben, was ich sage«, erwiderte Tara. »Ich versuche es aus der ursprünglichen Perspektive der *Ku*-Meister zu sehen. Offenbar hat Jordan seine Hausaufgaben gemacht, und es würde helfen, seine Methodologie zu verstehen, wenn nicht gar seine Prämisse. Also, um fortzufahren – nur die alten Stammesführer kannten das Gegenmittel für die so genannten mentalen ›Gifte‹ des *Ku*. Der Clou ist, dieses Gegenmittel musste verabreicht werden, *bevor* das Jahr um war, wenn die Illusion die erwünschte anhaltende Wirkung haben sollte. Die Opfer mussten frische Dosierungen der durch *Ku* herbeigeführten Vision erhalten, und im folgenden Jahr sollte die Verabreichung des Gegenmittels erfolgen …«

»Er wird es wieder tun.«

»Stimmt genau.«

»Und wieder und *immer* wieder …«

Tara nickte. »Wenigstens so lange, bis es voll ins existierende Programm integriert ist. Bis alle auf natürliche Weise auf die gleiche Frequenz eingestimmt sind.«

»Was meinst du, was er als Nächstes vorhat? ›Der Sohn von Queen Rim und den Goldenen Raupen?‹«

»Ich weiß nicht recht, Frank. Er wird sich bestimmt etwas überlegen.«

»Der Bursche sollte ins Showgeschäft gehen. Er sollte Seifenopern für die Spratly-Studios produzieren.«

»Das *macht* er bereits, Frank. Xiang Gang war nur der Pilotfilm der Serie, ein Testmarkt. *Verstehst* du das nicht?«

»Ich verstehe«, sagte Gobi mürrisch, stemmte sein Kinn in beide Hände und starrte geradewegs die Wand an, wo in einer Nische die Omtronanlage stand.

»Das ist ja das Problem, Liebling. Ich verstehe *durchaus*.«

Tara ließ Frank eine Zeit lang Trübsal blasen. Es war seine ureigene Form des ›Trübsalierens‹. Teils Trübsal blasen, teils meditieren. Gobi kamen die schrulligsten, genialsten Ideen, wenn er dieses russische Yoga des Schmollens praktizierte.

»Okay«, sagte er, schwenkte mit dem Sessel herum und sah sie an. »Du sagtest, diese ursprüngliche *Ku*-Projektion eines Schmetterlings sei ein Import. Das heißt, es muss von irgendwo gesendet werden.«

»Richtig.«

»Und es war seine *erste* Produktion – ich meine, wir haben nichts davon gehört, dass sonstwo auf der Welt irgendwo leuchtende Maden im Äther aufgetaucht wären, oder?«

»Korrekt.«

»Na schön. Also arbeitet er noch an seinem Stil als Regisseur, wie du vielleicht sagen würdest. Aber wenn sein zweites und jüngstes Spektakel einen Hinweis auf seine Arbeitsweise erlaubt, dann würde ich vermuten, dass er sich für die ›Queen-Rim‹-Show jemand anderen gesucht hat. So wie er für die Fortsetzung dich aussuchte.«

»Du hast vermutlich Recht«, sagte Tara. Sie spürte noch den farbigen Adrenalinrausch, der durch ihr System geschossen war, als sie den ›Shu-Fong‹-Pilz-Satelliten zu Mr. Chins Tanzgruppe aus Karaoke-Raupen hochgehalten hatte. Die Vibrationen hallten noch in ihrem Sonnengeflecht wider.

Gobi beobachtete, wie Tara wieder in ihren Channel-Modus abglitt. »Trink noch einen Schluck von Mr. Chins Tee, Liebling, wenn du meinst, dass er dir gut tut.«

Tara fröstelte, dann nahm sie ihren Becher *Jang ho*. »Danke, das mach ich.«

Gobi schenkte ihr noch etwas Tee ein. »Bleib locker, Schatz«, sagte er. »Flashbacks, weißt du ...«

»Ich weiß.« Tara drückte den Rücken durch und stieß Luft aus. »Wird schon werden.«

»Kann ich noch etwas für dich tun?«

Sie lachte. »Mr. Chin sagte, dass man das System auch wieder ins Gleichgewicht bringen kann, indem man die Asche alter Seide mit Blumenmuster isst. Das sei eine alte *Tao-nai-nai*-Arznei, deren sich *Ku*-Schamaninnen manchmal bedienen.«

»Soll ich dir deinen Seidenkimono holen? Wir können ihn rösten, wenn du willst. Oder auch grillen.«

»Nein danke.« Tara lachte erneut. »Ich werd's überleben. Außerdem bin ich nicht sehr hungrig ...«

»Kann ich dir nicht verdenken. Dein Mr. Chin steckt wirklich voll guter Ratschläge. Von Wissen durchdrungen, was? Kein Wunder, dass Jordan unter ihm studierte.«

»Mr. Chin hat einen Frosch im Kopf.«

»Bitte?«

»Er erwarb sein *Ku* eigentlich durch Erfahrungen aus erster Hand, Frank, nicht durch das Studium der Klassiker«, erklärte Tara. »Er erzählte mir, dass er als junger *Ku*-Eleve eines Nachts mit seinen Freunden auf Sauftour war. Es war ein heißer Sommerabend. Als er den Hut abnahm, saß dieser dicke Frosch auf seinem Kopf – sie schlugen ihn herunter. Dann soffen sie weiter, doch einige Zeit später tauchte der Frosch wieder auf Mr. Chins Kopf auf. Und als er sich dann irgendwann in seinem Zimmer zu Bett legte, spürte er, wie sich ein Geschwür auf seinem Kopf bildete. Am nächsten Morgen stellte er fest, dass all sein Haar ausgefallen war und er dort eine rote Schwellung hatte, eine Blase. Als die Blase schließlich platzte, lugte der Frosch heraus. Seine Freunde wollten ihn rausziehen, doch es tat zu sehr weh, und so ließen sie es bleiben. Einer von ihnen las etwas darüber in einer alten Schriftrolle. Sie befanden, dass es sich bestimmt um misslungenen *Ku*-Zauber handelte und sie den Frosch mit einer goldenen Haarnadel töten mussten.«

»Wunderbar«, sagte Gobi. »Also hat Mr. Chin eine goldene Nadel in seinem Kopf. Langsam ergibt alles einen Sinn.«

»Sie spießten den Frosch mit der Nadel auf und konnten ihn töten. Mr. Chin kam über seine Frosch-Migräne hinweg, doch er ist noch immer so kahl wie eine Billardkugel. Und er hat eine eingefallene Stelle im Schädelknochen, dort, wo der Frosch eingebettet war. Er trägt Perücken.«

»Glaubst du, Jordan hat vielleicht auch einen Frosch im Kopf?«, wollte Gobi wissen.

»Keinen Frosch. Einen Schmetterling vielleicht, aber ganz bestimmt keinen Frosch.«

»Was machst du da, Frank?«, fragte Tara ihren Mann, als er mit der Fernbedienung des Omtron hantierte.

»Dieser Frosch in Mr. Chins Kopf hat mich auf eine Idee gebracht«, antwortete Gobi, wobei er sich im Sessel zurücklehnte. »Mal sehen, ob wir nicht das Gleiche mit Jordans ›Queen Rim‹ tun können. Führen wir eine kleine Kirlian-Autopsie an dem Vieh durch und schauen, was es uns erzählt. Einen Versuch ist es jedenfalls wert.«

Gobi fror Queen Rims schillerndes Abbild auf dem Omtron in Zeitlupe ein.

»Okay, du entzückender Schmetterling, du«, redete Gobi laut mit sich selbst, als er die Kontrollen bediente. »Einen Nanozoom, versuchen wir's mal damit ... Wow, ist er nicht eine Schönheit, Tara?«

»Kein bisschen bösartig, nicht wahr, Frank?«, bemerkte Tara. Sie hatte sich auf dem Diwan unter einer Steppdecke zusammengerollt und nippte noch immer an Mr. Chins Trank, während sie das Farbdisplay musterte.

»Ich weiß, was du meinst«, erwiderte Gobi. Er spürte, dass wieder heitere Gelassenheit das Zimmer erfüllte, wie an dem Morgen, als Queen Rim zum ersten Mal auftauchte. »Aber deshalb muss es noch nicht richtig sein. Die Menschen müssen das Licht spüren *wollen* ...«

»Vielleicht hat Jordan ihnen einfach nur geholfen, die Spreu vom Weizen zu trennen.«

»Vielleicht, vielleicht – eine Menge Vielleichts. Aber machen wir weiter.« Er scannte das Panorama der Flügel des Schmetterlings. »Aus diesem Blickwinkel sieht er fast wie eine Kreuzung aus einem Rajah-Brook-Vogelfalter und einem marokkanischen Orange Tip aus, findest du nicht?«, meinte er bewundernd. »Ich bin kein Experte in Schmetterlingen, aber …«

»Er hat die Schwingungen eines Kwan Yin«, warf Tara ein. »Wie kann er da böse sein?«

»Er ist nicht böse, Tara!«, widersprach Gobi. »Er ist wunderschön. Und er ruft das Gefühl von Mitleid in einem wach. Vielleicht ist irgendein Mitleidsalgorithmus in ihn eingebaut, keine Ahnung. Ich finde nur einfach, dass man den Menschen die Wahrheit – *unabhängig* von ihrer Gestalt – nicht gleich in den Rachen stopfen sollte. Oder ihnen durch die Zirbeldrüse bohren sollte. Okay? Nenn mich von mir aus altmodisch, wenn du willst.«

»Okay, Frank.«

»Okay *was?*« Gobi warf ihr einen seltsamen Blick zu. »Okay, ich bin altmodisch? Oder okay, du bist meiner Meinung?«

»Okay, Frank. Einfach nur *okay* …«

»Okay, okay, also das Okay-Mantra … einen Moment, das muss ich mir näher ansehen.« Gobi zoomte die Spitze des vorderen Flügelabschnitts heran, zum Innenrand des hinteren Flügelabschnitts und schoss sich auf die kalligrafischen bogenförmigen Verzierungen ein. Dann führte er per Nahaufnahme einige Diagnosen von Queen Rims Aderngeflecht und seinen Augenfleckenmustern durch.

»Sieh doch nur!«, rief er triumphierend aus. »Sieh dir den Text an!«

»Was steht auf dem Etikett? Sieht aus, als wär's Thailändisch …«

»Hah! Diese Queen Rim ist ein Plagiat! Ein Raupen-Klon!«

»Ich nehme zwei Geschlechter an dem Schmetterling wahr«, sagte Tara. »Was ist das, ein *transsexueller* Schmetterling?«

»Drüben in Thailand nennen sie sie *Katoeys*. Man könnte auch sagen ›Springer‹.«

»Es ist ein spiritueller ›Springer‹, Frank. Von einer Ebene zur anderen.«

»Wie auch immer ...« Gobi zoomte näher heran, nahm einen Augenfleck ins Visier, tauchte in die bunte Schmetterlings-Pupille ein und stürzte dann frei durch den dahinziehenden Strom der Schmetterlingsfarben. »Plastische Chirurgie der Seele, würdest du nicht auch sagen?«

»Ich würde sagen, er ist ein Selbstentwickler.«

»Mit etwas Hilfe. Also elektroplastische Chirurgie. Mit einem *Chi*-Messer. Jetzt weiß ich, was unser Freund Jordan ist, Tara. Doktor *Chi* mit einem Skalpell, und er schabt die Innenseite ab, bis sie leuchtet ... Wow – und immer wieder wow! Was ist *das!?*«

Das Symbol war so schlicht wie das Gesicht des Manns im Mond, so klar umrissen wie die Bewässerungskanäle auf dem Mars, so unmissverständlich wie ein Pepsi-Logo.

Gobi fror die Vergrößerung auf dem Schirm ein und trat einen Schritt zurück, um es zur Gänze in sich aufzunehmen.

Es gab zwei größere Augenflecken auf den Flügeln von Queen Rim. Zwei Paar spiraliger, gewundener *Yin-yang*-Symbole, wie zwei Hälften einer anderen Dimension, die miteinander zu einem komprimierten Halbmond blendend greller Farben verschmolzen.

Dann sahen sie *sein* Gesicht. Das Gesicht des *Katoey*. Und sie hörten eine Stimme im Hintergrund lachen, als würde das Poltern von Würfeln übertragen, geworfen vom Schicksal oder *Karma* oder vom Andenken oder der Nachahmung von Liebe. Irgendwie war es durch das Abbild gedrungen.

»Eines noch, BUTTERFLY.« Frank und Tara hörten beide das verstärkte Wispern aus dem Lautsprecher des Omtron dröhnen. *»Du bist jetzt wieder in Thailand – wieder im Rasta Palace, Schätzchen, in Chaweng Beach auf der wunderschönen Insel Kho Samui. Und, Schätzchen, merk dir das gut. In Thailand wechselt man nie seine Gesinnung, man wechselt höchstens sein Herz. Und dein Herz gehört Kroon.* Bpleeun Jai!«

Tara blickte Frank Gobi an. »Wenigstens wissen wir jetzt, woher der Schmetterling kommt«, sagte sie.

Als Gobi den Clip speicherte, sagte er: »Ganz recht. Pack deine Sachen, Liebling. Ich glaube, wir reisen nach Thailand.«

»Thailand?«, sinnierte Tara.

»Ja, Thailand. Das Land des Lächelns, des Smaragdgrünen Buddhas und des Schmetterlings Queen Rim. Es wird verteufelt heiß werden, Liebling. Aber daran sind wir ja inzwischen gewöhnt, nicht wahr?«

PHASE 3

Raupe

Khao San Road

Bangkok

»Khao San Road«, verkündete der Taxifahrer seinen Fahrgästen, als er neben dem Gehsteig anhielt. *Die Schlepper erwarten Euer Lordschaft schon,* dachte Paul Sykes bei sich, als er draußen die von Menschen wimmelnde Szenerie sah. Grinsende Thais tauchten in der Menge wie aus dem Nichts heraus auf und streckten Sykes hinter dem Fenster Karten mit den Namen von Pensionen entgegen: Gasthaus Pfirsich, Yin-&-Yang-Hotel, Smile House, Shanti Lodge, Herberge Marco Polo, Katmandu West …

»Sind Sie sicher?«, fragte Sykes den Fahrer und schrak vom Fenster zurück. Er war überzeugt, dass sie die letzte halbe Stunde immer im selben Viertel herumgefahren waren, und er hätte schwören können, dass er das Schild des Gasthauses Pfirsich vorhin schon einmal gesehen hatte. *Wie viele Gasthäuser Pfirsich* gab *es in Bangkok überhaupt?*

Die schmale Straße war angefüllt mit Gruppen junger Ausländer, die Shorts trugen, gefärbte T-Shirts, thailändische Fischerhosen, an den Knöcheln zusammengeschnürt, kunstvoll bestickte nepalesische Westen, weite Oberteile mit aufgedruckter geschwungener Sanskrit-Schrift und Bildern von Lord Shiva, der seinen Dreizack hält. Sie trugen Rucksäcke mit festgezurrten Schlafrollen und zerfledderte Exemplare des Thailand-Führers für freundliche Planetarier in den Händen wie Glaubensartikel.

Paul Sykes beobachtete fasziniert, wie sie einzeln und zu zweit an einer nahen Bushaltestelle an der Straßenecke zusammenströmten, wo Schilder an den wartenden Bussen die Zielorte verkündeten: ›Chiang Mai‹, ›Chiang Rai‹, ›Phuket‹, ›Krabi‹ und ›Surathani‹.

Verdammt! Das Taxi vom Bangkok International Airport in die Stadt hatte ihn fast den letzten Pfennig gekostet, für die Fahrt hatte Paul Sykes ein Achtel des Gesamtwertes seiner Traveller-Chips berappen müssen. Und er hatte noch nicht einmal seinen Fuß in die Khao San Road gesetzt, den Kostenverschlinger für diese Art Reisende.

Abgebrannt, hungrig und desillusioniert, so fühlte er sich. Jedenfalls des-*irgendwas*. Sykes war sich ziemlich sicher, dass er der Einzige in Bangkok mit diesem speziellen Affen im Genick war.

Tommys und Nitas ›Gunung-Mulu-Memorandum‹ war wie ein psychisches Lesezeichen in seinem Privatalbum der Hölle. Es gehörte schon zu seinem inneren Archiv, abgegriffen, immer wieder gelesen und ins Gedächtnis eingeprägt, ein seltener und beängstigender Band in der Bibliothek seines Unterbewusstseins. Und er war überfällig, er musste ihn bald seinem eigentlichen Besitzer zurückgeben.

Während seines gesamten Flugs an Bord der Pjöngjang Airlines von San Francisco bis Bangkok hatte er unangenehme Affen-Flashbacks von seiner Hitachi-Augenmaske gehabt. *Jessas,* wenn er recht überlegte, musste es den Forscher Thor Heyerdahl weniger Zeit gekostet haben, auf seinem Outrigger-Kanu Kon-Tiki sein Ziel Polynesien zu erreichen, als Sykes benötigt hatte, um mit einem nordkoreanischen Charterflug vom SFO zum BGK zu gelangen.

Nächstes Mal würde er den Bullet Express nehmen, der von der Endstation Golden Gate Bridge durch den pazifischen Kanal nach Yokohama führte, dann durch den Tunnel im Graben, der den Feuerring entlang verlief, nach Xiang Gang übersetzen und den Sub-Tragflügelboot-Anschluss zum Chao Phraya Central in Bangkok nehmen. *Genau.*

Nächstes Mal bliebe er zu Hause, wo er auch hingehörte oder seines Wissens nach gerade *nicht* hingehörte.

Sykes musste irgendwie Tommy finden. Tommy Kok Lau. Und Tommy würde ihn zu den ›Kindern des *Chi*‹ führen. Aber das war im Süden Thailands auf einer Insel namens Kho Samui. Und die lag irgendwo im Golf von Thailand, nicht wahr?

Also, sei's drum. Sykes schnupperte und hustete, als er sich auf die nächste größere geistige und körperliche Anstrengung gefasst machte, nämlich die, das Taxi zu verlassen. Sykes schüttelte seine Erschöpfung ab und kämpfte mit seinem inneren Schweinehund.

Erstaunlich, wie rasch er sich an alles gewöhnte. Dieses abscheuliche Taxi stellte bereits so etwas wie ein zweites Zuhause für ihn dar; es war ihm zuwider, einfach zu gehen.

Der Taxifahrer beobachtete Sykes teilnahmslos im Rückspiegel, während der *Farang* sich auf dem Sitz wand. In Wahrheit hatte Sykes Angst vor dem Aussteigen.

Der Himmel wusste, was ihn da *draußen* im nächtlichen Bangkok erwartete.

»Khao San Road«, wiederholte der Fahrer schroff und deutete auf den Gehsteig. *Dieser boshafte Teufel,* dachte Sykes bei sich. Man sollte meinen, der Kerl hätte seine Provision von den vielen Zollstellen, die sein Taxi seit Verlassen des Flugplatzes passiert hatte, nicht bekommen … Es war alles nur eine gewaltige Verschwörung, um ihn schon in seiner ersten Nacht in der Hauptstadt Thailands in einen armseligen Bettler zu verwandeln.

Das also war Bangkok. Ein Verkehr wie ein schlechter Acid-Trip, dreirädrige *Tuk-tuks,* die Rauch und Qualm spien, Geschäfte, die Särge zu Niedrigstpreisen und buddhistische Erinnerungsstücke verkauften, Malls, die ins Leere führten, aber alles anboten, Straßenstände mit seltsamen Gerüchen und die Hitze, die gnadenlos Hitze …

Sykes war mit Schichten von Schmutz, Schweiß und Fett bedeckt. In seinem Schädel fauchte der reinste Hochofen einer Migräne, die von Minute zu Minute anwuchs wie die sich selbst verdoppelnden Türme einer thailändischen *Stupa* in der Hektik des Wiederaufbaus. Finito. Diese Stadt war ein Krebsgeschwür, und er hatte nur noch sechs Monate zu leben, wenn er Glück hatte.

»Sind Sie sicher, dass *dies* die Khao San Road ist?« Sykes zögerte. »Billig, billig? Nicht wie Ihr Taxi? Ihr Taxi teurer als das Oriental-Hotel …«

Der Thai-Fahrer warf ihm wieder dieses ruhige Lächeln zu, während er die Zündung betätigte. »Nein, warten Sie, ich glaube Ihnen ja!«, rief Sykes. »Lassen Sie mich bitte hier raus. Die Khao San Road! Khao San Road!«

Er stieg aus dem Taxi, wuchtete sich den Rucksack auf die Schultern und schritt durch die Menge wie ein Seiltänzer mit Schwindelgefühl, kam sich dabei vor, als verschlinge ihn eine Python mit schlechtem Atem. Es gab kein Entkommen mehr, er war hier, im Bauch der Bestie. Und es war ihm alles nur zu vertraut, wie die Geschichte von Tommy und Nita.

Mit beiden Händen an den vorderen Riemen des Rucksacks blieb Sykes auf dem von Menschen wimmelnden Gehsteig stehen, um die neue Umgebung in sich aufzunehmen. Trotz seiner pochenden Migräne sah er, was sich ringsum auf der Khao San Road abspielte. Sie barst vor Energie. *Welch ein Anblick!*

Thais hockten auf dem Bordstein und rauchten Marlboro-Krakatoas, während sie die Parade der *Farangs* musterten und miteinander schwatzten. Die arbeitenden Thais standen hinter Ständen und verkauften Jerry-Garcia-Figuren aus Bronze mit lächelnden Krishna-Augen; die Regale mit einst mächtigen Talismanen reichten von keltischen Kreuzen bis zu buddhistischen Hakenkreuzen und den *Kami*-Amuletten japanischer Shinto-Naturgeister, tantrischen Dick-und-Jane-*yoni-lingam*-Nachtlampen, geschnitzten Zigarettenanzündern mit Buddhaköpfen, die durch das dritte Auge Feuer gaben, illegalen *Chi*-Perlen, die einem einen leichten Orgonrausch bescherten, und Tonnen farbenprächtiger Kleidung, darunter diese weiten, indisch wirkenden Oberteile.

Sykes machte sich eine geistige Notiz, eines der gazeartigen purpurnen Hemden mit dem auf die Ärmel aufgeprägten Lord-Shiva-Motiv zu kaufen, sobald er auf der Straße ein wenig die Preise verglichen hatte. Sie waren recht billig, ohne Frage. Es konnte nicht schaden, wenn er seine Garderobe, die jetzt aus einem ehemals weißen, mittlerweile schmutzig grauen Fruit-of-the-Loom-T-Shirt bestand, ein bisschen aufmöbelte und sich etwas Festlicheres und weniger Schweißsaugendes zulegte. Die farbenprächtigen Fischer-Pantalons sahen auch recht anheimelnd aus.

Sykes' feuchte Jeans scheuerte an seinen Oberschenkeln wie nasses Sandpapier, er spürte das Brennen durch den Drillich seiner 501 wie ein Buschfeuer auf der Haut. Vielleicht sollte er nicht vergessen, dass er an männlichen Candidasporen litt. Es gab einen *yang*-Überschuss dieses Krankheitserregers in seinem System.

Mist, er bekam wieder sein *Tsunami*-Jucken.

Das Klima diktiert die Mode, klar, dachte Sykes bei sich, wobei er sich an Brust und Armen kratzte. Da konnte er sich genauso gut wie ein glücklicher Gecko kleiden und daran erfreuen. Ein echter *Farang* sein. So nannte man sie hier doch, oder? *Farangs*. Botschafter von American Express, JTB, Visa und Mastercard. Oder in Sykes' Fall, sein Traveller-Chip war schon beinahe leer, hatte er den Rang eines Kulturattachés oder wenigstens eines zweiten Sekretärs in der Kanzlei des Kapitalismus inne.

Er empfand den relativen Reichtum seiner westlichen, hoch verschuldeten sozialen Klasse. Hier kam er sehr weit, musste aber darauf achten, die verdammten Geld schluckenden Taxis nicht zu benutzen und höchstens einmal pro Woche abends zum Essen auszugehen. Die Gelegenheit war günstig, sich wieder im Vegetarierdasein zu üben, denn sein Reiseführer für Freundliche Planetarier hatte ihn vor Wasserbüffelsteaks und Hundefleisch *Satays* gewarnt, die man hier ahnungslosen finanzkräftigen Reisenden auftischte.

Wenn es schon fleischliches Protein sein musste, wollte er sein FedEx- oder DHL-Steak wenigstens *medium* haben, besten Dank.

Nein, er zog eindeutig Bananenkuchen vor und würde eine Unmenge hiesiger Früchte und die offizielle Nahrung der Freien Presbyterianer zu sich nehmen, herrliche Schüsseln voll Jogurt und Müsli. *Speisen,* das war Nummer eins. *Nummer zwei:* Wanzen …

Sykes lag nichts an einer Wiederholung der Situation an Bord dieser traurigen nordkoreanischen Entschuldigung eines Flugzeugs, als ständig der Moskito des Chinesen um ihn herumgesummt war. Kein Wunder, dass er noch immer zitterte und sein Kopf wie eine Haubitze dröhnte. Er warf nervös einen Blick hinter sich. Sie sahen *alle* wie Chinesen aus …

Okay, es waren keine, aber er musste trotzdem vorsichtig sein. Seht, was sie dem armen Mort Wisenik angetan hatten, hatten ihn mit einem Philodendron kaltgemacht. Und dieser pakistanische Austauschstudent, der im Flieger neben Sykes gesessen hatte, er würde Karachi auch nicht mehr wiedersehen, so viel stand fest.

Was zum Teufel. Die Khao San Road, eh? Er war endlich im sagenumwobenen Müsliland eingetroffen.

Sykes wandte den Kopf hin und her, wobei er den Anblick der anderen *Farangs* in sich aufnahm, die vor den Restaurants und Cafés saßen, ihr Bier tranken, ihren Bananenkuchen aßen und auf VDOs starrten, wobei alle einen sonnengebräunten und windumschmeichelten Eindruck machten. Es war ein breites Sortiment an Körper-, Geist- und Seelentypen.

Mal sehen, einige waren hinreißend und sexy, wirkten teilnahmslos, durchschnittlich, schlicht, ohne großes Potenzial, offen, verschlossen, blasiert, welterfahren oder ahnungslos. Sie versammelten sich in den Seitenstraßen vor den Tattoo-Palästen, saßen vor Billigreiseagenturen auf klapprigen Stühlen, lehnten mit ernster Miene auf den Schaltertischen der Wechselbüros. *Ich bin aus Basel, bitte betrügen Sie mich nicht.*

Diese Art Blick.

Sykes fielen *Farangs* auf, die bäuchlings vor Massagekiosken auf Matten lagen und sich zum Billigtarif eine alte thailändische ›Wat-Po‹-Massage (stand zumindest auf den Schildern) verpassen ließen. Eine solche würde er sich auch gern verabreichen lassen. Vielleicht später. *He, du Depp hast schon viel zu viel Geld rausgeklotzt,* warnte Sykes sich. Du solltest besser lernen, mit deinen Wünschen etwas sparsamer umzugehen, Kumpel. *Wünsche, eh?*

Sykes warf einen flüchtigen Blick in das Labyrinth der Gasthäuser und Herbergen und nahm an, dass einige *Farangs* wohl gerade in diesem Moment flachgelegt und/oder high gemacht wurden. Wann war *er* eigentlich zuletzt flachgelegt oder high gemacht worden? Ohne verliebt zu sein? *Denk an etwas anderes,* riet Sykes sich verbittert. Anne ist fünftausend Meilen entfernt und abgehakt. Du willst sie doch jetzt nicht heraufbeschwören?

Außerdem wurdest du erst vorgestern flachgelegt, in einem dieser winzigen Kapsel-Motelzimmer in der Terminal-Lounge des San Francisco International. Weißt du nicht mehr? Von dieser unersättlichen Brünetten in den Vierzigern, der du im Super Shuttle begegnet warst. Alles war erlaubt, wenn es nur die Verfolger abschüttelte.

Eine Stunde ausschweifender Anonymität mit einer völlig Fremden auf einem Flugplatz ... *Herrje, wie konntest du nur!?*, wütete Sykes gegen sich. Wie hatte sie überhaupt *geheißen?* Gloria irgendwas. Sie wird jetzt schon in Detroit sein. Und anderen Männern einen blasen.

Du ungehobelter Mistkerl! Okay, denk positiv. Du hast ihr geholfen, über diesen wie-hieß-er-noch-gleich, Bruno oder so, wegzukommen, der ihr den Laufpass gegeben hatte. Und du hast ihr geholfen, einen Teil ihrer orgasmischen Selbstachtung zurückzugewinnen.

He, wovon redest du, du erbärmlicher, schuldbeladener Trottel!? Sie hat dich *verführt! Vergiss es!*

Sykes streckte die Arme aus, um die Steifheit aus seinem Rücken zu vertreiben, und ging weiter die Straße entlang. Dann blieb er stehen, denn etwas summte in seinem Schädel. Ein Gefühl, als würde seine Wirbelsäule mit einem Küchenmesser in Stücke geschnitten. Benommenheit. *Herrje, diese Hitze!* Die bist du nicht gewöhnt! Du wirst noch das Bewusstsein verlieren …

»Paulie«, hörte Sykes aus einiger Entfernung seine Mutter rufen. »Hast du irgendwo meine Vitamin-E-Tabletten gesehen, Schatz?« »Nein, Mutter, habe ich nicht … »Ach, wie schade.«

Wieder dieses Summen, das allmählich zu Donnergetöse anschwoll. Sykes spürte, wie seine Knie weich wurden, und das Gewicht des Rucksacks lastete auf ihm wie der Annapurna, der sich aus der Kruste des Himalaja erhob, als er noch ein amöbisches Kornfeld in Texas war. Die Erde verlagerte jäh den Neigungswinkel ihrer Achse. Fiel er wirklich durch diesen langen schwarzen Tunnel? *Wäre wohl jemand so nett, ihm zu helfen?*

Plötzlich explodierte die Khao San Road in Paul Sykes' Kopf, wieder und wieder explodierte sie. Bei jeder Explosion sah er eine schwarze Sonne, die magmaartige Strahlen mitten aus seiner Stirn spie. Dann fühlte er das Rieseln von grünem Licht, das ihn ebenso schlagartig, wie er in die Luft gegangen war, wieder abkühlte. Er ließ zu, dass er in das tiefste Gefühl von Gelassenheit hinüberglitt, das er jemals empfunden hatte.

Als Sykes die Augen wieder aufschlug, war alles irgendwie anders. Er stand noch immer auf der Khao San Road, war also nicht umgekippt. Aber er wusste, dass seine Augen jetzt grün waren. Sie waren nach wie vor blau, so blau wie am Tag seiner Geburt. Aber *grün* waren sie jetzt auch. Das war der Hauptunterschied. Das … und all die Dinge, die er nun sehen konnte …

Chi-Augen

Er sah die Schatten anders. Und die Dinge, die sich im Inneren der Schatten bewegten.

Ach, die Freundlichen Planetarier flatterten noch immer mit den Flügeln wie Kolibris, während sie von einer Blüte der Empfindung zur nächsten huschten. Die Thais auf der Straße priesen hinter den Ständen am Bordstein noch immer ihre Ware an. Der Lärm, die Hitze, die aus den Cafés und Bars plärrende Musik und die Neonschilder an den Gasthäusern P-F-I-R-S-I-C-H, P-F-I-R-S-I-C-H, S-M-I-L-E H-O-U-S-E, S-M-I-L-E H-O-U-S-E flackerten weiter, als wäre nichts geschehen.

Was war jetzt also anders? Die Schlange der Rucksacktouristen, die Sykes vorher *nicht* aufgefallen war.

Es handelte sich nicht um jene Gruppe *Farangs*, die er aufgetakelt in ihren tropischen Geisterhausklamotten gesehen hatte. Ganz *Bhagawadgita* in ihren farbenprächtigen Saris, Krishnablusen, Thai-Fischerhosen und Bermuda-Shorts mit den aufgeprägten tibetischen Lebensrädern.

Es handelte sich auch nicht um jene Rucksacktouristen, die zur Bushaltestelle geströmt waren, wo die Busse mit dröhnenden Motoren warteten, bereit, sie in den Norden, Süden, Osten und Westen von Bangkok zu kutschieren.

Nein, es handelte sich um eine völlig andere Art von Reisenden. Paul Sykes blinzelte mit seinen neuen grünen Augen, um sie besser erkennen zu können; dazu musste er sich auf genau die richtige Schattierung Licht einstellen. Sie bewegten sich langsamer als die anderen *Farangs*. Mehr noch – Sykes blinzelte erneut, um sicher zu sein – glichen sie einem seltsam fließenden Mosaik sich bewegender menschlicher Teile. Eine erlesene Mischung kontrastierender Muster von ähnlicher Farbe machte sie beinahe unsichtbar.

Unglaublich. Sie waren so gleichfarbig, dass sie mit dem Hintergrund verschmolzen! Sie imitierten die Landschaft wie die stereoskopischen Teilchen einer kinetischen Tapete. Sykes beobachtete amüsiert, wie diese Meister der Tarnung die visuelle Textur des in den Ständen angepriesenen Nippes annahmen. Ein sich bewegendes Batikfragment verharrte, um zu verhindern, dass es mit einem *Farang*-Rucksacktouristen zusammenprallte, der auf seinen wartenden Bus zueilte. *Herrje,* diese Kerle glichen japanischen Butohtänzern, die Energiewesen darstellten!

Angesichts dieses Spektakels vergaß Sykes völlig, dass er nur ein Beobachter war.

Er zählte ungefähr ein halbes Dutzend dieser Chamäleon-Schemen, war sich jedoch nicht ganz sicher. Wie viele sah er wirklich? Wie viele entgingen ihm? Sie waren unglaublich gut im Nachahmen der Kunst des Unsichtbaren.

Sykes verschlug es den Atem, als er sie anstarrte. *He, die waren ja nackt!* Ihre straffen, muskulösen Leiber waren mit einem kalkweißen Puder bedeckt, und bis auf einen Lendenschurz, der ihre Intimteile bedeckte, waren sie so nackt wie Albino-Schmetterlinge …

Als wäre er schlagartig zum Kenner geworden, bestaunte er die Fließbewegungen ihrer Energiegestalten. Er identifizierte sogar ihr *Kata*, ihr ureigenes Energiemuster. Flüchtig schnellte Sykes' Bewusstsein zu seiner ursprünglichen Sehweise zurück. Er erschrak bei dieser jähen Erkenntnis. Verdammt! *Wie sollte es ihm möglich sein, ein* Kata *von einem anderen zu unterscheiden?* Doch seine Wertschätzung beruhte eindeutig auf einem seltsamen neuen Wissen.

Diese Butoh-Tänzerin zum Beispiel, sie machte etwas, was man den ›Wurm‹ nannte. Ein anderer, ein Mann, machte den ›Trott‹ – und wie komisch und cool! Welche Subtilität und feine Ironie! Er war ein großer Künstler!

Dann erkannte Sykes das *Kata* für ›Über einen Fluss springen‹, gefolgt von dem *Kata* ›Blumenpflücken‹.

Was zum TEUFEL! Waren das Butoh-Rucksacktouristen!? Oder *was!?* Genau, darum ging's. Wer oder was *waren* sie? Und wohin um alles in der Welt waren sie mit ihrer seltsamen Straßenprozession unterwegs?

Seht euch diese Bewegungen an, dachte Sykes ganz hingerissen: *Das Becken beim Einatmen schräg hoch und beim Ausatmen schräg runter, der untere Rippenbereich wird beim Atmen abgesenkt, die Hände an den Schultern drehen beim Einatmen nach rechts, beim Ausatmen nach links …*

Merkwürdig, dachte Sykes und schaute in die Runde. Die Butohs auf der Straße schienen niemandem aufzufallen, als sie über den Gehsteig marschierten, die Butohs wiederum ignorierten den Verkehr. Ihnen fiel nicht auf, dass sie Sykes aufgefallen waren, sie waren zu sehr damit beschäftigt, ihren kaum merklichen Energiepegel beizubehalten. Vielleicht nahmen sie ihre Kunst auch einfach zu ernst …

Und doch … und doch …

Paul Sykes spürte allmählich eine andere energetische Präsenz, eine Gewissheit, dass jemand *ihn* dabei beobachtete, wie er *sie* beobachtete. Jemand, der außerhalb des Films stand und zugleich ein Teil davon war. Er spürte diese Energie auf ihn herabrieseln wie einen eiskalter Schauer, als beobachte ein außerirdisches Hubble-Teleskop das Leben auf der Erde. Er wollte kehrtmachen und sich ihm stellen, empfand aber plötzlich wieder diese alte Furcht, die gleiche Furcht, die er beim Antritt seiner Reise empfunden hatte, als die Frage aufgetaucht war, ob er nicht mehr abgebissen hatte, als er schlucken konnte.

Damals im Tierpavillon auf der *Chi*-Expo in San Francisco, als der Orang-Utan seine Hand berührte und die Lunte entfachte, die zum evolutionären Pulverfass des ›Gunung-Mulu-Memorandum‹ führte.

Er spürte Tommys Angst, Nita zu verlieren, er spürte Tommys Angst, sich in einem Wirrwarr unzusammenhängender Primatenlogik aufzulösen, er spürte, wie Nitas Angst jetzt zu seiner wurde … ihre Angst vor dem, was auch immer es sein mochte, dem sie sich in der Hölle ihrer Verwandlung stellen musste. Millionen glitschiger Schnecken, die in einer Röhre auf sie zugekrochen kamen wie Bewusstseins-Zyankali, das in den Eimer ihrer tiefsten Seele tropft.

Schluss jetzt mit diesem Scheiß.

Paul Sykes schnellte herum, um den heimlichen Beobachter in flagranti zu erwischen. Er war kein Mensch. Nicht so, wie er sie kannte. Er war sogar noch weit weniger ein Mensch als diese Butoh-Rucksacktouristen, die in ihrem quälend langsamen Lichterrahmen weiterrückten. Sie sahen die Beobachterin nicht, sie waren unwissend. War es eine Frau? Nein, aber sie hatte weibliche Gestalt, eine Art Nachtmahr oder zumindest von einem besessen.

Sie stand auf der anderen Straßenseite. Eine *Farang*-Frau mit schillerndem Gefieder auf dem Kopf wie Papageienfedern: gleißendes Rot, Grün, Blau und Gelb. Sie lächelte jetzt zu Paul Sykes herüber. Sie wusste, dass er es wusste. Langsam führte sie die Hand zur Schulter und fütterte – *was zum Teufel* war *das, Vogelfutter?* – die beiden Amazonenpapageien, die den Eindruck erweckten, als wären sie auf beiden Seiten untrennbar mit ihren Schultern verbunden. Sie zuckte mit den Achseln, als wollte sie sagen: »*Was soll ich machen? Sonst halten sie nicht die Klappe …*«

Mein Gott! Paul Sykes konnte ein Schaudern nicht unterdrücken, als er erkannte, dass sie *tatsächlich* mit ihrem Körper verbunden waren.

Zwei riesige Amazonenpapageien, die ebenso zu ihrem Körper gehörten wie ihre Hände und Füße! Sie waren ebenso ein Teil ihres allgemeinen Erscheinungsbildes wie dieses eiskalte Lächeln im Gesicht.

Die Papageien schlugen beide gleichzeitig mit den Flügeln. Er spürte den kalten Windhauch, der ihn über die Straße hinweg erreichte. So kalt wie das Lachen des Frau-Vogel-Wesens.

Sykes schüttelte den Kopf. *Mann, ich hau besser ab.* Dann

drehte er sich um und huschte in den ersten Eingang, der offen stand. Hatte es nicht so kommen müssen? Es war das Gasthaus Pfirsich, und auf der Theke lag schon das Eintragungsbuch bereit. Er fragte nicht einmal, wie viel die Nacht kostete, doch das junge Thaimädchen raunte es hinter ihm her, als er die Treppe zu Zimmer 208 im zweiten Stock nach oben ging. »Hundert *Baht* pro Nacht, Mister!«, rief sie leise. Das waren etwa vier Dollar. So viel hatte Paul Sykes jetzt verdient, das, und einen guten langen Schlaf.

Patpong Airways

Frank Gobi blickte auf die Stadt Bangkok hinab, die sich unter ihm ausbreitete wie einer dieser kunstvollen thailändischen Wandteppiche, golden bestickt und mit den Gestalten mythischer Tiere verziert. »Sieh dir den Chao Phraya an«, sagte er zu Tara und deutete dabei auf den Fluss tief unter ihnen. Sie saß Frank gegenüber auf der anderen Seite des Tisches in der Cocktail-Lounge der *S. S. Kinnari*, eines gewaltigen Vergnügungszeppelins, des Flaggschiffs der Patpong Airways.

»Diese Biegung des Chao Phraya erinnert mich immer an eine Kobra, die jeden Moment zustoßen kann«, sinnierte Gobi. »Und der ganze Verkehr, der da entlangzieht, die Langboote, Fähren, Barken. Ein herrlicher Anblick.«

»Wunderschön, nicht wahr?«, pflichtete Tara ihm bei, während sie aus dem Fenster sah, das vom Boden bis zur Decke reichte. »Siehst du den Großen Palast mit all den beleuchteten Türmen? Und dieses Gitterwerk aus Licht? Das ist der New Bangkok Skyway.«

»Hmm«, meinte Gobi nachdenklich. »Ich frage mich, wo Trevor gerade steckt. Vermutlich irgendwo da unten.«

»Hat er nicht gesagt, er wollte eine Rucksacktour machen?«, erwiderte Tara und warf Frank einen neugierigen Blick zu. Ihr Stiefsohn Trevor war bei Frank immer ein heikles Thema. »Er wird sich wohl irgendwo im Banglamphu-Distrikt herumtreiben, da sind doch die ganzen billigeren Gästehäuser. Und das bedeutet – siehst du die Lichter östlich vom ›Mahnmal der Demokratie‹, dieses Bauwerks, das wie ein Monolith aussieht, mit all den hell erleuchteten Flaggen obendrauf? –, er muss irgendwo da unten sein. Und ich will hoffen, dass er mächtig viel Spaß hat.«

Gobi zuckte bei dem Gedanken an seinen Sohn zusammen und tupfte sich hastig mit der Serviette die Lippen ab. Die Erdnüsse, die der Kellner ihnen auf einem Tablett gebracht hatte, waren biologisch, ungesalzen und ölig gewesen. »Er hat sich wieder von Nelly getrennt, diesmal endgültig. Jedenfalls behauptet er das.«

»Ach, sie waren beide zu stur füreinander«, sagte Tara voll Mitgefühl. »Sorg dich seinetwegen nicht so sehr, Frank. Trevor ist doch schon ein großer Junge. Wie alt ist er jetzt überhaupt?«

»Na ja, fünfundzwanzig oder sechsundzwanzig?« Gobi zuckte mit den Achseln. »Er will nach Katmandu, dann weiter nach Indien. Er meint, er wird wohl eine Weile in Goa leben. Als *Kundalini*-Strand-Gigolo …«

Tara seufzte. »Er wird schon zu sich finden. Das gehört lediglich zum natürlichen Heilungsprozess. Er hat viel Zeit. Gott sei Dank ist er all diese schrecklichen Tattoos los. Ich glaube nicht, dass sie einen guten Einfluss auf ihn hatten. Sie mischten sich doch ständig in sein Leben ein, nicht wahr?«

»Das ist das Hauptproblem beim Konzept dieser intelligenten Tattoos«, sagte Gobi und trommelte mit den Fingern auf dem Tisch. »Für die meisten Menschen sind sie zu klug. Ein kleiner Fehler in ihrer Epidermisprogrammierung genügt, und sie übernehmen die Neutrotransmitter des Körpers und beginnen selbst,

Befehle zu erteilen. Man *wird* von den Tattoos getragen, nicht anders herum. Ich finde das ganz schön teuflisch.«

»Vielleicht ergibt sich ja die Gelegenheit, ihn zu treffen«, meinte Tara und musterte die Cocktail-Karte.

Frank Gobi warf sich noch einige Erdnüsse in den Mund. »Willst du etwas zu trinken bestellen?«

Gobi rutschte unruhig auf seinem Platz herum, während er die Szenerie in der Cocktail-Lounge auf sich wirken ließ. An kleinen Tischen saßen Geschäftsleute und hielten Händchen mit ihren jungen Thai-Begleiterinnen, ein philippinischer Schnulzensänger krächzte auf der Bühne Karaoke. Eigentlich machte alles einen recht harmlosen Eindruck, Getränke und Abendessen in einem Zeppelin fünfhundert Meter über der Stadt Bangkok. Doch Tara und er wussten, was es mit der *S. S. Kinnari* wirklich auf sich hatte.

Es war ein gewaltiges Luftschiff mit zwölf Etagen voller Kasinos, Sex-Clubs, Saunen, Massagepalästen, einem Flügel mit Opiumhöhlen, Stundenhotelzimmern und Gott weiß was sonst noch.

Kurz und gut, es handelte sich um eine fliegende Lasterhöhle, randvoll mit Helium, im Besitz von Wing Fat Enterprises, die das Schiff auch betrieben. Gobi wusste über Wing Fat Bescheid, darum waren er und Tara ja für eine abendliche Kreuzfahrt an Bord gegangen.

Tara spähte auf die Cocktail-Karte. »Diese Drinks kommen mir seltsam vor. Was ist ein ›Glitschiger Nippel‹?«

»Bailey's und Sambucca.«

»Und ein ›Orgasmus‹, halt, sag's mir nicht, lass mich raten ...«

»Cointreau und Bailey's.« Gobi warf ihr einen ausdruckslosen Blick zu. »Lies das Kleingedruckte darunter. Ich mag's ja nicht so sehr. Aber warum probierst du nicht einen ›Jabba-Dabba‹ oder ›Tanz am Strand‹ oder einen ›Sex am Stand‹, wenn du willst?«

Tara legte die Getränkekarte auf den Tisch und runzelte die Stirn. »Ach, nein danke. Warum gehen wir nicht einfach und tun, weshalb wir an Bord gekommen sind, Frank? Ich muss es mit eigenen Augen sehen. Zwar habe ich davon gehört, aber selbst für mich klingt es zu unglaublich.«

»Bangkok ist mir ziemlich egal«, meinte Gobi verdrossen. »Da haben Achselhöhlen mehr Charme. Warum konnten wir nicht gleich in den Süden nach Kho Samui fliegen?«

»Weil es vielleicht wichtig ist, Frank. Komm schon.« Sie erhob sich vom Tisch und bot ihrem Gemahl den Arm. Tara hatte Abendgarderobe angelegt, sie trug ein eng anliegendes goldenes Lamé-Kleid, das ihre Figur optimal betonte. Es war vorne tief ausgeschnitten und zeigte den Spalt ihrer Brüste, und an ihren Oberschenkeln haftete ein Mikromini-Saum wie aufgesprayte goldene Schuppen.

Frank sah in seinem weißen Seiden-T-Shirt und der schwarzen Röhrenhose aus Seide ebenfalls atemberaubend gut aus. Er klagte, dass sie im Schritt zu knapp sei, doch Tara hatte darauf bestanden, dass er sie trotzdem anzog.

An diesem Abend waren Frank und Tara Gobi Herr und Frau Emanuelle, ein dekadentes westliches Paar, das die verbotenen Früchte von Bangkok kosten wollte. Sie hatten sogar für zehn Uhr in der Nebelsauna auf Ebene acht der *Kinnari* einen flotten Dreier – oder war es ein Vierer? – gebucht.

»Hast du zwei Typen, zwei Frauen oder ein Paar geordert?«, hatte Frank Tara gefragt, als sie früher am Abend von ihrer Suite im Oriental-Hotel aus die Reservierungen vorgenommen hatten.

»Oh, ich weiß nicht mehr, Liebling. Was macht das schon für einen Unterschied?«

»Häh? Vermutlich keinen«, erwiderte Gobi mit einem schmollenden Unterton in der Stimme. »Wir werden's doch nicht wirklich durchziehen, oder?«

»Hey.« Tara hatte ihm spielerisch in die Rippen geboxt. »Ich dachte, Ihnen könnte es gar nicht heiß genug hergehen, Dr. Gobi.«

»Auf dem Boden, Liebling. Auf dem Boden … nicht in einem heliumgefüllten *Ballon*.«

»Keine Sorge«, versicherte Tara ihm. »Wir müssen nur den äußeren Schein wahren. Sonst fragt sich noch jemand, was uns wirklich an Bord führt. Monogamie ist für manche Leute heutzutage einfach zu abgehangen. Im Grunde ist es bloß noch was für tote Schnarchsäcke.«

»Das ist ja gerade das Problem, Tara«, hatte Frank sie gewarnt. »Tote schnarchen nicht mehr. Es könnte gefährlich werden, weißt du?«

»Ich *weiß,* wozu Wing Fat fähig ist. Glaub mir, das musst du mir nicht erst erklären«, erinnerte Tara Frank. »Wing Fat ist ein berüchtigter *Chi*-Dealer, Frank. Es heißt, dass er kleinen Kindern *Prana* abzieht und es im Goldenen Dreieck mit seinen Verjüngungsdrogen mischt.

Sie haben ihn nie erwischt, weil er zu viele Politiker und hohe Tiere in der Tasche hat. Ganz zu schweigen davon, dass er die internationale Neurosoftware-Industrie mit fragwürdigen *Chi*-Algorithmen versorgt.«

»Ich zweifle an nichts davon. Warum müssen wir also seine Flotte fliegender *Chi*-Bordelle unterstützen? Das schmeckt mir gar nicht.«

»Weil«, erwiderte Tara und richtete ihren magnetischen grünen Blick auf Gobi, »Wing Fat dieser Tage etwas Neues anbietet. Hoffentlich kriegen sie ihn für die Schäden, die er den Menschen zugefügt hat, für immer am Arsch. Aber wir stehen vielleicht am Anfang eines neuen Zeitalters, Frank. Wenn die Gerüchte zutreffen – und Mr. Chin ist dieser Ansicht –, macht Wing Fat noch erheblich Schlimmeres, als nur *Prana* abzuziehen. Vermutlich testet er den neuen Stoff an Bord seiner Flotte schwebender Mülltransporter.«

Der thailändische Lude im Lift ging Gobi auf die Nerven, so wie er Tara anglotzte und ihr ins Ohr zu flüstern versuchte. »Hey, du«, fuhr Gobi ihn an. »Was willst du?«

Sie waren zu viert im Lift, Frank, Tara, der kleine Thai-Zuhälter, der eine rote Satin-Kickboxer-Jacke trug, und ein transsexueller *Katoey*-Liftboy im einteiligen Schwimmanzug und mit Stöckeln.

Eine Fotogalerie mit Strichern und Freudenmädchen samt ID-Rufnummern am Outfit hing gegenüber dem Eingang an der hinteren der verspiegelten Liftwände. Man konnte den Sensorkontakt berühren und sie unterwegs zum Dampfbad im elften Stock buchen.

Der Thai-Lude warf Gobi ein verächtliches Lächeln zu und flüsterte weiter mit rauer und schriller Stimme auf Tara ein, diese blickte Gobi fassungslos an und zuckte mit den Achseln. Gobi tippte dem Mann ungeduldig auf die Schulter.

»Ich *sagte,* was willst du? Das ist meine *Frau,* mit der du da quasselst.«

Der *Katoey*-Liftboy versuchte, das dem Zuhälter zu übersetzen. Er bedachte Frank und Tara mit einem freundlichen Lächeln und erklärte Tara die Situation. Der Lude strahlte Tara an. »Er fragt Sie, ob er was zu *bedeuten* hat.« Der *Katoey* errötete.

»Ob *wer* was zu bedeuten hat?«, wollte Gobi wissen.

»Nein, *nein,* er fragt *Misses.*« Wieder errötete der *Katoey.* »Er fragt Missis, ob das ›ihr Elefant‹ ist. Er meint Sie, Mister ... er fragt, ob Sie ihr Beschäler sind. Wenn sie frei ist, kann er ihr im zwölften Stock ein prima Geschäft anbieten, im speziellen Fremdenzimmer.«

»Das reicht, wir steigen in der nächsten Etage aus.« Gobi blickte Tara finster an. »Und dich, dich prügele ich zur Tür hinaus, wenn du dich nicht vorsiehst«, wandte er sich an den Thai, der die Drohung in Gobis Stimme spürte. Er machte einen Schritt auf Gobi zu, und sein breites Grinsen gefror plötzlich. Eine Hand verschwand in der rechten Jackentasche.

»Nein, Frank, warte«, rief Tara und stellte sich zwischen die beiden Männer. Sie wandte Frank den Rücken zu und hielt dem Luden ihren Ausschnitt unter die Nase, worauf sie leise auf ihn einzureden begann.

»Tara, was machst du da?«, fragte Gobi in benommener Ungläubigkeit.

Sie drehte sich zu ihm um. Tara, der Lude und der *Katoey* grinsten nun breit. »Nichts passiert, Frank.« Sie nickte ihm zu, als die Lifttür im zehnten Stock aufging. Sie zog Frank am Arm aus dem Lift und hauchte dem Zuhälter zu: »*Sawat dii,* danke!«

»Adieu, wir sehen uns später«, entgegnete der Lude, als die Lifttür sich schloss.

»Was um Himmels willen hat das zu bedeuten!? Das solltest du mir besser erklären, Tara«, beschwerte sich Gobi. »Was zum Teufel hast du mit dem Kerl angestellt? Hat er ein Gefühl entwickelt oder wie?«

Sie standen am Anfang eines langen, schmuddeligen Korridors, in dem ein Abfallzerhacker stand, der von Müll überquoll. Laute Discomusik drang aus einer Anzahl Patpong-Girlie-Bars. Sie sahen eine Aquarium-Glaswand vor der Meerjungfrau-Bar, hinter der nackte Mädchen mit Taucherbrillen nach Creditchips tauchten, die Kunden ins Wasser warfen.

Gobi blinzelte. Die Körper der Mädchen hatten einen wunderschönen braunen Teint, und ihr Schamhaar und die Nippel versteiften sich im kalten Wasser.

»Das reicht, Frank«, sagte Tara und lotste ihn den schmalen Gang entlang. »Wir gehen nicht fischen, musst du wissen.«

»Den Teufel werden wir! Was ist da gerade passiert? Würdest du mir das bitte erklären?«

»Frank, Frank hör mir zu.« Plötzlich stieß Tara Gobi an die Wand und gab ihm einen tiefen, atemlosen Kuss, während sie seinen Körper an ihren presste. Aus den Augenwinkeln heraus bemerkte Gobi eine Dreiergruppe zäher Thais, die sie neugierig musterte. Die Männer standen am Eingang zu einer japanischen *Sushi*-Bar. Es befand sich kein Name darüber, weder auf Englisch noch auf Japanisch.

Nichts außer einer Papierlaterne, die mit dem kalligrafischen Pinselschwung eines Schmetterlings verziert war.

Er küsste ihren Nacken. »Liebling, was zum …?«, murmelte er in ihrer Umarmung.

»Okay, Frank«, hauchte Tara ihm ins Ohr. »Ich rede nicht lange drum herum. Er wollte mit mir schlafen, also habe ich ihn sein kleines Spielchen spielen lassen …«

»*Was*!«

»Schscht!« Tara hob die Hand an seinen Mund und hielt ihm mit den Fingern die Lippen zu. »Halt die *Klappe*, Frank! Hör einfach zu, siehst du diese japanische *Sushi*-Bar? Starr nicht so auffällig hin! Diese Männer beobachten uns noch immer.«

Gobi beruhigte sich. »Was ist damit?«, fragte er.

»Dort testet Wing Fat sein neues Produkt, Frank. Das neue *Chi*-Angebot. Es ist noch nicht öffentlich erhältlich. Du kommst nicht hinein ohne *das* hier …« Sie öffnete die Faust und zeigte ihm eine Münze mit aufgeprägtem Schmetterlings-Logo. »Das habe ich von diesem Trottel im Lift, okay? Wing Fat verteilt sie unter seinen Leuten. Dafür kriegt man eine Schmetterlingsrolle.«

Tara hielt inne, damit Gobi zu ihren Überlegungen aufschließen konnte. »Du hast diese Münze von *ihm*, von diesem *Zuhälter* im Lift?«

»Ja, Frank!« Tara nickte. »Ich fragte ihn, ob er wisse, wo der Schmetterlingsort sei, der, der bald geöffnet wird. Er meinte, er habe eine Münze. Ich sagte ihm – also eigentlich versprach ich es ihm –, dass ich später etwas mit ihm trinken würde, um den geschäftlichen Vorschlag zu erörtern, wenn ich die Münze haben dürfte.«

»*Das* hast du getan?« Gobi hob skeptisch die Augenbraue. »Du hast versprochen, dich mit ihm zu *treffen?*«

»Nun komm schon, ich werde ja nicht wirklich auftauchen, oder? Sei nicht so eifersüchtig. In der Zwischenzeit können wir rein und den Laden checken. Alles an einem Tag, Frank.«

Tara schlang den Arm um Gobis Hüfte und schlenderte mit ihm zu der namenlosen *Sushi*-Bar. Die drei Rausschmeißer an der

Tür strafften sich, als Gobi und Tara sich dem Etablissement näherten. Ein halbhoher blauer Vorhang verdeckte den Eingang.

»Was ist das für eine *Sushi*-Bar?«, wisperte Frank Tara zu.

Die Rausschmeißer stellten sich ihnen in den Weg, doch Tara lächelte sie an und reichte ihnen die Münze. Die drei Männer wichen augenblicklich zur Seite und erlaubten ihnen einzutreten.

»Wir sind dicht dran, Frank«, flüsterte Tara ihm zu. »Das muss irgendein seltsamer Zufall sein. Aber das hier ist eine Schmetterlings-*Sushi*-Bar, die erste ihrer Art auf der ganzen Welt. Schmetterlinge, Frank – erinnerst du dich noch an Terry Jordan und Queen Rim? Sie servieren hier Schmetterlinge. Frisch. Und voller Nektar.«

Schmetterlings-*Sushi*

Das Erste, was Frank Gobi in den Bann schlug, als sie eintraten, war das feinmaschige Netz, mit dem das Innere des Restaurants verhängt war. Ein junges Thai-Mädchen in einem eleganten japanischen Kimono und einer *Obi*-Schärpe mit Brokat verneigte sich tief vor ihnen; sie hielt eine Ecke des Netzes hoch, sodass sie rasch hindurchschlüpfen konnten.

»Lasst keinen Schmetterling hinaus«, lächelte die junge Gastgeberin. »Nur aus der Erinnerung oder dem Fotoalbum.«

»Keine Sorge«, antwortete Gobi grimmig, als er Tara unters Netz folgte.

So etwas hatte er noch nicht gesehen. Es glich zweifellos keinem anderen *Sushi*-Restaurant, das er jemals besucht hatte, nicht einmal die interaktiven *Sushi*-Treffpunkte in Neo-Tokio konnten mit diesem Ort mithalten.

Gobis Augen fanden keine Ruhe, folgten dem farbenprächtigen Rauschen der Schmetterlinge, die wie rosa, blaues, goldenes, rotes, ockerfarbenes, gelbes und herrlich violettes Licht die Luft über der *Sushi*-Theke zum Brodeln brachten. Sie waren überall gleichzeitig, ließen sich auf kunstvoll angeordneten Topfpflanzen und blühenden Sträuchern nieder. Das Dekor glich dem eines tropischen Gartens, der in einem Neo-Nippon, das nach Bangkok verpflanzt worden war, den Verstand verloren hatte.

Winzige *Bonsai*-Palmen säumten den im Zickzack verlaufenden Steinpfad, der zum Hauptessbereich führte. Zwei klassische Thai-Tänzer standen auf einer kleinen Bühne und machten die ersten übertriebenen Schritte nach dem Klang des Saiteninstruments *Koto*; ihre Finger waren gespreizt wie die Flügel eines Schmetterlings im Bann der Insektenleidenschaft.

Der thailändische *Sushi*-Chefkoch trug einen *Happi*-Mantel. In der einen Hand hielt er ein Schmetterlingsnetz und stopfte die gefangenen Tiere in einen geschlossenen Arbeitsbereich, wo er die Schmetterlingsflügel in Streifen schnitt. Der Koch lachte fröhlich, während die Kunden an der Theke sich bei dem Versuch amüsierten, die vorbeiflatternden Insekten mit erhobenen Stäbchen zu fangen.

Als Nächstes fiel Gobi und Tara das menschliche Gebirge auf, das in der Ecke der Theke saß. Es war ein riesiger Chinese, er sah als, als wöge er mindestens dreihundert Kilo. Er trug ein durchscheinendes schwarzes Seidengewand und wurde von seinem Diener versorgt, der mit zwei Elfenbeinstäbchen köstliche Schmetterlings-*Sashimis* an ihn verfütterte. »Das ist Wing Fat«, flüsterte Tara Frank zu. »Den Laden hier hat er sich ausgedacht.«

Von seinem gewaltigen Rollstuhl aus, der wie ein zerbrechlicher Sedansessel aus der Ming-Dynastie gearbeitet war, hatte Wing Fat sie beobachtet; anscheinend bewirtete er zwei Gäste, Amerikanerinnen. Sie wirkten irgendwie fehl am Platz unter den anderen Essern in ihren Silicon-Valley-Brooks-Sisters-Anzügen.

Wing Fats Mehrfachkinn wabbelte auf seiner Brust, die fast so groß wie das Schiffsdeck eines Ozeanriesen wirkte. Seine Augen glichen aus Elfenbein geschnitzten Billardkugeln, die in seinen winzigen Augenhöhlen wie Eier in zu großen Verpackungen umherrollten. Sein Mund war voll; als er ihn öffnete, flatterten mehrere Schmetterlinge heraus.

Er murmelte seinem Diener etwas zu, der andächtig lauschte, in Franks und Taras Richtung blickte, nickte und sich dann mit geneigtem Kopf näherte.

»Mein Gebieter lädt Sie ein, sich seiner kleinen Party anzuschließen, Mr. und Mrs. Gobi. Bitte hier entlang ...«

Frank und Tara wechselten einen Blick. Woher um alles in der Welt wusste dieser himalayagroße Chinese, wer sie waren, und wieso hatte er sie erwartet?

Den beiden Amerikanerinnen, die Wing Fat gegenüber an der *Sushi*-Theke saßen, schien es nicht zu gefallen, dass Frank und Tara an ihrer Party teilnahmen. »Deedee ...«, vernahm Tara, als die Rotblonde sich mit besorgter Miene an ihre Begleiterin wandte.

»Nicht *jetzt*, Mir«, erklang die jähe Antwort der ernsten Kameradin. Die zweite Frau hatte kurzes braunes Haar und war zart gebaut, verbreitete jedoch ein Flair von Eigendünkel um sich, das der tiefen Überzeugung ihrer eigenen Überlegenheit entsprang.

Sie ist ein Siegertyp, dachte Tara bei sich, *aber nur, weil sie das Geheimnis kennt, wie man andere dazu bringt, mehr zu verlieren, als sie selbst benötigt, um sich aufzugeben. Eine Alleswisserin in der Kunst des aggressiven Entgegenkommens.*

Tara versuchte Deedee ein weiteres Mal auszuloten, während die Braunhaarige sie auf ihre Raffinesse im Sitzungssaal und ihre Slipgröße hin musterte. Tara zuckte zusammen. *Sie mag also Frauen, besonders starke Frauen ... Ihre Begleiterin ist ihr Alter Ego, klug, aber devot, nur im Schlafzimmer wirklich sie selbst, nicht im Büro.*

Deedee warf Tara jetzt ein mitleidiges Lächeln zu. Es war ihre erste intime Kontaktaufnahme, und weiter würde es nicht gehen, spürte Tara.

*Deedee, wer immer Deedee war, hatte eine Feuerschutzwand um ihr Hals-*Chakra *errichtet, das Energiezentrum, das den emotionalen Datenstrom regierte, der sich in Selbstausdruck übersetzte. Diese Frau würde nie die Karten auf den Tisch legen, nicht einmal vor diesem Gebirge, mit dem sie wie zufällig Geschäfte machte. Nicht, dass er* ihr *vertraut hätte …*, überlegte Tara, wobei sie Wing Fat höflich zunickte.

Und dieser Wing Fat, er *machte den Eindruck einer Lawine, die jederzeit ins Tal abgehen konnte … Hüte dich vor ihm. Er ist wie ein Vulkan, der seinen Biss verloren hat, aber aus Gewohnheit und schlechter Kontrolle der Blase noch immer Magma speit …*

Seltsam. Tara zögerte einen Moment. *Sein* Chi *ist blockiert. Oh, dieser verschleierte Blick. Natürlich. Das gleißende Fanal seiner Sucht. Das passt. Der Herr des kommerziellen* Chi *ist dessen Sklave.*

»Gehen wir doch zu den netten Leuten hinüber, Frank«, sagte Tara und ergriff Gobis Hand. Sie schlenderten beide im Zickzack auf Wing Fat und seine Gäste zu.

Wing Fats automatische Kopfstütze schob sich summend heraus, um seinen übergroßen Kopf zu halten. Sein Diener Little Min stand hinter ihm und strich mit den Händen über das Gesicht seines Herrn, als zöge er Pizzateig in die Länge. Wing Fat lächelte ihnen jetzt wie eine zerbrochene Puppe mit einem hohlen Grinsen entgegen.

Wie abstrus, teilten Tara und Gobi einander durch einen Händedruck mit. Als wäre es das Natürlichste auf der Welt, hielt Little Min mit den Fingern Wing Fats Mundwinkel hoch und zielte mit dem Lächeln seines Herrn in ihre Richtung.

»Sie müssen die Unfähigkeit meines Dieners entschuldigen«, wandte Wing Fat sich mit einem heiseren Flüstern an Gobi und Tara. »Er ist ganz versessen auf mein Lächeln, er hält es für eine aussterbende Art und tut alles, um es mir abzuringen.«

Wing Fats speckige Hand zuckte im Krater seines Schoßes mit den Fingerspitzen. »Danke, dass Sie uns Gesellschaft leisten. Und willkommen in Bangkok. Das reicht jetzt, Min.« Wing Fats Augen verdrehten sich auffordernd zu seinem Diener. Little Min lockerte den Lächelgriff, und die Woge von Wing Fats Gesichtsfett verschwamm wieder zu einem drögen hammelartigen Starren.

Gobi hob um einen Nanomillimeter die Braue. Das *war also Wing Fat. Schwer vorstellbar, dass er über alles herrschte. Ein Donni Duck mit einem Sabberlätzchen von der Größe der Chinesischen Mauer. Etwas stimmte hier nicht. Das war noch nicht das ganze Hockeyteam … unmöglich.*

Tara drückte Franks Hand, um ihm mitzuteilen, dass sie seiner Deutung der Lage beipflichtete.

»Sicherlich stören wir gerade«, sagte Gobi und verneigte sich vor der Gruppe.

»Keineswegs, keineswegs«, beharrte Wing Fat. »Bitte gesellen Sie sich doch einen Moment zu uns. Es geschieht nicht jeden Tag, dass uns so erlesene Gäste besuchen.« Seine Rechte machte wieder in Kniehöhe vor dem Bauch einen Knicks. »Anwesende natürlich eingeschlossen …«

Ein donnerartiges Rumpeln erklang, als Wing Fats Magen sich zu Wort meldete. »Entschuldigen Sie, dass ich mich und meine Freundinnen nicht vorgestellt habe. Ich bin Wing Fat. Der Käpt'n dieses Luftschiffs, könnte man sagen. Patpong Airways ist eine meiner Firmen. Und das hier …«

Deedee und Mir zögerten, doch dann hielt Deedee Tara die Hand hin und sagte: »Hi, ich bin Deedee Delorean, und das ist meine Mitarbeiterin Mirabelle Myers. Wir kommen aus Kalifornien und haben gerade ein kleines Geschäft mit Mr. Wing Fat erörtert.«

Mir biss sich auf die Lippe und hob schwächlich die Hand. »Hallöchen.«

Deedee sprach weiter: »Mir war nicht bewusst, dass er Leute

erwartete.« Sie warf dem Chinesen einen verdutzten Blick zu, doch der Riese ignorierte sie. Seine Kopfstütze drehte den Schädel, und er musterte Gobi aus nächster Nähe. *Sie haben sehr gutes* Chi. *Wirklich sehr gutes* Chi ...

»Erwartet habe ich sie eigentlich nicht, aber jetzt sind sie nun einmal hier«, antwortete Wing Fat Deedee schroff, während seine Kopfstütze wieder zurückschwenkte.

»Was für ein Glücksfall für uns«, erwiderte Deedee vorsichtig. »Eine Chance, Bekanntschaften zu schließen. Jeder Freund von Mr. Wing Fat ist ...«

»Eigentlich sind wir gar keine Freunde von Mr. Fat«, warf Gobi ein. »Wir hatten noch nicht das Vergnügen, seine Bekanntschaft zu machen. In der Tat frage ich mich, woher ...«

»Tut mir Leid, wir sollten uns vielleicht erst einmal vorstellen«, meinte Tara und warf Gobi ihren ›Halt die Klappe, Schatz‹-Blick zu. »Ich bin Tara Gobi, und das ist mein Mann Frank Gobi. Wir waren gerade in Bangkok und fanden, wir sollten uns die Stadt einmal von oben ansehen. Sie ist hinreißend aus der Vogelperspektive und viel weniger überfüllt.«

»Ich fragte mich gerade«, beharrte Frank, wobei er sich an Wing Fat wandte, »woher Sie wissen, wer wir sind.«

Deedee Delorean und Mir Myers drehten sich zu Wing Fat um und warteten gespannt auf seine Antwort. Diese Begegnung aus dem Stegreif stand nicht auf ihrer Tagesordnung, so viel war sicher.

»Es gibt nur sehr wenige Geheimnisse in Bangkok, Mr. Gobi«, entgegnete Wing Fat hämisch. »Ihr Ruf ist Ihnen vorausgeeilt, wie Sie sicherlich wissen. Es ist mir eine Ehre, dem berühmten Mann zu begegnen, der Satori City rettete. *Und* natürlich seiner bezaubernden Frau.« Der Chinese zwinkerte Tara vergnügt zu. »Die auf ihre Weise kein bisschen weniger vollkommen ist, Sie geben wirklich ein perfektes Paar ab. Es würde mich freuen, Sie zu meinen Freunden zählen und näher kennen lernen zu dürfen.«

Wing Fats Frohsinn war unwiderstehlich. »Aber seien Sie versichert, ich bin die Diskretion in Person. Ich verstehe voll und ganz, dass Ihr Besuch an Bord der *Kinnari* privater Natur ist und es niemanden etwas angeht, was Sie hier tun.« Er blinzelte ihnen wissend zu.

»Jeder braucht einmal Entspannung«, setzte Wing Fat hinzu. »Das liegt in der Natur des Lebens. Patpong Airways stellt keine Fragen, wir heißen alle Besucher willkommen, mit offenen Armen und einer offenen Libido, *Mr. und Mrs. Emanuelle …*«

Frank Gobi starrte Wing Fat einen Moment lang an. »Oh, ich verstehe …« Er fragte sich, wie dieser Berg von einem menschlichen *Dim-sum* ihre Tarnung so leicht hatte durchschauen können. »Wir wollten – äh – gerade die Szene checken«, erklärte er. »Wenn man in Bangkok ist – und all das. Aus streng soziologischer Sicht natürlich, man darf die dunkle Seite ja nicht übersehen, eh?«

»Natürlich.« Wing Fat nickte weise. »Wie heißt es doch so schön, grob aus dem Chinesischen übersetzt: ›Wer seine Sehnsüchte beherrscht, vermag das oft nicht wegen seiner starken Selbstbeherrschung, sondern weil seine Sehnsüchte zu schwach sind.‹«

»Sie kennen Ihre Klassiker, Mr. Fat«, sagte Gobi. »Das ist sehr scharfsinnig. Und Sie sind über die laufenden Ereignisse hervorragend informiert. Ich meine, Sie wissen, wer kommt und geht.«

»Ich bemühe mich, danke. Meine Kunden stehen für mich an erster Stelle. Das ist eine der Regeln im – äh – Vergnügungsgeschäft.«

Deedee warf Tara einen herablassenden Blick zu, flüchtig und doch irgendwie intim. *Oh, ich durchschaue dich, du bist ein Partygirl,* teilte ihr das Lächeln mit. Doch Tara ignorierte die Ouvertüre.

»Was Mr. Wing Fat meint, Frank«, erklärte Tara Gobi, »ist, dass er über unsere Ankunft offenbar in Kenntnis gesetzt wurde.« Sie wandte sich an Wing Fat. »Erst kürzlich. Habe ich Recht? Als wir an Bord kamen.«

»Oh, bitte!« Wing Fat klatschte in seine ausgebleichten Walhände. »Es gibt viel interessantere Mysterien, mit denen wir uns beschäftigen können. Wir haben die gleiche Passion, vielleicht können wir sie gemeinsam genießen. Schließlich sind Sie doch hier, um die Schmetterlinge zu sehen, nicht wahr? Sie sind in Xiang Gang auf den Geschmack gekommen?« Er unterdrückte ein Glucksen. »Möchten Sie gern einige der kleinen Tierchen kosten? *Koch* ...« Wing Fats Stimme dröhnte jetzt laut durch den Raum. »Was sind heute Abend deine Spezialitäten?«

Der drahtige *Sushi*-Chefkoch im *Happi*-Mantel hinter der Theke merkte jäh auf. »Ja, Sir!« Er ließ sein Schmetterlingsnetz sinken. »Wir haben ein ausgezeichnetes Leopard-Netzflügler-*Sashimi*. Der Rotgefleckte Sägezahn ist auch köstlich. Oder wenn Ihnen das lieber ist, können wir Ihnen ein *Hibachi*-Steak aus dem Juwelengeschmückten Nawab zubereiten, er hat ein höchst delikates Aroma, das sich gut mit einem Nymphalidae-*Miso* verträgt ...«

»Sie sehen« – Wing Fat strahlte Frank und Tara an –, »die fleischlichen Gelüste erstrecken sich auch auf die Flügel. Sie müssen einen Bissen mit uns nehmen. Natürlich werden Sie meine Gäste sein.«

In dem Moment fegte ein wabernder Vorhang schillernder Schmetterlinge über die Theke ins Netz des Thai-Chefkochs. Tara und Frank beobachteten, wie er seinen Fang in einem geschlossenen Behälter verstaute. Die Schmetterlinge klammerten sich an einen Ast und begannen von etwas zu fressen, das wie kleine weiße Fruchtknollen aussah, aufgefädelt an einer Schnur.

»Ich glaube, mir ist gerade der Appetit vergangen.« Tara erbleichte.

Wing Fat folgte ihrem Blick zu dem geschlossenen Behälter, dann versteinerte seine Miene wie eine Schicht klebrigen Lacks. »Haben Sie etwas dagegen, dass die Schmetterlinge vor ihrer letzten Metamorphose ins menschliche System noch einmal Nahrung zu sich nehmen? Ist Ihnen das zu epikuräisch?«

»Um die Wahrheit zu sagen, sind wir nicht gerade begeistert von der Vorstellung, Schmetterlings-*Sushi* zu uns zu nehmen«, erwiderte Tara in kaltem, gleichmütigem Tonfall. »Wir waren eher daran interessiert, das Phänomen zu beobachten. Aber ich glaube, wir haben genug gesehen und sollten jetzt gehen. Nicht wahr, Frank?«

Gobis große Augen signalisierten Einverständnis. Tara drückte seine Hand, um sein Entsetzen aufzufangen; es konnte kein Zweifel an dem bestehen, was sie gerade gesehen hatte.

»War uns eine Freude, Sie alle kennen zu lernen«, sagte Gobi, als er und Tara sich zum Gehen wandten. »Gute Nacht.«

»Sind Sie sicher?«, protestierte Wing Fat. »Sie sind doch eben erst eingetroffen! Na ja, auch gut«, rief er ihnen nach, als sie unter dem Netz hindurchschlüpften. »Viel Spaß beim weiteren Aufenthalt ...«

Wing Fat, Deedee und Mir sahen zu, wie das Paar das Restaurant verließ, dann fragte Deedee Wing Fat unheilvoll: »Sie werden sie doch nicht einfach so gehen lassen, oder?«

»Natürlich nicht«, antwortete Wing Fat. »Also, wollen wir unser Gespräch über die Bedingungen des Technologietransfers jetzt fortsetzen?«

Deedee starrte erst den Schmetterlings-Behälter an, dann Wing Fat.

»Sie sind ein kranker Mistkerl, Wing Fat, wussten Sie das? Aber na gut. Mir – machst du Notizen?«

»›*Ein ... kranker ... Mistkerl*‹«, tippte Mir in ihren PDA-Compact. Sie sah hoch. »Ja, hab ich.« So oder so bekam sie ihre kleine Rache. »Noch etwas?«

»Ihr Amerikaner seid einfach viel zu zimperlich«, sagte Wing Fat verächtlich.

»Wären wir das, würden wir nicht mit Ihnen verhandeln«, gab Deedee zurück. »Stimmt's?«

Little Min trat mit einem Handtuch neben seinen Herrn und wischte ihm den mit Schmetterlingsüberresten vermischten Speichel aus dem Mundwinkel. Das waren kostbare Schätze, die er später daheim in seinem Geisterhaus analysieren würde. Er fragte sich, wie viel Cholesterin das Schmetterlings-*Chi* wohl im Herzen des Bergs erzeugte.

»Min«, murmelte Wing Fat.

»Ja, Herr?«

»Kümmer dich darum.«

»Ja, Herr.« Der Diener verneigte sich und zog sich diskret zurück, um die nötigen Vorbereitungen zu treffen.

Helium-*Chi*

Frank und Tara traten in den Korridor, fort von den Patpong-Girlie-Bars und Wing Fats unseligem *Sushi*-Restaurant.

»Hast du das gesehen?« Tara fluchte unterdrückt. »Womit diese armen Schmetterlinge gefüttert werden?«

»Diese Dinger an dem Ast, die wie Trauben oder Litschis aussahen? Das waren Augäpfel, nicht wahr?« Gobi fröstelte. »Sie litten an grünem Star! Am liebsten hätte ich ihm mitten ins fette Gesicht gekotzt.«

»Hallo!« Ein Thai-Werber näherte sich ihnen aus dem Eingang eines verdunkelten Sex-Clubs. »Wollen Sie die Massageshow sehen? Affe massiert Hund … Katze massiert Ratte …«

»Nein danke!« Gobi funkelte ihn an. »*Verpiss dich!*« Der Werber zog sich eilig wieder in den Schatten zurück.

»Was machen wir jetzt?«, fragte Gobi Tara. Sie standen vor der Reihe mit Lifts. Tara drückte auf den Knopf. Sie schürzte die Lippen, während sie auf das Eintreffen des Lifts wartete, und dachte angestrengt nach. »Ich weiß es nicht.«

»Ich finde, wir sollten so schnell wie möglich verschwinden.«

Tara blickte ihn an. »Frank, wir sind an Bord eines Luftschiffs, weißt du noch? Patpong Airways. Es ist lenkbar, aber ich glaube nicht, dass es in den nächsten vier oder fünf Stunden auf dem Flugplatz von Lumpini landet. Voraussichtlich sinkt es erst um zwei Uhr wieder.«

»Unser Pech. Woher wusste er, dass wir kamen? Das gefällt mir nicht, das gefällt mir überhaupt nicht.«

»Ich stimme dir zu, Frank«, überlegte Tara. »Wing Fat hat hier alles verkabelt.«

Die Fahrstuhltür öffnete sich, und sie traten ein. Wieder stand ein *Katoey*-Liftboy bereit. Gobi kannte ihre Aufgabe. Sie waren für einen Quickie mit Kunden da, die zwischen den Etagen wechselten. Ein weiterer Patpong-Nebenerwerb der *S. S Kinnari.*

»Welche Etage, bitte?«, erkundigte der *Katoey* sich mit Singsangstimme.

»Können Sie uns zur Rama IV Road hinunterbringen?«, scherzte Gobi düster.

»Häh?« Der *Katoey* grinste. »Geht nicht. So weit runter reicht der Fahrstuhl nicht.«

»Nebelsauna«, sagte Tara und warf Frank einen bohrenden Blick zu. »Wir können hier ebenso gut etwas Zeit totschlagen. Uns so klein wie möglich machen.«

»Nebelsauna.« Der *Katoey* drückte auf einen Knopf. »Achter Stock.«

Sie fuhren nach oben.

Das Handy am Gürtel des *Katoey* begann zu summen. Frank und Tara starrten es beide gleichzeitig an. »*Sawat dii?*«, meldete sich der *Katoey*, während er/sie die beiden mit neu erwachter Neugier ansah. »*Ao.*« Dann reichte der *Katoey* Gobi das Handy. »Der Anruf ist für Sie, Sir.«

Gobi packte den *Katoey* am Handgelenk und entwand ihm das Handy. »Nein, ist er nicht«, murmelte er und stieß das Knabenmädchen gegen die Wand des Lifts. »Ich glaube, er ist für Sie …«

Er hatte gesehen, wie der *Katoey* die letzte Ziffer auf dem Display gedrückt hatte, die das Stilett aus der Rückseite des Handys schießen ließ. »O mein Gott!«, schrie Tara auf. Der *Katoey* stürzte sich entschlossen auf sie, versuchte, Gobi das Knie in den Unterleib zu rammen und ihm mit der freien Hand das Gesicht zu zerkratzen.

Little Min lauschte am anderen Ende. Dann, als die Verbindung abriss, wählte er eine andere Nummer.

»Bist du verletzt, Liebling?« Tara berührte voller Sorge die Rippe in Gobis weißem Seiden-T-Shirt.

»Nur ein Kratzer«, sagte er, als ihre Hand mit dem verschmierten Blut zum Vorschein kam. »Der Hundesohn, ich meine, dieses Miststück … Es war nicht die Klinge, es war einer der Stöckel, der mich schrammte. Sind wir im achten?«

»Ich … ich glaube schon«, erwiderte Tara. Sie hatten den Lift wieder nach oben geschickt, mit dem *Katoey*, den Tara mit einem blitzschnellen Nierenschlag außer Gefecht gesetzt hatte. Das war eine ›Niann‹-Technik – eine der Methoden, wie man ›Gedanken anhält‹ –, die sie in einem *Chi-kung*-Straßenkampf-Kurs in Berkeley gelernt hatte.

»Schau, da drüben ist die Nebelsauna.« Sie deutete den Korridor hinunter. Das Schild war zwischen den rotierenden Stangen des Friseurladens und den anderen Massagesalons kaum sichtbar.

Frank Gobi tastete seine Rippen ab und stöhnte auf. »Ich weiß nicht, Tara, ich glaube, die ganze Sache verheißt nichts Gutes. Ich glaube, Wing Fat hat die Lifts vernetzt und alles andere auch.«

»Hast Recht«, stimmte Tara zu. »Halten wir uns an das, was wir haben. Der Ort ist eigentlich egal.«

Allmählich erregten sie im Korridor Aufmerksamkeit. Thais, *Farangs,* Huren und Laufburschen warfen ihnen seltsame Blicke zu. »Oh, oh«, sagte Gobi, als er Taras Arm packte. »Die Patpong-Miliz ist eingetroffen.«

Vier oder fünf Thai-Gangster schoben sich durch die Menge auf sie zu. Sie trugen umlaufende Brillen, am Kragen aufgeknöpfte japanische *Yakuza*-Hemden und Cowboystiefel mit Stahlspitzen.

Frank und Tara rannten ins New Hong Haw Tora Massage Center. Auf dem Schild stand: ›Bangkok ist der Himmel.‹

»Kann ich Ihnen helfen?« Die Mama-san an der Theke lächelte sie an, dann erstarrte das Willkommen, als sie den Aufruhr draußen im Korridor bemerkte. Die Tür klappte zu.

»Wie viel kostet eine klassische Thai-Massage?«, fragte Gobi, ohne auf die Antwort zu warten, da er und Tara durch das Foyer hindurch geradewegs in ein Labyrinth aus Würfeln mit beschlagenen Glastüren rannten.

»Wir sind heute schon besetzt, halt!«, hörten sie Mama-sans Ruf und dann ihren Aufschrei, als die Schurken die Vordertür einschlugen.

Sie liefen durch eine Sauna, die dicht mit Nebel angefüllt war, in dem Paare einander abtätschelten. »Hi!«, wandte sich eine Thai-Schönheit an sie. Bis auf einen Luffaschwamm, mit dem sie ihre Jadepforte bedeckte, trug sie nichts. »Was wollt ihr, heh?«

»Wo ist der Coffee-Shop?«, entgegnete Frank, wobei er Tara durch die Sauna und zur Tür hinaus in einen Ankleideraum führte.

»Wohin gehen wir, Frank?«, fragte Tara ihn atemlos.

»Hier entlang, Liebling, und dann irgendwohin, wo unser *Karma* noch funktioniert.« Er blieb in dem Raum mit den Schließfächern stehen und lauschte auf den Lärm der Verfolger, der hinter ihnen erklang. Die Thai-Gangster rannten jetzt durch die Sauna und traten dabei allen möglichen Leuten auf die Zehen. Schmerz- und Protestschreie erklangen. »Das sind sie«, sagte Gobi, während er sich fieberhaft das weitere Vorgehen überlegte.

»Frank, beeil dich!«, beschwor Tara ihn.

»Einen Moment noch«, erwiderte Gobi, dann stellte er sich auf die Fußballen und zog eine Schnur aus einem Anschluss in der Wand. »Einziehbare Wäscheleine«, erklärte er, als er ihr Ende am

Haken an der gegenüberliegenden Wand befestigte. »Okay, Liebling, trennen wir uns.«

Als sie den Umkleideraum verließen, hörten sie, wie die Saunatür aufschwang, und den dumpfen Aufschlag von Leibern, die am Adamsapfel zurückgerissen wurden.

»Was zum Teufel ...«, brüllte ein *Farang*-Kunde sie an.

»Tut uns Leid, dass wir einfach so hier hereinplatzen«, entschuldigte Gobi sich, als er mit Tara durch einen Würfel rannte, in dem ein *Farang* wie eine eingeseifte Statue auf einer Luftmatratze lag. Ein thailändisches Freudenmädchen glitt und schlitterte mit gelangweilter Miene auf ihm hoch und runter.

»Verdammt!« Der *Farang* wandte sich jetzt an die nächste Delegation, die sein Seifenspiel störte. »Dafür berappe ich nichts! Verdammt!«

Frank und Tara liefen noch durch mehrere andere Würfel, stiegen über Eimer mit Wasser und weitere Körper, die mit verschiedenen Formen des Koitus befasst waren, alten wie neuen.

»Kennst du dich hier aus?«, fragte Tara skeptisch.

»Nein, aber ich weiß, wo wir hin müssen!«, erwiderte Gobi. »Diese Treppe hinunter, Baby, das ist der richtige Weg, egal wo er hinführt.«

»Ich folge dir dichtauf.«

Sie nahmen drei Stufen auf einmal und hielten sich am Geländer fest. Alsbald hörten sie den Aufruhr oben auf der Treppe, als die Schurken die Verfolgung aufnahmen.

Gobi untersuchte einen Hebel an einem Notausgang auf dem Treppenabsatz, Tara blickte aus dem Fenster. »Das kann nicht dein Ernst sein, Frank. Wir sind mindestens fünfhundert Meter über dem Boden!«

»Du hast wahrscheinlich Recht.« Gobi biss sich auf die Lippe. Der Zeppelin segelte irgendwo über dem Chao Phraya, durch den Dunst hindurch konnte er die Lichter des Großen Palasts sehen. Er öffnete eine Tür, an der ein Schild mit der Aufschrift ›Nur für Personal‹ hing. »Schau an, was haben wir denn hier?«

»Ein Rettungsboot?«

Gobi ignorierte die hämmernden Schritte der Thai-Gangster; der Kopf von einem von ihnen war über dem Geländer aufgetaucht, er deutete auf sie.

Gobi zerrte das Gebilde aus der Kammer. »Stimmt genau, ein Rettungsboot, Tara. Wir haben keine Wahl. Machst du mit?«

Tara blickte das Trumm an und schüttelte den Kopf. »Das schaffen wir nie.«

»Das hier ist die thailändische Hindenburg, Tara«, sagte Gobi mit ernster Stimme zu ihr, als er den Rahmen entriegelte und den Griff an der Nottür umlegte. Ein Strom feuchter, warmer, tropischer Luft schlug ihnen ins Gesicht. Für den Bruchteil einer Sekunde standen sie einfach so da, bis er zu Tara sagte: »Sonst gehen wir in Flammen auf.«

»Okay, ich bin dabei. Du bist der Pilot.«

Gobi küsste sie auf die Wange, dann schlüpfte er in die Riemen des Nothängegleiters. »Leg das an, Schatz.«

»Ich brauche keinen Helm.«

»Das ist kein Helm. Das ist ein Fallschirm. Und du wirst dich an mir festhalten. Schieb deine Hände unter mein Gurtzeug und halt dich an mir fest. Ganz fest.«

»*Farangs!* Halt!« Kaum sechs Schritte entfernt standen drei Gangster, doch sie zögerten, weil die Tür offen war und der Wind die Treppe hinauffegte.

»Tut mir Leid, aber in dem Ding ist nur Platz für zwei«, rief Gobi ihnen zu. »Sprich mit deinem Reiseveranstalter.« Dann machte er das ›Go!‹-Zeichen mit dem Daumen, und er und Tara tauchten aus dem Luftschiff ab, bis der Wind sie auf seiner luftigen Hängematte auffing und sie auf die Lichter zuzuschweben begannen, die sich über dem Fluss bewegten.

Sie sahen den Wat Arun, den Tempel der Dämmerung, auf der anderen Seite des Chao Phraya, dessen Turm seiner *Stupa* wie eine Landefläche für etwas halb Menschliches, halb Vogelartiges wirkte, das verrückt oder gottergeben genug war, dort eine Landung zu versuchen, ohne von den zum Gebet erhobenen Händen der vergoldeten Thai-Buddhas, die das Gelände umringten, aufgespießt zu werden.

Gobi hörte Tara wie eine Hexe lachen, als sie sich an seinem Rücken festklammerte und sie sich durch die Nacht schwangen. »Das ist besser als Sex, Frank!«, schrie sie ihm ins Ohr.

»Ist es *nicht!*«, schrie er zurück. »Sobald wir gelandet sind, nehmen wir ein Taxi zurück ins Hotel. Dann werde ich es dir mit Freuden beweisen.«

Peachy's = Pfirsiche

»An Ihrer Stelle würde ich das nicht tun«, riet ihm die Stimme in seinem Rücken.

Paul Sykes schnellte in dem kleinen, stickigen Raum herum, um zu sehen, wer ihn da ansprach. Er hatte seinen Rucksack neben der dünnen Schaumstoffmatratze auf dem Boden abgestellt und versuchte das Fenster aufzubekommen, das jedoch klemmte.

Die Tür stand offen, und ein junger blonder Amerikaner lehnte im Eingang und sah zu, wie Sykes sich abmühte.

»Wie bitte?«, antwortete Sykes triefäugig. Er war kurz davor, aus lauter Erschöpfung umzukippen, fürchtete jedoch, dass er zuerst ersticken könnte, wenn er es nicht fertig brachte, diesen karg möblierten Sarg, den sie Zimmer nannten, ein wenig zu lüften.

»Das ist nicht sehr ratsam«, erwiderte der Fremde. »Selbst *wenn* Sie es aufbekämen, was ich bezweifle, wäre das trotzdem keine gute Idee.«

Sykes musterte ihn von Kopf bis Fuß. Der Kerl war braun gebrannt, etwa eins achtzig groß, hatte blaue Augen mit grünlichem Einschlag und trug ein ›Dr.-Zogs-Sexwachs‹-T-Shirt über verblichenen Blue-Shorts. Er stand barfuß im Flur und hielt eine Plastikflasche mit Mineralwasser in der Hand.

»Der Ventilator funktioniert nicht.« Sykes runzelte die Stirn und schlug noch einmal mit dem Handrücken gegen den Fensterrahmen.

»Warum erstaunt es mich bloß nicht, das zu hören?«, entgegnete der blonde *Farang*, nahm einen Schluck Wasser aus der Flasche und kratzte sich hinterm Ohr.

Sykes stieß unwillkürlich einen Seufzer der Erschöpfung aus, setzte sich in dem ansonsten leeren Raum auf den einzigen Stuhl und musterte das Loch in seiner rechten Socke. Selbst sein großer Zeh, der nach draußen ragte, schien unter Sauerstoffmangel zu leiden. Müde blickte er zu dem jungen Amerikaner hoch. »Wie soll man hier drin atmen?«

»Versuchen Sie's mal mit dem Zimmerservice«, rief der Yankee. »Ich meine, wieso fragen Sie nicht an der Rezeption nach? Man wird Ihnen nur zu gern für etwa hundert *Baht* täglich zwei Sauerstoffflaschen vermieten. Die gibt's gebraucht beim Taucherbedarf. Da die Riffe in Thailand sowieso schon alle zum Teufel sind, ist das Tauchgeschäft sozusagen eine Etage höher geklettert. Man braucht lediglich an einer Aqualunge ein Ventil aufzulassen und hat genug Sauerstoff, um bequem die Nacht durchschlafen zu können, vorausgesetzt, sie ist nicht defekt. Achten Sie auf die Dellen, wenn Sie morgens erwachen. Sie müssen's echt langsam angehen. Erlauben Sie Ihrem System, sich anzupassen.«

Sykes seufzte erneut und schüttelte den Kopf. Seit ihm auf der Khao San Road schier der Schädel explodiert war, hatte er sich erst um seinen Geisteszustand und dann über sein Herz Sorgen gemacht; es schien ziemlich schnell zu schlagen, in unregelmäßigem Rhythmus.

»Sind Sie so was wie Tauchlehrer?«, fragte er den Amerikaner schließlich.

»Wer, ich?«, erwiderte ›Dr. Zogs Sexwachs‹. »Oh, nichts dergleichen! Tut mir Leid, wenn ich Sie erschreckt habe. Mein Zimmer liegt genau auf der anderen Seite des Flurs, wir sind also Nachbarn. Sie haben so ausgesehen, als wären Sie neu in Bangkok, da dachte ich, ich sollte Sie wegen der Fenster besser warnen. Ich meine, wegen *dem* Fenster. Hi, mein Name ist Gobi. Trevor Gobi. Nur ein freundschaftlicher Rat. Also dann, gute Nacht ...«

»Moment mal.« Paul Sykes erhob sich von seinem Stuhl und schlurfte durchs Zimmer zur Tür. Er beobachtete, wie der Yankee an seinem Türschloss hantierte. »Gobi, das ist ein ungewöhnlicher Name, nicht wahr? Ich bin Paul Sykes.« Er hielt ihm die Hand hin. »Freut mich, Sie kennen zu lernen.«

»Oh.« Trevor drehte sich um und schüttelte Sykes' Hand. »Ja. Ist wohl irgendwie ungewöhnlich. Was soll's«, er zuckte mit den Achseln. »Nochmals gute Nacht.«

Gobis Tür schwang auf, und Sykes sah eine ähnliche Schaumstoffmatratze auf dem Boden wie bei ihm, mit Laken bezogen, und ein Paar Aqualungen, die strategisch günstig innerhalb des Moskitonetzes am Kopfende der Matratze aufgestellt waren.

»Halt, *warten* Sie einen Moment.« Sykes durchquerte den Flur. »Ich will Sie nicht weiter stören, aber sind Sie – woher kommen Sie?«

»San Francisco«, erwiderte Trevor Gobi.

»Kein Scheiß?«, entgegnete Sykes in jähem Überschwang. »Da komme ich *auch* her. Ich bin erst heute Abend mit dem Flieger eingetroffen.«

»So was dachte ich mir«, sagte Trevor und begann in einem Haufen Kleidung und allen möglichen Gegenständen zu kramen, die vor dem Bett auf dem Boden lagen. Er fand einen Schraubenschlüssel und grinste Sykes an, dann drehte er eines der Ventile an seinem Lufttank auf.

Als die Luft zischend entwich, kühlte Trevor sich daran das Gesicht. »Schon besser«, sagte er. »Kommt fast an eine Klimaanlage heran.« Er nahm eine Maske mit Schnorchel und warf sie auf den Stapel zurück. »Ich hab versucht, mit einem dieser Schläuche im Mund, die einen an den Tank fesseln, zu schlafen, aber das war nicht auszuhalten. Einfach altmodische Luft in Dosen, das ist das Ticket.«

Sykes blieb verdutzt auf Trevors Türschwelle stehen. »Warum sollte man die Fenster nicht öffnen? Ist die Luft in Bangkok denn vergiftet?«

»Was?« Trevor zog sein T-Shirt aus und kratzte sich unter den Armen. »Sie ist beschissen, aber nein, giftig kann man nicht gerade sagen. Nein, es geht nur um grundlegende Sicherheitsmaßnahmen, mehr nicht. Sie haben wohl in letzter Zeit nicht die Zeitung gelesen. Ups, das nehme ich zurück. In den normalen Zeitungen steht darüber nichts drin. Diese Art Informationen werden nicht gedruckt, erst recht nicht in Bangkok. Schlecht für den Tourismus und all den Scheiß. Aber es stand in allen Blättern für Rucksacktouristen ... der ›Coconut Press‹.«

»Also worin besteht das Problem?«, fragte Sykes und spürte, wie dieses bange Gefühl zurückkehrte.

Trevor warf sein verschwitztes T-Shirt auf einen anderen Stapel Kleidung in der Ecke. »Welche Augenfarbe haben Sie?«, fragte er plötzlich.

»Blau, blaugrau«, entgegnete Sykes. »Was hat das damit zu tun?«

Trevor erhob sich, ging zu Paul Sykes hinüber und blickte ihm ins Gesicht. »Sie sind grün, würde ich sagen. Yep, definitiv grün. Grün angehaucht.«

»Nein, sind sie nicht«, platzte Sykes heraus, doch er spürte, wie sich ihm die Kehle zuschnürte. »Egal, Sie haben meine Frage nicht beantwortet ...«

»Hören Sie, es tut mir wirklich sehr Leid«, sagte Trevor ganz ruhig. »Aber Sie müssen sehr vorsichtig sein. Ich will Sie nicht erschrecken, finde jedoch, man sollte Sie angemessen über die Lage informieren.«

»Welche Lage, verdammt? Wovon reden Sie, um Himmels willen! Hören Sie, ich habe einen Jetlag, das verdammte Fenster klemmt, ich fühle mich nicht sehr gut, und Sie warnen mich vor etwas, ohne dass ich einen Schimmer habe, wovor ... Wieso muss ich vorsichtig sein? Werden vielleicht zuhauf Verbrechen gegen Ausländer mit grünen Augen begangen oder etwas ähnlich Exotisches?«

»In Ordnung.« Trevor hob beschwichtigend beide Hände hoch. »Meine Schuld, meine Schuld. Tut mir Leid. Keine Doppeldeutigkeiten mehr, nur noch schlichte, einfache Rede. Ach, wie soll ich's Ihnen erklären?« Er ging einige Schritte auf und ab, dann blieb er stehen. »Okay, schön, Sykes. Sykes, so heißen Sie doch?«

Sykes nickte. »Genau, ich heiße Sykes, und mir bleiben vielleicht noch drei Minuten, bis ich im Stehen einschlafe. Also fassen Sie sich bitte kurz.«

Trevor verschränkte die Hände vor sich und schürzte nachdenklich die Lippen. »Es geht um Folgendes, Sykes. Da ist eine seltsame Schwarzmarktsache am Laufen, bei der es um Organdiebstahl geht. Sie müssen grün sein, wenigstens ansatzweise. Das ist Voraussetzung.«

Paul Sykes spürte, wie Fassungslosigkeit das Adrenalin mitten in seinen Solarplexus peitschte.

»Sie machen wohl Witze.«

»Ich wünschte, es wäre so. Aber das ist noch nicht alles. In Bangkok geschieht es auch. Auf der Khao San Road. In den Cafés werden Flyer verteilt, die die Menschen davor warnen, von Fremden Drinks anzunehmen. Sie werden Ihnen begegnen, wenn Sie ausgehen. Kein schlechter Rat. Ich an Ihrer Stelle« – Trevor blickte Paul wieder ins Gesicht – »würde mit einer Augenmaske schlafen. Seltsam, dass Sie nicht wissen, welche Farbe Ihre Augen haben, Sykes. Für mich sehen sie grün aus.«

»Grün? Sonst waren sie immer blau – ach, verdammt, ich *weiß* schon gar nicht mehr, was ich rede. Die letzten Tage waren recht hektisch, und es wird nicht gerade leichter. Ich warte darauf, dass das Blatt sich wendet. Also gut.« Sykes machte kehrt und ging davon. »Ich werde ihnen einfach aus dem Weg gehen. Danke für den guten Rat.«

»Keine Ursache«, sagte Trevor nachdenklich. »Paul Sykes, eh? Aus San Francisco? Ihr Name kommt mir irgendwie bekannt vor. Sind Sie Schriftsteller oder so? Vielleicht habe ich schon mal was von Ihnen gelesen.«

Sykes stand auf seiner Türschwelle und wandte sich Trevor auf der anderen Seite des Flurs zu. Ein verzerrtes Lächeln erschien auf seinem Gesicht. »Ja, ich bin freischaffend. Aber Ihr Name kommt mir auch bekannt vor. *Gobi*. Sind Sie verwandt mit ...?«

»Frank Gobi?«, unterbrach Trevor seinen neuen Bekannten. »Sie haben von ihm gehört? Er ist mein Dad. Echt cool, Sykes. Wir sind uns gerade erst begegnet und kennen einander schon. Wohin sind Sie eigentlich unterwegs? In den Norden des Dreiecks? Oder runter in den Süden?«

»In den Süden. Zum Golf von Thailand«, erwiderte Sykes.

»Nicht möglich!« Trevor grinste. »Alle Wetter! Ich auch. Ich reise zu einem Ort namens Hat Rin. Da soll es einen Strand geben wie sonst keinen auf der Welt. Und immer bei Vollmond gibt's dort eine Vollmondparty, die muss die Mutter aller Raves sein. Ein einziges großes Happening. Die Menschen kommen von überall auf der Welt, um Gott zu finden und flachgelegt zu werden.«

Sykes lachte. »Hört sich gut an.«

»Und wohin zieht's Sie im Golf von Thailand?«

Sykes lächelte zum ersten Mal entspannt. Mort Wisenik hatte ihm von Trevor erzählt, und hier stand er ihm jetzt im Flur gegenüber, mitten in einem verlausten Gästehaus auf der Khao San Road. *Wenn er das wüsste ...*

»Zum selben Ort, Kumpel. Ich will genau wie Sie nach Kho Samui. Von Kho Phangan habe ich allerdings noch nie was gehört, vielleicht sollte ich's mir einmal ansehen. Wann brechen wir auf?«

»Die Vollmondsache läuft in drei Tagen. Ich wollte morgen los.«

»Wie kommen wir dorthin?«

»Oh, mit dem VIP-Bus, das ist billig. Er verfügt über eine Klimaanlage, und wir fahren die Nacht durch. Sie holpern übers Festland bis zu einem Ort namens Surathani, dann ist es eine Zwei-Stunden-Fahrt mit der Autofähre nach Nathon, dem Haupthafen von Samui. Kho Phangan liegt mit der Fähre nur fünfundvierzig Minuten von einem Steg am Big Buddha Beach an der Nordküste von Samui entfernt.«

»Big Buddha Beach, eh? Klingt faszinierend. Was dagegen, wenn ich mich anschließe, wo wir doch sowieso beide dieselbe Richtung haben?«

»Cool, Sykes. Wir quatschen morgen weiter, okay? Wenn Sie wollen, können wir zusammen frühstücken. Die servieren hier spitzenmäßigen Bananenkuchen. Und mittlerweile, schlage ich vor, sollten Sie mit einem Topf über dem Kopf schlafen. Man kann gar nicht vorsichtig genug sein.«

»Also dann, wir sehen uns morgen«, sagte Sykes, als er seine Zimmertür schloss. Er starrte das blockierte Fenster an und spürte, wie die Hitze in der drückenden Kammer zunahm. Keine Luft. Kein Ventilator. Kein Glück. Ach, was sollte es auch. Einerlei. Es würde sich schon noch was ergeben. Wenn nicht, was machte es für einen Unterschied? Er war sowieso im Arsch. Und seine Augen waren grün, verdammt! Nein, blau, meinte er. Nein, sie waren grün. Grün wie das Licht, das durchs Fenster flackerte.

Er trat ans Fenster und blickte auf die Straße hinaus. Unbeschwerte *Farangs* auf der Suche nach einer tollen Zeit; Sykes sah ihre Köpfe auf und ab hüpfen, während sie durchs Getümmel strebten. Die Khao San Road kannte anscheinend keinen Schlaf. Und *sie* auch nicht, sie stand noch immer auf der anderen Straßenseite. Wie hätte er sie auch übersehen können? Die seltsame Frau mit dem tropischen Gefieder statt Haaren und zwei untrennbar mit ihren Schultern verbundenen Papageien. Sie stand still da, praktisch reglos, und blickte auf die Straße hinaus, in der die Pension Pfirsich lag. Worauf wartete sie?

Die Amazonasbewohner schienen die Gesichter der Passanten zu beäugen. Sie breiteten die Schwingen aus und reckten und verrenkten die Hälse, während sie dem Trubel auf der Straße folgten. Worauf, um alles in der Welt, warteten *sie* nur?

Er nahm die Frage zurück. Sykes wollte es eigentlich gar nicht wissen.

Das *Herz-Sutra-Hoe-Down*

Trevor lehnte sich kichernd in seinem Rattanstuhl zurück und wischte sich mit einer Serviette den Mund ab. Er nickte in Richtung der jungen *Farang*-Rucksackträger, die zur Bushaltestelle an der Straßenkreuzung eilten. »Ich nenne es das ›Herz-Sutra-Hoe-Down‹«, sagte er zu Paul Sykes.

»Wenn der Geist sie bewegt, bewegt er sie *richtig*. Das ist diese Herzsache, der man in Thailand nicht entkommt. Eine Eigenart des Landes, wie diese komischen Schuhe.«

»Ich verstehe, was du meinst«, sagte Sykes, wobei er noch einmal von seinem Bananenkuchen abbiss und den Brocken mit einer Tasse heißem Thai-Kaffee hinunterspülte. Nicht schlecht. Er wurde schwarz, stark gesüßt und wahlweise mit viel Kondensmilch serviert. Der Bananenkuchen, in dem ganze Bananen steckten, war auch ziemlich gut, fand Sykes. Für einen Dollar einfach großartig, und der Obstsalat kostete sogar nur 50 Cent für frische Stücke Wassermelone, Papaya, Ananas, Mango und, ja, noch mehr Bananen!

Man konnte hier praktisch wie ein Mandarin leben, überlegte

Sykes. Vielleicht wie ein billiger Mandarin, aber doch wie ein Mandarin. Und nicht wie einer von der orangeroten Sorte, sondern von der Sorte, die in Seidenroben einherschritt und in einer Sänfte getragen wurde. Erschwinglicher Luxus, danach stand Sykes der Sinn. Er wollte sich nicht wie ein Schwein benehmen, hatte es aber satt, sich wie ein Hamster zu fühlen, der im Käfig des Westens in einer Tretmühle lief.

Der Rand des Pazifiks, gebt ihm den Rand, dann konnte ihm selbst das Silbertablett gestohlen bleiben, o Mann, oh …

Sykes frühstückte mit Trevor Gobi in einem Café mit Außenbedienung auf der Khao San Road. Es ging ihm heute Morgen schon etwas besser. Er war in gehobener Stimmung, fühlte sich nicht mehr so niedergeschlagen wie am Abend zuvor, als er mit wenig Geld in einem fremden südostasiatischen Land angekommen war, vermutlich ein Kopfgeld auf ihn ausgesetzt.

Sykes' Kenntnis von Asien hatte sich bisher auf den japanischen Garten im Golden Gate Park von San Francisco beschränkt. Es gab dort eine lustige kleine Buckelbrücke, die man, um sie überqueren zu können, auf Händen und Füßen erklimmen musste, und die roten Ahornblätter schillerten im Spätherbst, aber wer ließ sich dadurch schon zum Narren halten?

Das war nicht Asien, so wenig wie die Chinatown von San Francisco China war. Aber Thailand, daran musste man sich erst gewöhnen. Es war wie etwas aus einer barocken Posse – aber aus welcher genau? Ein Traum aus tausendundeiner Nacht, nur ohne Araber. Die Thailänder selbst waren reizende, gut gelaunte Leute, lässig und alles andere als kopflastig, die ihren Gefühlen nachgaben. Ihr Gehirn war mit ihrem Herz verkabelt.

Sykes war froh, Trevor begegnet zu sein. Der junge Mann war freundlich, intelligent, gut informiert und zweifelsfrei eine Hilfe. Beim Frühstück hatte Trevor ihm – *wie der Vater, so der Sohn?*, überlegte Sykes – Vorträge über die verschiedenen Befindlichkeiten des Herzens gehalten, aus denen heraus die Thai instinktiv handeln. Das ergab für Sykes eine Menge Sinn. Er sah es, er spürte es.

»Also, da wäre zum Beispiel *›jai dee‹*, was so viel wie ›gutes Herz‹ heißt«, erklärte Trevor. »Dann gibt's da noch *›jai tahm‹*, was ›finsteres Herz‹ bedeutet. Das ist jemand, der wirklich eine üble Gesinnung hat. Und eine der beliebtesten Wendungen hier, ich meine, sie steht in allen Reiseführern, ist, wenn man *›jai yen‹* zu jemandem sagt. Hab ein ›kühles Herz‹. Das ist, als würde man sagen ›Mach dich locker, Mann‹. Es geht um die Geduld des Herzens.«

Die Geduld des Herzens. Sykes ließ das auf sich wirken. Es hatte eine angenehme Schwere. Sein Herz spürte eine neue Art von Geduld. Eine, um die er nicht besonders zu ringen brauchte. Er knirschte nicht mit den Zähnen, er wusste einfach, dass es geschah. Es gab keine Zufälle, es gab nur den Fluss, und er kostete davon. Ein Rinnsal, zugegeben, doch es barg eine große Verheißung.

Mein Gott, was für ein wunderschöner sonniger Tag, selbst in diesem Dreckloch Bangkok!

»Sprich weiter.« Sykes lächelte Trevor an. »Es klingt wie alle möglichen Sexpositionen. Die Missionarsstellung des Herzens. Eindringen von hinten. Seite an Seite …«

»Hahaha«, lachte Trevor. »Genau. Es gibt sogar Thai-Ausdrücke für Herzen, die andere Herzen *vergewaltigen* …«

»Jessas«, meinte Sykes. »Das ist ja schrecklich.«

»Aber so spielt nun einmal das Leben, nicht wahr?«, erwiderte Trevor, während er sich etwas Müsli mit Jogurt in den Mund schob. »*›Jai rawn‹*, das ist die Art Herz, die andere Herzen terrorisiert, erbarmungslos, ohne Gnade, wie ein Dolch, der hineinfährt und gewendet wird. Killer sind *›jai rawn‹*, und davon gibt es auch in Thailand jede Menge. Du willst jemanden auslöschen? Jemanden, der dich beleidigt hat, dein Mädchen anmachte, dich reinlegte, dafür sorgte, dass du dein Gesicht verlierst. Einen Killer anzuheuern kostet dich 150 Dollar. Mehr, wenn du willst, dass es Auge in Auge geschieht. Noch etwas mehr, wenn es auf Video aufgezeichnet werden soll …«

»Gütiger Gott!«

»Yep.« Trevor faltete sein Exemplar der *Bangkok Post* auf dem Schoß zusammen und blickte flüchtig zu einem jungen *Farang*-Paar hoch, das Hand in Hand vorbeiging. »Dann gibt's da noch die Liebe, stimmt's? ›*Jep! Jai!*‹ Das schmerzende, wehe Herz des Liebenden, der verlassen wurde. Ich nehme an, du weißt, wie das ist?« Er musterte Sykes' Miene. »Hast du jemanden verlassen, oder hat jemand dich verlassen? Ich will nicht neugierig erscheinen, aber wir haben alle einen Grund für unsere Reisen …«

»Sowohl als auch«, antwortete Sykes, erstaunt darüber, wie gleichmütig er das eingestand. »Ich habe jemanden verlassen, und jemand hat mich verlassen.«

»He, du bist der geborene Thai!« Trevor grinste. »Nicht schlecht, Paul. Du hast es begriffen. Niemand bleibt verschont, so ist das nun mal im Rand … und was das angeht«, Trevors Miene verfinsterte sich ein wenig, »so was geht auch mit drei Personen.«

»Ein Dreier, eh?« Paul hörte Betroffenheit in Trevors Worten. »Läufst du davor weg? Äh, Verzeihung, ich meine, reist du deshalb mit dem Rucksack?«

»Eine lange Geschichte. Und sie ist schon erzählt worden. Ich versuche das alles gerade zu vergessen. Weitermachen, weißt du? Buchstäblich.«

»Ja, das verstehe ich.«

»Hmm, ich frage mich …« Ein trauriges Licht glomm in Trevors Augen, doch dann funkelten sie wieder. »Aber fahren wir im Katalog der Herzensdinge fort. Es gibt nämlich noch das ›*Bplack jai*‹!«

»Bist du sicher, dass das kein Kartenspiel ist?« Sykes lachte leise. Er spürte den Schmerz in seinem neuen Freund, und Himmelherrgott, wenn er auch nicht viel tun konnte – ihm blieb nicht verborgen, dass Trevor tief in seinem Innersten noch auf der Suche war. Genau wie er. Wegen Anne und der anderen. Immer dasselbe alte Lied. Doch seltsamerweise – merkwürdig, abstrus, eigenartig, sogar auf erfrischende Weise erstaunlich –, *heute* Morgen kam es ihm wie ein *altes* Lied vor, das man nicht unbedingt wie den Refrain eines schwachsinnigen Popsongs ständig wiederholen musste. »*Pop-Art. Pop-Heart.*« Da! Er fühlte sich heute *unglaublich* thaimäßig.

»*Bplack* Jack?« Trevor kicherte. »Richtig. ›*Bplack jai*‹! Damit ist das Staunen des Herzens gemeint ... etwas, das deinen Geist so sehr überwältigt, dass es das Herz verändert ...«

»Ziemlich abgedreht«, fand Sykes. »Etwas, was deinen Geist so sehr überwältigt, dass es völlig verändert, wie du denkst und fühlst.«

»Ja, etwas von dieser Intensität«, stimmte Trevor zu. »Etwas, was du nie mehr im Leben vergisst.«

»Was könnte das sein?«, überlegte Sykes. »Ich meine, handelt es sich um etwas Schockierendes, das negativ ist, oder um etwas Erstaunliches, das positiv ist?«

»Oh, solche Unterschiede werden hier nicht gemacht.« Trevor nahm einen Schluck von seinem Orangensaft. »Das sind westliche Denkmuster. Weder gut noch schlecht, Mann. Es ist einfach so, wie es ist, zum Teufel mit der Dualität.«

»Verstehe.«

»Und dann – bevor wir zur Lucky Travel Agency am Ende der Straße schlendern, um unsere Tickets für den VIP-Bus nach Kho Samui zu kaufen – gibt es noch das ›*Tuean jai!*‹«

»Und was bedeutet *das?*«, fragte Sykes, während er nach der Rechnung griff. *Wow,* 1,95 Dollar. Er konnte sich sogar fünf Cent Trinkgeld leisten und käme sich noch immer großzügig vor.

»›*Tuean jai!*‹ ist eine Erinnerung daran, dass es nicht um den Kopf, sondern ums Herz geht ...«

»Wie, es geht nicht um den Kopf?«, wollte Sykes wissen.

»Im Kopf ist *nichts,* nur Leere. Im Herzen ist Fülle. Komm schon, Paul, Zeit für Ausgelassenheit. Das sind die Tanzschritte für den Quadratur-des-Kreises-Tanz, den ›Herz-Sutra-Hoe-Down‹. Je eher wir diese Lektion lernen, desto weniger Ballast müssen wir mit uns herumschleppen.«

Trevor strich sich übers Kinn. »Sag mal, du willst *das* doch nicht alles mitnehmen, oder?« Er deutete auf Sykes' Rucksack, der einer kleinen ägyptischen Pyramide glich. »Da hast du dir ja ganz schön was aufgebürdet.«

»Wieso? Was hast du denn in *deinem* Rucksack, Trevor?«, fragte Sykes und spähte unter den Tisch. Sykes war der Ansicht, nur das Allernötigste eingepackt zu haben, wozu auch ein klappbares Bügelbrett, eine aufblasbare Satellitenschüssel und sein Lieblings-Rock-Trilobyte-Laufwerk zum Windsurfen im Omnispace gehörte. Fünfunddreißig Kilo requirierter Waren fürs Überleben im Dschungel.

Trevor Gobi lächelte, als er auf seinen kleinen handkoffergroßen Rucksack klopfte. »Da drin befindet sich eine untergegangene Stadt, Paul. Eine ganze verschollene Zivilisation. Alles sauber verpackt und marschbereit, zusammen mit meiner Zahnbürste.«

»Du machst Witze, stimmt's?« Sykes erhob sich vom Tisch und hievte sich den schweren Rucksack auf die Schultern; er lastete fast so schwer auf ihm wie seine Vergangenheit. »Eine untergegangene Stadt? Eine coole Metapher für persönliches Gepäck.«

»Vielleicht.« Trevor grinste. »Vielleicht auch nicht. Das wird die Zeit weisen. Aber vergiss es, ich hab nur ein großes Mundwerk. Spiele den Geheimnisvollen, klar? Genau wie *du.*«

»*Ich?*« Sykes war ehrlich erstaunt. »Wie meinst du das? Warum sollte *ich* geheimnisvoll sein? Ich bin lediglich ein demütiger Brite mit der Wahnvorstellung, dass ihm noch mehr Demütigungen bevorstehen. Ich will diese Herzensangelegenheit wirklich durchziehen, Trevor. Mein früheres *Karma* vergessen, aus tiefster Überzeugung einen neuen Anfang machen. Wenn ich wüsste, dass es Gott wirklich gibt, würde ich ihm eine zweite Chance geben. Ihm, ihr, diesem Wesen, *Scheiße* … wem auch immer.«

Er schaute finster drein, als er sah, wie ein *Farang* sich am Nebentisch eine Rizla anzündete und den *Ganja*-Rauch ausstieß. »Aber Gott ist offenbar ein Schöpfungs-Junkie, und ein Großteil seiner Schöpfungen ist der reinste Humbug. Bläst immer ins gleiche Horn, der Typ. PR, mehr nicht …«

Trevor schob seinen Stuhl zurück. »Ja, ich weiß, was du meinst. Jede neue Galaxis, die Gott erschafft, ist wie eine große kosmische Pressemitteilung. ›Seht mich an, ich bin allmächtig. Die CEO der All-Existenz.‹« Er stand auf. »Aber ich glaube nicht, dass das wirklich *Gott* ist, Paul. Das ist einfach nur der Große Bruder, der Nervenarzt der Leere. Ich glaube, dass Gott sich einen Dreck um seine Berühmtheit und das ganze selbstherrliche Lobpreisen der Leute schert. Für sie ist Gottes Name größer als Gott selbst.« Er warf einige *Baht* auf den Tisch. »Was in gewisser Hinsicht wohl auch *zutrifft*«, fügte Trevor hinzu und pries das Lob des Bananenkuchens. »Gottes Name *ist* größer als Gott. Aber nicht so, wie die meisten Menschen glauben. Meiner Meinung nach ist Gott einfach nur selbstloses Bewusstsein. Gehen wir, ja?«

Sie schlängelten sich zwischen den Tischen hindurch, an denen *Farangs* ihren Schwachsinn über die Vorteile von Goa gegenüber Bali absonderten, und traten auf die Straße hinaus. »Weißt du, was Krishna in der *Gita* zu Arjuna sagte?«, fragte Trevor und setzte seine Sonnenbrille auf. »›*Und wenn er mich in Allem sieht und Alles in mir sieht, dann werde ich ihn nie verlassen und er nie mich …*‹ Wir schmücken uns mit den gleichen Federn, Paul«, sagte Trevor leise, wobei er Sykes eine Hand auf die Schulter legte. »Mehr, als dir bewusst ist.«

»Ach ja?« Wie meint er das?, überlegte Sykes, wobei er das Gewicht seines Rucksacks verlagerte. Das verdammte Ding war *wirklich* schwer.

»Du und ich und Gott und, ja, auch all diese Idioten und Tyrannen auf der ganzen Welt, wir schmurgeln im gleichen Eintopf. Die Thais nennen dieses Gericht ›*Jap chai*‹, denn da schmeißt man alles Mögliche rein. Yep, wir schmücken uns mit den gleichen Federn, weiß Gott. Aber Dinge wie Weltreligion, institutionalisierter Glaube … das ist doch Vogelmist auf dem Fenstersims der Unendlichkeit, eh?« Trevor grinste.

»Du kannst wirklich mit Worten umgehen«, sagte Sykes vorsichtig. In seinem Kopf drehte sich wieder alles, deshalb schloss er die Augen. Wenn er die Augen zusammenkniff, sah er erneut mitten auf seiner Stirn diese winzige schwarze Kugel. Eine schwarze Sonne, die nur darauf wartete, in seinem Kopf zu explodieren, wenn er es zuließ. Er wusste, dass es dann geschähe.

Sie würde größer werden, aus dem *Nichts* zu weiter nichts als ... einer *riesigen schwarzen Sonne* werden. Und dann: *Bumm!* Sykes würde wieder davonwirbeln, auf einer wilden Achterbahnfahrt durch sein Gehirn, an seinem Gehirn vorbei und darüber hinaus ... *verdammt, ob er sich wohl jemals daran gewöhnte?* Es war überwältigend. Trotzdem durfte er die Fassung nicht verlieren, denn es handelte sich bestimmt nur um so eine seltsame Jetlagsache.

Trevor und Sykes begannen, gemeinsam den Bürgersteig entlangzugehen, an frühmorgendlichen Ständen vorbei, die gerade errichtet wurden. Unter einer Plane ragte der Kopf einer Jerry-Garcia-Krishna-Statue hervor.

Trevor blieb an einem Obststand stehen und kaufte eine wächsern aussehende gelbe Sternfrucht und eine pelzige *Rambutan,* die der Thai ihm in eine Plastiktüte wickelte.

Langsam wandte Trevor sich mit fragendem Blick Sykes zu; seine Augen drückten eine Scheu aus, die Sykes nicht für möglich gehalten hätte. Er hatte den Eindruck, gleich einem Verhör unterzogen zu werden, doch von einem wohlwollenden Fragesteller, und ahnte, was als Nächstes kam, besonders als ihm bewusst wurde, dass Trevor ihn dabei erwischt hatte, wie er die subtilen Gestalten musterte, die sich auf der Khao San Road bewegten.

»Deine Augen sind grün, Paul«, sagte Trevor. »Warum willst du es nicht zugeben? Du *weißt* doch, was vorgeht, nicht wahr?«

Sykes blieb wie angewurzelt stehen. »Du meinst, du siehst sie auch!?«

»*Wen* sehe ich, Paul? Wen siehst du?«

»Na, die da«, sagte Sykes und deutete auf die Straße. »Diese unsichtbaren Rucksacktouristen. Nicht die anderen Typen, die hasten und hetzen, um den Bus noch zu kriegen, sondern diese langsamen Typen, die es gar nicht eilig haben, sich aber anscheinend mit Lichtgeschwindigkeit bewegen. Siehst du sie denn nicht? Da sind sie doch, Trevor. Jetzt, in diesem Moment.« Sykes offenbarte nun sein Geheimnis. »Ich sehe mindestens vier von ihnen. Keine Ahnung, wie viele sich noch hier herumtreiben, die ich nicht sehe … aber ich spüre ihre Gegenwart. Keine Ahnung, wohin sie unterwegs sind und warum. Ich dachte schon, ich verliere den Verstand. Aber heute Morgen, weißt du was? Es könnte mir gar nicht gleichgültiger sein.«

Trevor blickte die Straße entlang, dann wandte er sich mit amüsierter Miene Sykes zu.

»Du verlierst nicht den Verstand, Paul. Weißt du noch, worüber wir vorhin sprachen? ›*Bplee-unjai!*‹ Seinen Geist kann man nicht ändern, aber sein Herz schon.«

»Dann siehst du sie also auch, Trevor? Sag's mir.« Er hielt inne. »Die schwarze Sonne, gehört sie dazu? Siehst du sie auch? Die ist irgendein Auslöser, nicht wahr?«

Trevor nickte und blickte Sykes vorsichtig an. Er nahm die Brille ab, und Sykes fiel zum ersten Mal auf, dass Gobis Augen den gleichen grünen Farbschimmer aufwiesen.

»Ah-ha«, kicherte Trevor. »Nett, nicht? Das ist Teil des ›Herz-Sutra-Hoe-Down‹, Paul. Gleich zu gleich. Und es kommt rasch über uns. Deshalb bin ich nach Hat Rin unterwegs. Und deshalb begleitest du mich wohl auch.«

Schwarze Sonne interaktiv

Bangkok-Kho Samui

Die 14-Stunden-Fahrt im klimatisierten VIP-Nachtbus von Bangkok in den Süden nach Surathani war für Paul Sykes der schönste Teil der Reise. Es handelte sich um einen Doppeldeckerbus mit bequemen Sitzen, die sich wie bei Erste-Klasse-Plätzen im Flugzeug bis ganz nach unten umklappen ließen, mit gepolsterten Fußstützen, Leselampen und Kontrollen für die Belüftung. Der wenig verwöhnte Sykes hatte den Eindruck, für lächerliche zwanzig Dollar in den Genuss einer Luxuskreuzfahrt an Bord der QE 5 zu kommen.

Schon beim Einsteigen erhielten Trevor Gobi und Sykes jeder eine Flasche Wasser, belegte Brote, Kekse, Decken, Kissen und die Gelegenheit, durch die dunkel gefärbten Busfenster müßig die Landschaft Thailands an sich vorbeiziehen zu lassen.

Es war wie ein Stück Heimat, dachte Sykes. Man stelle sich einen Piloten der United Airlines vor, der mit seiner ganzen Nachkommenschaft und seinem Ehegespons während eines internationalen Fluges im Cockpit eines Flugzeugs sein Lager aufschlägt. Wer weiß, überlegte er, vielleicht käme es als Ergebnis dieses mobilen Einspinnens sogar zu weniger Unglücksfällen ...

Er hatte den Eindruck, als sei der Busfahrer von Herzen dem Highway zugetan, sinnierte Sykes, während er langsam einschlummerte. Der Fahrer brauchte keine Straßenkarte, um seinen geliebten Bus zu fahren ...

So sollte es sein ... Wie gern wäre ich selbst mit den Dingen, Menschen und Plätzen verbunden ...

Außerhalb von Bangkok nahm Sykes in gelegentlichen wachen Momenten flüchtig Bürotürme und zerfallene Wohnblöcke wahr, hohe pyramidenartige Kieshalden vor trostlosen Zementfabriken und hell erleuchtete japanische Autohäuser, in denen das neueste Modell des Toyota Pagoda XL ausgestellt wurde.

Nach einiger Zeit starrte er auf lange dunkle Felder mit Kokosnussplantagen, die von Palmen nur so wimmelten. Als er das Fenster öffnete und nach oben sah, erblickte er einen tintenschwarzen Himmel voll funkelnder Sterne und einem gelegentlich aufblitzenden Satelliten.

Es gab grüne Hügel, die sich dahinschlängelten, Flüsse, die durch tiefe Dschungelschluchten rauschten, Thai-Tempelbauten mit weiß-goldenen *Stupa*-Türmen, Obststände am Straßenrand, billige Absteigen für Lasterfahrer und abgelegene Nachtklubs, die aus dem Nichts heraus auftauchten, mit märchenhaften grünen Lichterketten geschmückt, auf denen das sexuelle Angebot des jeweiligen Etablissements prangte.

Aber das eigentliche Kunststück hatte darin bestanden, den VIP-Bus überhaupt erst zu *erreichen*. Trevor Gobi und Paul Sykes waren von einem Reiseveranstalter in Bangkok zum nächsten gefahren, und jeder war nur ein Mittelsmann gewesen. Bei jedem Zwischenstopp hatten sie über fünfundvierzig Minuten warten müssen, bis ein Minibus sie zur nächsten Stelle brachte und dort absetzte, bevor sie endlich im VIP-Busdepot angekommen waren. Das Busdepot selbst, stellte sich heraus, befand sich nur fünf Wegminuten zu Fuß von ihrem Ausgangspunkt auf der Khao San Road entfernt.

Ihr letzter Reiseveranstalter, ein lächelnder Chinese in einem winzigen Büro in einer Seitenstraße hinter dem Bahnhof, bot ihnen Tee und ein Gratispäckchen Ziffy an, billiger Stoff, der ihnen die Wartezeit vertreiben sollte.

»Eine *Farang*-Arznei für ungeduldige Herzen«, erklärte er den beiden müden Reisenden, die sein großzügiges Angebot ablehnten.

Zuerst hatte Sykes geargwöhnt, es handle sich um eine Knockout-Droge, und unwillkürlich nach seinem Geldgürtel getastet, doch Gobi versicherte ihm, dass das auf L-Dopa-Basis hergestellte Ziffy lediglich ein Wohlfühlpulver war.

»Für die meisten Thais sind *Farangs* nichts weiter als Teebeutel, die man in den brodelnden Kessel der Neurosen taucht«, meinte Trevor. »Sie haben offenbar den Eindruck, dass es uns nicht schaden kann, wenn wir ein wenig weich gekocht werden. Wenn sie einen herumschubsen, betrachten sie das immer als sehr heilsam.«

»Aber eine zweistündige Irrfahrt, um ein Ziel zu erreichen, das fünf Minuten entfernt liegt!«, entrüstete sich Sykes, während Trevor sich in seinen Sitz fallen ließ und eine Wolldecke über sich ausbreitete.

»Das ist Thailand«, erklärte Trevor Sykes. »Nichts liegt unmittelbar vor einem, sondern immer um die nächste Ecke herum. Das sollte man sich übrigens gut merken. Was man nämlich um die nächste Ecke herum sucht, liegt oft genug unmittelbar vor einem. Alles nur eine Frage der Wahrnehmung und natürlich der Geduld. Dies ist ein großartiger Ort, um seine Entschlossenheit und Vision auf die Probe zu stellen, Paul. Auf tausenderlei einfache Weise ...«

Sykes und Trevor Gobi hatten sich auf zwei nach hinten geklappten Sitzplätzen ausgestreckt. Trevor knabberte an Sesamcrackern, die er sich auf dem Markt gekauft hatte.

»Wie war das für dich, als es zum ersten Mal passierte?«, fragte Sykes ihn wenige Momente später.

»Die ›Schwarze Sonne‹, meinst du?« Trevor bedachte ihn mit einem gespannten Blick.

»Genau, die schwarze Sonne«, erwiderte Sykes. »Wie war das so?«

»Gute Frage. Ich glaube, es ist für jeden anders«, überlegte Trevor. »Für mich war es irgendwie ein müheloser Durchbruch. Weißt du, ich habe Jahre damit zugebracht, mich in Meditation zu üben. *Mantras* und *Yantras* absolviert, um vier Uhr früh aufgestanden, kalt geduscht, gelesen, studiert. Ich glaube, sogar gebetet ... Ich habe dem gesamten Götterhimmel – hinduistisch, griechisch, tibetisch, babylonisch, heidnisch, nenn mir einen, er ist dabei – kleine Notsignale geschickt. Ich habe das Fleisch aufgegeben, ich habe das Gemüse aufgegeben. Ich bin selbst zu Fleisch und hirnlos wie Gemüse geworden. Ich habe Schwüre geleistet, sie wieder aufgehoben, mir Espresso-Einläufe gemacht, in Enzymen gebadet, mir die Aura tätowieren lassen ... ich habe mir jeden ziffydurchdrungenen Taschenbuchbestseller von Wie-heißt-er-noch-gleich besorgt, dem angesagten Dr. Feelgood, diesem Indianer-Knilch, Langfinger-tief-in-Taschen-Greif. Ich habe über Direkt-Energieübertragungs-Kataloge *Shaktipats* bestellt – du weißt schon, abgeknipste Zehennägel von erleuchteten Himalaja-Weisen. Reib das Relikt, und du bist gesegnet. Und das Ergebnis war genau: Nichts. *Nada.*«

»Ah-ha, kann ich nachvollziehen«, nickte Paul Sykes. »Damals im Vereinigten Königreich habe ich mir meinen Lebensunterhalt einmal als Totengräber verdient. Aus freien Stücken, um Auge in Auge mit dem Tod über den Sinn des Lebens zu reden. ›Ach, armer Yorick‹, dachte ich bei mir. Dann traf es mich wie ein Donnerschlag. Ich war ja nicht Yorick, war noch nicht einmal mit ihm verwandt. ›Zum Teufel mit Yorick. Bau dir selbst ein Leben auf ...‹, sagte ich mir. Und was geschah als Nächstes?«, fragte Sykes Trevor. »Was führte bei dir zum endgültigen Durchbruch?«

Trevor wurde sehr still, dann sagte er: »Du weißt, wer mein Dad ist, oder? Frank Gobi. Du hast schon von ihm gehört.«

Sykes nickte. »Natürlich habe ich das. Ich frage mich, wie es wohl gewesen sein mag, mit ihm als Vater aufzuwachsen ...«

»Oh, er war zugleich anwesend und abwesend«, entgegnete Trevor. »Manchmal war er abwesend, wenn wir zusammen waren, dann war er wieder anwesend, wenn wir uns noch nicht mal im selben Zimmer befanden. Die Wellen-und-Partikel-Schule der

Eltern-Kind-Beziehung, nehme ich an … Als ich etwa zehn Jahre alt war, verbrachte ich eine Menge Zeit damit, mich online zu isolieren. Ich glaube, für mein Alter war das völlig normal. Ich übte mich in meinem Recht, mich von der Welt entfremdet zu fühlen, indem ich Paralleluniversen zu Klump schlug … Deshalb war ich auch in der Gametime, als Satori City abstürzte …« Trevor hielt inne, und sein Blick wurde ausdruckslos, während er in fernen Erinnerungen schwelgte.

»Ja, das muss hart gewesen sein«, bedauerte Sykes. »In dieser furchtbaren Raum-Zeit-Verzerrung müssen damals viele Kinder gestrandet sein. Offline in einer Online-Umgebung gefangen, als wären sie mit dem Nichts verdrahtet. Du kannst von Glück reden, dass du wieder heil aus der Sache herauskamst, Trevor. Ich würde sagen, es grenzt an ein Wunder, dass dein Vater sich einloggen und das ganze Ding neu laden konnte, bevor es sich in das Grab des Unbekannten Hackers verwandelte …«

Trevor Gobi lächelte. »Ja. Aber ich muss dir was gestehen, Paul. Ich weiß nicht, ob du es verstehen wirst. Es hat seitdem Zeiten gegeben, in denen ich wirklich dorthin *zurück wollte*. Ins Loch. Ich weiß, dass ich damals erst zehn war. Was wusste ich schon groß?« Trevor zuckte mit den Achseln. »Ich war ja nur ein Kind. Aber *heute* – jetzt, da ich älter bin –, vermisse ich vieles aus jener Zeit, als ich dort gestrandet war. Als so schlimm habe ich es gar nicht empfunden, weißt du? Es ist, als wäre man tot, aber nicht nur das … In dieser fremden Welt herrschte eine gewisse Bewegungsfreiheit, die ich in unserer Fleischdimension nie mehr erreichen konnte, verstehst du? Bis …«

»Bis was?«

»Bis es eines Tages geschah. Ich *ging* zurück. Ich besuchte noch einmal Satori City, Paul. Nicht das neue und verbesserte Satori City 2.0, das mein Dad wieder in Schuss brachte … sondern das *tote*. Das, das ursprünglich abgestürzt war. Satori City 1.0. RIP City.«

Trevor warf Sykes ein schräges Lächeln zu. »Es ist noch *da*,

Paul. Ich kann es aufsuchen, wann immer ich will. Und das *mache* ich auch.«

Sykes spürte, wie ihn ein Schauder erfasste. Er zog die Decke enger um sich, doch das Gefühl der Kälte durchwogte ihn wie der Hauch einer näher treibenden Eisscholle. Er wartete darauf, dass Trevor mit seiner Geschichte fortfuhr, denn er wusste nicht, was er noch denken sollte. Welches große Geheimnis umgab diesen Burschen?

»Schließlich habe ich den Ausweg gefunden, Paul«, sprach Trevor weiter. »Er war die ganze Zeit da, tief in mir verborgen. Ich wusste nur nicht, wie ich mir Zutritt verschaffen sollte. Und ich bin nicht der Einzige, der den Weg kennt. Es gibt noch viele andere wie mich, andere, die in der Gametime festsaßen und denselben Ausweg entdeckten.«

»Die schwarze Sonne.«

»Genau. Die schwarze Sonne. Ich sehe sie in meinem Kopf, Paul. Sie ist die Essenz des reinen *Chi*. Die konzentrierteste Energieform, die es gibt. Wenn man sich einmal daran gewöhnt hat, ist eigentlich gar nicht mehr so viel dabei, lediglich ein Symbol, man stellt sie sich vor. Sie erweckt den Anschein eines schwarzen Flecks, einer schwarzen Kugel. Dann klickt man sie geistig an, und schon ist man *da* – auf der Anderen Seite.« Trevor lachte. »Eigentlich kinderleicht.«

Sykes schüttelte den Kopf. »Etwas will mir nicht einleuchten, Trevor. Mir ist das *auch* passiert, in der ersten Nacht, die ich in Bangkok verbrachte. Als ich die Khao San Road erreichte, sah ich die schwarze Sonne ebenfalls. Sie explodierte in *meinem* Kopf. Ich flippte aus, ich sah Dinge. Und ich habe noch immer diese Flashbacks, jedenfalls *halte* ich sie dafür … Aber ich kann nicht behaupten, jemals in der Gametime oder in Satori City gefangen gewesen zu sein … dieses Trauma habe ich nie durchlitten. Also warum passiert es mir *auch*?«

Trevor zwinkerte Sykes zu, bevor er antwortete. »Ich weiß nicht, was ich dazu sagen soll, Paul. Vielleicht ist es eine Art kosmologischer natürlicher Auslese, der Kreuzungspunkt zwischen mentaler Schwerkraft und Quantenphysik. Es muss eine wissenschaftliche Erklärung dafür geben, zumindest eine parawissenschaftliche Erklärung. Es übersteigt alle unsere Kenntnisse. Aber an *einem* habe ich nicht den geringsten Zweifel: Satori City stürzt noch immer ab … es hat nie aufgehört abzustürzen. Vielleicht hat mein Dad mich und all die anderen aus Satori City herausgeholt, doch ist es ihm nie gelungen, Satori City aus uns herauszuholen. Es geschieht noch immer, Mann. Es ist wie eine Spirale, eine Drehung höher. Wir stehen kurz vor dem Zusammenbruch, der ganze Planet ist … Du bist das perfekte Beispiel, du warst nicht da, hast die Erfahrung nicht selbst gemacht. Und doch kannst du dich auf die schwarze Sonne einstellen. Auch du kannst fliegen, Paul. Auch du bist ein ›Kind des *Chi*‹, ob du's mir abkaufst oder nicht. Es macht offenbar keinen großen Unterschied.« Paul Sykes schloss die Augen. Die schwarze Sonne pulsierte vor seinem inneren Auge wie eine Schachfigur, die darauf wartete, auf einem kosmischen Schachbrett bewegt zu werden. Jäh schlug er die Augen wieder auf. »Sag mir nur noch eines, Trevor«, fragte er mit angespannter Miene.

»Was?«

»Weiß dein Vater davon, was mit dir geschieht? Von der schwarzen Sonne? Davon, dass du dieses Schwarze Loch Satori City wieder aufsuchst?«

Trevor blickte aus dem Fenster auf die schattige Landschaft von Reisfeldern mit den dunklen Umrissen von Wasserbüffeln, die auf einem Erddamm standen.

»Um ehrlich zu sein, Paul, nein, er weiß es nicht.«

»Warum nicht, wenn ich fragen darf?«

»Weil er den Weg zurück selber finden muss. Nur wird er mich diesmal nicht retten wie beim ersten Mal. Er hat uns rausgeholt, nun muss er durch eine andere Tür wieder hinein. So ist es nun einmal, und so muss es sein. Ein Teil meines Vaters ist noch dort in den verlorenen Ruinen von Satori City, ich habe ihn gesehen.

Er hat sogar mich gesehen, aber nicht erkannt. Seinen eigenen Sohn! Erkennt der Vater einer Raupe den Schmetterling?« Trevor lachte ironisch. »Er wird mich erst erkennen, wenn die schwarze Sonne mit schwarzen Blättern seine Erinnerung umfängt.«

»Keine Fragen mehr, Trevor«, seufzte Paul Sykes, wobei er aus dem Fenster ins funkelnde Meer der Reisfelder sah. Das schwarze Licht glitt auf dem Eis der Nacht dahin.

»Gut, denn es gibt auch keine Antworten mehr, Paul«, erwiderte Trevor. »Das Frage-und-Antwort-Spiel ist vorbei. Die Verbliebenen werden einfach die Trümmer auflesen und sie auf die richtige Weise anordnen. Das Universum ist ein Puzzle, das nie stillsteht, sodass wir das noch lange tun werden. Doch die Verschiebung hat schon eingesetzt und lässt sich nicht mehr aufhalten. Der Prozess wird sich nur noch beschleunigen, und die übrige Welt muss aufholen. Sie ist gezwungen aufzuholen, sonst wird sie abgehängt. Sonst wird sie wie ein Schmetterling, der sich in seinem eigenen Netz verfängt, als Specimen im Schaukasten seiner selbst enden, die Erinnerung an den Flug und an die Schönheit der Freiheit von der eigenen Nadel aufgespießt.«

White Saga – die Weiße Legende

Chaweng, Kho Samui

Das Stadion in der Halle glich eher einem Pferch als einem Kickboxring. Es war Kroons Idee gewesen. Kroon, der Big Boss des Rasta Palace, Polizeichef von Chaweng und Lieferant von

Schwarzmarkt-*Chi*, war ganz versessen auf die Organisation von Kämpfen.

Kroon hatte den alten Kickboxring von Grund auf umbauen lassen. Zunächst hatte er dafür gesorgt, dass er jetzt drei- bis viermal so groß wie ein normaler Boxring war; dann hatte er die Seile entfernt und an allen vier Seiten Bambusstangen angebracht, um der Einfriedung den Anschein eines Geheges zu verleihen; zu guter Letzt hatte er den Boden noch mit braunen Lehmsoden ausgelegt, damit er urwüchsig und realistisch wirkte und den Kampfarenen der Wasserbüffel im Freien ähnelte.

Die Anordnung der Sitzplätze hatte er beibehalten, denn Kroou war zwar ein Visionär, aber auch ein Geizhals. Die Klappstühle rund um den Ring waren noch immer dieselben verbeulten Metallstühle, und die Sitze in den oberen Reihen bestanden wie früher aus unbequemen Holzbänken. Die Eintrittspreise hatte er dagegen vervierfacht, und die Schwarzmarkthändler, die für Kroon unterwegs waren, verlangten für eine normale Eintrittskarte das Dreifache; er machte einen ungeheuren Schnitt.

Bei diesem Spektakel handelte es sich um etwas völlig Neues, um eine brandneue Sportart, eine Mischung aus Thai-Kickboxen und Wasserbüffelkämpfen. Kroon hatte sich sogar einen schmissigen Slogan für das Match ausgedacht: ›*Der Welt erster* Mensch-Kerbau-*Kickboxkampf. Bisher noch nie gesehen, exklusiv hier in Chaweng.*‹

Es war die Chance des Lebens, Zeuge des nächsten Fights am Samstagabend im Chaweng-Stadion zu werden, demzufolge wogte der Spielerwahn mit heißen Fiebergraden über die gesamte Insel hinweg. Kroons Buchhalter waren Tag und Nacht beschäftigt, Wetten anzunehmen, und konnten den Ansturm der Zocker kaum bewältigen. Es stand drei zu eins für den Wasserbüffel, trotz der unberechenbaren Wildheit des Kickboxers. Dennoch, der über zweihundertfünfzig Kilo schwere *Kerbau* – ganz zu schweigen vom Furcht einflößenden Schwung seiner gewaltigen nadelspitzen Hörner – machte den Wasserbüffel zum Favoriten.

Eine große Nacht würde es werden, ein großer Kampf, das reinste Las-Vegas-Showgirl mit Super-Thai-Möse. Das Match sollte zwischen Stone Age Steak, dem unangefochtenen Wasserbüffel-Champion unter den kämpfenden *Kerbaus* der Insel, und dem Fighter, dieser grausamen, mächtigen, wahnsinnigen, wilden und bislang ungeschlagenen Kickbox-Sensation, stattfinden, die weit und breit nur als ›Die Weiße Legende‹ bekannt war.

Die Weiße Legende ... ein Monster in Menschengestalt, wie die Welt noch keines gesehen hatte. Hardcore-Kickbox-Fans und gewöhnliche Bürger schauderten gleichermaßen, wenn sie seinen Namen hörten, denn im Ring bot er einen entsetzlichen Anblick. Über Nacht war er zum Mythos geworden, weil er noch jeden Kickboxer besiegt hatte, der sich ihm stellte, und stets hatte er kurzen Prozess gemacht.

Der ›Peitschen‹-Tritt mit links, der zum Markenzeichen der Weißen Legende wurde, war bekanntlich tödlich. Mon, der frühere Thai Champion, der den Titel gleich zwei Jahre hintereinander gehalten hatte, war schon nach fünfundvierzig Sekunden zu Boden gegangen, mit gebrochenem Genick wie ein Grashalm im Wind. Mon hatte noch drei Tage auf der Notstation des Chaweng-Hospitals im Koma gelegen und war gestorben, ohne zu wissen, dass er den Kampf verloren hatte.

An einem seiner größten Abende – dem, der seinen Ruf als genialster Thai-Kickboxer aller Zeiten begründete – hatte die Weiße Legende es in zehn aufeinander folgenden Kämpfen mit den besten Kickboxern von Samui aufgenommen. Nicht ein einziger Gegner hatte mehr als drei Runden überstanden, und denjenigen, die sich länger halten konnten, gelang das nur, weil die Weiße Legende sich langweilte und ihren Spaß daran hatte, die Qual ihres Opfers auszudehnen.

Er spielte auf grausame Weise mit ihnen, als ertrüge er nicht, was sie verkörperten. Für die Weiße Legende waren sie weniger ›Fighter‹ als einfach bloß Menschen. Kenner des Thai-Kickboxens hatten den Eindruck, als hasste die Weiße Legende Menschen mehr als alles andere auf der Welt und als zöge er die heiligen Traditionen, die den Menschen im Antlitz der Götter erbeben ließen, in den Schmutz.

Mit seinem abscheulichen Äußeren – die weiße Schminke verschmierte und lief ihm übers schweißnasse Gesicht – und seinen behaarten Armen, dem behaarten Rumpf und den behaarten Beinen glich er eher einem Affen denn einem Menschen. Verglichen damit hatten die Thai-Kickboxer, die sich ihm stellten, glatte haarlose Körper und Muskeln, die sich bei jeder Bewegung anmutig kräuselten.

Die Weiße Legende war klein und stämmig und lief in Kreisen durch den Ring, prallte von einem Seil zum anderen ab, bevor er in der Ringmitte landete. Seine dunkel geränderten braunen Augen funkelten herausfordernd und vor unmenschlicher Ironie.

Mehr noch, die Weiße Legende weigerte sich hartnäckig, an den ausgeklügelten Ritualen vor dem Kampf teilzunehmen, die von den Thaiboxern aus religiösen Gründen durchgeführt wurden. Während sie sich in allen vier Himmelsrichtungen zu Boden warfen, geheime Beschwörungsformeln murmelten, ihre schützenden Tattoos rieben und ihrem *Khruu*, dem Guru-Ausbilder, huldigten, grinste die Weiße Legende nur angesichts dieser nutzlosen Torheiten.

Er warf lachend den Kopf in den Nacken und brachte aus den Tiefen seiner Kehle affenartige Laute hervor, verhöhnte ihre Gebete und spirituellen Ermunterungen, indem er seine kurze Kickboxerhose aus rotem Satin herunterzog und dem entsetzten Publikum sein behaartes Hinterteil zeigte. Wer *war* der Meister, der ihm beigebracht hatte, die seit uralten Zeiten ehrwürdige Tradition des Kickboxens so zu beschmutzen?

Woher kam die Weiße Legende? Und wie lautete ihr wahrer Name? Niemand hatte eine Ahnung. Manche behaupteten, er komme von Borneo, andere glaubten, seine Heimat sei Malaysia.

Mit Sicherheit wusste man nur, dass die Weiße Legende eines Tages auf der Insel Kho Samui aufgetaucht war, wobei er wie alle anderen, die den Golf von Thailand überquerten, eine Fähre von Surathani genommen hatte. Er war einem von Kroons Talentsuchern bei einer Kneipenprügelei in Chaweng aufgefallen. Eine Gruppe junger Thais hatte sich um ihn geschart, die ihn verspotteten, weil er ihrer Meinung nach komisch aussah. Einer der Punks hatte ein Messer gehabt und ein weiterer mit einer Pistole in der Luft herumgefuchtelt. Die Weiße Legende hatte die ganze Bande im Bruchteil einer Sekunde ausgeschaltet.

Mit unerwarteter Flinkheit hatte er sich von der Bar, an der er lehnte, abgestoßen und mit einer fast kreisenden Bewegung seinen sagenumwobenen linken Kick gegen drei Kinns platziert. Es war ein dreifacher Knock-out gewesen.

»Wie würde es Ihnen gefallen, eine Menge Geld zu verdienen?«, wollte Kroons Mann wissen, nachdem die übrigen Kumpels der Punks sich aus dem Staub gemacht hatten.

»Womit?«, hatte die Weiße Legende gefragt.

»Durch Kämpfe«, erwiderte der Thai. »Hier sind fünfhundert *Baht*, nur damit Sie sich das Angebot einmal überlegen«, fügte er hinzu, wobei er einen Schein aus seinem Notenbündel zog und ihn auf den Tresen legte.

Die Weiße Legende war kein Mann großer Worte, und große Emotionen waren ihm genauso fremd. Er wischte sich an einem der bewusstlosen Rowdys den Fuß ab, steckte die violette Banknote ein, spülte seinen Mekong-Whiskey runter und starrte dem Thai in die Augen.

»Wann fange ich an?«, fragte er.

»Ich würde sagen, Sie haben schon angefangen«, meinte Kroons Mann lachend. »Aber der Startschuss fällt Freitagnacht im Chaweng-Stadion. Sie werden der Überraschungsgegner des Abends sein, denn Sie sind der geborene Kickboxer. Was halten Sie davon?«

Die Weiße Legende grinste und erwiderte: »Glauben Sie an das *Karma*?«

Die Augen des Thais verengten sich gerissen. Er fällte sein Urteil nicht über Charaktere, sondern über Brutalität, nahm er doch an, dass hier etwas unausgesprochen mitklang, was nicht im üblichen Sinne soziopathisch war. Er beschloss, keinen Scherz damit zu treiben, schließlich wollte er seinen Teufelskämpfer nicht verlieren, bevor er überhaupt Gelegenheit gehabt hatte, ihn Kroon zu übergeben.

»Meinen Sie das Empfangen oder das Austeilen von *Karma?*«, fragte er ausweichend. Diese behaarte Missgeburt mit der weißen Schminke auf dem Gesicht durfte wohl kaum erwarten, in den Genuss buddhistischer Vorteile zu kommen. Vor seinem geistigen Auge konnte der Thai sehen, wie die Weiße Legende außerhalb des *karmischen* Rings stand und aus jedem die Scheiße herausprügelte, der sie innerhalb der anerkannten Grenzen der gewohnten Brutalität dieses Sports herausforderte. Es gab keinen Schiedsrichter, der sich den Spielregeln, die diese Missgeburt für sich selbst aufgestellt hatte, hätte entgegenstellen können.

Die Weiße Legende lachte drohend. »Sie sind ein echter Wichsschädel, aber ich mag Ihren Stil. Wo muss ich unterschreiben?«

Der Thai verstand den Scherz sofort, ging aber nicht weiter darauf ein, sondern warf einen kurzen Blick auf die blutig geschlagenen Punks auf dem Boden. »Ihre Unterschrift auf denen ist mir gut genug.«

Wieder lachte die Weiße Legende. Er war jetzt Kroons ›Eigentum‹. Und er würde für ihn arbeiten – nicht für Geld, sondern um der reinen Freude am Töten willen.

Das Wort verbreitete sich schnell, dass die Weiße Legende nie zum Kickboxer ausgebildet worden war, dass er seine Kampftechniken von einem bösen *Maw pii* gelernt hatte, einem Zauberdoktor mit einem Groll auf die Welt.

Die Weiße Legende benutzte keine der klassischen Kickbox-Techniken, durch die man die Schule, die ihn trainierte, hätte identifizieren können. Sein einzigartiger Kampfstil entsprang einer natürlichen Aggression, die mit bösartiger Schnelligkeit ausgeführt wurde, eine erschreckende Zurschaustellung von höllischem *Chi* in Matrix-Tempo.

Als die Weiße Legende in einem *Coup de grâce* das Markenzeichen seines linken Tritts entfesselte, sah man Blut und Schweiß seines Gegners sogar noch bis in die dritte Reihe des Publikums spritzen. Die Zuschauer, die von den Spritzern getroffen wurden, verwandelten sich sofort in blutrünstige Anhänger der Weißen Legende, es gab sogar eine Art Schwarzmarkt, auf dem gefälschte blutbespritzte T-Shirts mit grellen Aufdrucken verkündeten: ›Soundso (Name des Kämpfers), von der Weißen Legende ausgeknockt, DNA-getestet und mit Echtheitszertifikat.‹

Kroon strich einen nicht unerheblichen Prozentsatz der Erträge aus den Souvenirläden ein, die solche Waren verkauften.

Kroon hatte in sämtlichen Spelunken der Hauptstraßen von Kho Samui Flyer verteilen lassen, die den Großen Kampf ankündigten. Vans fuhren mit Lautsprechern durch die *Farang*-Touristenfallen in Lamai, wo die Deutschen sich in den thailändischen Hofbräu-Girly-Bars drängten; durch Bhoput, wo die Franzosen tagsüber ganz laissez-faire am Strand herumhingen und sich nachts in der ›Exotica‹-Bar besoffen; am Big Buddha Beach entlang, wo die Rucksacktouristen locker ihre Joints rauchten und schnorchelten (manchmal beides zugleich, wenn sie bong-modifizierte Masken trugen, die sie unter Wasser stoned machten); und durch das Haupthandels- und -verwaltungszentrum von Nathon, der Hafenstadt auf der Insel, in der die Autofähren und Schnellbootlimousinen am Hauptsteg ihre Passagiere ausspien.

»Die Weiße Legende gegen Stone Age Steak! Der Kampf des Jahrhunderts im Chaweng-Stadion am Samstagabend!«, plärrte es aus den Lautsprechern, während die Vans bedächtig durch die Touristendörfer fuhren.

In seinem Privatbüro oben im Rasta Palace durchwogte Kroon ein sexueller Kitzel, als er sein Make-up auflegte. Zwei Lustknaben lagen ausgebreitet auf seiner Ledercouch und spielten zu seinem Vergnügen aneinander herum. Er spürte das *Bumm-bumm-bumm* der Reggae-Musik von der Tanzfläche, das unten im gewölbeartigen Haupt-*Sala* des Tanzklubs dröhnte. ›*Heiß-heiß-heiß … das ist heiß-heiß-heiß.*‹

Das war Kroons Lieblingslied. Buster Poindexter war so ›*Jai en*‹ cool und zugleich so ›*Bplack Jai*‹ heiß … man wusste nie, was geschah, wenn die ausgelassene Menge in ihrer Begeisterung eine tanzende Schlange zu bilden begann. Jungs und Mädels, Mädeljungs und Jungmädels, die im Rhythmus drei Schritte nach vorn sprangen, dann wieder zwei Schritte zurück, und sich an den wogenden Hüften vor ihnen in der Reihe festhielten. Wie ein einziger, sich lang dahinwindender Organismus …

Kroon schaltete seinen Compact aus. Er sah das Chaweng-Stadion durchs Fenster. Die Kampfmenge versammelte sich schon draußen vor den Türen und wartete darauf, dass man sie hereinließ. Er strich mit den Händen durch sein platinblondes Haar, das ihm heute Abend bis zu den Schultern herabfiel, und presste seine Brüste in Form.

›*Heiß-heiß-heiß … ich fühl mich heiß-heiß-heiß …*‹ Die Lyrics durchstoben sein Herz.

Mach die Schlange, Baby. Mach die Schlange, dachte Kroon bei sich, als er zu der Couch ging, auf der die beiden Knaben sich jetzt ausruhten. Sie fummelten lässig aneinander, als sie sahen, dass der Boss sich ihnen näherte. »Was? Ihr seid schon müde?«, tadelte Kroon sie frech. »Ihr braucht Urlaub? Macht euch wieder an die Arbeit!« Er riss seinen Rock hoch und präsentierte ihnen seinen unglaublich Harten. Die beiden Knaben ließen sich nicht lange bitten.

Zwei Münder an ihm. Noch zwei Münder, die man füttern musste … Kroon schwelgte einen Moment lang in Ekstase, die Augen geschlossen, dann schob er brüsk ihre Gesichter beiseite.

»Das reicht vorerst, ihr ruiniert mir noch mein Make-up.« Kroon hatte seinen Schwanz heute rot angemalt, das war seine

Lieblingsfarbe, rot wie Blut, rot wie das *Chi*, das Butterfly dieser Tage entströmte, jetzt, da sie ihm eine intravenöse Ration Nektar der wilden roten Hibiskusblüten verpasst hatten, eine echte Raubtierfütterung.

Sie hielten Butterfly in einer der Hütten hinter dem Chaweng-Stadion gefangen, bereit zur Übergabe an Khun Wing Fat nach dem Kampf. Die Produktion lief auf vollen Touren, und Kroon war ungemein zufrieden damit, wie sich alles entwickelte.

Er ließ seinen Rock fallen und warf den Jungs einen Kuss zu.

»Rührt euch nicht vom Fleck. Gleich nach dem Kampf bin ich wieder bei euch.«

Stone Age Steak

Eine Zeltplane trennte die beiden Hälften des Pferchs, in denen um 20 Uhr 30 an diesem Samstagabend im Chaweng-Stadion der Kampf stattfinden sollte. Die Weiße Legende, der tödliche Kickboxer, und Stone Age Steak, der tödliche *Kerbau*-Wasserbüffel, würden sich heute zum ersten Mal in der Geschichte des Thai-Kickboxens gegenüberstehen.

Das Stadion in der Halle war bis zum Bersten mit einer Menge von zweitausend betrunkenen und johlenden Zuschauern gefüllt. Überall waren Buchmacher, schlichen auf dem Parkett herum, nahmen sofort Wetten an und brüllten in ihre Handys. Getränkeverkäufer schritten durch die Gänge und verscherbelten eisgekühltes Singha-Bier, Cola und Flaschen mit Samui-Mineralwasser.

Flaschen mit karamellfarbenem Mekong-Whiskey und Sangthip-Zuckerrohrlikör verkauften sich blendend an den Ständen, denen man die Erlaubnis dafür erteilt hatte, genau wie noch zuckender Tintenfisch, frittierte Grillen und Erdnüsse.

Thais und *Farangs* drängten sich gemeinsam auf den abgewetzten Plätzen hoch oben im Stadion, während unten in den teureren Bereichen unmittelbar am Ring die härtesten Fans johlten und pfiffen – überwiegend Männer, denn dies war eine echte *Mai-bin-rai-kas*-Sportart.

Frauen und Kinder durften dem Kampf zum halben Preis beiwohnen. Das war eine von Kroons exzentrischen Gesten, buddhistisch und verdienstvoll. Die anwesenden *Mai-bin-rai-kas* bestanden vorwiegend aus jungen, europäischen *Farangs* mit weit aufgerissenen Augen, mickrigen Oberteilen, Shorts, die braungebrannte Oberschenkel zeigten, und zahnlosen alten Thai-Weibern in schwarzen Baumwollpyjamas.

Die alten Weiber schwatzten lüstern miteinander über die Größe des Wasserbüffelgeräts, während sie aus riesigen Papierröhren Stumpen aus *Chaiyo*-Tabakblättern Marke ›Sieg‹ rollten. Die *Farang*-Frauen fassten ihre ausländischen oder Thai-Freunde an den Händen und pichelten aus den Bierflaschen.

Ein nervöses Summen der Aufregung, Bangnis – so viel Geld wechselte den Besitzer – und Angst erfüllte die Luft. Kämpfende *Kerbaus* waren dafür bekannt, mitten im Kampf plötzlich aufzuspringen, selbst wenn ihre Hörner ineinander verhakt waren, und durch die Menge zu preschen.

Es geschah nicht selten, dass einige unglückliche Zuschauer während eines Matches totgetrampelt oder verstümmelt wurden; Chawengs einziger Rettungswagen parkte mit flackernder roter Rundumbeleuchtung vor dem Stadion.

Die drückende Hitze so vieler dicht gedrängter Leiber strahlte derart intensive Energiewogen aus, dass die billig verputzten Wände den Eindruck schwitzender und mit Ruß versetzter Tränen machten.

Ein nervöser Aufschrei ging durch das Stadion, als die Menge Stone Age Steak erblickte, den *Kerbau*-Champion. Sein Thai-

Trainer und vier stämmige Helfer führten ihn in einer feierlichen Prozession herein; sie waren durch eine Seitentür in der Halle aufgetaucht.

Der gewaltige schwarze *Kerbau* trottete widerwillig in Richtung Ring, blieb stehen und schnaubte, als sein Trainer an der Lederschnur riss, die an einem Messingring in seinen geweiteten Nüstern befestigt war.

Bei jedem Schritt, den er machte, schien es, als bliebe Stone Age Steak jäh stehen und spießte mit seinen gekrümmten Hörnern jeden Zuschauer auf, der dumm genug war, die Hand auszustrecken und sein krauses schwarzes Fell zu berühren, um seinem Wetteinsatz viel Glück zu wünschen.

Zwei Helfer des Trainers hoben jetzt die langen Bambuspfähle am Eingang des Pferchs an, damit Stone Age Steak den Ring betreten konnte. Die intelligenten schwarzen Augen des *Kerbau* strahlten nervösen Zorn aus, als sein Thai-Trainer ihn in die vorgesehene Ecke des mit Lehmsoden voll gepackten Rings führte.

Mit einem geschickten Laufknoten befestigte der Trainer jetzt den Strick des *Kerbau* an einem Eisenpflock, der auf seiner Seite der Zeltplane in den Boden gehämmert worden war.

Der Trainer, ein Thai mittleren Alters im weißen Hemd mit hochgekrempelten Ärmeln, mit schwarzer Hose und einer schweren goldenen Rolex-Seiko an seinem Handgelenk, zückte ein Fläschchen aus seiner Tasche. Er verspritzte ein wenig magischen Geist über die mit rotgoldenen Schleifen verzierten Langhörner des *Kerbau* und wisperte dem Bullen geheime Beschwörungsformeln ins zuckende Ohr.

Fliegen umschwirrten den muskulösen Leib des *Kerbau,* als Stone Age Steak mit dem Schwanz schlug und seine Hufe in den Boden grub. Er wusste, was ihn auf der anderen Seite der sich blähenden Plane erwartete.

Die Menge johlte, als Stone Age Steak plötzlich einen der Helfer des Trainers ansprang, der ihm mit Besen und Kehrichtschaufel zu nahe gekommen war, als er seiner Aufgabe nachkam, die enorm großen Büffelfladen des *Kerbau* vom Boden fegen zu müssen.

Der junge Thai, der ein zerrissenes T-Shirt mit der Aufschrift ›Santas Schlitten‹ trug, sprang gerade noch rechtzeitig zur Seite und ließ eine seiner *Zori*-Gummisandalen hinter sich im Schlick stecken. Die Menge lachte und applaudierte, sie glaubte, es gehörte alles zur Unterhaltung des Abends.

Der Thai-Kampfansager brachte mehrere Ansagen über das Lautsprechersystem vor und heizte die Menge an.

»Das ist Stone Age Steak! Stone Age Steak! Die Weiße Legende, dieser dämonische Kickboxer, wird sich jetzt jeden Moment auf den Weg zum Ring machen, Ladys und Gentlemen! Die Weiße Legende wird Stone Age Steak einen Kampf liefern, an den man sich noch lange erinnert! Machen Sie jetzt Ihre Einsätze, bevor es zu spät ist!«

Kroon, der Big Boss des Rasta Palace, tauchte prahlerisch im Schutz seiner Leibwächter auf und winkte und warf Küsse in die Menge; dann ließ er sich mit einem jungen schwedischen *Farang*-Lustknaben auf seinem Privatplatz vor dem Ring nieder. Kroon strich dem Jungen durch das braune Kraushaar und lachte, wobei er seine perfekten weißen Zähne zeigte.

Die Weiße Legende saß in einer der baufälligen Hütten vor dem Stadion, die als Umkleideraum dienten, auf einem Stuhl und sah in den gesprungenen Spiegel, der an einem Nagel von der Wand hing; eine nackte Glühbirne baumelte an einem Elektrokabel von der Decke.

Tham, sein Leibdiener, klopfte an die Tür. »Noch fünf Minuten bis zum Kampf«, rief Tham. »Darf ich Ihnen etwas bringen?«

Die Weiße Legende schnitt seinem Spiegelbild eine Grimasse und bleckte die Zähne. Tham presste das Ohr an die Tür und vernahm, wie die teuflische Missgeburt sich heftig auf die tätowierte Brust trommelte.

Er trat von der Tür zurück und schauderte, dann eilte er davon, um den Geschäftsführer zu unterrichten, dass das Monster gleich so weit war.

Die Weiße Legende grinste, als er hörte, wie die Schritte sich entfernten, dann erhob er sich und betrachtete noch einmal sein Spiegelbild. Eine Maske der Trauer zeichnete sich unter der grotesken weißen Schminke ab. In der Zeit, die es gedauert hatte, von der malaiischen Grenzstadt Padang Besar nach Thailand einzureisen, hatte Tommy Kok Lau so gut wie alle menschlichen Züge verloren. Nur die Trauer war geblieben, und sie war sein bestgehütetes Geheimnis.

Tommy hatte sich von einem Thai-Trucker, der halb betrunken und halb mit ›Dr.-Capy‹-*Shabu* voll gedröhnt war, nach Norden mitnehmen lassen. Ein einsamer Mistkerl, dessen Mundwerk während der ganzen Fahrt nicht stillstand. Er hatte über seine Tochter geredet, die er an ein Bordell in Bangkok verkauft, über seine Frau, die ihn verlassen hatte, und über seine alten Eltern irgendwo in einem Dorf, die ihn zum Dank dafür verflucht hatten.

Mit dem letzten Rest menschlichen *Karmas,* das ihm geblieben war, hatte Tommy den Truckfahrer getötet. Es war sein erster Mord gewesen, und der Geschmack des Blutes war wie ein *Tantra* in seinem Herzen.

Tommy erinnerte sich noch an die Augen des Mannes und an das Todesröcheln in seiner Kehle, als er ihn würgte und würgte, bis kein Atem mehr in ihm war, den er ihm rauben konnte. »Danke fürs Mitnehmen, Sir«, hatte er sich an sein Opfer gewandt. »Tot sind Sie besser dran. Glauben Sie mir, ich habe Ihnen einen großen Dienst erwiesen. Ihre Welt wird Sie nicht mehr quälen. Sie sind jetzt in Sicherheit. Sie sind frei.«

Hässlich, du bist so hässlich geworden, dass du schon wieder schön bist. Die Weiße Legende musterte sein Ebenbild mit kritischem Blick.

Er trug ein gestricktes Stirnband um den Kopf mit dem groben schwarzen Haar, der vorgewölbten Stirn, den tief liegenden braunen Augen ohne Gnade, dem eckigen Kinn, den nach vorn abfallenden Schultern über einem schweren Rumpf, der wie ein Rammbock gebaut war, den zwei langen, behaarten schwarzen Armen (ein Armband am linken Arm, wie sein Stirnband ein Teil der Kickboxer-Kluft); allerdings keine Handschuhe (man hatte ihm gesagt, er werde gegen einen *Kerbau* kämpfen), den ungeheuer muskulösen, kurzen, behaarten Beinen, die einen starken Gegensatz zum roten Satin seiner Kickboxhose bildeten, und seinen Füßen – seinen Füßen! Seine tödlichsten Waffen: stahlharte Füße, um die Sohlen herum bandagiert, mit Zehen, die greifen, würgen und drosseln konnten.

Tommy schloss die Augen, umklammerte den Rand der Kommode und stöhnte leise auf, während er die Wange an den Spiegel presste.

Pinang war lange her. Das Leben dort und alles, wofür es stand, Ma, Pa, seine ganzen Freunde. Wie war er nur in diese Lage gekommen? Und was würde noch aus ihm werden?

Er wusste es und wusste es doch nicht, er wusste es nicht und wusste es doch. *Nita!* Tommys Zähne schepperten am Glas.

Deine Stimme ist verstummt, du rufst mich nicht mehr. Und du hörst mich nicht mehr, jetzt nicht mehr. Was haben sie dir angetan, dass du schweigst? Deine Liebe findet keinen Ausdruck mehr. Nur dieser Hass ist mir geblieben, das ist mein Liebesbrief an dich … die Rache des vielfach gebrochenen Herzens.

Tham wollte schon an die Tür der Weißen Legende klopfen, um sie ein letztes Mal aufzufordern, als er das Geräusch zersplitternden Glases hörte. *Was stellte dieses Monster jetzt wieder an?* Er zitterte. Plötzlich schwang die Tür auf, und die Weiße Legende stand im Eingang wie ein Rachegeist aus der tiefsten Thai-Hölle.

»Ich … ich wollte Sie gerade … daran erinnern …«, platzte der zitternde Thai heraus. »Dass … dass es … Zeit wird …«

»Ich weiß«, entgegnete die Weiße Legende schroff und mit schnarrender Stimme. »Ich habe gerochen, dass du da bist.«

Kerbau Karma

Die Menge im Stadion verfiel in einen Begeisterungstaumel, als die Weiße Legende auf allen vieren hereinkam; er eilte den Gang entlang, gefolgt von einem ganzen Pulk aufmerksamer Betreuer.

»LeGENde! LeGENde! LeGENde!«, begann die Menge einstimmig zu brüllen, wobei sie rhythmisch in die Hände klatschte. *»LeGENde! LeGENde! LeGENde!«* Ein widerhallendes *»BUUUUHHH!!«* folgte, als der so Angefeuerte seinen Kampfumhang aus roter Seide ablegte, darauf herumtrampelte und ihnen sein behaartes Hinterteil zeigte. Die Menge buhte noch wilder, als er etwas noch Unerwarteteres und Unverzeihlicheres tat: Die Weiße Legende riss die dreifarbige Fahne des Königreichs Thailand herunter, die über die Ringseite drapiert war, und pinkelte darauf.

Man konnte das Geräusch seines Urinschwalls bis zu den obersten Rängen hören. In der riesigen Halle breitete sich benommenes Schweigen aus.

Kroon saß auf seinem Platz und wollte seinen Augen nicht trauen, er umklammerte die Hand seines *Farang*-Lustknaben und starrte den Kämpfer an. Zum ersten Mal in seinem Leben empfand er nackte Angst, sie ging ihm durch und durch, wütete in seinen Eingeweiden. Hier war etwas noch Böseres und Gefährlicheres als seine eigenen schmutzigen Tricks, Machtspiele und Einschüchterungen am Werk. Die Weiße Legende ging in ihrer Zurschaustellung natürlicher Vulgarität beträchtlich weiter.

Die Menge kam wieder zu sich, sobald die Weiße Legende ihre hemmungslose Demonstration tiefster Verachtung beendet hatte. Sie begannen mit allem Möglichen zu werfen, Bananen, Flaschen, Dosen, zerknüllten Programmzetteln, allem, was sie in die Finger bekamen. Die Weiße Legende hob die Hände wie ein Sieger. Er hatte sie in den Zustand gebracht, der ihm vorschwebte: Raserei.

Stone Age Steak versteifte sich auf seiner Seite des mit einer Plane abgetrennten Geheges, und ein Beben durchlief seine Vorderläufe. Er konnte den Widersacher jetzt riechen. Verwirrung trat in die Augen des *Kerbau*. Es lag kein Geruch nach einem anderen *Kerbau* in der Luft. Die Bestie schnaubte. *Dieser Kampf ohne Auseinandersetzung …* Seine Nüstern weiteten sich rings um den Nasenring. *Womit würde er es zu tun bekommen …?*

Wasser tropfte von Stone Age Steaks Flanken, als sein Betreuer ihn abspritzte. *Jeden Augenblick jetzt*. Der *Kerbau* witterte die Fremdartigkeit seines Rivalen eher als den Aufruhr seines vom Adrenalin aufgepeitschten Nervensystems. Der Wasserbüffel trat hektisch mit den Hinterläufen aus und zerrte trotz des auflodernden Schmerzgefühls an der durch den Nasenring gezogenen Kette.

Abermals zielte sein Thai-Betreuer mit dem Schlauch auf Stone Age Steak, um die Angst der Bestie zu lindern. »›*Jai yen, jai yen*‹«, sagte er immer wieder zu seinem kostbaren Büffel-Champion. »Kühles Herz, kühles Herz …«

»*Ich glaub's nicht, was er gerade getan hat!*«, schrie Paul Sykes, wobei er aufgeregt Trevor Gobis Arm ergriff.

»Hey, pass doch auf!« Trevor schrak zurück. Er hatte eine Art Digitalkamera dabei und zeichnete eine Kirlian-Beta-Version des Ereignisses auf. Die Digikam war außer ein paar Hemden das Einzige, was er in seinem Rucksack verstaut hatte. Sykes war sich nicht bewusst gewesen, dass sein neuer Freund ein derartiger Filmfreak war.

»Tut mir Leid«, entschuldigte sich Sykes. »Hoffentlich habe ich dir die Aufnahme nicht verdorben.«

»Keine Sorge«, erwiderte Trevor und filmte weiter. »Das wird alles Teil meiner Story.«

Paul Sykes und Trevor Gobi waren am Nachmittag des Vortags auf der Insel Kho Samui eingetroffen. Ihr VIP-Bus war von Surathani aus zur Autofähre weitergefahren, und dann waren sie in den Hafen von Nathon getuckert. Vom Strandabschnitt neben dem Landesteg stieg durch die Ebbe der schwere Geruch von Morast auf. Stalaktitenförmige dunkle Wolken hingen über ihnen am strahlend blauen Himmel. »Die Durchnässzeit steht bevor«, hatte Trevor gescherzt. »Man weiß nie, wann es hier zu schütten beginnt. In dieser Jahreszeit habe ich immer die besten Einfälle.«

Trevor kannte sich aus. Er war schon mehrmals auf Samui gewesen, hatte er Sykes erzählt. Sie waren auf ein offenes *songthaew*-Minibus-Taxi aufgesprungen und auf direktem Weg nach Bhoput gefahren, einem kleinen Dorf am Ostrand der Insel. Dort hatten sie zwei Bungalows von Kaninchenlochgröße auf Pfeilern gebucht, für fünfzig *Baht* am Tag. Das entsprach zwei Dollar pro Übernachtung und so viel Bananenkuchen, wie man auf der anderen Straßenseite in Boons Café nur essen konnte.

Palmen säumten eine Dorfstraße, die sich an einem himmlischen Strand entlangschlängelte, auf dem französische *Farangs* sich oben ohne bräunten, während die Hunde der Gegend bis zum Hals in der Brandung standen und fischten. Sie hofften, sich gratis einige Fische aus den Fischernetzen schnappen zu können, die in weitem Bogen aus vor der Küste ankernden pastellfarbenen Thai-Fischerbooten geworfen wurden. Es gab einen besonders unternehmungslustigen Hund – so etwas hatte Sykes noch nie gesehen –, der sich auf ein Surfbrett warf und mit der Schnauze im Wasser eine kurze Strecke hinauspaddelte.

Es war ein Paradies, in Ordnung, und Paul Sykes freute sich schon auf die bevorstehende Vollmondparty auf der Insel Kho Phangan und darauf, vielleicht einige *Farang*-Puppen zu vernaschen, als Trevor einen an die Rinde einer Palme gepinnten Zettel entdeckte.

Es war einer von Kroons Flyern, die den Kampf zwischen der Weißen Legende und Stone Age Steak ankündigten.

Plötzlich wurde seine Miene ernst und gespannt. »Das müssen wir uns einfach ansehen«, sagte er zu Sykes.

»Was? Ein Kickbox-Kampf zwischen einem Menschen und einem Wasserbüffel?«, entgegnete Sykes. Es erstaunte ihn, dass Trevor Gobi, der Sohn der schwarzen interaktiven Sonne, so viel lüsternes Interesse aufbrachte. »Klingt für mich ziemlich derb.« Trotzdem fühlte Sykes sich veranlasst, das Foto der Weißen Legende auf dem Anschlagzettel genauer in Augenschein zu nehmen.

Wo hatte er dieses Gesicht bloß schon mal gesehen? Nicht den Ausdruck von Zorn und Verachtung, den die Augen des Kämpfers ausstrahlten, sondern etwas, das sehr viel tiefer lag. Etwas Ursprüngliches und Fatalistisches, etwas, das einmal das wahre Antlitz der Liebe gesehen hatte. Es verwirrte Sykes. Wie konnte jemand so Wildes gleichzeitig so sanft sein? Etwas in seinem tiefsten Inneren wurde angerührt, und Sykes spürte schwere Trauer in seinem Herzen. Er blinzelte. *Ich kenne dich.*

»Mach, was du willst«, erklärte Trevor Sykes schroff. »Ich geh hin.« Paul starrte Trevor kurz an. Der Kerl war irgendwie abgedreht, er tickte nicht ganz richtig, genau wie die Weiße Legende. Genau wie Sykes, der tief in seinem Inneren auch nicht ganz richtig tickte, obwohl er das nie zugegeben hätte. Er wollte den Kampf ebenfalls sehen, und er wusste sogar schon, wem er zujubeln würde, nämlich beiden – dem kämpfenden Wasserbüffel *und* dem gepeinigten Kickboxer. Weil sie gegen eine Welt antraten, die vor dem endgültigen Sieg noch die Verdammnis sehen wollte.

»Schon gut, schon gut, wenn du meinst, das könnte etwas bringen, gehen wir eben hin, in Gottes Namen.« Sykes tat so, als würde er sich fügen. »Ich muss mir nach der Zeit in diesem engen Bungalow ohnehin die Beine vertreten.«

Doch insgeheim wusste er, dass der Kampf eine Art *Rendezvous* der Liebe mit dem Hass auf die Liebe war. Das *Yin* und das *Yang* der Verdammten und der Geretteten. Und der eigentliche Schiedsrichter war die schwarze interaktive Sonne.

Trevor Gobi legte seine Kirlian-Digikam einen Moment lang zur Seite, als die Weiße Legende über die Stangen des Pferchs sprang und auf allen vieren in seine Ecke eilte.

Trevors Gesicht glühte vor Aufregung. »Tut mir Leid, dass ich vorhin so grob war, Paul. Ich wollte die Aura um seine Augen herum einfangen. Sie erzählt eine ganze Geschichte.«

»Du bist schon ein komischer Vogel, Gobi.« Sykes schüttelte staunend den Kopf, dann richtete sein Blick sich wieder auf die Weiße Legende. Der Kämpfer wurde von seinem Betreuer abgespritzt, während er auf einem Stuhl saß und teilnahmslos auf die Plane starrte, die ihn von Stone Age Steak trennte.

Dieser seltsam aussehende Menschenaffe mit der weißen Schminke im Gesicht hatte eindeutig etwas Vertrautes an sich.

»Hey, was *soll* das!« Sykes fuhr zu Trevor Gobi herum, der den Ausdruck auf *seinem* Gesicht filmte.

Trevor lachte. »Wie gesagt, Paul. Du bist auch Teil meiner Geschichte.«

»Du bist ja verrückt.«

»Dann sind wir schon zu zweit, Paul. Dir schwant doch etwas, nicht wahr? He, ich geb dir einen Tipp, wenn du willst …«

»Und der wäre?«, scherzte Sykes. »Soll ich in Bananenkuchen investieren?«

»Nein, Paul. Es geht um was anderes.« Trevor lächelte. »Benutz die schwarze Sonne. Mach schon, lass dich drauf ein. Dann siehst du, was wirklich abgeht. Aber ich glaube, das weißt du auch so schon.«

Oben auf den abgewetzten Holzbänken, hoch über dem Boden des Stadions, wandte Tara O'Shaughnessy Evans-Wentz Gobi sich an ihren Gatten. »Frank, das ist ja einfach furchtbar.«

»Ich weiß«, erwiderte Frank Gobi. »Aber was können wir schon daran ändern? Wir werden nicht bleiben und uns alles ansehen, Liebes. Sobald die Musiker sich ins Zeug legen und der ganze Rummel anfängt, kratzen wir die Kurve, denn das wird genau der richtige Augenblick dafür sein. Die stehen alle voll auf diesen Scheiß und werden nur Augen für den Kampf haben. Es steht zu viel Geld auf dem Spiel.«

»Hoffentlich«, sagte Tara. Ihr Gesicht zeigte einen Anflug von Besorgnis.

Frank Gobi drückte ihre Hand. »Sie halten den armen Kerl in einer dieser Hütten hinter dem Stadion fest. Da ist Butterfly jetzt, Liebling. Sie haben ihn heute Morgen in aller Frühe aus einem Bungalow dorthin gebracht. Das bedeutet, dass sie ihn wohl wieder verlegen werden, vermutlich nach dem Kampf. Wir werden also genau unserem Plan folgen. Ich verschwinde durch eine der Seitentüren und seh mich ein wenig um. Wenn möglich, werde ich ihn raushauen. Sie dürften wohl kaum jemanden erwarten und werden vollauf mit diesem Müll zu tun haben. Inzwischen bereitest du den Jeep vor und wartest am Hinterausgang des Stadions. In Ordnung?«

»Du passt doch auf dich auf, Frank, nicht wahr?« Tara warf ihm einen besorgten Blick zu. Seit sie mit einem Hängegleiter aus Wing Fats fliegendem Bordell, das hoch über Bangkoks Straßen schwebte, abgesprungen waren, befand Frank sich in einer Art *Chi*-Rausch. Sie waren auf dem Hof von Wat Arun, dem Tempel der Morgenröte, gelandet und hatten einige Thai-Mönche beinahe zu Tode erschreckt. Tara hatte Frank veranlasst, ihnen einige *Bahts* für ein paar neue Gewänder zu geben. Die Mönche hatten ihre zerrissen, als sie die Treppen des *Wat* hinabgestolpert waren.

Seine Entschlossenheit erinnerte Tara an den Tag, als Frank sich endlich entschieden und Satori City aufgesucht hatte, das gerade abgestürzt war. Auch damals hatte es für ihn kein Halten mehr gegeben. Er war einer der friedliebendsten Menschen der Welt, die ihr jemals begegnet waren, besonders, wenn es darum ging, sich dem Voodoo der Ungerechtigkeit entgegenzustellen. Er war ein richtiger Tiger, sein Sternbild im chinesischen Tierkreis. Aber sie liebte ihn und hatte alles Vertrauen der Welt in ihn.

»Klar passe ich auf«, versprach Frank. »Du weißt doch noch, wie man mit der Steuerung umgeht, oder?«

»Ja, Frank, weiß ich, hey, *Frank!*«, rief Tara plötzlich und beugte sich auf der harten Holzbank jäh vor. »Sieh doch nur! *Siehst du das auch,* da unten im Stadion!?«

Frank Gobis Kopf ruckte herum, als er in die Richtung schaute, in die sie deutete. »Wo, Tara?«

Tara rieb sich die Augen. »Nein, unmöglich, das muss ich mir einbilden.«

»Liebling, was ist denn?«

»Da drüben, Frank! Er ist es!« Wieder deutete Tara auf den Boden des Stadions. »Acht Reihen unter dem Hauptpfeiler, ungefähr in der Mitte der Reihe, in der Gruppe mit *Farangs* ... dieser Blondschopf.«

»Ich wünschte, wir hätten unser Fernglas dabei.« Gobi schüttelte den Kopf. »Wer ist es?«

Tara biss sich auf die Lippe. »Ich bin mir nicht ganz sicher, aber ich glaube, es ist Jordan, Frank. Unser lieber Freund, der so plötzlich aus Xiang Gang verschwand. Terry Jordan.«

Terry Jordan badete gerade in der schwarzen Sonne. Die Leute ringsum hatten alle erbärmliche Auren. Zu viel Schweinefett und Mekong-Whiskey. Gemästete Seelen. Der Kickboxer, die Weiße Legende, beeindruckte ihn erheblich mehr.

Nicht schlecht, dachte Jordan bei sich. *Seine Selbstqual lässt nach, er findet allmählich seine Mitte, fügt sich ins große Ganze ein. Und wenn ihm das gelungen ist, fängt der Kampf erst* richtig *an ...*

Dann dachte Terry Jordan an Butterfly. Er wandte sich an ihn: *Butterfly, ich weiß, dass du dir das auch ansiehst. Du wirst wieder mit uns im Ring stehen. Wir werden diese große Nadel, die sie dir durchs Herz gestoßen haben, entfernen. Hörst du mich, Butterfly?*

Kontakt. Butterfly hörte ihn. Jordan spürte das Rascheln seiner Schwingen: Die Raupe bewegte sich wieder.

Halt durch, altes Haus. Du schöner Schmetterling.

Erneuter Kontakt. Diesmal Nummer zwei.

Terry Jordan ließ das Prickeln in seinem Nacken zu. Die schwarze Sonne sperrte die geschlossenen Fensterläden weiter auf. *Kein Schmetterling. Nicht Butterfly. Jemand anders.*

Terry Jordan drehte sich langsam um, damit er den frischen Kontakt identifizieren konnte. Es ging von jemandem in der Menge aus, die in den obersten Rängen noch immer Zeug nach unten warf und Beleidigungen brüllte.

Dann lächelte er und winkte.

»Frank, sieh doch!«, rief Tara. »Er winkt uns zu. Er weiß, dass wir hier sind!«

»Warum auch nicht?«, entgegnete Frank Gobi. »Glaubst du nicht auch, dass er uns erwartet hat?«

»Haben Sie schon mal gegen einen *Kerbau* gekämpft?«, fragte der Thai-Betreuer die Weiße Legende, als er die bandagierten Fäuste des Kickboxers vereiste. Die Weiße Legende saß auf einem Stuhl in seiner Ecke und beobachtete, wie die Plane flatterte, bewegt von der heißen Luft aus den Kehlen zweitausend atmender *Hantus*.

Gespensterwesen. Sie wussten es nur nicht, vielleicht würden sie es nie wissen.

Die Weiße Legende spuckte seinen Mundschutz aus und erwiderte: »Hast du schon mal einen Buddha gebumst?«

Der Thai-Betreuer, ein dürrer, drahtiger Ex-Kickboxer im Bantamgewicht mit gebrochener Nase und einem Tattoo der Blauen Khmer, das auf seinen Unterarmen verrückt spielte, schrak entsetzt zurück. »Was ist los mit Ihnen! Sprechen Sie nicht so! Sie entwürdigen Lord Sakyamuni!«

»Das tust du mit jedem Herzschlag«, grinste die Weiße Legende gut gelaunt, während er sich bedächtig vom Stuhl erhob.

Kroon gab dem Kampfleiter ein Zeichen, der einem der Männer im Ring ein Zeichen gab, der wiederum an einem Seil zog, das mit dem Vorhang verbunden war, der Stone Age Steak von der Weißen Legende trennte.

Der Vorhang fiel zu Boden und wurde rasch zur Seite gerissen. Stone Age Steaks Manager flüsterte dem *Kerbau* eine letzte Beschwörungsformel ins Ohr, während er den Laufknoten entfernte, der den Nasenring der Bestie mit dem Pflock im Boden verband.

Dann trat er den Pflock zur Seite und brachte sich schleunigst außerhalb des Bambuspferchs in Sicherheit. Die Musiker, die um den Ring herum Platz genommen hatten, begannen wie wild auf ihre Schlaginstrumente einzudreschen und auf ihren *Pii*-Oboen zu trällern, bis das Stadion von einer Art Schlangenbeschwörungsmusik widerhallte.

Der Kampf hatte begonnen.

PHASE 4

Schmetterling

Das Kuss-*Mudra*

Frank Gobi zögerte. Er fühlte sich hin- und hergerissen zwischen dem Impuls, Butterfly zu retten, und seinem Wunsch, Terry Jordan zu begegnen, solange er noch Gelegenheit dazu hatte.

Tara spürte seine Frustration. »Geh nur, Frank«, sagte sie ihm. »Dein Vorhaben ist viel wichtiger. Ich versuche Jordan so lange wie möglich im Auge zu behalten.«

Gobi nickte ergeben. »Ich glaube, du hast Recht. Wir können ihn später noch sprechen, die Insel ist ja klein genug. Bis gleich, Baby«, sagte er und küsste sie auf die Wange. »Pass aber auch gut auf dich auf, ja?«

Er erhob sich und wollte gehen. Er musste an einer langen Reihe brüllender Fans vorbei, um die Stufen zu erreichen, die zur Hintertreppe des Stadions führten.

»Schatz?«, rief Tara hinter ihm her.

Gobi blieb stehen und schaute sie an. Tara warf ihm einen Kuss zu, und er spürte, wie die Energie unmittelbar in sein Herzzentrum eindrang, vergleichbar einem Schmetterling, der sich auf eine zerbrechliche Blume setzt. Es war ein Kuss-*Mudra*.

Er warf ihr ebenfalls eines zu und verschwand in der wogenden, brüllenden Menge.

Die Weiße Legende näherte sich Stone Age Steak mit dem Respekt und der Konzentration, die das Tier verdiente.

Als der *Kerbau* vom ovalen Gefängnis seines Nasenrings befreit war, nutzte Stone Age Steak seine Freiheit erst einmal dazu, wie besessen im Kreis durch den Pferch zu rasen; dann blieb er abrupt in der Mitte des Rings stehen. Der Blick seiner lodernden schwarzen Augen richtete sich auf die Gestalt in der kurzen roten Hose, die sich ihm langsam, aber sicher näherte.

Stone Age Steak schnaubte und scharrte mit den Hufen im Lehm. Er atmete jetzt schwer, ein hyperventilierender Büffel. Sobald das verwirrende Gefühl der Freiheit sich legte, würde er den Störenfried angreifen. Seine zuckenden Ohren spürten schon den Hauch des Todes, der wie ein unsichtbarer Orkan im Innern des Pferchs tobte.

Nun wich der *Kerbau* mit seinen fast dreihundert Kilo geballten Büffelzorns langsam zurück und bereitete sich darauf vor, mit voller Kraft nach vorn zu schnellen.

Stone Age Steak bündelte seine Masse in den Schultern und preschte los. Doch die Weiße Legende wich nicht aus, bewegte sich keinen Deut. Sie stand einfach nur da und breitete die Arme aus, um den *Kerbau* offenbar ohne Sinn und Verstand in Empfang zu nehmen.

Nita!, schickte Tommy einen stummen Schrei zum Himmel, über die Dachsparren des Stadions hinaus. *Wunderschöne Nita, wunderschöne tote Nita, hier komme ich, um in deiner Welt zu leben! Ich bin's, Nita, ich falle …*

Zweitausend aufkreischende Zuschauer verwandelten sich in eine stumme Raupe, die über ein grünes Blatt kroch. Das Blatt erbebte, und der Zweig, an dem es wuchs, vibrierte unter der Last des sich nähernden Wesens.

»Mein Gott!«, murmelte Tara. »Er begeht Selbstmord.« Sie erkannte all die Farben der Apathie, die über den Kopf der Weißen Legende strichen wie die Strahlen eines unmenschlichen Sonnenuntergangs. *Apathie, dieser Hass auf alles Leben, der einen in den Selbstmord treiben kann. Es gibt kein Gefühl des Verlusts, weil es nichts zu verlieren gibt. Es ist so endgültig. So unendlich endgültig …*

Tara ließ ihre Tränen fließen. *Wie grausam, wie grausam, wie grausam …*

Stone Age Steak stemmte sich verblüfft in den Lehm. Im Geist des Wasserbüffels spiegelte sich keine Aggression. Er sah grüne Bambussprossen, spürte einen sanften Wind, roch einen weiblichen *Kerbau* und war von all den Büffelkuhgefühlen der Sehnsucht irritiert, die ihm entgegenstrahlten.

Tommy!

Die Weiße Legende schlug jäh die Augen auf, aus ihrer den Tod willkommen heißenden Trance gerissen.

Er hatte ihre Stimme wieder gehört!

Tommy! Ich liebe dich! Ich werde dich immer lieben, mein Liebster … ich werde dich immer lieben …

Benommen schaute Tommy sich nach Nita um, stattdessen sah er, wie Stone Age Steak, der Killer-*Kerbau*, den Schädel senkte und das Salz von seinen Händen leckte.

Terry Jordan erhob sich im Publikum und begann zu applaudieren, es war das einzige Geräusch in dem ansonsten stillen Stadion. Kroon brachte es fertig, den Blick von der Katastrophe loszureißen, die es für ihn bedeutete, dass sein Teufelskickboxer mit dem brutalsten Kampf-*Kerbau* in Chaweng *Ram-muay*-Liebkosungen austauschte.

»Wer ist dieser Trottel?«, wollte er wissen. Krik, sein Leibwächter, erkannte den *Farang* sofort und begriff das ganze Ausmaß der rückhaltlosen Selbstentblößung, weil er den unsichtbaren Schutzring spürte, der die Szene umgab. »Das ist dieser *Farang*, Boss.«

»*Welcher* verdammte *Farang?*«, fauchte Kroon seinen Leibwächter wutentbrannt an.

Krik spürte, wie eine Hand gegen seine Wange klatschte, und sah, dass die Bewegung sich wiederholte, wie aus weiter Ferne, als wäre es eine Sternschnuppe statt eines Schlags.

»Derselbe, der die *Katoey* berührte, der Butterfly zur Schmetterlingskönigin machte … Das ist Dr. *Chi*, Boss«, erklärte er, als der jähe Schmerz auf seiner Wange einsetzte.

»Na, dann *geh* schon und *schnapp* ihn dir, du Idiot! *SOFORT!!!*«, befahl Kroon.

»Boss, sehen Sie doch!« Krik deutete auf den Ring. Die Weiße Legende hatte sich auf Stone Age Steak geschwungen, und gemeinsam ritten sie aus dem Ring, brachen einfach durch die Bambusbegrenzung.

»*Was zum Teufel geht hier vor!* Tötet diesen weißen Mistkerl! Und tötet den verdammten *Kerbau!*« Kroon verlor vorübergehend die Fassung. Er hatte zwei kleine Vermögen auf den Kampf gesetzt – eines auf die Weiße Legende und eines auf Stone Age Steak. Jetzt hatte er beide Wetten verloren, und sie mussten das Match offiziell für unentschieden erklären.

»Geht klar, Boss!« Krik lief im Eiltempo davon und winkte Kroons übrige Schurken herbei, damit sie ihm bei der Verfolgung des fliehenden Kickboxers und des entlaufenen *Kerbau* halfen.

»*Moment noch!*«, rief Kroon seinem Handlanger zu. »Ihn schnappst du dir zuerst, du Idiot! Schnapp dir Dr. *Chi!*«

Doch Kroons Stimme ging im allgemeinen Gebrüll, das über das Stadion hinwegtoste, unter.

Tara bemühte sich verzweifelt, Terry Jordan nicht aus den Augen zu verlieren, doch das erwies sich als unmöglich. Zweitausend zornentbrannte Kampfsportfans randalierten im Stadion, warfen mit Stühlen und Bierflaschen, lieferten sich Faustkämpfe, während die Musiker am Ring weiter ihre verrückte Schlangenbeschwörung spielten; sie präsentierten jetzt schon zum zweiten Mal die ›King Cobra Suite‹.

Die Hölle war losgebrochen, und zwar mit großem ›H‹. Nicht einmal der Raupen-Regentanz, den Tara in Xiang Gang miterlebt hatte, reichte an dieses entsetzliche Chaos wild entfesselter Gewalten heran.

Sie hatte Terry Jordan aus den Augen verloren und war jetzt um Frank besorgt. *Was tat Frank gerade*? Tara sollte sich hinter dem Stadion am Jeep mit ihm treffen, und *er* sollte sie dort mit Butterfly erwarten, damit sie gemeinsam abschwirren konnten … aber dafür war nicht genug Zeit. Die Zeit konnte unmöglich gereicht haben.

Wo war *Frank gerade?*

Sie eilte nach draußen, um ihn zu suchen. Auch vor dem Stadion herrschte das reinste Chaos, es ging heiß her … heiß-heiß-heiß.

Ziggy Stardust's

Der Vollmond über Bhoput löste seinen Sarong aus Wolken. Er trieb jetzt nackt über ihnen in der Kristallobstschale des sternklaren Himmels. Frank und Tara hatten sich am Strand die elektrische Lightshow angesehen, bevor sie in ihren Bungalow zurückgekehrt waren.

Sie hatten beobachtet, wie die sanften Lichtstöße im Zickzack über die mondhellen Wasser des Golfs von Thailand fuhren. Heiseres Donnergrollen hatte vom verstreuten Kokospalmenarchipel des Athong-Nationalparks widergehallt.

Der gesprenkelte Lichterschein am Ufer von Kho Phangan, Samuis nächstgelegener Nachbarinsel, bot ein angenehmeres Gegenstück zu den Orgonblüten, die so strahlend hell in den samtig aquamarinblauen Himmel gestoben waren.

Frank und Tara saßen auf der Veranda ihres Bungalows im Ziggy Stardust auf einer Rattanschaukel. Sie hörten das Brüllen eines *Kerbau* im Unterholz des nahen Hains, gefolgt vom inbrünstigen Quaken einer Armee liebestoller Kröten.

Hohe Palmen verwehrten den Blick auf den Mond, doch die Stimmung war immer noch friedlich, immer noch wunderschön. Weiter unten auf der Straße, aus dem ›Rasta Baby‹, erklang der rhythmisch hämmernde Reggaebeat von Steeldrums; heute war Rasta-Baby-Nacht.

Der süße Duft von Blumen aus dem tropischen Garten des Ziggy vermittelte Tara den Eindruck, als befände sie sich auf der Notstation eines Aromatherapie-Instituts. Sie fühlte sich leicht beschwingt, leicht verrückt und war unglaublich in Frank Gobi verliebt. »O Frank!«, rief sie. »Wenn wir nicht schon verheiratet wären, würde ich dir, glaube ich, auf der Stelle einen Antrag machen.«

»Wäre das nicht ein wenig voreilig?«, fragte Frank mit einem sanften Lächeln, während er seine Frau auf die vollen Lippen küsste.

»Was für eine Nacht ...«, seufzte Tara und fuhr mit den Fingernägeln durch seine Brustbehaarung.

»Ja, was für eine Nacht«, stimmte Gobi zu. Er war nackt bis auf eine knappe Bikini-Hose, die Tara ihm als Souvenir an Bord von Wing Fats fliegendem Patpong-Bordell gekauft hatte. Tara trug ein extragroßes ›Rasta-Palace‹-T-Shirt mit Bob Marleys aufgeprägtem Gesicht und nichts darunter.

Sie knabberte verspielt an Franks Ohrläppchen, während sie mit gespreizten Beinen auf seinem Schoß saß. »Hör mal, Mr. Understatement! Ich dachte schon, ich fände dich in all dem Wahnsinn *nie* wieder. Nicht einmal den Jeep konnte ich finden! Sie hatten ihn umgeworfen und in die Lagune gewälzt!«

»Unterschätze nie eine Meute enttäuschter Kampfsportfans.«

»Das kann man wohl sagen! Erzähl mir noch einmal, was geschehen ist«, bat Tara ihn und setzte sich neben ihn auf die Schaukel. Sie zog Bob Marleys Gesicht über ihre Knie und schlang die Arme darum.

»Nun ...« Frank wiederholte die Geschichte, die er ihr schon erzählt hatte. »Als ich den ganzen Aufruhr im Stadion gehört habe, bin ich natürlich gleich durch eine Seitentür geschlüpft. Gott sei Dank war es kein Notausgang, *die* sind ja ständig versperrt, nicht wahr? Jedenfalls gelangte ich mühelos zu dieser Anzahl Hütten oder Baracken, diesen Schuppen oder wie auch immer du sie nennen willst. Keine Wache weit und breit. Die hat sich wohl von einem praktischen Aussichtspunkt aus den ›Kampf‹ angesehen, wer weiß?«

»Ich hatte mir schon Sorgen um dich gemacht.«

»Und ich mir um dich, Liebes«, sagte Frank und küsste Tara erneut. »Ich habe die Hütten einzeln überprüft und dabei sogar den Kopf in die Umkleidekabine der Weißen Legende gesteckt. Herjemine! Was für ein schauriges Gefühl. Wer hätte jemals gedacht …?«

»Sprich weiter!«

»Ich gelangte also in diesen seltsamen Raum. Er war randvoll mit medizinischen Geräten. Ein OP-Tisch. Und jeder Menge Blumen, lauter rote Blüten. Wilder Hibiskus, glaube ich. Und da habe ich dann dieses arme, schwache, zerbrechliche Wesen gefunden. Queen Rim persönlich. War schon ein merkwürdiges Gefühl, fast eine Art Flashback, als ich ihn sah. Oder *sie*. Oder *es*. Er/sie/es ist ein *Katoey*. Ein transsexueller Thai.« Frank hielt inne. »Oder ein polymorphes Etwas. Ich hatte nicht das Gefühl, dass er sich für eines der vorherrschenden Geschlechter entschieden hätte. Eigentlich war er längst jenseits davon. Er hatte diese nahezu durchscheinende Haut und eine Röhre im Unterleib, mitten in seinem *Hara,* seinem *Chi*-Reservoir. Und so haben sie ihn gemolken.«

»Diese Blut saugenden Mistkerle«, sagte Tara finster. »Was geschah *dann?*«, fragte sie, und ihre Augen begannen zu funkeln.

»Also, ich stand über ihm und sah ihn mir an und überlegte gerade, was ich tun sollte, wie ich ihn befreien könnte – ich wusste ja gar nicht, wo anfangen.«

»Ah-hah.«

»Als er plötzlich die Augen aufschlug und mich ansah, und dann sprach er zu mir.«

Tara schüttelte den Kopf und rieb sich die Kehle. »Was sagte er?«

Doch Frank erwiderte: »Dreh dich um, Liebling, ich verpass dir eine Gobi-Spezialmassage.« Er begann mit seinen kräftigen Händen Taras Nacken und Schultern zu kneten.

»Oooh, das tut ja sooo gut«, murmelte Tara. »Hör nicht auf.«

»Mit dem, was ich hier tue, oder meinem Bericht?«

»Beides.«

»Gut.« Er massierte weiter ihren Nacken. »Butterfly hat mir eine seltsame Frage gestellt. Er riss weit die Augen auf und fragte: ›*Wovon ernährst du dich und woher kommst du, mein lieber Schmetterling?*‹«

»Er hielt dich für einen Schmetterling? Für Butterfly? Dann hat er *dich* mit sich *selbst* verwechselt?«

Gobi kicherte. »Mein erster Eindruck war, dass der arme Kerl völlig die Orientierung verloren hatte, aber er meinte es *ernst*. Er glaubte wirklich, ich *sei* Butterfly ... ich muss für ihn wohl wie einer ausgesehen haben.«

»Entweder das, Frank, oder ... auf einer Ebene, die dir nicht bewusst ist, *bist* du ein Schmetterling.«

»So wie der Zen-Finger, der zum Mond deutet, was? Ist es nun der Finger oder der Mond? Oder wie der Traum dieses alten chinesischen Dichters, der träumte, ein Schmetterling zu sein, dann erwachte und feststellte, dass er ein Schmetterling war, der träumte, ein Mensch zu sein.«

»Ja.«

»Darüber sollte ich wohl einmal nachdenken. Aber der eigentliche Hammer geschah, als ich Butterfly aufhelfen wollte. Plötzlich stand die Welt kopf, und da war er, saß rittlings auf dem Wasserbüffel, als wollte er nur einen kleinen Ausflug machen und für seine Liebste am Sonntag ein paar Blumen pflücken. Die Weiße Legende ritt auf Stone Age Steak! Das hat mich fast umgehauen.«

»Kann ich mir vorstellen«, seufzte Tara. »Der Affenritter auf dem strahlenden Wasserbüffel.«

»Jedenfalls sah ich die Weiße Legende an, und die Weiße Legende sah mich an. Dann sprang er von seinem *Kerbau,* bettete den kostbaren kleinen Butterfly in seine starken Arme und ritt mit ihm davon. Einfach so!«

»Einfach so?«

Frank Gobi schnippte mit den Fingern. »Einfach so! Überflüssig zu sagen, dass ich nicht mehr lange dort blieb. Einige Raufbolde jagten ihn mit Baseballschlägern und Schrotflinten ... die sahen ziemlich sauer aus. Ich bekam noch mit, wie die Weiße Legende auf dieser langen Holzbrücke, die vom Rasta Palace zur Stadt Chaweng führt, über die Lagune ritt.«

Tara schüttelte wieder den Kopf und lachte. »Sehr weit sind sie wohl nicht gekommen, was? Die Raufbolde, meine ich.«

»Nein«, stimmte Frank Gobi zu. »Weißt du, wie viel diese Wasserbüffel *wiegen?* Vermutlich eine Vierteltonne. Und diese Brücke setzte sich aus Planken und Termiten zusammen, musst du wissen. Sie war morsch und baufällig. Dann, als Kroons Haufen die Weiße Legende, Stone Age Steak und Butterfly auf ihren Motorrädern verfolgte, geschah das Unvermeidliche. Die ganze Brücke brach zusammen, fiel völlig auseinander, und alle sind ins Wasser gepurzelt!«

Erneut lachte Tara auf, dann seufzte sie. »Tut mir Leid, dass ich Terry Jordan aus den Augen verloren habe. Er verschwand einfach mit einem anderen *Farang,* der bei ihm war. Einem anderen ›Kind des *Chi*‹, nehme ich an.«

»Nein, das braucht dir nicht Leid zu tun, Liebes.« Frank legte den Arm um Tara und drückte sie an sich. »Ich habe diesbezüglich eine Vermutung, ja, ich glaube, ich weiß, wo ich ihn finden kann. Langsam komme ich unserem Terry Jordan auf die Schliche.«

Frank schaute auf den Garten hinaus und schwieg einen Moment lang. Tara berührte seine Wange. »Was ist, Frank? Was hast du?«

»Das lässt sich schwer in Worte fassen. Hast du schon mal von der interaktiven schwarzen Sonne gehört, Tara? Das ist so eine

Art mentaler Auslöser. Eine mythische Shambhala-Technologie, aber im Hier und Jetzt. Eine *Chi*-Software. Angeblich benutzen die ›Kinder des *Chi*‹ sie, um von einem Ort zum anderen zu gelangen.«

»Von einem Ort zum anderen, Frank?«, fragte Tara.

»Erinnerst du dich noch an Satori City, Tara? Als ich dort hinging …? Als ich in diesem abgestürzten Trümmerfeld einer Virtuopolis nach Trevor suchte?«

Tara nickte.

»Diese verlorenen Kinder … in der Gametime. Auf *diese* Weise gelangten sie von einem Ort zum anderen. Sie klickten die ›Schwarze Sonne‹ an. Das ist so eine Art Cheat-Fluchtmechanismus. Der Schlüssel lag im Programm verborgen, doch musste man auch wissen, wie man ihn benutzt. Die Kinder waren der kollabierenden Struktur von Satori City immer einen Schritt voraus. Ich habe mich immer gefragt, wie sie das nur schaffen.« Frank holte tief Luft. »Beinahe wie die Weiße Legende, Butterfly und Stone Age Steak, die der Katastrophe auf dieser Brücke, die heute Nacht zusammenbrach, einen Schritt voraus waren …«

»Worauf willst du hinaus, Frank?« Taras Tonfall hatte sich verändert. Sie spürte jetzt alle möglichen Schemen in der Nacht. *Worum handelte es sich? Um Geister, irgendwelche Reisende?* Alles, was sie wusste, was sie spürte, war, dass sie schon lange entlang dieser Achse reisten. Es waren keine Thais, nicht einmal Einheimische. Es waren *Jetzt*-Wesen …

»Die schwarze Sonne funktioniert *auch* in dieser Dimension, Tara«, sagte Frank leise zu ihr. »Nicht nur im Omnispace. Und sie ist viel mehr als bloß ein kleiner schwarzer Fleck, ein geheimes Flucht-Icon, das man anklickt, sobald man die höheren Ebenen eines Kinderspiels gemeistert hat.«

»Aber wohin *wollen* sie, Frank?« Es war schon seltsam, wie zielsicher Tara das Wesentliche ansprach, noch bevor es Gestalt angenommen hatte.

»Heute ist eine wunderschöne Vollmondnacht, Tara«, sagte

Frank zu ihr, während er sie fest an sich drückte. »Hörst du dieses Geräusch auch?«

Sie presste seine Hand auf ihre Brust und lauschte gemeinsam mit ihm. »Klingt nach Motorbooten. Motoren.«

Frank Gobi nickte. »Genau. Motorboote. Schnellboote. Heute Nacht findet auf Kho Phangan ein Vollmondritual statt. Diese Schnellboote bringen die ganzen Rucksacktouristen über die Meerenge. Ist dir nicht aufgefallen, wie viele junge Leute heute Abend in Bhoput waren? Thais, *Farangs,* alles Mögliche, darunter auch diese *anderen,* die wir spüren, aber nicht sehen können ... Sie haben sich am Landesteg der Fähre versammelt und warten jetzt darauf, dass man sie übersetzt.«

Tara erhob sich von der Schaukel und blieb vor Frank stehen. Er bemerkte, dass eine Gänsehaut ihre Arme überzog, obwohl es eine zur Trägheit einladende, warme Tropennacht war. »Ich brauche nur eine Minute, Frank. Dann können wir gehen. Ich glaube, du hast Recht. Ich glaube, wir werden ihn dort finden.«

Einen Moment lang antwortete er nicht, doch dann sah er sie an und fragte: »Wen, glaubst du, werden wir dort finden Tara?« Er wollte, dass sie einen gemeinsamen Nenner hatten.

Die Fäuste in die Hüften gestemmt und mit entschlossener Miene antwortete Tara: »Du weißt schon *wen,* Frank ... ich glaube, es wird Zeit, dass wir ein ernstes Wort mit ihm reden. Er hat es wirklich zu weit getrieben.«

»Das ist lange überfällig«, sagte Frank und empfand jähe Verdrossenheit wegen all der Fehler, die er in seinem Leben begangen hatte. »Woher hätte ich es wissen sollen?«

»Du bist ein guter Mensch, Frank«, sagte Tara. »Und er ist ein guter Junge. Ein guter junger Mann, sollte ich eher sagen. Es *muss* einen Grund geben, eine Erklärung. Vielleicht steht sogar eine Entschuldigung an.«

»Ich stimme dir zu, Liebes«, sagte Frank, stand auf und nahm Tara wieder in die Arme. »Doch ich glaube, dass diese Entschuldigung von mir kommen sollte, denn ich habe ihn einfach nicht so gesehen, wie er ist. Ich habe Satori City aufgesucht und es wieder verlassen, er aber kam eigentlich nie wieder raus. Er besitzt ein Innenleben auf einer Ebene, von der ich praktisch nichts weiß.«

»Das ist nicht deine Schuld, Frank«, sagte Tara sanft.

»Mag sein, aber irgendwie habe ich das Gefühl, als wäre ich mit einem Erdbeben verwandt, und die Nadel auf dem Seismograph würde gerade zu schmelzen beginnen.«

Kinnari

»Also, Mir, wie's aussieht, taucht er nicht mehr auf«, vermutete Deedee Delorean, als sie ihr Glas ›Big-Buddha‹-Eistee auf dem Tisch abstellte. Er schmeckte ein wenig nach der amerikanischen ›Long Island‹-Version, doch mit einem Schuss Sangthip-Zuckerrohrlikör statt Bourbon. »Wing Fat ist ein Stück Scheiße. Und behaupte bloß nicht das Gegenteil. Er ist total subtil, aber das ändert nichts daran«, beharrte sie.

Deedee und Mirabelle Myers, ihre Vizepräsidentin für Produktentwicklung bei *Chi* Memory Systems, saßen auf der Terrasse der Veranda-Bar im Haupt-*Sala* des Le Royal Meridien Baan Taling Ngam an einem Tisch. Sie hatten in dieser Luxusbleibe hoch oben auf einem Steilfelsen, der an der Südwestecke der Insel Kho Samui freien Blick auf den Golf von Thailand gewährte, eine Teakholzvilla gebucht.

Die Zimmer im Thaistil waren über zwei Stockwerke verteilt und randvoll mit seltenen Antiquitäten und dem Komfort des Palastlebens, einschließlich Superfuzzygeckos, die von den Wänden aus alles für die Gäste im Auge behielten. Die Eidechsen waren Experten im Thai-Omnispace und Zimmerservice, erstklassige Reiseführer und lizenzierte Grundstücksmakler mit einem ausgedehnten Netzwerk intelligenter Geckos überall am südöstlichen Rand des Pazifiks.

Deedee und Mir hatten geduldig auf Wing Fat gewartet, der ihnen sein Demo in die Villa liefern wollte. »Er ist der ultimative *Chi*-Projektor«, hatte Wing Fat ihnen versichert. »Einfach an einen IV anschließen und in jeden beliebigen Bio-Cray laden. Ihnen wird nie mehr das Material ausgehen. Sein Name ist Butterfly, und er ist schöner als Grace Kelly. Ich bringe ihn heute Abend vorbei, um Ihnen den neuesten Schrei in Sachen *Chi*-Mediatainment zu präsentieren.«

Wing Fat hatte am Nachmittag einen Flug von Bangkok nach Kho Samui nehmen wollen. Es war lediglich ein 70-Minuten-Flug von der thailändischen Hauptstadt hierher, doch Wing Fat war nie aufgetaucht.

Erschöpft, aber heißhungrig hatte Deedee einen Golfwagen des Royal Meridien bestellt, der sie in der Villa abholte und den Berg hinab zum Haupt-*Sala* brachte. Sie aßen im Lom Talay zu Abend, einem Thai-Restaurant im Freien, mit Blick auf den Hotelpool in der Felswand und die palmbedeckte Schwebebar.

Sie hatten eine köstliche Mahlzeit aus frischem Seebarsch und Hummer im Thaistil zu sich genommen, dazu ein Dessert aus frittierter Banane flambiert mit Armagnac und Mango-Eis, doch ihre Stimmung war unwirsch und rastlos geblieben.

Der gleißende Skorpionschwanz der Sonne hatte seinen Stachel schon lange hinter dem Horizont versinken lassen, und ein violetter Seidenteppich hatte sich am Firmament ausgerollt und die drei geheimnisvollen Inseln einige Meilen vor der Küste eingehüllt. Der Vollmond lag hinter einer Wolkenbank verborgen, eine leuchtende Kokosnuss, die beim leichtesten Windhauch herunterfallen konnte.

Eine Flotte Thai-Fischerboote bewegte sich auf dem schwarzen Wasser, und ihre Positionslampen blinkten hinter der Brandung, während sie ihre Schleppernetze durch die Nacht zogen.

»Was ist das für ein Ding?«, fragte Deedee und deutete auf eine große Bronzeskulptur, die in einer Ecke des hohen *Sala* im Royal Meridien stand. Die obere Hälfte glich einer Frau, die untere einem Vogel. Sie hatte lange spitze Brüste, und den Kopf krönte ein Diadem; ihre schmale Taille verschwand in einem geschnitzten Labyrinth aus Schwingen, Schwanzfedern und vogelartigen Füßen.

»Das ist eine ›Kinnari‹«, antwortete eine zirpende Stimme aus Mirs Handtasche.

»Du meine Güte«, rief Mir, als sie die Tasche öffnete und einen Blick hineinwarf. »Das ist einer der Geckos aus dem Zimmer! Er muss in meine Tasche gekrochen sein, als ich nicht aufgepasst habe«, sagte sie und schüttelte fassungslos den Kopf.

»Eine ›Kinnari‹ ist ein mythisches Thai-Wesen, halb Vogel, halb Frau, verwandt mit …«, begann der blasshäutige Gecko zu erklären.

»Schluss! So nicht!« Deedee schaute düster drein, als sie den kleinen Gecko ergriff. Sie hob den Arm und wollte das verdammte Ding schon über die Klippe werfen, als es eine weitere Botschaft zirpte: *»Dringender Anruf von Mr. Wing Fat.«*

Deedees Wurfarm erstarrte, und sie betrachtete den sich windenden Gecko, dessen Augen in einem roten Diodenlicht hektisch blinkten.

»Was hast du gerade gesagt?«, fragte Deedee, während ihre Stirn sich in Falten legte.

»Dringender Anruf vom Mr. Wing Fat. Dringender Anruf von Mr. Wing Fat. Dringender Anruf von …«

»Halt ihn nicht so fest, Deedee«, gab Mir ihr den Rat. »Sie haben sehr empfindliche Betriebssysteme.«

Deedee setzte den Gecko auf dem Tisch ab. »Sprich weiter, ich bin ganz Ohr.«

»Mr. Wing Fat bedauert, dass es ihm nicht möglich ist, sich heute Abend persönlich mit Ihnen zu treffen. Er hat dringende Geschäfte in Singapur zu erledigen und schlägt vor, dass Sie sich stattdessen mit Mr. Min treffen, seinem vertrauten Mitarbeiter. Am Bootssteg des Royal Meridien Baan Taling Ngam, am Strand vor dem Hotel, wurde ein Schnellboot für Sie reserviert. Bitte bereiten Sie sich auf die Abfahrt in fünfzehn Minuten vor.«

»Das glaube ich nicht!« Deedee sah zu Mir hoch. Sie packte wieder den Gecko und umklammerte seinen Körper diesmal noch fester. »Spuck's aus! Wohin soll diese lustige Bootsfahrt gehen? Was hat das alles zu bedeuten?«

Der Gecko blieb stumm, als Deedee ihn schüttelte. »Was ist los mit diesem verdammten Ding?« Sie fluchte laut und hielt den Gecko an ihr Ohr, in der Hoffnung, noch ein letztes Wort mitzubekommen.

»Ich glaube, er ist tot, Deedee«, erklärte Mir mit nachdenklicher Miene. »Vielleicht muss die Batterie wieder aufgeladen werden.«

»Verdammt!«, fluchte Deedee erneut. Sie winkte einer Gästebetreuerin, die auf ihren Tisch zugeschritten kam. Das hübsche Thai-Mädchen trug einen traditionellen Sarong und hatte eine Orchidee in ihrem langen, wunderschönen schwarzen Haar stecken.

Sie trat an ihren Tisch heran und verneigte sich. »Kann ich Ihnen behilflich sein, Madame?«

»Das hoffe ich doch«, erwiderte Deedee und hielt der verblüfften Frau den Gecko unter die Nase. »Was ist los mit diesem Ding? Gerade ist der Saft weggeblieben, mitten in einer dringenden Nachricht. Können Sie da nichts tun? Vielleicht die Nachricht auf Ihrem Zentralrechner ausfindig machen? Oder den Anruf zurückverfolgen?«

»Dürfte ich bitte mal sehen?«, flötete die junge Thai eifrig. Sie untersuchte den Gecko gründlich, dann gab sie ihn mit einem entschuldigenden Lächeln zurück. »Tut mir Leid, Madame, aber das ist keiner von unseren.«

»Was!« Deedee warf ihr einen erstaunten Blick zu.

»Dieser Gecko gehört nicht zu unserem Hotel. Unsere Geckos

haben kleine lila Flecken auf dem Bauch. Der hier hat grüne Flecken.«

Als Deedee und Mir sie überrascht ansahen, erteilte die Gästebetreuerin ihnen noch eine verblüffende Auskunft: »Das Schnellboot, das Sie bestellt haben, steht übrigens bereit. Genau wie einer unserer Golfwagen, der Sie zum Baan-Talin-Ngam-Steg fahren kann.«

»Wohin soll das Schnellboot uns denn bringen?« Deedee bekam schmale Augen.

Die Thai stockte, bevor sie höflich antwortete. (*Farangs* waren wirklich unberechenbare Wesen.) »Nun, Madame, es wird Sie wunschgemäß zur Vollmondparty zum Hat Rin Beach auf der Insel Kho Phangan bringen. Kann ich sonst noch etwas für Sie tun?«

Deedee schüttelte den Kopf und blickte Mir eigenartig an. »Nein. Nein, danke. Das war alles. In einer Minute sind wir so weit. Nochmals vielen Dank.«

Die thailändische Gästebetreuerin verneigte sich, drehte sich um und ließ den Tisch hinter sich. Deedee und Mir sahen zu, wie sie an der großen Kinnari-Skulptur vorbei in den Haupt-*Sala* zurückkehrte. Dann bemerkten sie, dass sie den nicht hierher gehörenden Gecko auf ihrem Tisch diskret unter eine Serviette geschoben hatte.

»Gönnen wir dem armen Ding ein anständiges Seebegräbnis, ja?«, sagte Deedee und ließ die leblose Eidechse in eine Schüssel mit Reis fallen.

Long Neck

»Also gut, Long Neck«, ermahnte er seinen schrulligen Otis-Fahrstuhl. »Was soll das Ganze? Es geht doch nicht schon wieder um eine Gehaltserhöhung, oder? Deine Informationen waren in letzter Zeit nicht sonderlich zuverlässig, musst du wissen. Na gut, du hast Gobi und seine Frau in diesem Lift an Bord des Patpong-Luftschiffs entdeckt. Aber ich mache dich persönlich dafür verantwortlich, dass sie entkommen konnten.«

›Long Neck‹ war nicht nur einer von Wing Fats wertvollsten Informanten und mit dem gesamten Otis-Fahrstuhl-Netzwerk in Asien verbunden, seit einiger Zeit unterhielt der dreihundertfünfundzwanzig Kilogramm schwere Chinese auch eine heimliche Liebesbeziehung zu seinem Lift.

Wing Fats Diener Little Min hatte wie gewöhnlich die Augen davor verschlossen, denn welchen Sinn machte es, sich wegen des sexuellen Kontakts seines Herrn mit einem Fahrstuhl den Kopf zu zerbrechen, dessen Schacht dreißig Stockwerke tief reichte?

Außerdem hatte der gewaltige Umfang des Kolosses die schmutzigen Machenschaften seines Stalls kleiner Konkubinen längst unmöglich gemacht. Und Little Min hatte seine Aufgabe als Mittelsmann satt, dafür zu sorgen, dass der winzige *Yang*-Jadestängel seines Herrn auch mit jeder *Yin*-Jadepforte einer Peony, die gerade des Wegs kam, verbunden wurde. Die letzten drei Mädchen waren unter seinem Gewicht zusammengebrochen, und die anschließenden Aufräumarbeiten waren ehrlich gesagt eine ziemliche Sauerei gewesen.

Außerdem, was konnte ein kleiner Flirt zwischen Mensch und Maschine schon schaden? Little Min hatte miterlebt, wie sein Meister mit seinem Heini zwischen Long Necks gummigepufferten Türen schwelgte, während der Fahrstuhl sie bis zum endgültigen Höhepunkt seiner Ekstase automatisch öffnete und schloss. Es war kein schöner Anblick gewesen, so viel musste Little Min zugeben.

Aber andererseits wusste Little Min genau, dass Dekadenz sich ebenso wenig auf das Untergeschoss der menschlichen Begierde beschränkte wie gute Sitten auf Penthouse-Wohnungen. Im Grunde zählte lediglich ›Der Brunnen‹. Wie der Letzte Wahre Kaiser, Seine Kaiserliche Hoheit das *I Ching*, einleuchtend dargelegt hatte: *»Die Stadt kann man vielleicht verändern, doch den Brunnen kann man nicht verändern. Er wird nicht größer oder kleiner. Sie kommen und gehen und bedienen sich aus ihm.«*

Doch wenn man den Eimer in schlammiges Wasser senkte, das Seil nicht ganz bis nach unten reichte oder der Krug brach, nun, das war etwas völlig anderes …

»Also, warum weigerst du dich, dich zu bewegen? Warum sitzen wir hier zwischen dem achtundzwanzigsten und neunundzwanzigsten Stockwerk fest?«, wollte Wing Fat wissen. »Sag irgendwas, du blasierte alte Tunte!«

Little Min hatte Wing Fat aus seinem Apartment in den Lift namens Long Neck gefahren. Nachdem er das zusammenklappbare Rollstuhl-Palankin aus der Ming-Dynastie in den Lift bugsiert hatte, war Min in den Fahrstuhl für Bedienstete gewechselt, um Wing Fat im Erdgeschoss des luxuriösen Eigentümer-Wolkenkratzers wieder abzuholen.

»Long Neck, ich warne dich«, erklärte Wing Fat in seinem drohendsten Tonfall. »Wenn du nicht gleich deinen fetten Arsch in Bewegung setzt, bist du gefeuert.«

Long Neck schwieg. Allmählich begann Wing Fat zu schwitzen, denn die Klimaanlage in der Metallkabine funktionierte nicht. »Long Neck«, bettelte der chinesische Koloss jetzt. »Ich muss meinen Flieger erwischen. Ich muss zum Flugplatz. Komm schon, beeil dich!« Er drückte die Knöpfe an der Kontrolltafel. »Fahr los!«

Schweigen.

Wing Fat streckte die Hand zum Nottelefon aus. Anscheinend gab es eine Fehlfunktion im System. Er musste Little Min benachrichtigen, damit er der Wartungsmannschaft Bescheid gab und sie ihn irgendwie hier herausholte. Aber er bekam kein Amt, die Leitung war tot. *Etwas lag hier völlig im Argen.*

Wing Fat begann jetzt stärker zu schwitzen. Er spürte, wie von beiden Seiten des Fahrstuhls Hitze auf ihn einströmte. Er berührte eine der Verkleidungen mit der Hand. *Sie war glühend heiß!*

»Zum Teufel mit dir und deinen Fahrstuhl-Ahnen!«, brach es aus Wing Fat heraus, und plötzlich bildete sich ein Knoten der Angst im Sandsack seiner Eingeweide. Er drückte auf den Alarmknopf, kein Laut erklang. Langsam wurde er hier drin regelrecht weich gekocht.

»Long Neck!« Auf einmal schossen Wing Fat Tränen in die Augen. »Unternimm etwas! Ich werde bei lebendigem Leib gesotten! Du wirst für mich zum Backofen! *Bitte!* Noch einmal fünfundzwanzigtausend Anteile in Otis Manila, wie wär's damit? Kommen wir ins Geschäft! Fahr mich nach unten!«

Keine Antwort.

Etwas rastete in Wing Fats Kopf ein. Ein Hauch seiner alten Gerissenheit verschaffte sich im *Wok* seines Gehirns Geltung. »Hör mal, du bist doch nicht … du bist doch nicht etwa *eifersüchtig*, oder? Wenn es um diesen Lift im Krung Spratly Building geht, *pffah!* Der bedeutet mir gar nichts! Das war nur ein Ausrutscher, mehr nicht! Das ging nicht sehr tief, nicht so tief wie bei dir! Long Neck … Long Neck … bitte!«

Wing Fat zerrte verzweifelt an seiner durchscheinenden schwarzen Seidenrobe. Ihm blieb die Luft weg.

»Wie du willst«, keuchte er schließlich. »Zwanzigtausend Anteile von Otis Manila, dreißigtausend Anteile von Otis Indonesia und noch einmal zehntausend Anteile von Otis Brunei, aber jetzt weiche ich keinen Deut mehr!«

Plötzlich ging ein Ruck durch Long Neck, und er stürzte im freien Fall zwei Stockwerke tief. Wing Fat schrie auf und wollte sich an der Wand festhalten. Die Schmerzen der Verbrennung dritten Grades an seiner Handfläche wurden ihm überhaupt nicht bewusst, weil ein surrendes Geräusch über ihm seine ganze Aufmerksamkeit in Anspruch nahm.

Wing Fat starrte zum Gitter der Klimaanlage in der Fahrstuhldecke hoch. Ein Rauschen drang aus dem Gitter, beinahe wie das Geräusch Tausender kleiner schlagender Schwingen. Das Rauschen wurde zu einem infernalischen Lärm, und Wing Fat begann wieder zu schreien. Er bedeckte die Augen und schlug wild um sich. »Schafft sie weg von mir!« Doch es war zu spät …

Als Long Necks Türen sich endlich unten im Erdgeschoss öffneten, erkannte Little Min seinen Herrn nicht wieder. Er war von Kopf bis Fuß mit Tausenden heißhungriger gelber Raupen bedeckt, die wie besessen über Fleisch und Seide herfielen, als hätten sie seit tausend Jahren kein einziges Blatt mehr gefressen.

Little Min wich einen Schritt zurück, um die Lage einzuschätzen. Jetzt war nicht der richtige Augenblick für Ausflüchte. Er roch den Schleim in der Luft: *Ku*-Raupen. Jemand hatte einen schwarzmagischen Anschlag auf Wing Fat verübt, daran konnte kein Zweifel bestehen.

Little Man führte rasch eine überschlägige Berechnung durch. *Jede Seidenraupe musste täglich mindestens das Zehntausendfache ihres Körpergewichts fressen, um überleben zu können.* (Als Chinese kannte Little Min seine seidenproduzierenden *Bombyx-Mori*-Raupen.) *Sein Herr wog, mal sehen … Bei diesem Tempo würden die infernalischen Seidenraupen – wie lange? hundert Jahre? – brauchen, um Wing Fat in etwas von der Größe eines Petticoats zu verwandeln. Aber andererseits bestand die Seide von Wing Fats Seele nicht gerade aus feiner Gaze …*

Aus einem Schweineohr konnte man schließlich keine Brieftasche weben …

Little Min traf seine Entscheidung so gründlich, wie er jeden Morgen, sobald er den Koloss geweckt hatte, das Bett seines

Herrn machte. Er streckte die Hand zum Fahrstuhl aus und drückte den > <-Knopf und anschließend noch die Autopilot-Kontrolle.

Außer Wing Fat kannte nur Little Min den Kode, mit dem man Wing Fats Privatlift bedienen konnte. Sein Herr würde diesen Fahrstuhl jetzt lange Zeit nicht mehr benutzen können. In Gedanken traf Little Min schon die erforderlichen Vorbereitungen für die Beisetzungsfeierlichkeiten. Seiner Schätzung nach mussten sie in jedem Stockwerk des Gebäudes durchgeführt werden, während der hydraulische Sarg senkrecht vorbeizog.

Um Wing Fat in die nächste Welt zu schicken, mussten also dreißig chinesische Bestattungen stattfinden …

Rauf oder runter, überlegte Little Min. Letzten Endes kam es auf das Gleiche hinaus.

Dann fiel dem treuen Diener noch etwas ein. Eine letzte Pflicht gegenüber der aufgeschwemmten Kreatur, der er von Kindesbeinen an gedient hatte.

Little Min verzichtete darauf, den anderen Fahrstuhl zu nehmen. Es war nicht ratsam, das Schicksal herauszufordern. Er rannte das Treppenhaus alle dreißig Stockwerke hoch, bis er das Luxusapartment seines Herrn im Penthouse erreicht hatte.

Little Min schloss die Eingangstür auf, durchquerte rasch das verschwenderisch eingerichtete Wohnzimmer, passierte die von seinem Herrn heiß geliebte Rosenholz-Opiumcouch aus der Ming-Dynastie – welche Erinnerungen er doch an die Vorbereitung der Pfeifen hatte! – und trat dann durch die Schiebetüren auf den Balkon hinaus, der den Blick auf die fließenden braunen Muskeln des Flusses Chao Phraya freigab.

Er näherte sich dem traditionellen thailändischen Geisterhaus, das hoch oben auf seiner blutroten Säule stand. Auch hier kannte außer Wing Fat nur Little Min die geheime Kombination, mit der man die Tür des getarnten Toshiba-Cray-Biosupercomputers öffnen konnte. Es war Wing Fats Satellitenverbindung zu seinem weltweiten Netzwerk von *Chi*-Brokern. Little Min blieb kurz stehen, um mit zum Zeichen der aufrichtigen Ehrerbietung gefalteten Händen dem Geisterhaus ein ›*Wai*‹ entgegenzubringen.

Als Little Min die rote Tür des Geisterhauses öffnete, keuchte er auf und musste zum Balkon laufen, um seinen Mageninhalt über der Brüstung zu entleeren.

Fasse dich, dachte Little Min, als er das leise Kläffen aus dem Inneren des Geisterhauses vernahm. *Noch mehr schwarzer* Ku-*Zauber, das ist alles ... Vielleicht war es ja auch nur ein letzter Scherz seines verstorbenen Gebieters?*

Little Min spürte jetzt das Zerren kleiner Zähne an den Aufschlägen seiner chinesischen Baumwollhose und blickte auf seine Füße hinunter. *Setz eine glückliche Miene auf, mehr kannst du nicht tun.*

Der Diener ging in die Hocke und tätschelte das seidige graue Fell des schnaufenden, knurrenden Pekinesen. *Es war Xiaoling.* Vor noch gar nicht langer Zeit hatte Little Min hier auf ebendiesem Balkon gestanden und den Hund auf Befehl seines Herrn dreißig Stockwerke tief in den dahinziehenden Fluss geworfen.

»Braver Hund, Xiaoling«, sagte Little Min und streichelte wieder das matte Fell am Kopf des Tieres. Der Hund kläffte und lief in Kreisen um ihn herum. *Die Geister kehren dorthin zurück, wo ihre Gebeine begraben liegen,* dachte Little Min bei sich.

Die Gezeiten des Chi *scheinen zu wechseln.*

»Du musst hungrig sein. Wie wär's, wenn ich dir ein feines Fresschen mache?«, fragte Little Min mit leiser Stimme. »Ein kleines hundert Jahre altes Karpfenfilet, genau so zubereitet, wie du es magst. Mit etwas süßer und etwas saurer Soße. Was hältst du davon? Komm ...«

Xiaoling wedelte mit dem Schwanz, kläffte erneut und folgte Little Min ins Apartment hinein.

EPILOG

Die Kinder des *Chi*

Kho Phangan

Die Schnellboote kamen aus allen Richtungen von Kho Tao, Kho Samui und vom thailändischen Festland. Hell erleuchtete Fähren legten vom Steg am Big Buddha Beach von Samui ab, bepackt mit Vergnügungssüchtigen, jungen *Farangs* und Thais, die alle an der Vollmondfeier in Hat Rin auf der Insel Kho Phangan teilnehmen wollten.

Paul Sykes und Trevor Gobi saßen auf dem obersten Deck einer Big-Buddha-Fähre und brachten sich in Partylaune. Der Big Buddha selbst, eine dreizehn Meter hohe vergoldete Statue von Maitreya, dem Buddha der Zukunft, hockte auf seinem Hügel in der Wat-Phra-Yai-Tempelanlage von Koh Fan und betrachtete mit duldsamem Lächeln das Kommen und Gehen der Menschenmenge.

Trevor hatte seine Kirlian-Digikam herausgeholt und nahm die Szenerie auf. Er legte die Kamera zur Seite und grinste Sykes an. »Es heißt, dass es in Samui viele herrliche Tempel gibt, aber nicht sehr viele Mönche. Ich glaube nicht, dass das ganz hinkommt. Sieh dich doch um. Wir sind alle Pilger, Bruder.«

»Und halten unsere Vollmondmeditation ab, ich weiß schon, was du meinst«, erwiderte Sykes. »Reichst du mir bitte mal den Joint – danke.« Trevor streckte die Hand aus und gab Sykes eine angezündete Rizla, die eine lächelnde blonde Schwedin ihnen hinhielt.

Sie stieß eine Lunge voll *Ganja*-Rauch aus und wandte sich an

Trevor. »Hallo, haben wir uns nicht schon mal wo gesehen? Du kommst mir bekannt vor. In Goa? Katmandu? South Carolina?«

Trevor schüttelte schüchtern den Kopf. »Da war ich überall noch nicht.«

»Augenblick«, sagte die Schwedin und kratzte sich am Tattoo auf der linken Brust. Sie trug eine durchscheinende nepalesische Bluse und einen spanischen Zigeunerrock, der ihre bloßen Füße zeigte, mit einem Goldring am rechten Zeh. »Jau, ich hab's! Phnom Penh, stimmt's? Du bist in Angkor gewesen, richtig?«

Trevor lächelte wieder schüchtern. »Schon möglich.«

»Ich vergesse nie ein Gesicht«, sagte sie und verfiel wieder in einen glücklichen Stupor. »Wow! Sieh dir nur an, wie die Wellen funkeln, echt cool!«

»Ich muss wirklich stoned sein«, sagte Sykes zu Trevor. »Die beiden alten Knaben da drüben. Der in dem bedruckten Hawaiihemd. Ich könnte schwören, dass er wie Yeats aussieht. Er ist William Butler Yeats wie aus dem Gesicht geschnitten. Diesem englischen Dichter. ›*Bucklige nach Bethlehem …*‹ Dieses Zeug. Der Stoff hat's in sich, Mann! Und der Kerl, der bei ihm ist, muss ein Deutscher oder Schweizer sein. Scheiße!« Sykes lachte. »Wenn ich's nicht besser wüsste, würde ich sagen, der sieht wie Carl Jung aus. Vielleicht ist er ja sein Ururgroßzwillingsbruder. Das muss das Liebesboot des kollektiven Unbewussten sein, Mann! Ha! Ha! Ha!«

Trevor lachte leise und machte sich wieder ans Filmen, richtete seine Kamera auf die beiden älteren *Farangs* aus Europa, die in ein leises Gespräch miteinander vertieft waren. »›*Wo Liebe vorherrscht, gibt es keinen Willen zur Macht*‹«, zitierte Trevor etwas von Jung, während er die alten *Farangs* filmte. »›*Und wo Macht vorherrscht, mangelt es an Liebe. Das eine ist der Schatten des anderen.*‹«

»Du haust mir noch den Verstand weg, Mann«, sagte Sykes und zog die Beine an, damit ein untersetzter Thai-Matrose sich auf dem Weg zum Ruderhaus an ihm vorbeizwängen konnte. Der

Thai trug ein zerlumptes T-Shirt, auf dem in Leuchtschrift stand: ›*Hat Rin Vollmondparty 2038*‹.

Auf dem T-Shirt prangten mehrere Erinnerungsgraffiti, draufgekritzelt von *Farang*-Passagieren. Die Graffiti strahlten aus einem leuchtenden Vollmond heraus. Sykes bemerkte, dass einer der Sprüche lautete: ›*Ich wünsch dir einen saumäßig guten Tag*‹, während ein anderer klipp und klar erklärte: ›*Verpiss dich, Fettwanst.*‹

Sykes selbst trug ein T-Shirt, das er an einem Stand am Big Buddha Beach gekauft hatte. Es hatte ihn hundert königliche *Baht* gekostet, ganze 4 Dollar. Er hatte beschlossen, die Patte lockerzumachen, weil es sich anscheinend um ein echtes Sammlerstück handelte.

Auf Sykes' T-Shirt stand: ›*Frohes Ende der Welt!*‹

Es war ein fünfminütiger Fußmarsch vom Kho-Phangan-Landesteg bis zum Strand von Hat Rin, wo der Vollmondrave schon in vollem Gange war. Der Weg führte Frank und Tara Gobi durch ein Dorf, das mit seinen Cafés, europäischen Konditoreien, Falafelständen und retropsychedelischen Techno-Bars einem riesigen Flohmarkt glich.

Es wimmelte von jungen *Farangs* mit langen Haaren, Bodypiercings und Tattoos. Sie trugen alle Arten von Schmuck, der Tara sofort auffiel.

»Sieh doch nur, Frank.« Sie stieß ihn an. »Einige der Sachen könnten glatt aus Salvador Dalis Schmuckschatulle stammen. Zum Beispiel das da.« Sie deutete auf ein dunkelhäutiges Thaimädchen mit dem Aussehen eines Engels, das gerade von einer Harley stieg.

Frank schaute das Mädchen kurz an, das einen Ledereinteiler trug, der in Höhe der Brüste locker von schwarzen Schnüren zusammengehalten wurde. Ihr Haupt krönte eine bewegliche Amethystskulptur, die einer betenden Gottesanbeterin aus Atlantis glich.

»Tier- und Insektenmotive scheinen dieses Jahr ›in‹ zu sein«, meinte er.

»Du weißt doch, was Dali dazu sagte, oder?«, erwähnte Tara nachdenklich. »Er war in Sachen Schmuckdesign ziemlich anthropomorph, sagte, er sähe die menschliche Gestalt in Bäumen, Blättern und Tieren und die Gestalt von Tieren und Pflanzen im Menschen.«

»Dann hätte er sich hier ja wie zu Hause gefühlt«, erwiderte Frank. »Hier wimmelt's davon. Anthropomorphismus für die Massen. Tier, Pflanze, Mineral, habe ich was ausgelassen? Sie alle sind hier, um zu feiern.«

Sie gingen weiter in Richtung Steeldrums. Der rhythmische Beat lotste sie durchs ganze Dorf bis zu einem langen, geschwungenen Strand, der an beiden Seiten von schrundigen Steilfelsen begrenzt war.

Freudenfeuer loderten überall am Strand. Mit märchenhaften Lichterketten geschmückte Palmen wiegten sich im Wind, sodass die Blätter raschelten, während Glühwürmchen ihren wilden Tanz um die Ketten herum aufführten.

Die Musik überwältigte sie auf Anhieb, ein hypnotischer Techno-Reggae-Beat, der poetischen Fingern gleich ihren Körper umschmeichelte und sämtliche Nervenenden mit 135 Beats pro Sekunde massierte.

»Wow! Disco Shambhala!«, rief Tara, als sie aus den Sandalen schlüpfte und die Zehen in den Sand krallte. »Ich komm mir vor, als wäre ich wieder achtzehn, Frank! Wie ist es mit dir?«

»Äh, sagen wir eher fünfundzwanzig.«

»Na los, anscheinend findet die eigentliche Party da hinten statt!«, sagte Tara, ergriff Franks Hand und zog ihn zu dem Spektakel am anderen Ende des Strands.

Fischernetze hingen dort über einer Tanzfläche im Sand, sie waren mit leeren Wasserflaschen und Seesternen geschmückt, die man mit Leuchtfarbe besprüht hatte. Fünfhundert und mehr Körper – manche nackt und ebenfalls mit Leuchtfarbe eingesprüht, andere eher bescheiden in Stammestracht von überall auf der Welt – tanzten wie in Trance auf dem Sand.

Eine Prozession aus *Katoey*-Schamaninnen bewegte sich langsam auf Stelzen um ein Feuer herum.

Jemand neben Frank und Tara lachte auf. »Das sind Mama Choosri und ihre Tanzenden Falafel! Wartet nur, bis sie mit dem Feuerwerk beginnen! Die Stelzen sind mit Katharinenrädern und *Chi*-Krachern bestückt!«

Frank Gobi wandte seine Aufmerksamkeit kurz von den Tänzern ab, dann schaute er wieder hin und blinzelte. Tara tanzte mit einem Orang-Utan! *Nein, unmöglich*. Der Kerl war einfach nur langhaarig und trug eine Art schwarzes Fell-Spandex-Outfit. *Schon seltsam, wie einem das Licht in den Tropen zuweilen Streiche spielt ...*

Die Szenerie war traumhaft, keine Frage. Der Vollmond hing über dem Meer wie ein perlmuttfarbener DJ mit einer Boa aus rosa Wolken, die er sich um den Hals geschlungen hatte.

Noch immer trafen von der anderen Seite der Insel Langboote ein, von abgeschiedenen Ecken wie Bottle Beach, Mae Hat und Cholok Lam. Die Neuankömmlinge ließen sich von den dümpelnden Booten in der Brandung absetzen und wateten ans Ufer, um bei dieser Party dabei zu sein.

Abermals blinzelte Gobi. Ein einsamer Wasserbüffel stand bis zum Bauch im Meer, während ein kleiner Junge kübelweise Wasser über ihn schöpfte und ihm den schlanken schwarzen Rumpf schrubbte. *Das könnte dieser Kampf*-Kerbau *sein*, dachte Gobi bei sich. *Stone Age Steak. Aber schließlich sehen die ja alle gleich aus ...*

Weiter hinten am Strand spielten sich kleine, intime Nachtklubszenen ab. Feiernde saßen auf Matten rund um kleine niedrige Tische herum, auf denen kleine thailändische Kerosinlampen glosten. Sie plauderten leise miteinander und lachten, während sie aus Flaschen Singha-Bier tranken und aus Kokosnussschalen Obstlikör schlürften.

An einem Tisch sah Frank Gobi zwei junge *Farangs* sitzen. Einer hielt eine Digikam in der Hand und filmte die Vorbeigehenden, dann richtete die Kamera sich auf ihn. Gobi spürte, wie die Kirlian-Nahaufnahme seine Chakra-Reflexe aufzeichnete, als er den jungen Mann hinter der Kamera erkannte.

»*Tara!*«, rief Frank seiner Frau zu, die mit dem Orang-Utan in Spandex gerade ein Menuett tanzte, bei dem sie wie Derwische kreiselten. Sie hörte ihn nicht, sie war zu sehr in ihren fieberhaften Affentanz vertieft.

»Ich bin gleich wieder da, Liebling«, murmelte er und ging auf den jungen Mann zu, der im Sand saß und ihn weiterhin filmte.

Diesen Terry Jordan würde er sich vorknöpfen. *Eigentlich war das ja* seine *Party, nicht wahr?*

Paul Sykes schaute zu dem *Farang* hoch, der über ihm aufragte und ein weißes T-Shirt und eine blaue, an den Knöcheln zusammengeschnürte thailändische Fischerhose trug.

»Hey, der ist ja genauso angezogen wie du!«, wandte Sykes sich an Trevor. »Wer ist dieser Kerl?«

Trevor hatte das Auge noch immer am Sucher. Als er die Kirlian-Digikam absetzte, grinste er und meinte: »Hi, Dad. Darf ich dir Paul Sykes vorstellen, einen Freund von mir? Paul, das ist mein Vater.«

»Hallo, Paul«, begrüßte Frank Gobi den jungen Mann und nahm Platz; er saß im Schneidersitz auf der Matte und sah seinen Sohn über den Tisch hinweg an.

»Sie sind *Trevors* Dad? Dr. Frank Gobi? *Der* Frank Gobi?« Sykes wirkte verwirrt. »Welche Ehre, Sie zu treffen, Sir!« Sykes wandte sich an Trevor. »Du hast mir gar nicht gesagt, dass dein Vater auch hier sein wird!«

»Er hätte es um nichts auf der Welt versäumt«, erwiderte Trevor mit einem Grinsen. »Stimmt's, Dad? Das ist auch *deine* Party. Ist dir doch klar, oder?«

Frank Gobi schüttelte erstaunt den Kopf. »Trevor. Oder sollte ich besser ›Terry‹ sagen? Terry Jordan ist doch dein *nom de plum,* nicht wahr? Du hast dich in einen homöochromatischen Possenreißer verwandelt. Du verschmilzt mit der Dschungellandschaft wie ein knorriger Feigenbaum.« Er hielt inne. »Oder läufst du noch unter dem Namen ›Kundalini Kid‹? So hast du dich genannt, als du in Satori City online warst, stimmt's? Oder war es ›Kundalini Kameleon‹? Habe ich doch glatt vergessen.«

»Das erscheint mir irgendwie angemessen«, gab Trevor zu. »Freut mich, dass du und Tara es noch geschafft habt.« Er schaute kurz auf seine Armbanduhr. »Die Show muss jeden Moment anfangen.«

»Noch mehr chinesischer *Ku*-Zauber, Trevor?«, erkundigte sich Frank Gobi. »Was steht denn diesmal an? Neulich regnete es goldene Raupen, davor war es der Queen-Rim-Schmetterling, der über dem geistigen Horizont von Xiang Gang flatterte. Was läuft als Nächstes auf dem Unterhaltungskanal? Akrobatische Schnecken?«

»Du wirst schon sehen, Dad«, lachte Trevor. »Ich bin nur in deine unsichtbaren Fußstapfen getreten, hab aber meinen eigenen Stil hinterlassen.«

»Also, *darum* geht's bei alledem«, meinte Frank Gobi. Tara erschien hinter Frank und legte ihm die Hand auf die Schulter. »Was hast du mir mal über Trevor gesagt, Frank?« Es war eine seiner Lieblingsredewendungen, als er noch klein war ... damals fandest du es süß.«

Frank seufzte und wiederholte: »›*Wie der Vater, so der Sohn, nur dass der Sohn verschlagener ist.*‹ Das hat er früher oft gesagt.«

»Genau.« Tara setzte sich neben Frank auf die Matte und beäugte Trevor. »Also, Maestro, *Mr. Jordan.* Ich hatte so eine Ahnung, dass du dahinter steckst, aber ich wollte deinen Dad nicht beunruhigen.« Sie drückte Franks Hand.

Trevor warf Tara einen entschuldigenden Blick zu. »Tut mir Leid, dass ich euch Kopfzerbrechen bereitet habe. Aber ich wusste, dass ich mich auf euch verlassen kann. Du warst unglaublich gut, Tara«, sagte er zu ihr. »Ich musste mir dein *Shakti* ganz einfach ausleihen. Es gab keinen anderen Weg. Mr. Chin stimmte mir darin zu, dass du eine geborene *Tao nai nai* bist. Für das *Ku* geboren, wie man so sagt.«

Trevor wandte sich an seinen Vater. »Dad, wusstest du, dass du eine so mächtige Zauberin geheiratet hast? Ich wette, du hast es nicht gewusst.«

»Sagt mein Sohn, der Zauberer«, gab Frank Gobi zurück.

»Der Zauber*lehrling*, Dad«, berichtigte Trevor seinen Vater. »Der Zauber*lehrling* … das gehört zu der Gleichung, die du nicht überschaust. Ich nehme an, du warst auf all diese Konsequenzen nicht gefasst.«

»Eine Frage, Trevor …« Frank Gobi hob eine Augenbraue. »Von *welchen* Konsequenzen reden wir hier? Habe ich dich zu einem praktizierenden Teufelsanbeter erzogen? Ist es das?«

»Bete den Teufel an, und du betest in Wahrheit Gott an, Dad. Das ist wie zu Hause bei den Wahlen. Wenn du einen Demokraten als Präsident wählst, wählst du in Wahrheit einen Republikaner. Du weißt doch, wie das läuft.«

»Unsinn.«

»Wo bleibt dein Sinn für Humor, Dad? Ich habe nur einen kleinen Scherz gemacht. Du weißt so gut wie ich, dass Dualität nur der Leim ist, der das Ganze vor dem Auseinanderfallen bewahrt. Das hast du mir beigebracht, als ich neun war.«

»Habe ich das?«

»Das und noch vieles mehr.«

»Grauenhafte Vorstellung«, sagte Frank Gobi versunken.

»Ähem.« Paul Sykes rutschte unbehaglich auf seinem Kissen umher. »Wenn ich bei einem privaten Familiengespräch störe, sollte ich vielleicht …«

»Paulie!«, rief eine vertraute Stimme. »Bist du es *wirklich*. Paulie?«

»Verdammt!« Paul Sykes erschrak so sehr, dass er sein Getränk verschüttete. »*Mom*, was machst *du* denn hier?«

»Charlie hat mich mitgenommen, er muss mit seinem Freund hier irgendwo sein«, erwiderte Sykes' Mutter, die alte Raverin mit einem Glockenspiel als Nasenring und einem Hauch psychedelischer Röte im Gesicht.

Die auf die Wangen gemalten Spiralen ließen sie jünger erscheinen als Mitte sechzig, ganz zu schweigen von den Vitamin-E-Tabletten.

»Hadley ist ein braver Junge, mein Sohn. Er sucht hier nach einer Storyline für seine nächste Produktion, ›*Haileys Kismet*‹ heißt sie, glaube ich. Wir sind von Bali hergeflogen, aber deinen Dad haben wir in Singapur lassen müssen. Er hat Schwierigkeiten, sich an den Orient zu gewöhnen, und ständig liegt er einem in den Ohren, dass Joseph Conrad ein Schwindler war. Ich sag zu ihm: ›Bill, versuch's doch wenigstens erst mal. Wieso kannst du nicht zugeben, dass es hier ein bisschen exotischer als in Lancashire ist? Wir sind eben in Lord-Jim-Land.‹ ›Komm mir bloß nicht mit *Lord Jim*‹, faucht mich dein Vater an …

Oh, Verzeihung«, unterbrach sich Mrs. Sykes und hielt die mit Henna bemalte Hand an den Mund.

»Da *plappere* ich in einem fort …« Sie sah sich um. »Eine hinreißende Party, nicht wahr? Ich habe gehört, sie erwarten UFOs. *Hoffentlich* stimmt das nicht. Wenn man eines gesehen hat, hat man alle gesehen, finde ich jedenfalls. Damals, '28, als wir in Stonehenge zelteten … Nein, wir brauchen etwas wirklich Originelles. Etwas, was richtig *authentisch* ist. Hadley rechnet fest damit, genau wie Charlie. Und ich auch.«

»Dann werden Sie bestimmt nicht enttäuscht, Mrs. Sykes.« Trevor warf ihr ein ermutigendes Lächeln zu.

Paul Sykes sprang auf und hakte seine Mutter unter. »Komm, Mom. Ich habe gehört, dass sie im ›Shroom Shack‹ weiter hinten am Strand Psilocybin-Shakes servieren. Also dann, bis später.« Er nickte der Familie Gobi zu.

»Tschüssikowski«, sagte Mrs. Sykes und winkte ihnen zum Abschied. »Geh voran, Paulie-Schatz.«

»Hoffentlich wird sie nicht stoned und beschließt, schwimmen zu gehen«, meinte Trevor, nachdem sie weg waren. »Als das in Hat Rin das letzte Mal passierte, wurde dieser Deutsche von einem Hai gefressen, und der Hai hatte einen schrecklichen Horrortrip.«

Tara und Frank wechselten einen Blick. Die Lage war erheblich ernster, als sie jemals geglaubt hätten.

»Oh, Mist!«, platzte es auf dem Weg zum ›Shroom Shack‹ aus Paul Sykes heraus.

»Was ist denn, Paulie? Hast du etwas vergessen? Das war so ein netter junger Mann. Du hast wirklich coole Freunde. Du und Charlie, ihr beide. Und Hadley benimmt sich der Familie gegenüber wirklich anständig, klar, weil er selber keine hat! Er und Charlie denken an Adoption, wusstest du das? Sie haben schon ernsthaft darüber gesprochen. Sie wollen einen thailändischen *Katoey* adoptieren. Weißt du, was das ist, mein Schatz? Das arme Kind, eine Waise, ist schon siebenundzwanzig. Und das heißt, dass Butterfly – so heißt er; ist das nicht drollig? – älter als Charlie wäre ...« Mrs. Sykes kicherte.

»Älter als sein Adoptivvater, stell dir das vor!«, lachte sie. »Wer hätte gedacht, dass zu meinen Lebzeiten die Kernfamilie vom Nukleus zum Fraktal wird, also, das hätte kein Mensch geglaubt, Paulie-Schatz ...«

»Es reicht, Mom«, erwiderte Paul finster, wobei ihn ein Schauder überlief. An der Strandbar, an der sie gerade vorbeikamen, spielte sich etwas Seltsames ab. Café Hiatus wurde sie genannt. Sykes' schwarze Sonne wirbelte wie ein Rouletterad, und der kleine Ball sprang hektisch umher, bis er in einer schicksalhaften Vertiefung liegen blieb.

Dort. Sykes blinzelte. Er sah drei Butohs an der Bar stehen, Japaner, bis auf einen Lendenschurz nackt, die Körper wie gewöhnlich weiß gepudert. Praktisch unsichtbar. Sie tranken einen zusammen. Einem japanischen Butohtänzer dabei zuzusehen, wie er einen Jack Daniels on the rocks kippt, ist eine langwierige Sache, wie man's auch dreht und wendet. Die Finger schließen sich langsam ums Glas, das Glas atmet, die Finger entspannen sich, dann schließen sie sich wieder fester, der Ellbogen beginnt sich allmählich im rechten Winkel zu heben … Natürlich ist das Eis, bis das Glas auch nur ein Viertel des Wegs bis zu den Lippen des Butohs zurückgelegt hat, schon völlig geschmolzen.

Das Getränk heißt ›Mizuwari‹, übersetzte die Datenbank von Sykes' schwarzer Sonne für ihn. Es war also eine *kalkulierte* Bestellung. Japanische Planung! In Wahrheit wollten sie nur einen einfachen Whiskey mit Eis, diese Butoh-Trinker.

Doch halt. Darum ging's gar nicht. Am Ende der Bar war wieder dieses *Wesen*. Es beobachtete die Butohs und nahm ihre Butohenergie durch einen *Chi*-Strohhalm in sich auf. Halb Frau, halb Vogel. Jenes Wesen, das Sykes auf der Khao San Road in Bangkok gesehen hatte, mit dem Gefieder auf dem Kopf und den beiden untrennbar mit der Schulter verbundenen Amazonenpapageien.

Es trug eine marineblaue Jacke mit Messingknöpfen und angenähten Schulpen; an diesen Ersatz-Epauletten wetzten die Papageien, wenn sie nicht gerade ihr Gefieder putzten, die Schnäbel. Die Ärmel hätten eine Reinigung bitter nötig, stellte Sykes fest, denn der Papageienkot hinterließ hässliche Ränder im Stoff.

Die Papageienfrau lächelte ihn wie damals an; sie hielt den Blick auf Sykes gerichtet, und ihre Zwillingspapageien erschraken plötzlich, raschelten mit den Federn und ruckten mit den kleinen Köpfen, die Schnäbel wie Dosenöffner aufgesperrt.

Sykes fiel Trevors Warnung im Gästehaus Pfirsich wieder ein. Ein Serienaugapfeldieb ging um, der Reisende mit ›grünen Augen‹ überfiel. Mit grünen *Chi*-Augen, die den hohen *Chi*-Gehalt eines ›Kinds des *Chi*‹ verrieten.

Wen sie mit den erbeuteten Augäpfeln wohl versorgte? Ohne Zweifel gab es einen abscheulichen Schwarzmarkt für grüne *Chi*-Augen, folgerte Sykes.

Für einen Moment geriet Sykes in Panik und schwor sich, dass er in Zukunft nie mehr ohne gefärbte Kontaktlinsen reisen würde. Vorzugsweise dunkel getönten …

»Bitte warte hier einen Moment, Mom«, sagte Sykes zu seiner Mutter, als er wieder Mut gefasst hatte. Er musste seine Pflicht tun, diese Butohs warnen und die teuflische Vogelgestalt zur Rede stellen, ihr sagen, dass ihre schmutzigen Tricks bei ihm nicht verfingen.

»Ich glaube nicht, dass sie dein Typ ist, Paulie«, rief seine Mom ihm nach, als sie sah, wie ihr Sohn zur Bar ging.

»Du«, wandte Sykes sich an die Vogelfrau; sie blickte ihn mit amüsiertem Lächeln an.

»Ja?« Ihre Stimme war leise, beinahe melodisch. Ihre Augen wirkten irgendwie hypnotisch.

Sykes musste diesen Eindruck erst abschütteln. *Verdammt, langsam fand er sie richtig attraktiv!* Sie hatte etwas an sich, vielleicht in ihren Genen, was natürlichen Sexappeal ausstrahlte, fast so, als wäre sie ein Kinostar bei der Arbeit. Und die Arbeit war *er …*

»Du hast wunderschöne Augen«, sagte sie zu ihm. »Ich stehe auf Männer mit grünen Augen.« Sie legte sanft ihre Hand auf seine.

»Äh.« Sykes rang um seine Fassung. Es war schlimmer als erwartet, sie sog ihn regelrecht auf.

»Trinken wir einen zusammen?«, fragte sie zurückhaltend. »Mein Name ist Kinnari. Du kannst mich Kimberly nennen. Und wer bist du?«

»Ein *Engländer*«, erklärte Paul Sykes, ohne zu wissen, weshalb er das sagte.

»Ich liebe Engländer«, erwiderte Kinnari und rückte noch etwas näher. Sykes spürte die sanfte Wärme ihrer Brüste an seinem Arm und schmolz zusehends dahin. *So wunderschön,* dachte er verträumt. *Das kann nicht wirklich sein. Endlich habe ich die Frau meiner Träume getroffen. Wen stört's, dass ihr zwei Vögel aus den Schultern wachsen? Heute kann jeder mit jedem, oder nicht? Wir werden Langschwanzpapageien zeugen.*

»Findest du mich attraktiv? Gefalle ich dir?«, hauchte Kinnari Sykes ins Ohr, während sie ihren Oberschenkel zwischen seine Beine presste. Er saß auf einem Barhocker und fühlte sich zufrieden, war von etwas erfüllt *auf unerklärliche Weise*.

Sykes schlang den Arm um ihre Taille und zog sie an sich. »Ähem, ja, ich finde dich sogar *sehr* attraktiv«, murmelte er.

»Eine Piña Coloda«, sagte sie. »Für mich. Willst du auch eine?« Er nickte benommen. »Barkeeper!« Sie schnippte mit den Fingern nach dem Mann hinterm Tresen. Ihre Papageien krächzten und ruckten mit den Köpfen. »Noch mal dasselbe.«

»Sag schon«, fragte Kinnari ihn. »Wie ist deine Sehschärfe? Zwanzig-zwanzig?« Sie stieß ihn sanft an. »Nur ein Scherz. Ich bin dir gerade erst begegnet und habe schon Angst, dass du eine andere Frau attraktiver finden könntest. Ich will dich nicht verlieren, weißt du? Heute Nacht sind hier so viele schöne Frauen. Und ich weiß, wie die Männer sind, sie streunen gern.«

»Ich nicht«, erklärte Paul Sykes seine Unschuld. »Ich bin in deinem Körper zu Hause.« Er errötete. »Wollte sagen«, er wurde verlegen, »dass ich eher der häusliche Typ bin. Ich meine, kein Gigolo.«

»Und ich bin keine Gigolette«, gurrte Kinnari ihn an. »Ich stehe zu *meinem* Mann.«

Der Barkeeper brachte ihnen zwei Piña Colodas. Kinnari warf Sykes wieder ein betörendes Lächeln zu und beugte sich vor, um ihn mit geöffneten Lippen zu küssen. Sykes spürte das Nahen des Kusses, den Segen. »Schluss jetzt, du Hippiehure!«, zerriss eine Stimme jäh seinen Tagtraum.

Paul Sykes öffnete die Augen und stellte fest, dass seine Mom neben ihm an der Bar stand. »Bist du das, Mom?«, fragte er ganz verwirrt.

»Wer ist dieses Miststück?« Kinnari fuhr zu dem ungebetenen Eindringling herum.

Der Bann war gebrochen, und Paul Sykes sagte kläglich: »Meine Mutter. Mom, was soll das? Was machst du hier?«

»Ich habe gesehen, wie sie dir das Zeug in den Drink geschüttet hat. Bei fremden Frauen kann man gar nicht vorsichtig genug sein, die kriegen einen im Nu herum. Was haben Sie meinem Sohn da gerade in den Drink getan. Miss? LSD? Darf ich? Ich möchte ihn gern probieren, nur um sicher zu sein ...«

»Sie haben sie ja nicht alle!«, beschimpfte Kinnari Mrs. Sykes. »Das ist deine *Mutter?*« Sie wandte sich an Paul. »So was Dämliches habe ich ja noch nie gehört! Seine Mutter zu einem Rave mitzubringen! Was bist du, ein *Muttersöhnchen?*«

»Was fällt Ihnen ein, so mit meinem Sohn zu reden!«, sagte Mrs. Sykes trotzig. »Ich möchte einmal Ihre Mutter sehen! Wachsen der auch gefiederte Lampenschirme aus dem Hals?«

Die beiden Amazonenpapageien kreischten und zischten. Paul Sykes schüttelte die sexuellen *Chakra*-Spinnweben ab, die seinen Geist umfangen hatten. *Herrje, das hätte in einer Katastrophe enden können*!

»Danke, Mom«, flüsterte er seiner Mutter zu. Die japanischen Butohs am Ende der Bar musterten sie gespannt.

Sykes schockierte sie, indem er sich direkt an sie wandte. »Keine Ahnung, wie das japanische Wort dafür lautet, aber nehmt euch vor *der* da in Acht.« Er deutete mit dem Daumen auf Kinnari. »Sie bringt Unheil. Sie saugt euch das *Chi* aus dem *Hara,* Freunde, und ihr merkt es nicht mal. Ihr wart viel zu sehr damit beschäftigt, das *Kata* zum Trinken eurer *Mizuwaris* auszuführen.«

Einer der Butohs erbleichte. »Du kannst uns *sehen?* Richtig *sehen?*«

»Klar, was glaubt ihr denn?«, erwiderte Paul Sykes. »Natürlich kann ich euch sehen. Warum wollt ihr euch eigentlich als unsichtbar ausgeben? Was soll das?«

Der andere japanische Butoh erklärte verdrossen: »Weil sie sonst japanische Preise von uns verlangen. Sie glauben, dass wir in Japan alle unglaublich reich sind.«

»Also, passt bloß auf, dass man euch bei dem Versuch, ein paar Yen zu sparen, nicht das *Chi* entreißt.«

»*Domo arigato,* vielen Dank für die Warnung.« Der Butoh verneigte sich.

»Auf Augäpfel steht sie auch«, sagte Sykes, als die Butohs sich anschickten, die Bar zu verlassen. Es würde eine Weile dauern, bis sie gegangen waren, also konnte er ebenso gut auch noch ein wenig mit ihnen plaudern.

»*Stimmt* gar nicht! Warum verbreitest du solche Lügen über mich?«, fauchte Kinnari ihn an. »Lügen! Lauter Lügen!«

»Ach ja? Das sind Lügen? Man hat mich vor dir gewarnt. Du bist der Augapfeldieb, gib's zu!«

Kinnari fasste sich widerstrebend. »Die Person, die solche Beschuldigungen gegen mich erhebt, ist kein *Luk phu chai,* kein Gentleman«, widersprach sie. »Er soll selbst entscheiden, ob er ein *Luk phee*, der Sohn eines Geists, oder ein *Luk maa,* der Sohn eines Hundes, ist ... »

»Sie haben leicht reden.« Mrs. Sykes starrte sie an. »Welcher Abstammung sind *Sie* denn, wenn ich so kühn sein darf zu fragen? Sie haben etwas an sich ... irgendwie kommen Sie mir bekannt vor, ich kann es nur nicht genau einordnen. Sie wären ja wirklich recht attraktiv, wenn Sie nicht mit so viel Vogelmist bedeckt wären.«

Kinnari strich mit der Hand die Vogelfedern auf ihrem Kopf hoch und entgegnete, bevor sie davonging, arrogant: »Meine DNA, Madame, ist Ihrer zweifellos überlegen. Ich lasse sie aber gern wissen, dass ich einer Anzahl schöner Menschen und prominenter Gene entstamme, die über die Zeiten hinweg sorgfältig weitergereicht wurden.«

»Also wurden Sie von Mary Poppins ausgebrütet? Darf ich davon ausgehen?«, schnaubte Mrs. Sykes.

»Nein, Madame«, erwiderte Kinnari herablassend und hob die Nase. »Wenn Sie es wirklich wissen wollen, mein Vater ist James Dean und meine Mutter Elvis.«

Dann schritt sie davon.

»Das erklärt alles«, sagte Mrs. Sykes. »Also, wo ist jetzt dieses ›Shroom Shack‹, Paulie? Dorthin waren wir doch unterwegs, bevor wir so grob auf ein Nebengleis geführt wurden.«

»Ich glaube, wir müssen miteinander reden, Trevor«, sagte Frank Gobi zu seinem Sohn und warf Tara einen raschen Blick zu. Sie nickte einvernehmlich.

»Ich weiß, dass du nur die besten Absichten hast. Aber du verhältst dich wie ... wie sagt man noch gleich?«, wandte Frank sich an Tara. Es war viel schwerer, als er gedacht hatte, und seine Zunge war plötzlich wie gelähmt.

»Ein Omniopath«, half Tara aus.

»Genau. Du kannst nicht einfach durch die Gegend laufen und die Realität wiederherstellen, als handelte es sich bloß um Gametime, die aus dem Omnispace gesickert ist. Ich weiß, dass du die Welt verändern willst. Sie hat Veränderungen auch nötig, das bestreite ich ja gar nicht, aber es gibt gewisse Grenzen, die du nicht überschreiten kannst und *darfst.*«

»Von dir klingt das einigermaßen heuchlerisch, Dad«, erwiderte Trevor und nestelte an seiner Digikam herum; auf dem kleinen Schirm an der Seite der Kamera erwachte eine Miniaturszenerie zum Leben.

»Ich meine, wie lange suchst du jetzt schon nach dem Heiligen Gral des Omnispace?« Trevor blickte seinen Vater aus grünen Augen an. »Du weißt, dass das ganze System korrupt ist und die Gefahr des Zusammenbruchs besteht. Außen *wie* innen. Der Omnispace ist nur ein Spiegel. Ein lebender Spiegel, ja, aber nichtsdestotrotz ein Spiegel. Es *gibt* eine Öffnung, und du bist ihr recht nahe gekommen, aber du hast es nie hindurch geschafft. Wieso nicht?«

»Was soll *das* nun wieder heißen?«, wollte Frank Gobi wissen, und sein Gesicht lief rot an. »Du weißt, dass ich mein Leben lang daran gearbeitet habe, die Verbindung zwischen den *Dimensio-*

nen zu verbessern. Zwischen dem Omnispace und der Realzeit. Zwischen dieser Welt und allem, was jenseits liegt.«

»Das ist genau der Punkt, Dad. Für dich ist das Unbekannte nur ein anderer *Kanal*. Für den menschlichen Konsum. Wir verwandeln uns gerade in eine Rasse kosmischer Konsumenten. Alles ist Futter, das für das menschliche Bewusstsein wiederaufbereitet wird. Aber es gibt noch so viel mehr, so viel mehr.«

Trevor nestelte an seiner Digikam herum. »Du wirst es schon bald sehen.«

»Frank«, sagte Tara nervös. »Das ist ein *Ku*-Projektor, den er da hat.« Sie wandte sich an Trevor. »Geht es darum, Trevor? Willst du die Klappe zuschlagen und ›*Schnitt!*‹ brüllen? Was hast du vor? Hältst du dich für Alfred Hitchcock oder so? Du solltest dir das noch einmal überlegen, bevor du es durchziehst, was immer es ist. Vielleicht gibt es kein Zurück mehr.«

»Ich *habe* es mir schon gründlich überlegt, Tara«, erwiderte Trevor, wobei er mit den Achseln zuckte. »Dad, erinnerst du dich an den hypothetischen Algorithmus, mit dem du herumgespielt hast? Um nach Greentime vorzustoßen? In den Gaiaspace? Er funktioniert *wirklich*. Natürlich erst nach einigen Modifizierungen. Ich möchte nur, dass du das weißt.«

Frank Gobi starrte seinen Sohn an. »Du hast ihn gestohlen, nicht wahr? Ich wollte ihn aus dem Archiv des *Interspecies Insider* holen. Es war meine einzige Kopie, Trevor. Ich wollte ihn noch mal überprüfen, aber er war fort. Aus den Datenspeichern gelöscht.«

»Ich habe ihn für dich gerettet, Dad«, sagte Trevor. »Du hattest ihn doch völlig vergessen. Aber andere wollten ihn. So dringend, dass sie dafür zu töten bereit waren.«

»Was sagst du da?«

»Dein alter Kumpel Mort Wisenik. Erinnerst du dich noch an ihn? Der Exknacki und Golemtologe. Er hat's dorthin geschafft, Dad. Nach Greentime. Und Paul Sykes auch. Aber Wisenik hat einigen Ganoven den Mund wässrig gemacht, einigen wirklich unangenehmen Leuten, Dad. Und deswegen haben sie ihn getötet.«

»Wisenik ist tot?« Frank Gobi spürte, wie ein Backstein sein gläsernes Herz durchschlug. Er erinnerte sich an den traurigen Ausdruck in Terry Jordans Augen, als Trevor diesen Jordan spielte in der Lobby des Mandarin-Hotels in Xiang Gang, als er und Tara ihm über den Weg gelaufen waren. Er hatte das Gefühl gehabt, eine Totenwache zu stören, die Trevor gerade für den alten Ming abhielt, die Topfpalme in der Lobby.

»Genau, er ist tot, Dad. Er hat den Preis bezahlt.«

»Wer hat ihn jetzt, den Algorithmus für die Chlorophyll-Suchmaschine?«, fragte Frank Gobi gespannt.

»Niemand, Dad«, antwortete Trevor mit der gleichen tiefen Trauer auf dem jugendlichen Gesicht. »Ich bin ihnen zuvorgekommen. Keine Sorge, er ist ihnen nicht in die Hände gefallen. Er befindet sich an einem sicheren Ort.«

»Und wo befindet er sich?«, warf Tara ein. »Ich meine, jetzt, *in diesem Moment?«*

»Er ist geladen und startbereit.« Trevor sah ihr in die Augen und tätschelte seine Digikam. »Sie hatten eigene Pläne damit. Törichte Pläne, törichte Männer, törichte Frauen. Töricht, töricht.«

»Was hatten sie damit vor, Trevor?«, fragte Tara ihn sanft. »Vielleicht können wir dafür sorgen, dass es nie so weit kommt. Man muss nicht immer alles durchziehen. Es gibt Schutzvorrichtungen, Kontrollen.«

»Um dafür zu sorgen, dass nie jemand den Knopf drückt, der unsere Seelen auslöscht? Nein, das glaube ich nicht.« Trevor schüttelte den Kopf. »Dafür hält der *homo sapiens* zu große Stücke auf seine Ahnen. Das ist ein wesentlicher Fehler in seiner Programmierung.«

»*Seiner* Programmierung? Moment mal, du fühlst dich dieser Gruppe doch nicht etwa zugehörig?«

»Schau, Tara, siehst du das Schnellboot da drüben mit den beiden *Gringas* aus dem Silikonbusen-Valley?« Trevor deutete zum Ufer, wo ein Motorboot zwei weibliche Passagiere absetzte. Sie hatten Mühe, in der Brandung das Gleichgewicht nicht zu verlieren.

»Sie glauben, dass sie hier sind, um Geschäfte zu machen. Aber dafür ist es ein wenig zu spät. Wenn ihr mich jetzt für einen Moment entschuldigen möchtet.«

Trevor stand auf und machte sich auf den Weg zum Schnellboot.

»Was zum Teufel soll das alles, Mirabelle?«, fluchte Deedee Delorean, als sie spürte, wie das Salzwasser in ihren Schlüpfer sog und den Schritt benetzte. »Ist das hier eine Art Woodstock für Kannibalen oder wie?«

»Ich bin mir nicht sicher, Deedee«, erwiderte Mir, wobei sie Deedee am Arm ergriff, damit sie nicht umfiel. »Heute findet ein Vollmondrave statt, jedenfalls hat das der Skipper gesagt. Findet hier jeden Monat statt. Mondtripsüchtige, das sind sie. Harmlose Heiden.«

»Hoffentlich«, fluchte Deedee erneut. »Wo ist Min? Er sollte uns hier doch treffen, nicht wahr?«

Verdammt. Deedee stolperte und plumpste rückwärts auf den Strand. Sie erhob sich tollpatschig und strich sich den Sand vom Hintern.

»Da ist er ja schon«, rief Mir. »Er kommt geradewegs auf uns zu.«

»Gut, der Hurensohn sollte eine gute Erklärung für all das parat haben.«

»Willkommen auf Kho Phangan«, wandte sich der Chinese an sie. »Es tut mir Leid, dass mein Gebieter Mr. Wing Fat sie nicht persönlich begrüßen kann. Er muss anderen dringenden Verpflichtungen nachkommen.«

»Was Sie nicht sagen«, schnaubte Deedee verächtlich. »Also, wie geht's jetzt weiter?« Sie blickte kurz auf die Digikam, die der

Chinese in der Hand hielt. »Ist es das? Haben Sie's bei sich? Das Zeug?«

»Das Zeug, Ms. Delorean.« Der Chinese verneigte sich.

»Warum mussten wir den ganzen Weg bis hierher kommen?«, fragte Deedee in jähem Argwohn. »Warum haben Sie es uns nicht im Hotel zeigen können?«

»Dieser Ort ist dafür besser geeignet. Wir haben Vollmond, wissen Sie?«

»Vollmond, Schmollmond. Sie sollten es besser ernst meinen, ich habe nämlich das Herumgerenne allmählich satt. Wehe, es ist nicht echt!«

»Kein Herumgerenne mehr, Ms. Delorean.«

»Was zum Kuckuck!« Deedee wandte sich an Mirabelle Myers. »Wir kriegen Gesellschaft. Ist das Ihre Vorstellung von privaten Verhandlungen, Mr. Min? Einige Ihrer Freunde einzuladen, damit sie gegen uns bieten können?«

Frank und Tara Gobi kamen Hand in Hand auf die drei Gestalten am Strand zu. Der Tekkno-Reggae-Beat steigerte sich auf der Tanzfläche unter den leuchtenden Fischernetzen zu einem wilden Höhepunkt. Die Prozession der *Katoey*-Schamaninnen auf Stelzen feuerte unter den Asbest-Partykleidern ein prächtiges Feuerwerk ab.

Das schimmernde Mandala eines Katharinenrads wirbelte zum Himmel empor, sprühte Funken und explodierte in tausend gleißende *Yin*-und-*yang*-Symbole.

»Du musst ihm vertrauen, Frank. Immerhin ist er dein Sohn«, sagte Tara zu Frank.

»Habe ich eine Wahl?«

»Nun ja, du könntest ihn enterben. Aber irgendwie glaube ich nicht, dass du das willst.«

»Nö«, sagte Frank Gobi. »Zu viel Papierkram.«

»Ich dachte, du stehst auf Papierkram.«

»Ich stehe auf *Papier*, Tara, nicht auf Papierkram. Wir werden wohl einfach abwarten müssen, was passiert.«

»Mr. und Mrs. Gobi, was für eine Freude, Ihnen hier zu begegnen.« Deedee Delorean strahlte sie voller Sarkasmus an. »Kaufen oder verkaufen Sie?«

»Was *genau* sollten wir denn kaufen oder verkaufen?«, fragte Frank verblüfft.

Deedee wandte sich an den Chinesen. »Das kapiere ich nicht. Sind sie nicht im Bilde?«

»In gewisser Hinsicht schon, aber nicht völlig.« Min neigte entschuldigend den Kopf.

»Auch recht, dann bekommen Sie es eben erst mit uns anderen zu sehen.« Deedee zwinkerte Frank und Tara zu. »So können wir uns alle ein Urteil über die Qualität erlauben, und die Verhandlungen über die Vertriebsrechte erfolgen unter den gleichen Voraussetzungen. Aber ich warne Sie, wenn das Zeug echt ist, werden Sie es sich nicht leisten können. Beim besten Willen nicht.«

»Wovon redet sie, Trevor?«, fragte Frank Gobi seinen Sohn.

»Trevor?« Deedee schnaubte verächtlich. »Dann nennen Sie und Min sich also schon beim Vornamen. Ist das nicht entzückend? Wie findest du das, Mir?«

Mir blickte zum Vollmond hoch und beschirmte die Augen gegen den Glanz des strahlenden Mondscheins, der langsam, aber sicher bewegte Schatten zu werfen begann. »Sieh doch nur, Deedee – der Mond!«

Der Strand von Hat Rin wurde zu einer Freilichtbühne. Mehrere tausend Vollmondfeiernde unterbrachen ihren Tanz und die Festlichkeit, um sich auf den Sand zu setzen und den Film zu betrachten, dessen Vorspann in riesigen Lettern über die Krater der silbernen Leinwand zog.

»Ich muss mich entschuldigen«, sagte Trevor zu seinen Gästen. »Er ist nur in Schwarzweiß, und ein Tonfilm ist es *auch* nicht, noch nicht. Ein Stummfilm eben, da kann man wohl noch einiges verbessern.«

»Das kann man immer, mein Sohn«, sagte Frank Gobi, während er einen Arm um Trevors Schultern und den anderen um Taras legte. »Das kann man immer. Aber es ist wunderschön! Wirklich wunderschön. Gratuliere.«

»Danke, Dad«, sagte Trevor. »Das weiß ich wirklich zu schätzen, wenn es von dir kommt. Von einem Regisseur zum anderen.«

»Sie geben ja alles gratis weg!«, kreischte Deedee. »Ich hatte die Vertriebsrechte schon an die Spratly-Studios verkauft, Sie Trottel! Allein die Auslandsrechte sind ein *Vermögen* wert! Denken Sie an all das tierische und mineralische Leben auf dem Planeten. Und an die Werbe-Spin-offs! Untermuschel-Deodorant für Schnecken, riesige orthopädische Matratzen für Wale, Zahnseide für Affen, Sprachkassetten für Hirtenstare ... Anfangs müssen wir natürlich noch das Tauschsystem benutzen, aber dann werden wir uns hocharbeiten, ihnen einen Kreditrahmen einräumen. Was tun Sie da? Aufhören! Ich ertrag's nicht! Ich verliere noch den Verstand!«

»Sei still, schau's dir einfach mit mir an ...«, sagte Mir und zog Deedee zu sich in den Sand hinab. »Oooh, sehen die hinreißend aus, vielleicht können wir sie unter Vertrag nehmen!«

Es war der erste Interspezies-Schmachtfetzen, der jemals produziert worden war. Das gesamte lebende, atmende, organische und anorganische Publikum des Planeten nahm an der Premiere von CHI teil, einer GaiaGobi Films-Koproduktion. Sie erzählte die Geschichte von Tommy und Nita und wie sie letzten Endes auf der dunklen Seite des Mondes doch wieder zueinander fanden.

Danksagungen

Ich möchte mich bei folgenden Personen für ihre Unterstützung, Inspiration und ihren Input danken: Joachim und Jenny Bürger aus Xiang Gang, die immer für mich da waren; Nury Vittachi (›Lai See‹) von der *South China Morning Post* für seine stets erhellenden Einblicke in das Leben in Xiang Gang; Christopher Moore aus Bangkok für seine kristallklaren Beschreibungen des thailändischen ›Herz-Denkens‹ in seinen Romanen über Thailand; Peter Kaelli aus Baan Taling Ngam für seine großzügige Unterstützung und Gastfreundschaft im Le Royal Meridien, Kho Samiu; meinen Tokioter Mitverschwörern Greg und Geoff Leach; Alexandra Moari dafür, dass sie mir den größten Teil des Schreibens so leicht machte wie das Aufspannen eines Sonnenschirms im Ziggy Stardust in Bhoput; meiner Londoner Agentin Serafina Clarke; Tim Holman, Lisa Rogers und der fantastischen Belegschaft bei Little, Brown/Orbit für ihre wundervolle Unterstützung; und bei allen ›Kindern des *Chi*‹, denen wir auf unserer Reise begegneten.